文行昌南

主编 汪众华

江西高校出版社

图书在版编目(CIP)数据

文行昌南/汪众华主编. ——南昌:江西高校出版社,2017.9(2022.3重印)

ISBN 978-7-5493-6097-0

Ⅰ.①文… Ⅱ.①汪… Ⅲ.①中国文学—当代文学—作品综合集—南昌县 Ⅳ.①I218.564

中国版本图书馆 CIP 数据核字(2017)第 226505 号

出 版 发 行	江西高校出版社
社　　　址	江西省南昌市洪都北大道96号
总编室电话	(0791)88504319
销 售 电 话	(0791)88592590
网　　　址	www.juacp.com
印　　　刷	天津画中画印刷有限公司
经　　　销	全国新华书店
开　　　本	700mm×1000mm　1/16
印　　　张	24
字　　　数	392千字
版　　　次	2017年10月第1版 2022年3月第2次印刷
书　　　号	ISBN 978-7-5493-6097-0
定　　　价	52.00元

赣版权登字 -07-2017-1160

版权所有　侵权必究

图书若有印装问题,请随时向本社印制部(0791-88513257)退换

文行昌南

主　编：汪众华
副主编：伍　曦　赵金贵

编辑委员会：
主　任：汪众华
副主任：伍　曦　赵金贵
编　委：李咏梅　姜钦峰　何香兰　闵文华
　　　　傅国良　周幽兰

序

  文学是一切艺术之母。

  县文联坚持办好文学内刊《澄湖》，十年来从未间断，这在全省乃至全国是一朵奇葩。《澄湖》的创办给文学爱好者提供了良好的平台，也给他们带来了一个审视社会的窗口。

  近年来，我县文学创作出现可喜局面，创作队伍不断壮大。特别是涌现出一批优秀中青年作家，加入了国家、省、市作协，有的连续出版长篇小说，有的散文在全国各大报刊发表，有的诗歌屡获大奖，在省、市乃至全国都产生了影响。

  最近十年，是南昌县历史上最值得大书特书、浓墨重彩的十年，各项经济指标一路攀升，财政收入由20亿上升到百亿元，工业园区由县级晋升到国家级，实现了农业大县到工业大县的华丽转身。最近我县又吹响了创建全国文明城的集结号，制定了"拼争'四个率先'，建设'五个昌南'"的宏伟目标。文学与经济社会发展是一脉相承的，经济繁荣势必带来文学的繁荣，文学的繁荣也将推动社会的文明进步。

  《文行昌南》收集了我县四十八名作家创作的优秀作品，有散文、小说、诗歌，大部分为近年新作。作家包含老中青三代，最大的年过八旬，最小的为"90后"。这是我县首次出版本土作家作品合集，是对我县文学创作成果的一次小结。

  本书在出版过程中，得到了县委、县政府和县委宣传部的全力支持。县作家协会承担了本书的具体编辑工作，他们反复协商实施方案，克服了种种困难，为联络作者、收集整理文稿付出了大量心血。

  由于人员流动大，虽经多方联络，仍有少数老作家未能联系上，导致部分优秀作品未能收入，殊为遗憾。文无定法，见仁见智。由于编者水平有限，加之时间仓促，偏颇、疏漏之处在所难免，望广大读者提出宝贵意见。

赵金贵
2017年7月1日

目录

散文

赵金贵 /2
野百合的春天 /2
唱给母亲的歌 /3
春天的落叶 /5
一湖水 两岸灯 /6
细节的力量 /7
风景 /8
举起的幸福 /9
读人 /10
陌上桑 /11
辣椒树 /12
老鼠偷蛋的启示 /13
期待,是如此的幸福 /14
秋天的记忆 /15
上海的文明 /16
自己也是对手 /18

黄夏君 /19
听洲 /19

「鬼」 /22
月亮湾听泉 /24
远村近事 /28

李金龙 /30
佛地踏青 /30
上海行 /34

徐小秋 /37
喝茶 /37
古意 /38
年纪 /39
墨趣 /40
读帖 /41
临帖 /42

何香兰 /43
上善若水水自流 /43
十年情怀若初望 /45
心有翅翼及天涯 /46
一味相思似旧时 /47
紫陌红尘幸相逢 /49

樊火金 /51
做个抛光后的男人 /51
乡村小院 /53
祝福我的妈妈 /55
我的父亲 /57
村民「大炮筒」 /58
生死的叩问 /59
说高道低 /60
一切从「0」开始 /61
从鸡说开去 /62
难忘那片枫树林 /64
弯曲小路 /65
氤氲缭绕话池塘 /66
老屋 /67
我的写作之路 /68

闵文华 /69
山野中的一棵树 /69
学会尊重 /71
别了'综合楼''别了'301 /74

李 燕 /84

乒乓球里有智慧 /78

我爱『国』/81

率性而为的古人 /84

那些已然消逝的生活 /87

消逝的乡情 /90

李 莉 /93

画者,『从于心』/93

我的四公 /95

相配 /97

涂 颖 /100

水之臆想 /100

手心天堂 /102

阿婆的爱情 /104

夜色迷人 /107

郑园欢 /110

龟虽寿 /110

海南纪行 /112

我的似水流年 /114

杨先涛 /123

一双红舞鞋 /116

十年生死两茫茫 /118

大青沟漂流记 /123

美丽的鸣沙山、月牙泉 /126

魏福堂 /129

澄碧湖之光 /129

校对人生 /132

万益林 /134

梦的翅膀 /134

愿为云鸟 /140

周幽兰 /143

凌笔乱思 /143

素手铺笺,挥墨迎新 /144

您被什么所俘虏了吗 /145

古韵幽兰 /146

李新生 /148

读《万花筒》杂感 /148

绿色食品与科技进步 /150

摇篮祭 /152

万三东 /154

寻根探源话莲塘
——莲塘地名由来的民间传说 /154

李雪琴 /159

「吃」与「七」的误会
——南昌方言故事五则 /159

四个圆圈可以画什么 /166

上课与做菜 /164

李建庭 /168

西山散笔 /170

幽兰古镇话牌坊 /168

刘姝丽 /172

最是那一池风荷 /172

点亮心灯 完满人生 /174

敬老储存 /176

南昌县方言趣谈 /178

特色黄马 诗意茶园 /179

闻香识女人 /181

樊 慧 /183

父爱如山泉 /183

廖晓颖 /190

教书育人铸师魂 /184

父爱如山泉续 /186

母爱如细雨 /188

留下来,我会陪着你 /190

惊心动魄15分钟 /192

永远,有多远 /195

站着卖菜的慈善家 /197

涂印平 /199

碧血丹心铸丰碑
——追忆革命烈士、60年农行十大人物刘庭亮 /199

徐辉辉 /206

老艄公 /206

我愿做《澄湖》里的一只小鱼 /208

我们小时候 /210

文字点亮人生 /212

李丽芳 /213

那湾清清的岚湖 /213

浓浓的爱河 /217

小说

贺志雯 /219
　初春晨游凤凰沟 /219

胡 风 /223
　童年的老宅 /223

廖英富 /226
　哑巴叔 /226
　沧桑巨变水岚洲 /229

刘祖勉 /235
　苦瓜嫂 /235
　蓉嫂 /240

黄志清 /248
　千年古镇 /248

姜钦峰 /264
　看不见的嫌疑人（长篇小说节选）/264
　——长篇小说《痕迹2》节选

陈宝良 /277
　鸳鸯玉壶 /277
　热冻 /290

诗歌

傅国良 /295
　风雨屋檐下 /293
　风水树 /295

万德志 /303
　与恶魔的对话 /303

辛 柳 /310
　救赎 /310
　再见，亲爱的 /314

万建平 /318
　赣江物语（组诗）/318

熊加平 /322
　野菊花 /322

刘安宇 /324
　灰色的行走 /323
　我一个人去了趟柘林（外四首）/324

熊 亮 /329
　龙灯 /329

皮影 /330
江南塞上曲 /331
瓷瓶 /332

聂贵保 /333
春天的河 /333
夏荷之莲心 /335
秋夜之静美 /336
雪冬·围炉 /337
追梦 /338
听音·相观 /339

张向前 /340
诗意的故乡 /340
清晨的鹂唱 /341
以一朵花歌唱春天 /342
心灵的方向
——游东禅古寺有感 /344
你就是王者
——游地藏寺有感 /345
如果你愿意
——游文昌讲寺有感 /346

娄雪娥 /348
鄱阳湖 /348
手机 /350
爸妈的心愿 /351
希望你生活得开心 /352
忘了 /353

萧正 /354
春江 /354
夜归 /354
灯光 /354
离家 /355
渔妇 /355
退休 /355
清明雨 /355
游湖 /355
水途 /356
望明月 盼团圆 /356

黄本香 /358
钓鱼歌 /358

昌南明珠幽兰镇 /358
从政『五不忘』 /359

万俊敏 /361
滕王阁新咏 /361
厦门南普陀寺 /361
瑶里瀑布 /361
地铁颂
　——南昌一号地铁通车有感 /362
登明月山 /362
题庐山西海 /362
登山 /362
童心 /363
抗洪颂
　——致敬南昌县2016抗洪英雄 /363
贺中国女排夺冠 /363
老家 /363
贺昌南新韵2017年元旦书画展 /364
　——加『西游老家』微信群有感 /363
天香园 /364

满江红 纪念孙中山先生诞辰150周年 /364

涂腊印 /365
观白龙洞 /365
登明月山 /365
乡思 /365
家乡水 /365
游日月潭 /366
观莲池潭 /366

闵海根 /367
古风五首 /367
清平乐 /368

熊星全 /369
澄碧湖 /369
游南昌县凤凰沟樱花谷 /369
舞动澄湖 /370
澄碧湖大厦 /370

散 文

赵金贵

赵金贵,1964年生,南昌县文联主席。

野百合的春天

记得大学时光,毕业留言簿上写下这样一段文字:"十九根竹篱笆维系的青青果园,渴望果的成熟,又不忍花的凋落。"可谓对未来、对事业踌躇满志。转眼间,就快到知天命的年龄。竹篱笆泛着黄色,花儿早已谢了。零星的一点儿果子,也像长不大的孩子,不愿离开枝头。风使劲摇,它们便在风中舞蹈。

常感叹《致青春》那句台词:"天空没有痕迹,但鸟儿已经飞过。"即便这样,我也从未后悔过,因为文学一直牵绊、推搡着我,因为文学一直温暖、照亮着我。因为文学这割舍不了的情结,我从一名纪检干部走上文联主席的岗位;因为对文学这刻骨铭心的热爱,我不遗余力去举办谷雨诗会,去创办《澄湖》杂志。文学带给我无尽的快乐。

《澄湖》创刊五周年了,我总觉得她就是一枝路边的野百合,安安静静地开放着,不挤眉弄眼,不媚笑,不追风攀岩,不随波逐流,极其自然地笑着并歌唱着。

五年,我们收获了许多,《澄湖》荣获全国十佳优秀内刊大奖,培养了一大批作者,得到众多读者的肯定,这是我聊以自慰的。

文学如灯,照亮自己也会照亮别人,我期待着你感人的故事,独到的见解,人生的感悟。让我们一起分享。

一首歌唱道:"野百合也有春天。"

唱给母亲的歌

马年春晚上，著名歌手韩磊一曲《老阿姨》掀起了晚会的高潮，他声情并茂、委婉动听的演唱像一股涓涓细流，触动了许多人心底的那根琴弦，也让九十高龄老人龚全珍的事迹传遍了大江南北。在接过全国道德模范奖杯之后，老阿姨龚全珍又成功当选感动中国2013年度十大人物。一个普通而平凡的老人，没做出什么惊天动地的事情，也没留下丰功伟绩，是什么力量让她登顶这神圣的殿堂，带给人们温暖而持续的感动？我一直思忖这个问题。也许是她安贫乐道、乐善好施的闪光品格，也许是她忠贞不渝、坚韧不拔的松筠气节，是绵延千年弥足珍贵的妇道和人道，是千万母亲最典型的代表。

我的母亲也近八十，年纪大了就爱唠叨。最近讲得最多的是她刻骨铭心的两件事。一件事发生在二十世纪八十年代初，朝姈和母亲是村里同时长大的童养媳，又都嫁在本村，感情自然深厚，几乎是无话不谈的好姐妹，用今天的话说就是闺密，所住之地又只有一墙之隔。朝姈家底殷实，早就住上两层洋房，主要靠脑子灵光、做煤炭生意的老公发家，而我家灰墙土瓦缩在一旁。我家一有困难，她总主动相帮，借钱借物，从不迟疑。有一天早晨，母亲愁眉不展，一下就被朝姈姑姑看出了，"又是老母猪没钱买糠吧？"她强拉着母亲到房间，拿出用花手帕包好的一叠钱，"给你20元。"母亲接过钱连声道谢，就去风雨亭买糠。买糠回家，大事不好，朝姈号啕大哭，并在堂屋里打滚，细一打听，那包钱被人偷了。那包钱足有几百元，在那个年代可是不小的数目。这时屋里围满了人，人们七嘴八舌，什么"生贼无熟脚"，什么"忘恩负义"，矛头直指母亲。母亲纵有七张口也解释不清，转身就往堤坝外跑，一头栽进了滔滔抚河，幸亏被驾船的张大伯救起。事过三天，朝姈的老公出差回家，说那包钱是他拿走了，全村人为之愕然，许多人买来爆竹，为母亲赔礼道歉。

另一件事也发生在那个年代，稍晚几年。那时已实行了家庭联产承包责任制，每家每户都要交公粮余粮，自己勒紧裤带也照常要交。有一次母亲坐着手扶拖拉机来到公社粮站交公粮，由于交粮的太多，收粮的工作人员难免手忙脚乱。过磅后，母亲3600斤粮，结果写成了8600斤，粮已归仓，已无证据，知道的只有母亲一人，按8600斤结算，白白便宜5000斤。这时母亲急了，找到粮站工作人员:"我交的粮只有3600斤,你怎么写成8600斤?"工作人员不好意思也不愿意改回来,母亲又找到粮站的站长,这才改回3600斤。此时,母亲长舒一口气。

这就是母亲常讲的两个故事,这就是我平凡朴素的母亲。中华民族几千年的文明,源于无数个母亲的薪火相传,她们用实际行动甚至生命去捍卫人世间的真善美。我一直被母亲温暖地照耀着。

春天的落叶

经过一冬的蛰伏,总算是挨进了春天的门槛。

昔日同立枝头的伙伴,早已西风漫卷,蜕化成泥。独自庆幸,庆幸自己寂寞地坚守,终于迎来了春天蜜汁般的阳光,酥糖般的和风。是该享受了,享受这清纯美妙的一切。谁知,春风是个驰骋沙场、指挥千军万马的将军,在每天的阅兵式中把她认出了。不一样的绿,脸上还有黄褐色的斑。她被非常客气地请出了队列。几分羞涩,几分无奈,她依依不舍地离开了枝头。

县委大院,遍地都是这翩翩飘落的叶子。我戏称,这是自然界的"换届"。推陈出新、去伪存真,是自然界换届的铁定法则。

不知不觉,来县委大院工作已20个年头,窗外那修长挺拔的水杉如影随形。我在四楼,你长到四楼的高度;我到八楼,你到八楼探望我;我到九楼,你就在九楼等候我。仿佛是一种神秘的约定,或许是一种必然的机缘。无论风雨飘摇,还是浮云蔽日,你不改青云志,不忘朋友情。

其实,落叶也好,水杉也好,是像我一样的"老机关"的一种写照。随遇而安,无怨无悔,是一种心境;蓬勃向上,心无旁骛,是一种品格。

一湖水　两岸灯

仁者乐山,智者好水。一湖清水,带给人恒久的愉悦和无尽的情思。我记得,2006年相约昌南环鄱阳湖文化论坛上,乔林先生和我谈到,江西山的文章已做得很足,水的文章还没开头。为此,我们还给省委、省政府发了通稿。没想到,四年后的今天,鄱阳湖生态经济区已上升为国家战略。鄱阳湖已成为赣鄱儿女心中的圣湖,就像神秘的纳木错湖,转经筒转过的是朝圣者不紧不慢的脚步,转不动的是那蔚蓝色与蔚蓝色的对视。

我敬佩所有的思想者,其实,许多划时代的成就都是源于一个想法。只有想不到,没有做不到的。我的荒漠中崛起的小兰经开区,我的款款深情的澄碧湖,其实都是一个个奇思妙想。回望当年那移沙造地、挖土造湖火热的场景,心里总是充满着激情与幻想。古有愚公移山,今有智公造湖。

临湖居住二十年,迟迟不愿搬走,是那一湖风景的牵引与挽留。

最享受的就是站在阳台上,蓝天与碧湖互为映照,看天上的碧波,看湖中的彩云,看风与风筝的嬉戏,听澄湖空旷而久远的回音。

澄湖最美的时刻在晚上,月影稀疏,霓虹闪烁,乐音环绕,舞步轻盈。莲花灯、天鹅灯、少女灯,各具特色的灯具投射出梦幻的色彩,让人流连忘返,如痴如醉。因为有灯,澄湖的意境更深远。

人的一生,有一湖活水的陪伴,肯定会清澈如许;一湖清水,有两岸灯的照耀,也许会扑朔迷离。

细节的力量

细节决定成败,许多人都知道这个理,却不知道如何去做。好友琼理有一次和我闲聊,讲过这样一则事。国家发改委某主要领导来江西,他收集了很多该领导的信息,知道其是一个左撇子,在宴席中,他特别叮嘱服务生把筷子放在某领导的左手边。某领导入座,对这一小小的举动非常感动。他说,走遍各地,这是他遇到最好的接待,远远超过掌声和鲜花,只有在家里,只有母亲和妻子才会这样去做。他当场拍板:为江西某项目网开一面,另追加6000万元资金。

1995年,在西湖游玩,走了苏堤白堤,还逛了灵隐寺,腿脚实在是太累了,想坐下来休憩,可又一想,这大雨过后,哪里有落座驻足的地方呢?我还是径直来到湖边的木椅旁,只见椅子上铺了一块塑料薄膜,我喜出望外。坐下后,呼吸着新鲜的空气,欣赏着雨后的西湖,感到特别的惬意。椅子上那一块块随风飘动的薄膜,成了西湖最亮的一道风景线。十多年过去了,我还忘不了那一幕。

这都是细节的力量,就像原子弹、氢弹的巨大威力,是由铀的聚变和氢的裂变所释放的能量构成的。细节是不可忽视的,它需要用心地去感悟、去关注。

风 景

1997年出差云南,乘大巴从大理到丽江。那时正值花红果绿的初秋,又是一个烟雨朦胧的早晨。苍山像一条蛰伏的巨龙,蜿蜒窗外,在阳光的氤氲中,变幻着色彩。苍山更像是一个流动的画屏,每个角度,都是一幅浑然天成的画。就在我们欣赏窗外景致的时候,不知是谁脱口而出:"苍山的彩虹!苍山的彩虹!"

这彩虹,非同寻常,她不止一道,而是几十道、几百道,清新艳丽,如梦如幻,从山顶蜂拥而下,像一帧彩色的飞瀑,更像是一弯温暖的滑梯,煞是壮观。同行的游客纷纷要求司机停车。哪知,司机可没这个闲情逸致,他以赶不上午饭为由拒绝停车。情急中,我和导游协商,最后商定停车15分钟。下车后,旅友们欢呼雀跃,三三两两合影留念。苍山的彩虹定格于他们生命的天空,这一刻成为他们永恒的怀念。

人生犹如一次旅行,太在乎目的地,不经意间会错过许多迷人的风景。有时风景就像那苍山的彩虹,顷刻间消失得无影无踪,回过头,你将无处寻觅。朋友,我想大声地对你说一声:"在有风景的地方停一停。"

举起的幸福

　　近来,幸福是网络、电视、报纸中出现最频繁的一个词。央视记者逢人便问:"你幸福吗?"许多人说出了心中幸福的模样。关于幸福的话题,听朋友说过两则这样的故事。

　　前些年,广东人盛行吃猴脑,把一群猴子关在一个后院里,然后由食客来点。被点中的猴子不是店主抓起来的,而是由五六只猴子抬过来的。被点中的猴子当然是含泪惜别,可那些幸免的猴子个个手舞足蹈,面露喜色,表现出幸福可人的样子。猴子很简单,于是它的幸福也很简单。在一次次庆幸中获得快乐,猴子没有联想同伴的今天就是它的明天。这群可怜的猴子。

　　一个假日,动物园里人头攒动,特别是海狮馆,周围已挤满了人,可以说是水泄不通,要往前挪一步几乎不可能。这时候,一家祖孙三代蹒跚而来,他们相互搀扶着,拉扯着。爷爷双目失明,是个盲人。爸爸拄着拐棍,是个瘸子。活泼可爱的孩子跑在最前面。小孩嚷嚷着要看海狮表演。爸爸二话没说,把孩子高高举过头顶。要知道,孩子的爸爸是腿残的人,要把孩子举起必须有一个有力的支撑点。此刻的爷爷跪在地上,佝偻着腰,为孩子的爸爸支起一条强健的腿。孩子看到了海狮表演,欢呼雀跃。孩子的爸爸、爷爷虽气喘吁吁,可脸颊上洋溢出幸福的笑容。这一幕让在场的人动容。可以说,他们是世界上最幸福的一家。

　　我以为,幸福是精神层面的,是自我的一种感受。幸福是没有指数,没有层级,没有参照系的。幸福是一种知足,又是一种不知足,要看你是知足的人还是不知足的人。幸与不幸是相对的,像那群猴子,将一种无知的满足看作幸福;而那家祖孙三代,把最不幸的素材雕塑成最幸福的造型。唯有把希望高高举起,才能把幸福牢牢攥在手里。

读 人

上帝造人,一定是以山为背景,以水为原料,因为山千奇百怪,因为水柔情万种。山最具差异性,水最具可塑性。

人不仅千人千面,而且性格迥异,真佩服造人的主。用丰富的想象力和不可穷尽的创造力,细心地打量人的容貌,品味人的个性,真是别有滋味。

读万卷书,行万里路,不如阅人无数。读人,读懂不难。读通,那是绝不可能的。就像神秘的宇宙,你可以看见那些诡异的星光,却永远猜不透星光后面的故事。人不仅音容笑貌、举手投足不尽相同,每根毫发都张扬各自的个性,每个呼吸都彰显独特的气息。

记得有一次,一伙朋友在一起吃饭,大概有七八个人。吃完之后,各自散场,碗筷摊了一桌子。我突发奇想,我能不能从桌上的碗筷发现哪只碗是谁吃过的?我一只只碗去打量。这只是张三的,那只是李四的……结果全被我猜中了,朋友们说我料事如神。其实一点儿也不奇怪,这源于我对朋友的了解,我知道他们的个性特点。张三喜欢喝汤,自然碗里有汤痕;李四大大咧咧,碗里自然剩饭多;王五爱干净,自然碗里没留一粒饭。由此我想起大学时光,也是七八个人睡一个宿舍。当时是木板楼梯,上下楼的脚步声特别清晰。我常常是提前上床,闭着眼睛去倾听那烦人而又温暖的脚步声。甲同学脚步拖沓,乙同学脚步急促,丙同学脚步清晰而均匀,丁同学脚步沉闷而紧迫……不用睁眼就知道谁回来了。

每个人都是独一无二的,每个人都是生命的奇迹。以上两个故事都是从人的差异性去判断的。人的差异性其实可从许许多多方面去鉴别,比如指纹、脚印、声音、容貌、肤色、身高、体重、肺活量、血压、心跳等,更可从兴趣、喜好、脾气、性格等方面去区分。世界上找不到两片相同的叶子,更找不到相同的两个人。而纵观人类历史,不同的人之间虽有太多太多的不同,但也有其共性的地方。比如,人之初,性本善;比如,人人都有是非之心、辞让之心、恻隐之心、羞耻之心,都喜欢听好话、赞赏表扬的话,都有强烈的占有欲(物欲、情欲),都有孝道、感恩向善的情怀。

读你千遍不厌倦,我陶醉于人绚丽的个性中。这是这世界芬芳纷呈之所在。我渴望有一条小径,有一扇门能抵达你隐秘的心房。

陌上桑

必经的路上,我怕遇见那棵桑。桑叶特别青翠,特别柔润。初夏时节,一群孩童,攀上你的枝丫,让童年裹在你绿色的汁液里。蚕卵从一丁点儿黑到蠕动的虫,到抽丝结茧,到羽化成蝶,桑都深情地注视着,幻想着伸出臂膀,为蝶停靠。

一棵桑,陌上桑。年少时见过,就不曾相忘,多少个幽怨的雨天,从桑下缓缓走过。

一树桑花,一层桑叶,再一层月光。一种淡绿的情绪曾在桑下独自喁语。

最引以为豪的就是华盖的树叶,孩童隐约其中,枝叶瑟瑟地抖动,用一种稚嫩呵护另一种稚嫩。

桑沦落为一截枯木,也会期待下一个春天,不间断的美梦,像一片湖泊上空的云彩,曾经缭绕与氤氲那段枯木。

桑与蚕,就像鱼与水,人与大自然,相互依偎,彼此珍惜。

在那无垠的旷野,再也见不到那棵桑,一段枯木,被风雨掩埋。原先的纯粹变成更为寂寞的纯粹。相见不如怀念,祭奠不烧纸钱。

陌上桑,已成一段痛彻心扉的记忆,绿色的叶片是你未闭的眼。站在你站立的位置,凝视远山和夜晚,一股暖意像风一样滑过。

辣椒树

有根脉,有躯干,有枝丫,有花,有果,却没有谁称你为树。或许是因为卑微、弱小,不配称为树;或许是年年枯萎年年长,在短暂的季节里被人淡忘了。在许多雍容华贵、茂密、高大的树的面前,你显得很猥琐。于是,你甘愿充当着"杂种""小样"。

老家屋后那片竹篱笆虚掩的辣椒地,成为我记忆中最温馨的地方。母亲收工回来,总是唤着我的小名,叫我去摘辣椒。我一溜烟跑进辣椒地,一会儿就要摘满一草帽红红绿绿的辣椒。绿的辣椒用来炒菜,红的辣椒要留下来,用于晒酱。世上最鲜美的菜,莫过于母亲做的辣椒炒肉。每次回味,我总是吞着痰。晒酱是家乡的风俗传统,家家户户到了夏天,都要准备大大小小的缸,以红辣椒为主,辅之以豆豉,有的还掺杂些许的蔬菜,放在烈日下暴晒,直至这些融为一体,直至酱香弥漫。每天早一瓢、晚一瓢,辣椒酱成为老乡们四季中最主要的一道菜。想起来,那些艰苦的日子,因为有辣椒,老乡们过得还是有滋有味的。

我家的阳台上,种了几棵辣椒树,既可做盆景,又可丰富菜篮子。闲暇时,我总喜欢浇浇水,施施肥,更大的乐趣是采摘辣椒。那辣椒一天一个儿,一天一个色儿。一朵米白的花,三五天就可结出辣椒崽,再过七八天就可采摘。品尝自己栽种的辣椒,真是十分惬意。

小小的辣椒树,以缤纷的色彩演绎精彩,以不断地奉献诠释高大。平凡而普通的辣椒树,在我心目中,就是一棵棵参天大树。

老鼠偷蛋的启示

　　小时候,听外婆讲过这样一件事,至今记忆犹新。还是二十世纪七十年代,那个激情燃烧的岁月,砸锅卖铁、大炼钢铁、吃大锅饭、割资本主义尾巴,是那个年代的关键词。外婆可管不了那么多,偷偷地在家养了几只老母鸡,以增补营养。我们这些孙辈就是靠吃外婆蒸的豆腐蛋长大的。正当外婆暗自高兴的时候,一件奇怪的事发生了。三只母鸡一天下三个蛋,一天只吃两个,到月底肯定要节余二三十个蛋呀,可每次总对不上数。起初,外婆怀疑是有人偷了她的宝贝蛋。可一合计,外婆几乎是足不出户,家里又很少有外人来。外婆百思不得其解。直至有一天晚上,外婆才茅塞顿开。

　　那是一个月黑风高的夜晚,外婆点着煤油灯坐在床头纳鞋底。夜深人静,只听到一阵窸窸的响动声。外婆突然看到惊人的一幕,有两只老鼠结伴偷蛋,一只躺在地上用四只脚拖着蛋,另一只用嘴咬住同伴的尾巴前行。外婆一拍床沿,两只老鼠吓得屁滚尿流,逃之夭夭。

　　老鼠虽然丑陋,偷蛋也不光彩,可我一直为老鼠的举止而折服。在动物世界里,我看见猴用坚硬的石块砸开坚硬的椰果,而后美滋滋地享用甘甜的椰汁。鼠和猴给我许多有益的启示。一是创造的力量是无与伦比的;二是己所不及,借助外力;三是团结协作,资源共享。

　　当下,江西省鄱阳湖生态经济区已上升为国家发展战略规划。这本身就是一种旷古绝伦的创造,需要我们超凡脱俗不断创新,需要各地真诚协作,让潜能发挥得淋漓尽致,更需要国家政策、资金的扶持,从而让阳光照耀鄱阳湖清凌凌的水。

　　茫茫宇宙,唯有动物进化和人类文明是不可忽略的,而动物进化和人类文明的道理又是相通的。

　　老鼠偷蛋,猴子砸果。伟大的时代,强盛的民族,不可或缺这种原生的动力。

期待,是如此的幸福

  窗外的冬天,雪事不断,纷纷扬扬,渲染着寒意。年前的某个夜晚,少华君前来,送我两件精美的礼物。一件是他们自行设计制作的挂历,另一件就是两棵名贵的水仙,据说是专程从广西买来的。我迫不及待地打开纸盒,只见两个洋葱般的兜儿,抽出几根青葱的叶子。我和女儿当即找来两个盆子,用清水养着,各自的房间里放一盆,就这样期待着春暖花开。

  直至元宵过后,水仙仍旧是只长叶,不开花,但能隐约看到含苞的花骨朵儿。女儿已等不到花开就要返校,想带走她的水仙,路途中又不方便,急得眼泪快要出来了。可见,女儿是多么想目睹水仙花开这一美妙的瞬间。我答应了女儿,要在水仙花开的第一时间向她报告,并把水仙美丽的倩影拍下来上传给她。女儿这才悻悻地走了。

  正月十八的早上,水仙花悄然开了,微笑地朝着我,六瓣洁白的花蔓簇拥着米黄的花蕊,透着淡淡的清香。女儿得知这一消息,兴奋得从上铺一跃而下,潜伏了许久的情感化着强烈的冲动。

  水仙花素洁而淡雅,不媚不俗,父女俩的最爱;水仙花开,女儿一冬的期待;十八岁女儿,花样年华,我一生的期待。平实的生活中,用心注入一份期待,一次花开,一声鸟鸣,一次邂逅,一句祝福,默默地守望那份期待。期待,是如此的幸福!

秋天的记忆

第一枚落叶掠过窗前,寂寞和凋零萦绕窗外,真实的一次回归,其实行程很远、很远。你看,风送了一程又一程,从嫩绿到古铜色,蕴含着许多许多沧桑。我爱这个秋天,这秋天里有太丰富的内涵。

乔布斯走了,平静而略带忧伤地离开,黑客没有攻入他的电脑,癌症却沦陷了他的身体。很少看到乔布斯爽朗的笑,但乔布斯是快乐的。因为他的梦在一次一次实现,智慧的结晶体犹如熟透的苹果,让天下最昂贵的钻石逊色万分。创新改变世界,智慧恩泽天下。

卡扎菲走了,带着羞辱和遗憾离开了。这个很有男人味的男人,束手就擒,一点儿都不壮烈。弱肉强食,是这世界永恒的主题。孰是孰非,很难评判,也不重要。重要的是谁更强大。与其躲在水泥涵洞里苟且,还不如端一把冲锋枪与来者一同了断,鲜血总在家乡苏尔特流淌。利比亚赶走了一头狮子,或许来了一群豺狼,羞辱卡扎菲的士兵们,让这个世界蒙羞。

小悦悦走了,带着童真和幻想离开了。这个不足两岁的小女孩,不是在风雨中被车轮轧死的,而是被路人的冷漠杀死的。第十八个路人抱起奄奄一息的小悦悦时,我记住了拾荒者陈贤妹的名字。当陈春财领着一伙农民工徒手抬起轿车抢救车轮下的少女时,当谢娟拍醒大灾中熟睡的邻居时,我发现原来善良是如此的平凡,平凡又是如此的崇高。也许,越在底层,对美好的渴望越为强烈。这个底层,如果善良缺失,那这个世界将会彻骨的寒冷。这可是我们民族真正的底线。

趟过寒冬,抵达春天,落叶成了唯一的票据,许多精彩正要上演。

上海的文明

不久前,在上海杨浦区黑山小区居住半月余,我真切感受到上海的文明不是高楼大厦,不是霓虹闪烁,不是城隍庙香甜的过往,也不是外滩浪漫的偶遇。上海的文明,就像这五月的鲜花,开放在每一角落,驻守在每个市民的心里。

每次走在大街上,我总要感叹这一幕:蓝色的斑马线上,只要亮了红灯,竟没有一个行人会闯过去,即便是深夜无一车辆经过,即便是行色匆匆,也会耐心地等待。守规矩是上海人良好品行的表现,上海人排队的习惯就是源于守规矩,怪不得偌大个上海井然有序。没有规矩,难成方圆。

上海的菜场、集市都是明码标价的,我走遍了附近几乎所有的菜场、集市,大多数商品价格都差不多。你用不着担心会吃亏上当,也用不着讨价还价。有一次我去集市买乌鱼,看到满池子的乌鱼,我问摊主,这是野生的还是家养的?没想到摊主爽快地告诉我,这些都是家养的,今天没到野生的,家养的每斤12元,野生的每斤24元,并教我如何识别。后来我每天都去这个摊子买一条野生的乌鱼,拎着就走。回家一看,没有一次上了当。上海的店铺、货物、食品的包装每家都各具特色,便于顾客退还时识别。讲诚信,是上海人恪守的秉性。由于讲诚信成为一种风尚,你会感到一种莫名的人格受到尊重的感觉,从而由衷地为这个城市而骄傲。

入住小区的时候,我们一行被门卫反复地盘查,又是身份证,又是驾照,甚至结婚证。一度我曾对看门的老头心生厌意,实在太啰唆。有一天中午,我不知不觉睡着了,顽皮的小侄子居然跑出门去找他的妈妈。醒后,我发现小侄子不见了,一下慌了神,心急如焚四处寻找。看门的老头见我着急的样子,没等我开口,就问,你是找小孩的吧?我连说,是呀,是呀。他说,他在我这里。然后,我看见小侄子手里拿着QQ糖在一边玩。我悬着的心落下了。就是这个爱啰唆的老头,用两包QQ糖留住了我的小侄子。若小侄子跑上大街,后果不堪设想。负责任,是上海人先天的素养。爱岗敬业、助人为乐,就像这遍地的青草,随处可见。我不由得对眼前这个老头肃然起敬。

还有两件事让我印象深刻。有一次我鞋底磨破了,拿去修补。补鞋的大妈一针一线,非常用心,根本不见补鞋的痕迹。补好后还帮擦了油,完好如新的皮鞋让我眼前一亮。

去过全国很多地方,唯有上海的抽水马桶最为精巧,让你不会有如厕的尴尬。精细、用心去做好每件事,或许就是成功的前提,也是上海人的精明之所在。我徘徊在杨浦的街头,思忖着写这篇稿子时,看见两个中年妇女把吃剩的香蕉皮放入150米之外的垃圾桶,我的灵感来了。

城市的文明,很大程度上来自市民的文明,就在你举手投足间,就在你平常的生活中。在上海居住的半个月,我如沐春风。莲塘与上海相距近千公里,其实,文明的行程还很远很远。

自己也是对手

我超喜欢围棋，奇妙的黑白世界，就像是浩渺的星空，让人如痴如醉。我常常一个人下一盘棋，左手与右手对弈，即使不带任何偏见，这一盘棋肯定有胜负。一个人下棋，其实是招招见血，拼杀得畅快淋漓，因为胜负已是无所谓，过程比结果更重要。

初夏时节，在"丰城杯"全国业余围棋比赛期间，我有幸结识了王元八段。王元八段一直是央视《纹枰论道》节目的主讲老师。他的谦逊、随和、豪爽给我留下了极为深刻的印象。见面时，他自嘲是"王八段"。我们一起喝酒、下棋、交谈，度过了愉快的一天。他讲的两个故事，让我记忆犹新。一是关于日本棋手赵治勋的。赵治勋在二十世纪八十年代已是如日中天，集棋圣、天元、十段等光环于一身。王元当时是初出茅庐的小伙，在日本棋院拜见赵治勋时，赵治勋主动伸出双手，躬着腰握住王元的手，并说着许多感激和鼓励的话。这让王元受宠若惊，终生难忘。二是一次采访吴清源先生。吴清源先生独步棋坛几十年，对棋、对事物有独到而精辟的见解。中日围棋擂台赛上，武宫正树下的一步臭棋，引来许多棋界人士的批评。吴先生却不以为然，认为是一步妙棋，他通过多种演变，得到的结论是："没有绝对的臭棋。"吴清源先生这种化腐朽为神奇的超能力让人叹为观止。王元还给我讲解，有的人看待事物是局部的，有的是平面的，而吴清源先生看到的是立体的，多维的。这也许就是人们常说的境界。画分九品，棋分九段，人分九等，其实是从境界来区分的。

人生就是一局棋。有的人开局漂亮，有的中盘有力，有的结局完美。有时你要铤而走险，有时你又得破釜沉舟。你算计别人又常常会被别人算计，你设下圈套又经常会进入别人的圈套。当我看到我省顶尖高手姜磊被十几岁小孩逼得满头大汗时，我明白了棋无止境，艺无止境，人无止境，我明白了赵治勋的姿态，明白了吴清源独孤求败的境界，明白了王元给我讲的两个故事。人的对手其实永远只有一个，那就是你自己。唯有不断追求，不断进取，才能一次次战胜自己，一次次战胜对手。

写这篇文章，我是想将这些事告诉我两个患病的朋友，一个得了脑梗死，一个患有抑郁症。两个人都向我哭诉过，都在抱怨自己的不幸和社会的不公。我想说：不要怨天尤人，把自己作为对手，用左手去战胜右手，坚强地让病魔胆怯，疾病真的没有你坚强！

黄夏君

黄夏君，1950年5月出生，祖籍湖北省松滋市，一直在江西生活、工作。现系江西省作家协会会员，江西省散文学会、杂文学会会员，南昌市作家协会会员，江西省"人杰地灵"文化促进会常务理事，南昌县作协名誉主席。

出版、发表各类文学作品近200万字，著和编著有中短篇小说集《雪融》，散文集《指缝流沙》，人物传记《刘德华传（合）》，报告文学集《崛起的脊梁（合）》，励志纪实文学《在中国做事》，电视剧本《松柏巷里万家人之彩奖狂想曲》等；多篇作品入选《来自改革开放第一线的报告》《诗江西》《守望者书Ⅰ》《守望者书Ⅱ》《文粹》《缘聚》《江西文学作品双年选·散文卷》《江西文学作品双年选·杂文卷》《希望在山》《铜钹山的鸣唱》《系马桩：南昌文学作品选》《江西现当代散文选评》等选本，获奖若干。

听　洲

记得那年，秋正往深里走时，我随剧团下农村演出去了塔城乡。剧场紧傍抚河，不时可见三两小舟从河对岸剪破如镜的水面，把哼着采茶调的乡民送过河来看戏，心里顿觉出几分与水为伴的乐趣。就打听河对岸是哪里，于是，耳边飘进一个很美的水乡地名——水岚洲。

随着工作性质的变动，我把水岚洲往深里听，却听到它形似"脚鱼背，荷叶边，涨起水来浸半边"的忧虑，听到它身处泽国状如"孤岛"的叹息。

一只"脚鱼背"被青岚湖和抚河紧紧包围，三面环水，"身"后仅有的一条土路只能通往邻县。在它21.98平方公里的身躯里，4484户人家即使想去管辖该洲的塔城乡赶个集，或是上乡卫生院瞧个病，也只好望水跺脚了。然而，无路可走的水岚洲人却占了塔城乡总人口的一大半哪！

长期以来,水岚洲人只能用"吱呀"的摇橹声诉说艰难。

其实,水岚洲人面临的岂止是与世隔绝的艰难?回首时光隧道,在历史的长河里,一次又一次洪涝灾害给这只"脚鱼背"留下了多少苦涩的记忆和几番被吞噬的哀叹?

我分明听到了"吱呀"摇橹以外的颤音,那是一声声对水患的悲愤与无奈。

"颤音"在1998年的夏天达到极致。洪魔肆虐时,多亏了指挥的魄力啊,把无数个"颤音"混合成磅礴的千军万马的厮杀,使原本属于二胡独奏的《江河水》演奏出干群一心、众志成城的交响!场面惊心动魄,气势排山倒海,激励每一个乐手和听众都把悲愤与无奈化作了斗志和力量,那是震撼人心的雄浑乐章。

鏖战过后,"脚鱼背"虽然保住了,但由于严重内涝,早稻绝收面积达48%,晚稻绝收面积达70%,32个自然村受淹,303间民房倒塌,还有被淹的学校,毁坏的堤坝……满目疮痍的"脚鱼背",疲惫地瘫卧在赣抚平原上。

苍穹间,水岚洲传来的悲泣如此凄凉。

难道就活不出个艳阳天?

秋水长天下,那"吱呀"的摇橹声哟,又多了几分迷惘与惆怅。

自那以后,我用耳、用心,聆听着"脚鱼背"上传来的每一点动静。

都说耳朵与心相通,耳朵听得舒坦,心就感觉熨帖,并由此而生出愉悦。

终于,我听说水岚洲盼来了福音!1998年下半年,国家制定平垸行洪、退田还湖、移民建镇等多项政策,省政府批准水岚洲"高并",下达移民建房任务4379户,安置18554人,并规划将48个地势低洼的自然村,全部合并迁移到海拔23米以上的避洪高地,建立起由1个集镇、5个中心村、10个基层村构成的欣欣向荣的农村小城镇。

我听到"脚鱼背"对封闭落后的庄严告别;

我听到"孤岛"上天翻地覆慨而慷的躁动;

我听到"住新房,走新路,过新桥"的铿锵誓言。

不到两年,当水岚洲旧貌换新颜的喜讯传入我的耳际时,强烈的一睹为快的心潮就把一个听字淹没得无声无息。

真的是百闻不如一见啊!

抚河上,新建的塔城大桥飞架东西,天堑变通途;10公里长的洲中心水泥公路宽阔平坦,既便利交通,又解决了高洪期的人员疏散问题;公路两旁,那一幢接一幢的三层楼房,使4000多户、18000多人住有新居,洪涝不惧;更有新建的学校、医院、交易市场……昔日沉寂的"脚鱼背",处处呈现出勃勃生机。

锣鼓喧天,鞭炮齐鸣,水岚洲用最朴实的民风欢迎着前来参观的宾客。然而,我却从这喧天的锣鼓和欢快的鞭炮声中,听出了另一种优美和谐的意韵,这是意气风发的水岚洲人在放飞希望,放送激情,放歌党恩。

啊,水岚洲,我听到你敲击世纪之门的声音绵延悠长,余味无尽……

捉"鬼"

从拿到《守望者书Ⅱ》的那一天起,我就没睡过一个安稳觉。不是矫情,是我摊上事儿啦,我摊上大事儿啦。

翻开《守望者书Ⅱ》,首先跃入眼帘的是危仁晸会长为本书撰写的序,细细品读,自是叫绝。紧接着便很自私地翻看自己那篇,通篇看完,虽有遗憾却也释然:这是自己选送的,怨不得谁。正欲拜读其他文友佳作时,突然,我的眼睛发直——出"鬼"了!作者简介最后一行的县文协主席怎么变成了县文联主席?

是老眼昏花了吧?怎么也不会在这里出错的。于是带上老花镜再看,可左看右看,本该是"协"字的地方还是一个"联"字生生地杵在那儿,没有半点儿"让道"的意思。心里一咯噔,脊背上嗖嗖地直冒冷汗:出"鬼"了,真出"鬼"了。

这个"鬼"出在哪儿呢?

会不会是校对出错?

"不会。作者简介由作者自己提供,出版社一般不会改动。有可能你敲电脑时词组跟着跳出来……哎,不必在意。"本书特约编辑祝国华先生安慰我说。

难道这个"鬼"出在电脑上?

回家打开电脑,果然!存在电脑里的《作者简介》上,"文协主席"硬是被我敲成了"文联主席"。

这个"鬼"还真出在电脑上了。心里那个气呀——真想把八成新的电脑砸了。冷静下来又想,赖不上啊,现如今电脑太普及,谁人不是用电脑成文,如果都在电脑上出"鬼",那麻烦就大了。

该不是粗心大意出的"鬼"吧?

当时敲完文稿后,如果不是想当然地认为不会出错而没有仔细校对——唉,一直以来煞费苦心,甚至在"杂文风骨"征文赛中也以一篇《都是主席惹的祸》参赛,为的就是把"文协主席"与"文联主席"撇开。为什么?因为文联主席是文协主席的领导,上下级关系。搞错了,难免有野心之嫌。如今这么低级的错误竟然出在自己身上,怨谁?

没说的,粗心大意出了"鬼"!

曾经看过一篇报道,季羡林老先生生前在回答记者提问时说:能够做一个合格的校对就不错了。当时不以为然,觉得季老太过谦虚。现在想来,季老的话真是太精辟了。一篇文章里夹进一些本不该错的错别字,读者会是什么感觉？尤其是错在关键处,造成的负面影响难以挽回。据载,某大报在宣传我国婚姻法时,"一夫一妻"被写成了"一天一妻";据载,在一批出口产品的包装箱上,"乌鲁木齐市"被写成了"鸟鲁木齐市";又据载,某报的英雄人物照片被张冠李戴……远的咱就不说了,前两天看电视,南昌市某客运站的一张宣传画上,竟然两处把"中华人民共和国"的称呼弄错。综上所述,全是粗心出的"鬼"。听说,凡是"纸媒"出此大错的,相关责任人均难辞其咎。然而,我的错误出在自己身上,自己把自己的"头衔"往高了拔,谁来惩罚我？自是那些淹人的口水。

"她都退休多年了,怎么还是文联主席？"

"退休前她也没当过文联主席,现在好,退了反倒升了,哼。"

"世上竟有这么厚脸皮的人,老都老了还往脸上贴金。"

……

这样的话其实一句也不曾听见,可谁能保证别人没说？再说了,本人整日宅在家中,既听不见闲言碎语也没机会解释,成天神经兮兮地纠结于心,不是惩罚是什么？

又觉得这样的错误本不该犯,而把错误全赖在粗心上也有些冤。心想肯定还有"鬼",肯定。唉,莫不是"鬼魂"附了身？

今日闲来无事,就想静下心来拜读陈世旭的《解读黄河》,品一品小说家写的散文的味道。翻开《守望者书Ⅱ》第92页,眼眸一下子被作者的简介久久吸引,"简介"干净利落,十几个字解决问题。陈先生的简介上千字也有的写,可他——我感觉心里突然亮堂起来,这一下是真正捉到"鬼"了,原来这个"鬼"就在我的心里。

世人全知"神马都是浮云",县文协主席算个什么？可我在潜意识里一直都在意这个角儿,凡需作者简介时我都不会把这个落下。这算什么？虚荣心。试想,如果当初我根本就没把它放在心上,哪会往电脑上敲;如果作者简介里压根儿就没这什么"衔"都够不上的职务,又哪来这许多的烦恼。

粗心是"鬼",虚荣是"鬼",捉住了"鬼",我心释然。

哈哈,终于知道自己今后该怎么做了。

月亮湾听泉

夜。好甜的一觉醒来,竟不知自己身在何处。聆听天籁,一道悦耳的声音似从天的尽头飘过来,一直"飘"进我的脑海,没错,是那道山泉。顿时,就觉得有一掬泉水从面颊淋过,神志倏地清晰。

到达铜钹湖时天已黑了,木筏推开湖波,载着我们向湖的深处行驶。山风徐徐,掠过几许凉意。环顾四周,这座铜钹山上著名的高峡湖和环抱它的群山均暂隐秀美,默默地注视我们,更显出湖的端庄和山的凝重。原以为,湖中心那幢有灯的房必是我们今晚的歇脚处了,可木筏驶近它时却没有半点儿与之亲密接触的意思,仍对它不屑一顾地继续前行。前面是一片黑得让人发怵的山影,今晚睡哪里?正迷惑间,木筏轻盈地朝湖的右边潇洒一转,眼前陡然一亮,耳边溜进一个温柔的地名:月亮湾。呵,好一个"柳暗花明又一村"呀!看到岸上那星星点点的灯光,凉凉的身子不禁一暖,又一暖。

夜色朦胧中,我们被带到一幢别致的小木屋里。屋的四周有哪些景物还来不及细看,屋前的这道山泉却唱着歌热情地和我们打起了招呼,于是互动便在意念中摇摆。我感动着。在城市钢筋水泥墩里憋闷了许久,忽地住进这灵山碧水间的类似吊脚楼(假如有"脚")、起居设施却一应俱全的小木屋,心中的惬意难以言表。

躺在月亮湾小木屋那舒适的客床上,听泉。

白天的雨很大,山泉被丰满成一条小河,在山涧欢快地跳跃,泉水的声响也由原先被文人形容的"叮咚"演变成了"哗啦啦",静夜里听来,很有点儿磅礴的气势。这气势鼓动得我睡意全消,铜钹山采风的情景争相挤进心房,在那里翩翩起舞。

"发现铜钹山",重点自然是"发现"。饱览过庐山的秀丽,领略过张家界的神奇,铜钹山还能发现什么?然而,来到这里的第一天我就发现了。

我发现自己尚未动情,却已动心!

让我动心的是头天下午游览的铜钹山高峡三湖之一——军潭湖。

春意正浓的四月,环绕湖四周的青山像是被水洗过,一派葱绿。湖风轻轻地吹,吹皱一湖春水,一片白云悠悠飘来,在那座雄峰的腰间散开,云雾萦绕处,只露出一个尖尖的峰顶,制造出一种虚无缥缈的神秘,平日里人们极力想象的仙境景象,老天就如此轻松随意地施舍了一回,让人叹为观止。在水间氤氲的纱舞中,游览船突突地起锚,惊得几只不知名的小鸟扑棱起飞……军潭山雄浑昂立,油瓶石突兀擎天,老人峰呢喃低语,笔架山惟妙惟肖……乘船穿行于军潭湖中,看一处处或壮观或别致的景点,惊叹大自然的鬼斧神工。听岭底乡毛书记和其他人员讲述那一个个与景点有关的传奇故事,于是,秀美的湖光山色便钻进心灵的窗户,连同湖名一点一点地往记忆深处渗入,再也不肯离去。

我睁着双眼,在夜的空幽中听泉。

山泉的声响渐渐舒缓,似一位披着面纱的女子在羞涩地发问:难道铜钹山只有军潭湖让你动心?泉水低吟浅唱,把我领入憧憬的境地,心到了,"透支"便折叠成思绪的语言,交由山泉梳理。

我说"透支"是千真万确的。因为我脑海里的九仙山只是思维中的幻想,实地采风还得等到天明。九仙山,这是什么样的山呢?从资料上看,方圆一平方公里的九仙山"山势险峻,三面悬崖峭壁,仅北面有小道可登。有一山峰突兀耸起于周围的山群中,像一锋利的斧身竖立在那里。其岩壁陡峭险峻,连鸟兽都难以立足。站在峰顶上,可以尽览铜钹风光,大有'一览众山小'的感觉"。从彩图上看,九仙山石林怪石林立,峰峦层叠。据说,那伟岸挺拔的岩石群或状如奔鹿,或形似巨龟,或极像威风凛凛的猛虎……石林中有一对高耸的"美乳",那乳峰,乳沟,形象得唯有用"双乳峰"命名才觉妥帖。当一峰突起的百花岩彩图映入眼帘时,我不禁为之叫绝,这状如手掌、向内成窟的悬崖自古就被视为"真佛仙岩",屡建寺庙。至今,由清代建筑、有着浓郁明代建筑风格的广福寺正殿后的墙壁上,还保留着诸仙壁画,壁画上的诸仙形象各异,栩栩如生,真是引人入胜。

其实,真正让我对九仙山产生浓厚兴趣的除了怪石林、百花岩外,就是那些个农民在此揭竿起义、抗击清军的传奇故事。我很难想象,如此陡峭的崇山峻岭中,当年杨文领导的9000多名农民起义军如何生存下去?即便起义军在山上自行开挖水塘、垦出田地以作久住之计,即便山后有小道可通福建,可抢夺官粮充实储备,那又怎样?九仙山海拔550米,乃四面为悬崖绝壁的岩石山,有多少田地可开挖?山后小道崎岖难登,又能运上多少吃食?要知道,那可是9000多人哪!然而,九仙山当年农民起义军营寨、城堡的痕迹至今犹在,那座巍然屹立的南天门,以不可辩驳的事实印证了那段时跨7年、对铜钹山来说可谓波澜壮阔的历史。

这样的一座集自然景观与人文景观于一山的好去处当然应该去看看,然而,山峰陡峭,雨后路滑,自己又忘带旅游鞋,反正看过彩图了……一丝犹豫刚上心头,耳边娓娓传来山泉的劝说:不到九仙山可算不得来了铜钹山哟,哪怕到近前去领略其雄伟的身姿、绰约的神韵,亦不虚此行。去吧,去……

一定去,一定!我回应着,在心里。

带着对神秘的向往和遐想,听泉。

听着听着,山泉的旋律由轻盈舒缓转为激越豪迈,抑扬顿挫的节奏澎湃着人的血脉。热血跳动着,把骚动的心领上一条红色之路,于是,一杆鲜红的大旗在心中飘舞开来,映红了夜里的天。

说真的,白天看红军漫画时,我就在心里佩服开了:当年这位画漫画的红军战士可是真有两下子,他把一句"工农兵打倒蒋介石"用一个巨人手擎斧头之状朝萎缩的"蒋介石"砍去的形象呈现出来,红军必胜的内涵蕴于漫画中,很有些激励感。

看到赤岩上那三个嵌进岩石中的"红军岩",听着毛书记讲当年发生在这里的18位红军跳岩牺牲的真实故事,一种激情在心的台阶上跳跃,我找到了那种感觉,叫悲壮。

小时候看过一部叫《狼牙山五壮士》的电影,里面的5位跳崖英雄曾感动了我很长一段时日,当对这部电影的印象随着年岁的增长而渐渐淡化时,老天竟安排我来到这红军岩前。红军岩默默耸立,用静穆印证着当年所发生的一切。仰望岩峰,高高的峰顶上似乎隐约传来英烈们高喊红军万岁的声音,高天流云,将这气冲霄汉的呐喊声播向悠远。

叩问长天,在群星闪烁的历史的天空里,是否也应有他们的亮点?

当山泉用脆脆的嗓音告诉我"有,肯定有"时,我心释然。

天亮了。

推开小木门,两步就走到了山泉的身边。经过一夜的奔流,泉水似乎不那么磅礴,渐渐地叮咚起来,蹲下身子深深地吸口气,想闻闻山泉的味道。真水无香,但清新的气息沁人心脾,我竟有几分醉意。

泉水叮咚,牵着我漫步月亮湾。满眼都是生命的绿,让人心旷神怡,绿树掩映,溪流潺潺,几幢别致的小木屋点缀其中,真个是"野情野趣,古色古香"。来到铜钹湖边,这才好好地将它打量。湖平如镜,四周青山将其温柔地抱在怀中,幽雅极了。哦,那边是不是翠竹林?这"未出土前先有节,便凌云去也无心"的尤物,等会儿到了近前,不仅要好好观赏,还要闻闻那四溢的竹香。

要离开了。心里一阵矛盾,既想在这"真山真水"处多看看,又想到那"原汁原味"地去瞧瞧。当木筏载着我们离开月亮湾时,总觉有个声音在身后尾随,没错,是那道山泉。

是她在叮叮咚咚地说:朋友,请告诉您的朋友,到铜钹山来看看吧,或绿色之游或红色之旅,怎么游都是一种享受……

我发现,铜钹山是一个能在人的生命里留下痕迹的地方。

远村近事

　　远村很远,远得往前再跨一步便不再属于本县的地界。几百户人家祖祖辈辈在这里繁衍生息,村外的精彩总是因为村子的偏远而被挡在村外。无声无息的时间讲述过多少有声有色的故事,却从来不曾对这里有过顾盼。即便偶有蹊跷事,往沧海桑田里一放,也就渺小如没进油盐的寡汤淡水,被历史长河卷挟得了无痕迹。

　　最近,远村故事被搬到阳光下,这故事就张开翅膀在蓝天白云里飞翔,飞遍乡野,飞进城镇,让许许多多的人领略了一番阳光下有清朗之风在心头轻抚的惬意和舒坦。

　　远村故事的主人公很老,花白的头发,满脸的皱纹,微佝的背,从骨缝里往外渗溢着执着坚毅和曾经的沧桑。他的外表一如远村并不张扬的村貌,唯胸前那朵硕大的红花火一般在人的视线里晃耀出炫目的灿烂。

　　新世纪的第一个早春,全县三级干部暨先进集体、先进个人表彰大会隆重召开。作为先进基层党组织的代表,他轻咳一声,在全场热烈的期盼中不紧不慢地走上主席台。他土拉吧唧的发言总共不到三分钟,且说得语调平缓还夹带了诸如"我是个土老表,官话讲不来""对不起,年纪大了不看见"等与发言内容毫不相干的话,还包括从衣袋里摸出老花镜往眼睛上戴的时间。他的举动弄得会场里不时发出善意的笑声。可尽管如此,全场听众还是给了他最响亮的掌声,因为大家从土腔土调里分明听懂了一个最朴实的真理:共产党员就是要永远牢记党的宗旨,做人民希望你做的事,不贪。

　　老人走下台时,人们清晰地看见他身后有一道人生的辙,那辙里灌满了简短发言以外的深沉的内涵。

　　确切地说,远村故事其实是由县委书记补充说完的。县委书记说:"……光我们县就有300多个村党支部,全国几千个县,村支部书记是不是该有十几万、几十万?可是像他这样从18岁就当村支书、一直在这个位置上干了48年的有几个?我们有的人当了村干部想当乡干部,当了乡干部想当县干部。当然,想当官为民办事没有错,但总是想着为自己堆砌向上的台阶就大错特错了。你们看他,风里来雨里去地领着群众跟党干,一门心思只想着如何让群众过上好日子。

如今,我们看他两袖清风,可他们村里没有农民负担,集体积累已十分可观!这是一个什么概念?俗话说:当家三年惹人嫌。可他却当了半个世纪!如今老了,该退了,村里群众却不愿改选。为什么?这是他用一辈子的清正换来的群众信任哪,难道我们不应该扪心自问吗……"

雷鸣般的掌声又一次响起,掌声中充盈着钦佩和崇敬。这掌声挤破会场,飞向天外,惊得时间也不再悄然溜走,而是把深情的目光投向远村。于是,一个发生在最近的、让人听后觉得心里有清泉在流的故事便在阳光下传扬开来。然而,它的酝酿过程却用了整整48年。

远村的故事其实很简单,说的是一个土生土长的远村后生18岁那年当了村支书,这一当就当了48年,在这48年里,他尽心尽责地领着群众跟党干,风风雨雨,沟沟坎坎。而那一个又一个有关他身先士卒为民排难的感人事例,他却总说是应该做的,值不得往外宣。不过,凭着信念和宗旨,凭着这些年改革开放的好政策,他团结村支部一班人,硬是在一个偏远闭塞的村子干出了一片艳阳天。可他自己呢,头白了,腰弯了,背佝了。到老该退了,群众却异口同声地说:退不得!

远村的故事就是这么简单。

奇怪的是,这么一个简单的故事,却叫人咀嚼得有滋有味,犹如品尝一道原汁原味的赣菜,醇,鲜,还有那搅人肚肠的辣哟……

远村在泾口乡,它有个很悠扬的村名,叫北湖村;村里的老支书有一个很朴素的姓名,叫舒长根。

李金龙

李金龙，南昌市诗词学会副会长兼秘书长。

佛地踏青

柔和浅绿的柳条在仲春的暖风中犹带着鹅黄飘舞，川原的草色最宜遥看，路旁的人工花树则殊堪近赏。南昌市作家协会和南昌县文联组织了四十几位文化学者到昌南一个风光秀美的乡镇去踏青采风。

这个镇名为幽兰镇。一行当中我的年龄较大，也是这个镇土生土长的人，我从江西农大毕业后分配在这里工作了二十多年，对这里的风土人情比较熟谙。旅游车向幽兰行进时，车中就有人赞道，幽兰这个名字真美，原来这里是一片兰花吗？我说，幽兰这个名字诚然美，却不是本地的先人因此处遍地兰花而起名的。幽兰之得名，是北宋仁宗朝的礼部尚书万源（字文渊）致仕后归故乡高安，携三子游历南昌，爱此处山川秀美，土地肥沃，即指长子可纫居枫林，次子可稠居黄冈，三子可明居故里高安幽兰塘。可明次子又由故里迁居幽兰街口的万堂村，为纪念祖居，就将村前的青岚湖汊也名为幽兰塘。这个湖汊南通青岚湖，再北下鄱阳湖，水运发达，渐成集市，幽兰的美名就这样叫开了。

车还在行进中，我接着说，我们今天主要是游玩岘山东禅寺。要玩一个地方，我们都有共同的愿望，即搞清地名的来历，了解其历史和特点。《辞源》谓山之顶平曰岘，这里的岘山和湖北襄阳的岘山不是一回事儿。襄阳的岘山全名岘首山，因魏晋名将羊祜葬于此后人们竖立的堕泪碑而闻名于世。羊祜事晋武帝司马炎，病危时武帝亲临问安，并说："举善荐贤，乃美事也；卿何荐人于朝，即自焚其奏稿，不令人知耶？"祜曰："拜官公朝，谢恩私门，臣所不取也。"言讫而亡。羊祜不愧为一代名臣，其举善荐贤、不市私恩的品德尤为后世称道，真可令结党营私、任人唯亲者愧死。

我们今天游玩的岘山以山形得名，原也名过凤凰山，相传古时有凤凰栖息于此山之梧桐树上。又传，唐代名臣魏征之四子曾任洪州刺史，因怀念其父墓葬在长安岘山,首建寺以祈乃父冥福,便将凤凰山改名为岘山,山之有寺便自此始。幽兰镇现有"扬佛教文化特色,建平安秀美幽兰"的构想,我应邀到家乡帮忙,因而曾查阅过南昌县志和当地族谱。

同治《南昌县志》:"东岘、东禅二寺,宋建。"

《岚湖戴氏家谱》:"南宋绍兴年间,进士戴孔目,由山东青州府致政还乡,泛舟青岚湖,爱此山水,遂从婺州携眷于此定居,有题岘山东禅寺诗:

天别一区寺院深,苍松万树古如今。

疏枝漏影开幽迳,雅韵飘空当曲琴。

鸟过无知风雨避,人来哪觉霜雪侵。

禅关隔断红尘世,凤在岗头鹤在阴。"

由上述可知,东禅寺在南宋初便成名寺,那么在北宋有寺可以肯定,在唐时是否有寺则无史可稽。此寺美在兼具湖光山色,原寺山门联曰:

云开东岭千峰出,树里南湖一片明。

这是盛唐开元名相张说诗中的名句。张说号称燕许大手笔,他的诗文颇负盛名,为了增加游兴,我还是全文照录罢:

灊湖山寺

空山寂历道心生,虚谷迢遥野鸟声。

禅室从来尘外赏,香台岂是世中情。

云间东岭千重出,树里南湖一片明。

若使巢由知此意,不将萝薜易簪缨。

《全唐诗》卷八十七,诗与联有两个字的差异,是版本的差异还是年代久远传抄的误差那就不得而知了,好在不存在对意义理解的分歧,倒也不必拘泥了。

东禅寺于清初兴盛,鼎盛则在乾隆。说到此,车已到山门,我连忙打住话头,请同游们进寺谒询方丈,领略佛禅,饱览湖光山色。

幽兰镇镇长与几位干部向寺中方丈明果法师说明来意,方丈也颇懂得尊重文化和文人,听说是市县文联组织的采风,很殷勤地接待了我们,很热诚地介绍了寺庙的历史。说当时有一位大德高僧大乾和尚住持东禅寺,大乾是乾隆皇帝的表兄,乾隆下江南路过江西时特来看望表兄,当时大乾已年近百岁(他寿高一百二十四岁),仍精神矍铄,陪乾隆坐于桂花树下品茗谈诗。乾隆对大乾法师的禅理道德深为佩服,故赐建三进三大殿,前后共六十楹,占地五亩。大雄宝殿内大佛高两丈余,附供檀香木九龙浮雕万岁牌。主殿前厢有钟鼓二楼,钟楼里的铁铸洪钟重八百斤,上镌"皇图永固,国道遐昌,佛日光辉,法轮常转,乾隆赐"十九字,钟声敲动,声闻十里。乾隆御笔亲书"岘山禅林"至今犹存。

  我的内心深处感到,东禅寺之所以被称为名刹,固然是因其历史悠久,而其最大特点则是它独得自然风光之胜。缓步岘山幽径,入目一片翠绿葱茏。凌云的翠竹连片成林,清风徐来,朝露凝珠,时不时滴下两点三点,落在身上或脸上,梧桐银杏,株株历史悠久,平原罕见。伫立于枝干如铁的蟠龙松下,感受黄山、庐山之松的风姿,既有沧桑之慨,亦收启迪之意。怀抱这样的心情,践踏着脚下的松针竹叶,逐棵地凭吊明代的古桂,清代的老梅,更早的银杏、黄檀。忽然又从树叶花影中,传出笙簧般的黄莺啼啭,紫燕呢喃,画眉在枝头停着,八哥在叶中穿着……目不暇接,耳不暇闻,心旷神怡!

  东禅寺既踞青岚湖之阳,与青岚湖相比,南昌市内的东湖、西湖、象湖、瑶湖、青山湖都不过是小池而已。青岚湖上通抚建,下达饶余。相传在晋朝时有一蛟精,欲将江西全省化为东洋大海,这青岚湖就是蛟精使妖法用头犁出来的,幸得福主菩萨许真君(即西山玉隆万寿宫的许逊许真君)将其降服,才消除水患,却留下这碧波万顷的青岚湖。真还是拣日不如撞日,这天农历二月十九日刚好是观音菩萨的诞辰,成群结队的善男信女抬着黄鳝泥鳅乌龟甲鱼到青岚湖中放生,那份虔诚颇为动人。我久久地凝望着湖面,很清晰地记得,十年前的仲春时节,湖中没有沙洲,而近几年,湖中的沙洲增高增大,绿洲与碧波相连相映,令人倍感沧桑。我想,此时如果唤一游船,或马达轻鸣,或桨声徐击,悠悠地向湖心荡去,游人敞开胸襟,卓立船头,蓝天白云与沧波碧草相连一色,两岸青山隐隐,良田沃野坐落着层层瓦舍,飘散着袅袅炊烟,令人羡煞那种世外桃源般的宁静生活。鸥与鹭鸣叫着迎船而来,绕着俯仰吟啸的游人盘旋一阵后又成群结队地排列在绿茵茵的草滩沙渚,时而互梳翎毛,时而相亲相近,那么安详,那么自在,宁不心向往之!

  游人到了东禅寺,大都会礼佛敬香,或出虔诚,或出敬重。姑且不论我们是否为佛教徒,虽然佛的避尘出世与儒的积极入世乍一看似矛盾,但佛教的劝人为善与儒家的忠孝仁爱却有着太多的相通,入世难免有忧急烦恼,出世便享受清静无为,假使我们去其矛盾,用其相通,竟恰恰可以收到"文武之道,一张一弛"之功用,你顶礼膜拜也罢,你鞠躬长揖也罢,如来佛祖自是庄严肃穆,观音菩萨自是慈悲祥和,弥勒古佛自是宽容大度,五百罗汉不象征那大千世界的世相百态么!正当寺僧午课,金钟初动,玉磬轻敲,钟声阵阵,香烟袅袅,伴随着湖中岚气,林间清风,令人浃髓沦肌般爽悦。晌午艳阳高照,映得青岚湖金波粼粼,映得东禅寺金碧灿灿,映得游人香客身上脸上佛光莹莹。

  春风吹送春光,梵音醍醐灌顶,我想我作为读书人,应属儒家而不属佛教徒,曾熟读孔孟,也能背诵心经,拜参华严,却觉得儒家佛法都分宗派,难怪俗世岂不纷纭,况我俗念尘缘深重,至今也没有悟到什么。这下,忽然让我联想到来时人们提说的幽兰,那些在幽兰肇基创业的列祖列宗,历史上不见经传,却以他们的业绩歆享后代儿孙的祭祀香火;我还联想到羊祜和堕泪碑,历史上多少曾经建功立业的人物都已湮没无闻,而羊祜和堕泪碑至今让人凭吊。我们每个人都应该在自己的领域中去深刻参省。我是芸芸众生中的一分子,不期望立地成佛,一人得道,鸡犬升天;还是洁身自好,安守本分,与世无争,光明正大地做一个正直的人。这,也算不枉了这次佛地踏青之行罢。

上海行

南昌市社会科学界联合会对所属各学会的工作极为关心支持,多次组织各学会负责人或秘书长进行业务培训,这对全市社科界的工作起了极大的推动作用。我很荣幸地参加了这次在上海复旦大学举行的培训班。

这次培训班的时间为2015年6月9日至13日,为期五天,乘车、食宿皆由市社科联精心安排,使参加培训的学员皆身心舒畅,全副精力投入培训。复旦大学校方对来自革命老区英雄城的学员亦尊重有加,从组织关怀到课程安排都很周密细致,学员们在这次培训中获益良多。

培训中我很认真,从未从课中私自外出观光,只是在晚上随着几个同学,游玩几个大家都极熟悉的景点。就这样我写了六首诗词,兹将我的写作体会分享给大家。

一、清平乐·上海印象

北京霾雾,南沪尘昏路?接海连天云绕树,碧透参差楼墅。

五湖四海嘉宾,车水马龙趟奔。于赫东方都市,钦哉形象殷勤。

我们都来自南昌市,南昌市交通堵塞,尘埃尾气使市区终日昏黄混浊,令人心闷气燥,就连首都北京,也从电视中闻得频现雾霾天气。在来上海之前,潜意识总是觉得,大上海嘛,恐怕也很脏乱吧?而我们一下高铁,复旦校车接站,一路经虹桥到复旦,车辆固然很多,行人固然密集,却各行各道,秩序井然。以后几天我们走街道,所著皮鞋还是在家擦过,一直到登回程高铁,仍是锃亮如新。尤其是林荫绿地,与高楼大厦掩映,空气竟是那样清爽。我对上海的市政,对上海的市民油然而兴起了敬重之心。

二、夜游复旦大学江湾新校区

复旦接站的校车上有两位老师,在车上他们不无自豪地介绍了复旦大学的百年历史。复旦大学创建于1905年,原名复旦公学:是中国人自主创办的第一所高等院校。"复旦"二字由创始人、中国近代知名教育家马相伯先生选自《尚书大传·虞夏传》中"日月光华,旦复旦兮"的名句,意在自强不息,寄托当时中国知识分子自主办学、教育强国的希望。我原来倒是以为,震旦乃我中国之又一名称,复旦可能是复兴震旦即复兴中华的意思,这虽然可通,但毕竟是望文生义。

这又可为治学者戒。今年正值复旦大学110周年校庆,有成学子慷慨捐款,国家财政重点拨款,故教学楼、图书楼、试验楼等建筑工程浩大雄壮。

三、外滩

洋场曾十里,万国飚旌旗。严禁华人狗,休污圣洁姿。

悠悠今夜月,皎皎异清时?碧草萋淞沪,明珠震旦知?

上海之美原在外滩,十里洋场,号称冒险家的乐园。这里集中了世界各国的领事馆、银行、商社,各种不同的建筑风格,形形色色的国旗迎风飘扬,尤其是忆起当年租界门口的"华人与狗不得入内"的禁牌,对洋人们的跋扈恣睢,对当局的腐败孱弱,至今犹不能释怀。今夜的月亮,与清朝时期的月亮有什么不同呢?沪上与吴淞江的萋萋碧草,年年黄绿交替,震旦塔倘能有知,还记得淞沪抗战的壮烈吗?东方明珠承载着国人复兴的希望,你又知道我这一介书生的孤怀独抱吗?

四、五角场

义利分人等,盘丝五角场。通衢纷辐辏,满目尽琳琅。

近省山林远,翻能姓字杨。莘莘吾学子,矫矫得高翔?

这首诗我今天改了七个字,开头原来是"君子喻于义,倘徉五角场",今日行文至此,总觉得意思未达,才改成这个样子。文意和出典并未改变,子曰"君子喻于义,小人喻于利",孔夫子以义与利的不同取向而将人分为君子与小人,改后比单引用成句稍灵活些,"倘徉"改为"盘丝",顺手从西游记中拈来,扩大了意域,更针对了人性——无论君子小人,谁能跳脱利益场中,特其溺泥与否耳。就眼近的物象,我领悟到古之学者隐于山林治学,反能使自己名扬天下而垂于后世;今莘莘学子处身繁华之中,就一定能够矫翼翱翔于学术的天宇吗?

五、自由贸易区

复旦校方让我们全体学员考察并体验自由贸易区,他们简单地说,到此购物相对便宜,因为国家免除了关税。我对这种做法倒没有什么不满,但心里却多少有些不平衡。上海人可以享受免税购物,如果全国人民都能享受这些优惠该有多好啊!

特色深开放,参观自贸区。温文修彼此,络绎忽镏铢。

国赋国之脉,民生民必须。神州尽尧舜,露泽仰均苏。

这样写来,这样立意,应该不会引起别解罢。

六、水调歌头·崇明岛伫长江入海口

领略了大上海的繁华数日,培训班也将结业,负责人说,今天我们去游玩崇明岛。旅游车载我们穿过长长的江底隧道,越过彩虹般长长的跨海大桥,便是崇明三岛,导游介绍崇明岛由长江入海的泥沙沉积而成,是我国的第三大岛,而且还在逐年长大,有可能与对岸的江苏启东市相接。在岛的千亩芦苇荡岸边,可以看到长江由此进入东海。

长江入海对我最具震撼力量。无论是治古文或是今文,凡是与文字挨边的人,谁不曾读过苏东坡的"大江东去,浪淘尽,千古风流人物",以及杨升庵的"滚滚长江东逝水,浪花淘尽英雄"?在我此前的意识中,万里长江汹涌澎湃而来,流入浩瀚无边的东海,那是多么雄宏壮阔的气势!千亩芦苇荡固然如绿浪翻滚,荡中为阳澄湖大闸蟹培育的蟹苗也初具雏形,这都不能停顿住我的脚步。我急急排芦而行,以至旁边与我共牵的女伴气喘吁吁,香汗淋漓。

我伫立于长江的入海口,右边的长江烟波浩渺,却无声无息,在阳光的斜照下宛如金镜摇漾;右边的东海毕竟是海,浩瀚接天,却也安静得如婴儿酣睡。江与海在此平静交汇,没有争雄的喧嚣,只有回归的寥廓。起初我真有一丝若失的怅然,继而生出一种无名的空虚。我伫立不动良久。心中便天人交战,人生几多艰苦,几多奋斗,几多悲欢离合,那长江之水,时或奔腾激发起滔天巨浪,到了这东海,永不回头,归于寂灭——人,凡人,伟人,不是同样如此么?日月光华,旦复旦兮,在时间的长河里,凡人伟人又有谁能永恒?到底苏东坡不愧为智者,他的哲语油然现我当前:"寄蜉蝣于天地,渺沧海之一粟。哀吾生之须臾,羡长江之无穷。"

这是我填得最快的一首词:

歇浦分茅著,瀛岛浪沙浮。物华皴染三日,髳辘拂还留。撇却洋场十里,来就水天同色,一翠洗黔娄。起伏风吹苇,襟抱信绸缪。

抚霜鬓,看螺髻,晃花眸。影涵空阔,迢递归宿不回头。准拟翻江倒海,谁信悄声偃息,淘尽几多愁。世界千千亿,度溺仰心舟。

徐小秋

徐小秋,20世纪60年代出生。作品先后发表于《小说界》《青年作家》《散文》《美文》《创作评谭》等刊物。

喝 茶

　　这个冬天喜欢上了喝红茶。当然是在晚饭后,让屋里的灯明亮着,让灯槽里暖调子的T4也亮着,空调按到满意度,然后靠在茶几边,听烧壶里的水好听地响着,一会儿就看见蒸汽夹着暖意溢游了出来,直到看着那透明清澈的红色茶汤滤往玻璃器具里,暖意就已盈满了整个屋子,啄一口,周身都开始暖了。

　　打小家境窘迫过,以致后来改善了,也不怎么讲究日常里的诸多形式。喝茶算是一个小的爱好,离着迷很远,常在外,讲究不得,即使是回到家里,也是对茶案茶具不怎么讲究,用的茶盘盖碗茶盅之类,价钱质地都再常见不过。认为喝着茶,有安静舒适的心得就妥,就没有瞎耽误茶叶和功夫。对自己满意处很少,少虚荣倒是我的一点儿自得。

　　当然,喝茶的人讲究茶案茶具也未尝不可,养眼的茶具本身也是能够因悦目而怡情的,只是少去刻意地好,否则反是添赘了,失了随性也就失了趣味。我不懂茶道,却是见过"茶道中人"考究甚至炫耀茶具的,他竟不知这正是他们的茶道称作的"蠢举"。喝出茶的味道才是喝茶的根本,那么,茶的味道说到底又是什么呢?应该就是自在。自在着的人喝茶,或者是喝出自在来了,那叫喝茶。自在又是什么呢?不外乎身心无碍。

　　喝茶喝出自在也就很好了,此外更多的,怕是多少接近臆造。鲁迅先生有篇《喝茶》,文中说,"有好茶喝,会喝好茶,是一种'清福'",而这"清福"的引号,显然有些挖苦这种"特别的感觉"是"抱秋心的雅人"所"练习"出来的。喝茶就是喝茶,因喝茶而获得"偶然的片刻悠游"已经很划算了,若真是"雅人"也算说得过去,若不是,实在是可以不去"细腻锐敏"着喝的,二三人共饮,觉不出"可抵十年尘梦"也未必就是"粗人",相形之间,真就觉得鲁迅所言更近于茶的淡泊品性:不识好茶,没有秋思,倒也罢了。

古　意

在游人的视觉中,田园里的油菜花,的确也是把老村的粉墙黛瓦相映得别有乡间美感,事实上,油菜花的繁盛景象也一直是婺源诸多老村吸引游人的重要门道。可是婺源的理坑却显得例外,而好像不愿随俗,细想,这个初建于北宋末年的余姓古村,因了明清时就有的理学渊源的荣耀,似乎也是不乏傲慢之资质的吧。

到底是崇尚儒学的"山中邹鲁",想必理坑的先人们多是秉承中庸之道,这从村子的布局以及建屋的常态可见一斑,即使是题有"渊停岳峙"的那条"官巷",也显得窄小,巷中除了知府余自怡的"官厅"为御赐所建而气派外,余懋学的"尚书第"和余维枢的"司马第"都不算张扬,余懋衡的"天官上卿"第就更显平常了。

针对古村落所谓的文化审视不是我的兴趣,徽派民居建筑的美学探究不是我的能力,旅游赏景以调剂忙碌的日子也不是我的需求,终于,问自己来这里的用意,只能是想要获得几近抽象的相关感受了,比如,关于山乡间的风,关于田地头的颜色,关于溪水的静流,当然更关于老村里处处的古意和处处的悠然……

走老村的会说到古意,一如画水墨和作书法的也总会说到古意,古意二字一听上去就会有一种正咀嚼着的滋味,而且滋味悠长。我想,古意应该就是今人对于久远从前的怀想意向,就是今人越来越感到缺失的非物质生活的一种意趣,也是今人苦于永远也追不回的精神世界里的一种逝去,容易让人沉吟的逝去。

说到古意,好像就免不了在输入的字句里泛出些酸来,却也是就这么认为的:古意是有气息和温度的,是幽幽的沉香,是淡淡的茶茗;古意是有线条和墨色的,是皇象的章草,是黄公望的浅绛山水;古意是有胸怀和气韵的,是王维的大漠孤烟,是王勃的秋水长天,是陶公的采菊东篱下,是苏子的也无风雨也无晴……

年　纪

　　尤其是初有蛙鸣的时候,就常常到阳台上去听听它们的动静,比如刚才。蛙声也的确是好听,有人形容作悠扬那是因为把蛙声比作了歌唱,而在我看来这比喻未免欠佳,估计是客观的好心情所至的主观流露,剔除境由心生的主观来判断,蛙鸣怎么也比不得歌唱好听吧,抑或说歌唱若接近于蛙鸣,那就是糟糕得很了。但我又肯定蛙鸣是好听的,全在于蛙的多种鸣法添了浓浓的野趣,是可以在那一时间里遐想一下自己身在别处的。

　　在阳台上听了会儿蛙声,然后入得室来,电脑里还在轻声播放着的是禅路心桥,室内有自己的烟味,也有案头的墨香,还有傍晚时燃过而留存的些许沉香味,忽然就觉得,这一些都是怎样的一个适合老者的内容啊,分明还意识到,想暗示自己尚年轻,怕都越来越不容易做到了,而容易做到和常常做的,则是在什么也不想做的时候什么都不做。

　　还真是多有提醒自己不再年轻的时候,也不乏提醒自己老了的时候,这一类提醒有多少是属于自知之明,又有多少是暗中给自己找点什么理由呢?连我自己都不怎么说得清楚,似乎也不怎么愿意去搞清楚。既然是老了,好像就有理由不去勉强自己做什么了,也无意去麻烦别人什么了,既要面子又要内心,难怪人老了就任性多了。

　　有时自己也会想,这种样式的任性是不是也包含有另一种矫情的成分呢,哪怕是有限的?想起梁实秋的一段话,又不免觉得这种矫情并非无道理的,他说:"中年的妙趣,在于相当的认识人生,认识自己,从而作自己所能作的事,享受自己所能享受的生活。科班的童伶宜于唱全本的大武戏,中年的演员才能担得起大出的轴子戏,只因他到中年才能真懂得戏的内容。"

　　可不是上了年纪嘛,居然能静静地写数小时的毛笔字,这可是从未有过的事啊,竟不觉得乏味,之前想这么做,却是一直总做不到,现在能够做到了,就自身来说,哪能和年纪没有关系呢?而如今这把年纪又是和欲求有关的吧,总之是越发少求什么了,由此行事的态度和方式自然也是会有所更变的,至于更变的成因是被动多于自觉,还是自觉多于被动,又是自己不怎么愿意去搞清楚的了,想来是二者兼有,本来也是二者皆逃不过去的。

墨　趣

　　以前总是写着写着,写不好,不满意,信心没了,只写了一小会儿就收家伙,不写了,还有些悻悻的;现在是写着写着,即使不满意,信心还在,甚至有加,于是跟自己说再来一遍,于是就再来一遍,这样一写下来,时间就总是短不了。总有不短的时间在写字,另有不短的时间在看字,获得当然就少不了。

　　以前若心不静时,或根本就是那种心里有事而烦闷时,必不会去想到写字,就是写,也写不了一会儿,写得糟,还添了不快;现在不同,心静时写字,愈发怡然,遇郁闷,一写字,人就静下来许多,心事大都在琢磨字帖上,也在和自己较劲中,其他事,至少可以暂时去他什么的了,可见心静好写字,写字好静心。

　　这么说我是需要写字的,梁启超先生在《写字七乐》中说"凡人必定要有娱乐",他认为写字是"一种最优美最便利的娱乐工具",而我之所以认同此说,大致因为我是从写字中捞到了些好处的,尽管是才开始,尽管之前我并未听闻他的这一"意见——亦许是偏见"。

　　纯粹就是临临帖写写字,很自觉的,没有功利的驱使,没有假想的比试对手,没有对自己能力上的苛求,至多也就是要求自己必须在长进着,如此,过程中的快感肯定是少不了的,这点又让梁启超说准了:"随时进步,自然随时快乐。"乐在其中,哪有不长兴致的,渐生几分痴迷也是极可能的事……

　　比如,这一遍比上一遍要临得松弛些,这几个字比上几回要写得像样些,乃至某一笔法运用得比之前要圆熟一些,多少就会有一些满意感,这种满意感时不时积累着,能力和经验也就在逐渐积累着,自然同时也积累了鉴赏字的能力,积累了对于传统书法的理解,哪怕有些认知可能是一厢情愿的,乐趣却分明存在。

　　若说我这是附庸风雅,那都是抬举我,只是在我看来,写字也好书法也罢,算不上是怎么了得的风雅事。我也曾问自己,怎么就能写写字了呢?原来,除了需要,我竟说不出别的原因,就是需要一项娱乐,而这种独自一人即可进行并见效的精神娱乐,比其他任何一项娱乐的方式,似乎都更合适于现在的自己,合适于从来懒散而总想图方便的自己……

读　帖

　　一卷在手,看帖赏字,的确是件很能够让人身心都觉得受用的事,显现在眼前的经典法帖,哪怕只是一知半解而未必懂得字里的方方面面,也照样会被其中的美感或厚重所感染。正是因为头几年常在新浪博客里看看别人写的字,也看看别人转帖的不同时期的古人的字,看得略频繁了,渐渐才有了后来学学书以试试自己能力的念头。在微信里也关注了一些与书法有关的公众号,看字就是件极方便的事了。

　　每天都看看字,也算是习惯了,有些是打开相关公众号或微博就出现在眼底的,另一些则是自己挑选着翻看的,那就是字帖了。陆续买了一些字帖,之所以把纸质的字帖买来,自然是出于相对的偏爱,其实所购的字帖中大都并非是自己临习的需要,至少眼下还没有临习的打算,纯粹就是出于喜爱,备着好随时查看。

　　好歹算是在学书,所以无论是在网络工具上看字还是浏览书卷字帖,就不单纯是养养眼以消遣了,够得上读帖的成分多少是有一些的,无非就是比一般意义的看字多了些心眼儿,多了些针对字里行间的专注和琢磨。读帖对于学书人大有益处是毫无疑问的,读着帖,既可从中领略笔法笔理,又可尝试着悟一悟章法行气,另外还可获不少字帖以外的许多,这就很划算了。

　　读帖是读字,也是读画,字为心画,哪儿会有假,字是内心溢出的点点滴滴。就视觉的直观而言,字也是画,每个汉字的结体都是书者审美后的绘制,是书者对于传达内容的理解而将它们艺术化的平面呈现。书者用笔毫勾勒出自己的日子,或"快雪时晴"或"雨势来不已",书者以水墨洇开来眼观的风景,或"江上之清风"或"水间之明月",书者借笔墨纸砚直抒自己的情怀或耿耿的胸臆,如"信可乐也",如"临纸感哽"……

临　帖

　　有闲学书,也临帖,有时还会晒晒自己的字。学书的人多有好晒字的,好像不容易脱了这个俗,倒不是真就认定自己写得有何等了得,更不会蠢到以为自己临的帖已是怎样的高明,更多的恐怕晒的不是字的本身,而可能晒的是一种把玩之乐,可能晒的是因些微的进步所得到的满足,也可能仅仅晒的是自己当下的一份还不错的闲情。

　　非短时间地做某件事,一旦需要坚持才能得以继续的话,怕是因为觉得乏味,或其他什么原因所致而有些被动甚至勉强了,估计也就没什么快意可言了,相反,过程中如果体验到了趣味,哪里会有坚持一说呢? 多半就是乐于为之了。比如临帖,我总算是尝到了些甜头也嚼到了些滋味的,笼统地说,临帖的快感源自吸收与逐渐地掌握。

　　吸收和掌握就是自身得到了改善,也是一定程度的提高,临帖的目的无非是要求自己的字写得好一些,至少是让自己一点点地增加满意的成分,而不满足于法度以外的涂鸦,那样既不会有多大的长进,还容易流于野俗一路,岂不是很不划算? 确实也只有临帖这一途径,才可能有效地实现书法技术与文化层面的收益。

　　临帖是为了学帖,学帖是为了效法,效法即仿效,大可不必忌言模仿,模仿是所有对技艺的以吸取与继承为目的的活动中想绕也绕不开的必经之路,学书也不例外,在临帖的仿效中必定会试图还原其结字样式、笔法笔理和章法布局等,只要足够用功用心,久之,哪有不受益的道理? 至于"出帖"以及"师古而不泥古",则是后话了。

　　临帖不是模仿秀,这是肯定的;临帖务必求像,这也是无疑的。有关临习,早有《书谱》言"察之者尚精,拟之者贵似",后有所谓"一点一画必求肖合,一字一行务追酷似"。无能力临像和无意临像则完全是两回事了,以求"形似"在先,才可能有后来对于内在诸方面的领悟,高人已然得法,再临帖时方可能"居高临下目无全牛,专追神韵不顾形骸"。记之,貌似浅悟。

何香兰

何香兰,笔名静言。1974年3月生,江西南昌县人。小学特高级教师。江西省杂文学会会员,南昌市作协会员,南昌市诗歌学会理事,南昌市散文学会理事,南昌市文艺评论家协会理事。现供职于南昌县莲塘第三小学,兼任南昌县作协副主席。散文、杂文、诗歌在《文学与人生》《杂文报》《诗江西》《江西教育》《艺术广角》《长江丛刊》《鄱阳湖文学》等报刊发表,入选《2013年南昌诗歌精选》《江西文学作品双年选·诗歌卷》等选本。执行主编文集《柔软的耕耘》。

上善若水水自流

深秋,午后。凉而不冷。

窗外,小雨淅沥,像女子的轻愁,落在眉间,潮在心里。

一个人坐在电脑前,泡一杯咖啡,独饮,连同一个人的苦闷。一首《空灵》伴奏,循环播放着。闭目,无语,无为,一颗肉心似要从这个烟火人间中抽离……

行走在阡陌红尘,永远不知道老天会安排我们遭遇怎样的人和事。眼前的,与身后的行色匆匆的人不停地往前赶,每个人都奔赴于各自的使命。只是不知那些深深浅浅的脚印,以及遗留在过去年华里的记忆,若干年后,还有谁能说出个子丑寅卯来?

有人说,在这个世界,生容易,活不容易。想来不无道理。烟火中的你我,也许都渴望把每个日子过得黑白分明,可以朝看红日升起,暮听草木呼吸。然而,现实生活终究不似面团,由自己搓捏,想方则方,要圆则圆。太多的执念,让人舍不得,也放不下。亦如我,这样一个感性、普通得不能再普通的女子,一个喜欢安静却又不得不在职场求生存的女子,总感觉现实与梦想,人前与事后,都好比隔了层沙障,叫人一半清醒,一半模糊。

或许,我们可以不慕浮华,可以傲骨自守。但是,真实的生活,又哪能以个人的一厢情愿为准则。所谓世相纷呈,上善若水。当我们遭遇困难、挫折,乃至愤㘈时,我们得学会从容不迫,淡然自持;当我们身处一个团队,我们得学会适应,学会融入,甚至接受你不能改变的事实。所以,我们得不断地警醒自己,向水学习,不与万物争高下,曲也好,直也罢,只要心中的信念不塌方,总能顺利地朝自己的方向前进。

　　回首,反思。看似无力的身形,灵魂却在一次次地叩问中鞭出道道深痕,这深痕,也许很痛,却可以催生精神的内劲。

　　想想,近一年的时光,自己把自己弄丢了,那个追求内心平和、清宁简静的我已渐行渐远……

　　不知什么时候开始,惰性蔓延,休息的日子只顾着三五成群地聚集玩耍,把一段段的时光辜负了。夜深时,高楼望断,空芜而伤感的愁绪却像蚕茧一样包裹,令人窒息。都说得失随缘,而我的落寞,想必是缺了精神的内劲吧。

　　窗外的雨,还一直下。而我,仍喜欢沉浸于寂寞独坐的感觉,或徜徉于一阕歌的意境,邂逅一首词的婉约。如此这些,都能让我感受到简单的幸福与精神的充盈。

　　上善若水水自流。希望自己可以像水一样,简单从容,清静醒透,与名利无争,与万物无争。

　　从此,期待与书、与文字的际遇。低眉看书,素手执笔,在更迭的流光里找回那个清宁简静的我……

十年情怀若初望

秋,不紧不慢地与我们不期而遇。

夜,静下来真好。就连隔窗的细雨也淡淡的,不惊不扰。

喜欢这样的秋,喜欢这样的雨夜。

古琴,安静悠远,雪躁静心。素笺,延展开来,在上面落下今天的日期。远的,近的,悲的,喜的,人和事在此刻仓皇地相遇,又疼痛地离别。摊开掌心,十指相扣,揪住了心,却放过了光阴。

近些日子,因受体制内人员任职十年轮岗影响,心里莫名地多了一份怅然,一份迷茫。面对社会大环境下的这一命题,我不知道哪天会轮到自己默默收拾行装,也不知道下一站又将奔向何方。

十年踪迹十年心。走过十年,成长十年,陪伴十年,终是不能与之到老。

浮生流转,陌上你来我往,零落的寂寞,滔滔的时光,你我又怎能假装遗忘?

总喜欢一个人静静地坐到太阳下山才肯回家,因为沐浴在夕阳下的校园很美,也很安详。一路驻足于眼前的一花一木,一廊一池,想着与它有关的人,有关的事;想着孩子们没心没肺地嬉闹,脸上永远挂着灿烂纯真的笑;想着大冬天雪花飞舞时,大家还围坐在一起畅想学校未来发展蓝图,你一言,我一语,把薄凉的日子过得温暖而厚重……

曾以为只要无意于名,或利,只要守得内心的平静与安宁,只要清简地生活,心无旁骛地工作,就可以不话别离,不诉离殇。可世局如棋,局局新,很多事由不得我们主宰。道理很浅显,一旦在意起来,既不舒缓,也不从容。

观照内心,不论是识心见性,还是多愁善感,始终要独自面对,一路走完。想想,在己之所欲面前,我们习惯把自己囚进心牢,不知伸缩退变。所谓"明者因境而变,智者随情而行"。抬头望,未必是满目皆翠的风景;低头看,并不意味信念的不坚定和放弃,只是让我们拥有更多的选择和回旋的余地。

十年情怀若初望。如果说,所有的相遇都是久别重逢,那么,凡夫俗子的我们,此生怕是断不了这尘缘,也修炼不成一颗通透的佛心。何不让串串细小的片断,同余下的时光温暖相依,两两相望……

因为,下一个转身,一切,都只剩下了回忆。

因为,除了记忆,除了本心的召唤,其他的都太奢侈。

心有翅翼及天涯

6月23日,每年的今天,高考成绩公布日。试想,又有多少孩子、多少家庭为此或欢喜,或忧虑。

十几年的寒窗苦读,谁不希望有朝一日金榜题名,皆大欢喜。榜中的学子固然值得肯定,大加赞赏,甚至大力宣传;但对于落榜生而言,内心的敏感、脆弱,那份落寞与挫败感又岂是我们局外人能体会到的。

人总是这样,当我们哭着来到这个世上,带给亲人的是无尽的喜悦;当我们微笑着离开,却留给亲人永远的疼痛。来也好,去也罢,来去之间不论长短,不外乎一程又一程的奔赴。有的人早就有明确的方向,一切按预定的方式行进;而有的人则由于外部环境的变故或无常的因素而彷徨不定,目标不明。

梦想与现实,在大多数人看来是向背而行的。在挫折面前,我们常会经历困惑与迷茫,把自己编排得像被雨打湿的蝶,寂寞又清冷;像冰霜欺凌的花,凋了红颜,负了流年。

在生命历程里,谁又能一辈子顺风顺水,一马平川?无臂考生彭超在今年的高考中用脚答题获603分,令众生不得不对他刮目相看。彭超在6岁时因触电失去双臂,无臂的残酷对于一个孩童的成长或一个家庭来说无异于泰山压顶,险滩横亘。我们无法想象一个无臂的人要通过怎样的艰辛训练才能学会用脚代替手的作用,要经历怎样的心灵洗礼才能令残缺的生命而变得无比从容自在。

坚守理想信念的过程也许是痛苦的,孤寂的。只是这些暂时的疼痛都将作为蜕变成蝶的必经过程,挤一挤,压一压,一个全新的、美丽的生命就诞生了。无臂考生的成功事实向我们再次证明,毫无畏惧地生活,直面所有障碍和困境,并充满信心地克服,以沙鸥的形象独立挺拔,以昂扬的姿态活出精彩,只要我们一心向上、向善、向美,就一定能承受心天的季候,度过心里凄凉的冬日。

很喜欢当代著名女作家池莉的那句话,熬至滴水成珠。她说,熬至滴水成珠本身,对于人生来说,却实在是一个美妙景象,是一个美好的修炼过程。熬成的珠子,该是何等圆润,何等晶莹,何等沉着,何等剔透。人生莫不如是。

心有翅翼及天涯。

当我们相逢在下一个路口,但愿不惧沉浮,不言沧桑,一起去看这盛世繁花。

一味相思似旧时

清晨，途经校门口，门防保安小赵热情地赠送我一束新采的栀子花。闻着花香，一路醉了心，醉了意。

在办公室，赶紧找来一个白色杯子将就着用水把它养起来，放在电脑旁，并排放着的还有一瓶水培兰草。

至此，兰草与栀子邂逅……

而我，无形中成了隐匿于他们身后的命宿之手。

兰草，清新静雅，凝情不语，似俊逸儒雅的翩翩公子。

栀子，皎洁清秀，浑体馨香四溢，如红尘初妆的可人儿。

来自于两个不同世界的他们，就这样被我这个幕后推手安排在了一起。世间如此美好的风物，他们的心思又有几人知呢？我这样强行的安排，最终会不会只换来他们红尘一笑共徘徊？

韶光流转，这命定的情缘会让兰草与栀子享受一场华美的盛宴吗？这让我想起有关兰草的花语传说，说有个妒贤忌才的主考官为了让他的干儿子魁名高中，下决心要撵着那个姓林的才子，在批改林德祥的卷子时恰好碰到皇帝微服来访，主考官慌忙之中把卷子藏到案头那盆长得茂盛的兰花中，被相中这盆开得漂亮的皇帝在不经意中看到并得知了实情。结局大家都能猜得到，皇帝不仅免了他的官职，还把那盆花"赐"给了他。主考官又羞又恼，心生郁闷，不久就死了。从此以后，这种兰花的茎叶就再也没有直起来过，且渐渐演变成今天的吊兰，而它的花语"无奈而又给人希望"也是取其意而来。

兰草，无奈而又给人希望，就像世事无常而有常。在爱情的阡陌上，你原本以为没有机会靠近的人，结果却爱上了你，这些常被我们看来永远不可能的事情最终也变成了可能。在我们的现实生活中，类似这样的平凡夫妻不胜枚举，他们的生活就像两条平行线，日子拉扯着他们不停地往前奔，一年到头也不见得有多少交集。像我见过的装修工人文师傅，他与家人分居两地，一年难得回家两趟，为了节省通话费，偶尔与家人联系也就三言两语了事。但，这一切好像并不妨碍他们一辈子的守候，他为她远走他乡，烈日下挥汗如雨，没日没夜地忙赚钱。她为她的丈夫，持家度日，奉老育儿，过着平淡而又安稳的日子。

而我眼前的栀子,静静守候,停辛伫苦留待君,这不正像我们现实生活中留守妇人的真实写照吗?

兰草,凝情不语。栀子,为爱坚守。他们付出一生的守候,不悔,亦不怨!

法国思想家拉罗什福科说,有一种美好,却无快乐可言的婚姻(There may be good but there are no pleasant marriages)。

我们常说,婚姻的基础是爱情。而爱情是什么呢?我想,在大多数人眼里,爱情,也许就如一味相思,似旧时。其形,如开在崖壁上的黄花,孤绝而独傲;其味,如辛烈而带馥香的毒酒,解药却在对方的手心里握着。

我始终相信,每一个在你生命里出现的人或事,必有其存在的意义。只要是善缘,定有弥足可贵处。而,岁月无期,当自珍惜。

紫陌红尘幸相逢

初冬的清晨，屋外寒意袭人，但好在有阳光。

有阳光，身心便觉得温暖。

嗅着阳光的味道，看窗前树枝上扑棱的小鸟，于这样的日子，只想抽出一小段时间，一个人气定神闲地待着，貌似佛学中的"禅定"，于孤独中调理身心，净化心理。只是，像我等这般凡俗肉身，于所谓外禅内定，禅定一如的"禅定"肯定是着不了边的。然，面对这五欲六尘的现实生活，偶尔享受这无为的状态，享受这片刻的安宁简静，让混乱的思绪渐复平静，获得身心自由，却不失为一种自我修炼的方式。

近来，由于外力因素相继注册开通个人博客与微博，这对于一向喜欢安静的我来说，确实有点儿勉为其难。而在当下这个貌似全民写作的时代，年轻与不再年轻的我们假如不玩点儿博客、微博、微信什么的，倒好像显得 out 了。但 out 归 out，撇开这些简单的操作不说，就我个人而言，骨子里还是不喜欢那种虚拟的、不真实的感觉，就像逢年过节时，每每收到亲朋好友的短信祝福，我更愿意一对一地进行回复，哪怕只有几个字，也不愿让对方感觉收到的是被复制的问候，因为我始终相信，人与人之间的任何一种情分都有其独特性，言语不一定要多，但感觉真实而温暖。

这也让我想起重新建立个人博客后的这段日子……

在音色悦心、画意怡人的世外桃源与他"一路同行"。只是，这红尘，终究不是童话里的红尘，淡却名利，能做到"静以修身"的有几人？

真想过一段"闲心若水"的日子，走在烟雨纷飞的水岸边，看"春风沐柳"的淡然清新，品"胭脂茉莉"的美丽沁馨，"转身微笑"时，许我与"佳人"（何为佳人）来一场煊世繁花般的初遇。从此，在这个"动情之处为江南"的城，倾我一生一世的情，恬淡自守，立世"静心"，陪她走过生命的一程又一程……

佛说，前世的五百次回眸，才换来今生的擦肩而过。而我与从这群素未谋面的博友们在网络上的相遇，算不算一种缘呢？答案是肯定的。虽不喜欢虚拟世界的我，但仍愿以开放的心态向他们学习，与他们一同分享喜乐，感受生活。在我看来，一切真诚的、善意的缘分都值得我们每个人珍惜。

这份情谊,不论时隔多久,只要静下心来偶尔想起,抑或要去到哪个城市,自然就会想到在那座城里,有我神交已久的朋友。至此,再陌生的地方也会因为有她的存在,而熟稔,而亲切,而没有距离。

就是这样一群真挚而热情的朋友,他们的生命个体就像冬日的束束阳光,从他们身上,我总能汲取向上、向善的力量,品悟没有年龄、职业以及利益冲突的人性之美。

季节更迭,人事更新。旧友也好,新朋也罢,每一份情谊、每一份善缘都是对各自生命的一种丰富,一种感恩。因为只有这样,我们的生命过程才不会显得苍白无力。

于是,在这样一个有阳光的、暖暖的冬日,一个人静静地坐在电脑前,敲下这方块字:紫陌红尘幸相逢,清欢共!

为友人,是为念。

做个抛光后的男人

首先向大家申明,我不是大男人,只是一弱女子。

许是家里兄长多,长期受保护受宠爱的我,打小就对男性生出一种敬畏。这敬畏是妈妈对我进行传统教育时常说的"男人就是天";这敬畏是遇到困难时,哥哥们帮顶着的安全感;这敬畏是重活累活面前,哥哥们的齐齐上阵;这敬畏是好吃好穿时,哥哥们的爱幼礼让……

想想,做男人真不易。再看看,这"男"字田下出一力,男人天生就是力量的象征,天生就具有阳刚之力的形象性,具有可燃之力的创造性。追溯前夕,如果说母系氏族时期的男人只是一堆冷硬的木柴或煤块,那么,在提倡"女子无才便是德"的封建王朝,那些封建思想无疑堂而皇之地成了为男人创造社会地位的"火种"。再观今朝,数风流人物,还属男人也。政界、商界、达官权贵,哪一行哪一业不是男人的天下?尤其在政界,男人在社会上的主导地位更是显而易见。当然,掌声与荣誉的背后,其隐忍与沉重也许不是我们小女子所能体会到的。

做男人确实很"难"。男人一生下来,就注定要吃苦。小时候,蹒跚学步时,不小心摔倒在地,妈妈总会说"你是小小男子汉,要学会自己爬起来";稍稍长大后,受了再大的委屈也得打落牙齿和血往肚里吞,宁愿流血也不流泪,要不然,人家肯定会说"怎么像个女孩儿"。

长大成人了,当你迎来美美的爱情,首先还得具备一定的保护能力。与心爱的她携手漫步,突遭歹徒袭击时,自知不妙的你哪怕无力反击,也不能临阵脱逃以求自保,要不然她准会恨恨地丢给你一句"真不是个男人";和她处于人流涌动的环境,你可得为她撑出一片天,让她感觉到身边有你,就有了整个世界……

婚姻生活中的男人也够"难"的。首先要为生活质量、经济来源提供保障,尤其在我们这个有着五千年文化传统的国度,男人养老婆自古就是天经地义的事。除此以外,你的薪水还必须每月按期上交给你的财政部长——老婆,要不然,留那么多钱在身上只会构成你不忠不实的嫌疑,自讨没趣的准是你。而那些脏活、累活、重活,你一个大男人不首当其冲,又岂有让小女子上前的理由?还有生日呀,纪念日呀,若你稍不记得,老婆准嗔怒你没有把她放在心上,气嘟嘟的不理你。更为难的是,老婆和母亲不能和睦相处时,男人就像一块夹心饼干,偏了老娘,老婆会冤屈你娘儿俩合着伙欺负她这个外人;偏了老婆,老娘又会指着骂你是个娶了老婆忘了娘的没良心的东西。你们说,做男人做到这份儿上,是不是很苦,很累,很难?

但是,生活中的苦、累、难,对男人而言不就像抛光艺术吗?

所以,做个抛光后的男人吧,你要坚信每个男人都是独一无二的材料,你无须忧虑岁月的打磨,更不必惧怕艰难的切削,因为,你最终获得光亮与平整的过程就是你产生巨大价值的过程!

如此,你要还是觉得做男人很苦,很累,很难。那么,许个愿吧,来生做女人好了!

乡村小院

三月,早春。昌南依是烟雨印象。

乡间。路旁花,河边柳,那明媚招展的模样,生怕辜负了春的盛邀。

小院。粗拙不招摇,宁静无喧嚣。

喜欢乡村,更恋小院。

犹记第一次关注乡村小院,是因女儿的一幅全国获奖油画作品,名为《思念的大门》。画面上,灰色瓦片下,看不到屋墙的样子,只见粗粝的红断砖块,用水泥不完全地砌成一个矮小的、凹凸不平的小院子,最显眼的莫过于那扇橙蓝相间、对比度极高的、用塑料不规则拼装的门,远处的天空,蓝得澄澈又不乏层次。

我不会画画,更不懂赏画,看到这画面,只觉得欢欣,只觉得温热。因为,这是我家的小院,是我从小生长的小院。若用现在的眼光来看,这小院应是低到尘埃里了,可它偏偏不伪不装,自然娴静,如同一个隐者,与这里的一草一木,一堂一燕,不离不弃,互诉衷肠。

"方宅十余亩,草屋八九间,榆柳荫后檐,桃李罗堂前。"乡下普通百姓的建筑远不及城里有钱人家的气派讲究,但风格倒也妥帖、自然,屋前小院的场地大多朴素、开阔。农户在院子里种菜、植树、养家畜,那是最常见的,我家的院子亦是如此。

每天早上,母亲都要在自家院子辟出来的菜地里做功课。一畦一畦的蔬菜,品种多着呢,韭菜、莴笋、芥菜、菊花菜、香葱……那长势蓬勃的劲儿,只顾着缱绻葱茏,实在美好! 你若俯下身来,定会发现叶片上的水珠都能滴出绿来。

母亲就地取材,摘来新鲜蔬菜,忙着剁菜屑。这时,四五成群的鸡鸭聪明得跟人似的,撒着欢,讨好般地绕在母亲脚跟前,仰着脖子,扯开清亮的嗓门,满心欢喜地一唱一和。邻居打门前经过,相互招呼,我家的韭菜好嫩哩,你要不要?

"好哦! 我儿子喜欢吃。"说完,便直奔菜地割了些许。母亲怕邻居见外,频劝多弄些,反正是自家种的,又不要钱。

若说小院的烟火人情,则正午饭点,亦常有左邻右舍互送热气腾腾的美食,东家一碗南瓜切糕,西家一串油炸糯米团。更有甚者,手里端着一大碗饭,再看看哪家院子里的人多,边走边吃也要凑了热闹去。那话题扯开了,大抵是谁家的儿子最有出息了,哪个老人家最享福了,今天的菜拿到街上卖了多少钱,明天东头谁家的闺女又要出嫁了……待碗里的饭慢悠悠地吃没了,人群才肯逐渐散去。

　　午后,慵懒时光。八十多岁的父亲总爱拿一把摇椅,端坐在小院的柚子树下闭目养神。我只管静静地坐在他身旁,不惊不扰地陪着他,偶尔会不自禁地用手指轻轻抚摸那两道白眉。看着慈眉善目、白发如雪的父亲,想起他与母亲为儿为女饱受风霜,操劳一生,这心里的感觉就好比树上的柚果,既沉甸又甘甜……

　　乡村小院,于夜,会早早地岑寂下来。随着城镇化发展趋势,大量农民工涌入城市,如今的乡间村野,又多了一份淡然遗世的安静。

　　静夜思。

　　思异地游子,念故里亲人。在静夜里,在某一刻,都被无声地唤起。身无彩翼,心已飞翔。那就让思绪飞吧,飞到这如钩的月上,飞往这寂寞的深院,叩开思念的大门,游子与归人,回到心的原乡。此后,彼此守护,不言轻愁,不诉离殇,携手看院前草木枯荣,听堂内燕子绕梁,相依着,把简约的日子过得幸福绵长。

樊火金

  樊火金,男,1957年生,南昌县人,南昌市作家协会会员,以撰写散文开始创作生涯,在《新华每日电讯》《羊城晚报》《澄湖》等报刊和杂志上发表过大量作品,代表作包括《祝福我的妈妈》《村民"大炮筒"》《生死的叩问》等。

祝福我的妈妈

  "妈妈,您住的房子还热吗?里面是否有蚊子?"这是我前几天晨练到母亲身边时所问的话。我母亲很从容高兴地说:"不热,晚上很凉快,也没蚊子。"听后,我心里便有一丝欣慰的感觉。随后,母亲也关心起我和我儿子的近况。母亲虽然没有多少文化,但却同天下所有的母亲一样,无时无刻不在牵挂自己的儿女。

  清晨见母亲,母亲即已把室内外卫生搞得干干净净,同我儿时在家的感觉一样。儿时,家里十几人挤在一幢七柱廊檐的木瓦房内,虽然拥挤,但也干净整洁。泥巴地面被母亲长年累月扫得光亮照人,夏天在泥巴上睡觉有阴凉感觉,冬天睡在地上又有暖和的感觉。父亲主外,母亲主内。母亲承担了所有家务,偶尔我们兄弟姐妹帮忙打扫卫生,到菜园采摘蔬菜,日子过得和谐顺畅。如今,兄弟姐妹都与母亲分开了,母亲和父亲独居小屋,年龄都在八十开外。

  母亲勤劳善良,在我的记忆里,她从未与邻居吵过架,也没有与父亲发生过激烈争吵。在生产队那个年代,母亲除了做日常家务,还起早到生产队禾场打禾挣工分。一个三杈架,顶几个稻草,便是母亲的遮阳设施。头上总是扎着的毛巾,用来防灰尘,也用来防止谷子扎进头发。渴了,就到井里取阴凉的井水解渴。

  最让我感念的是在我读高中的岁月里,母亲总是给我准备好荷包蛋,备好熟韭菜、油炸小黄鱼,让我带到学校。这样既省了钱,又健康营养。每当春节临近,母亲总是为我们兄弟姐妹添置新衣服,给我们纳布鞋。她指头戴的顶针,是她的传家宝,她的头皮是针的磨刀石。千万次的飞针走线,是母亲生活中的神采飞扬；千万次针的磨砺，是母亲智慧的擦拭；千万次的双眸眨动，是母亲心灵的闪烁。母亲不仅给了我生命，也给了我智慧；不仅带给我温暖，也带给我自强不息的奋斗精神。每当我看着母亲那根根银发，看着那脸上的道道皱纹，我总是感到心头紧缩。那根根飘逸的银发，见证了母亲的人生变化；那深陷的道道皱纹，是母亲辛劳的生命年轮。

前几年，我住在母亲的身边，父亲母亲身体稍有不适，只要母亲轻轻呼唤，或是暗喻地唠叨，我便能很快理解母亲的心思，做一些母亲需要做的事，做一些母亲现在不能做到的事，我想，这便是做儿子的责任，也是做儿子应尽的孝道。现如今我的住处，离母亲有一公里远。每当夜深人静的时候，我总是想起我的母亲，想起她正身患高血压病，想起她因双脚脚板长满了小鸡眼而举步维艰。虽然父母长期以来都相濡以沫，至今仍能彼此照应，但作为母亲的儿子，我为我没能经常出现在母亲的身边而感到愧疚。人老了需要亲情做支撑，需要问候做营养，需要谈话做快乐。钱能改善物质生活条件，但无法消除老人精神上的寂寞。

有人说，妈妈是一艘船，承载着孩子驶向彼岸；妈妈是丝丝春雨，滋润着孩子的心田。而我要说，妈妈还是我们的老师，家就是我们人生最初也最美丽的学校。你是否体会到，妈妈曾经给邻居送上菜叶饼，教给我们同志之间互相关心、互相爱护，送人玫瑰、手留余香的道理？你是否体会到，妈妈在家从不争吵的家教风范，带给我们与世无争的宽阔胸襟？你是否体会到，妈妈不变的笑容，教给我们传达真诚善意的为人风格？谢谢妈妈，不仅给了我们健康的身心，也给了我们从容走过人生之路的智慧。

祝福妈妈健康长寿！

我的父亲

"总是向你索取却不曾说谢谢你,直到长大以后才懂得你不容易。"朴实的歌词却深深打动了亿万人,也唤起了亿万儿女内心深处对于父亲的爱和回忆。像全天下的父亲一样,我的父亲也是一生操劳只为撑起一个家。作为家中老大,父亲从小就懂得替父母分忧。在他13岁时,家里的房子被大火烧毁,父亲便与祖父母一起,起早摸黑地挑运材料,建造新房。17岁时,父亲已能独立地在外面做一些小生意以贴补家用。成家之后,父亲更是为了养家糊口而长期奔波劳碌着。

父亲有着高耸宽大的前额,这似乎就说明了他的聪明和能干。农村好些活计,父亲都无师自通。他既会做凳子、柜子、橱子,也会垒砖砌墙;既会做圆木,也会编织篾器。父亲极其爱惜他的木工、泥工工具,经常说:"人强不如业强,没有好工具,焉能做好事?"古道热肠的父亲也经常帮村里人制作和修理器具,因此深受乡亲们的尊敬和喜爱。父亲读过几年私塾,文化水平虽不算高,却也有读书写字的爱好,而且还打得一手好算盘,在生产队和大队综合厂担任会计多年。每每说起这些,父亲脸上总是洋溢着幸福的笑,我们都知道,他为他的过去感到荣耀和自豪。

生活中的父亲也有感情细腻的时刻,对待家人总是关爱有加。犹记得小时候,父亲将从米粉厂分得的一份米粉带回家,看着家人一人尝一口时,父亲比他自己吃了还要欢喜。可惜那个时候我们还小,并不能完全理解父亲那血浓于水的骨肉亲情。等到我们能够完全理解的时候,父亲却老了。

当岁月飞奔而去,年迈的父亲再不用为家人的生计而奔波操劳,但他依然视他的木工、泥工工具箱为宝,也依然守着书桌坚持读书写字的爱好。父亲习惯将他学到或体会到的人生哲理用毛笔小字抄录下来,张贴在墙上,用于警示自己,更用来教育和引导后辈们。每逢节假日家人团聚在父母身边的时候,家里总能听到若干童声一直念着:"能受苦方为志士,肯吃亏不是痴人,退一步天高地阔,让三分心平气和……"

村民"大炮筒"

第四村民小组涂家村有一位叫"大炮筒"的村民,因打抱不平和经常上访而出名,近几年来,"大炮筒"曾与组长发生过两次打架纠纷,与其他村民也发生过不少的摩擦,因此我们村干部甚至镇干部、派出所民警不仅对他非常熟悉,而且有些讨厌他。那种讨厌的情绪来自"大炮筒"的"上蹿下跳",也来自"大炮筒"说话方式的粗犷。

但经过深入了解才发现,原来"大炮筒"说话粗声粗气,是从小就有的,也可以说是与生俱来的。他"上蹿下跳"是因为组里的许多事情让他看不惯,为别人打抱不平。而前几天召开的一次村民会议,则让我和一些同事慢慢改变了对"大炮筒"的看法。

那次村民会议主要是为了了解村民存在的实际困难,在我说明来意后,"大炮筒"就站起来滔滔不绝发表了自己的见解。某处的沟渠需要砌沿清淘,某处的道路需要拓宽填平;义务工的派法,不能老是张三或李四;组长做义务工,不能拿报酬,因为你已经拿了人民的"俸禄"……听了"大炮筒"的发言后,许多村民也发表了类似的看法。

"大炮筒"虽然说起话来粗声粗气,听起来总是让人产生强硬、横蛮的感觉,但他的内心深处总是充满着正义感和使命感。我私下听他讲,有一次,他帮助自然村机排站购买一个螺丝钉,买不到,决不回家吃饭,而且不拿组里的差旅费,不记义务工,无条件为村民办事。在物欲横流的今天,"大炮筒"的举动,不能不让人肃然起敬。

那次会议,使我受到了很大的震撼。我不禁想起了那句俗语:"只有落后的干部,没有落后的群众。"群众原来对组长、村委会干部的意见,绝大多数是因村民生产生活的需要而产生的。组长不能以身作则,组长处处算计自己的利益,久而久之,就造成了干部与群众脱节的现象,不仅影响了农村经济的发展,也直接影响当地的社会和谐稳定。

生死的叩问

　　清晨或傍晚,徜徉在乡间的小道上,忽然间听到不远处传来的烟花爆竹声,我即刻意识到,那是一个生命宣告结束的信号。

　　人类不同于其他动物,生与死总要举行一定仪式,或庆祝,或祭祀。当一个新生命呱呱坠地时,热闹的爆竹就在户外炸响,继而是"洗三"酒和"满月"酒的庆贺。当一个生命悄无声息离开尘世时,爆竹的响声便是对一个生命逝去的最后礼赞,接下来有"关三"酒和"结七"酒的祭祀。人类对于生与死的仪式,自然是人类对自身生命的尊重。

　　小时候,我曾对爷爷说:"人要是不死就好了!"爷爷立刻噘起嘴并严肃地对我说:"蠢后生……"对于爷爷这句"蠢后生"的话,我当时并不理解。现在想起这句话,感觉爷爷真了不起。假如人真的不会死去,那我们地球能够承载得起人类吗?这显然是不行的。我的幼稚和爷爷的成熟,不经意间,共同完成了一个既庄严又神圣的话题——生命的叩问。

　　有时候我还会想,人的生命太短暂了,短暂得不如一棵香樟树。香樟树,年年郁郁葱葱,任凭时光的风雨怎样吹打,它都能以一种从容沉寂的姿态应对时空的万千变幻。即便掉几片树叶,香樟树也风采依旧。

　　当然,人类能以一个前呼后应的仪式,为自身的生与死做庆祝、祈祷、纪念,这也是其他动植物所没有的。我突然想起乡村农家主妇在逢年过节宰杀鸡鸭鹅的情形,她们会对抓在手上待宰的鸡鸭鹅念叨一句:"没怪没怪真没怪,你是凡间的一盘菜。"话音刚落,鲜活的鸡鸭鹅便在锃亮的菜刀下滴血、挣扎,结束了生命。

　　纵观人类万事万物,不仅有生的温暖,还有死的冰凉;不仅有阳光灿烂,还有血雨腥风。

　　活着是美好的,死去也未必遗憾。

说高道低

高,是指从下向上距离大,离地面远;低,是指从下向上距离小,离地面近。高低是相对的,是以地面为参照的。它的延伸意义丰富且内涵广泛。

"人往高处走,水往低处流。"它道出了人们向往高的地位、高的待遇、高的生活水平的意念。没有哪个人盼望生活水平像水一样——往低处流。"高不成,低不就"形容人们在选择上都不合意。究竟是高好,还是低好?我想这不能一概而论,高低有时各有千秋。

人们不会忘记2008年北京奥运会那场异彩纷呈的开幕式。中国体育代表团选派了一高一低的两个特殊人物并排走在代表团的最前面,一个是体育明星高个子的姚明,一个是抗震救灾英雄小个子的林浩,他们手里挥舞着国旗,脸上洋溢着愉快自信的笑容。正是这一高一低的搭配,才吸引了无数人好奇的目光,给国人留下了难忘的记忆。你说,这是为什么?我想,仅靠高个子体育明星的影响是不够的,还得要有一位彰显时代背景的"小人物"的互映,才能使中国体育代表团的出场仪式更具特色,更具吸引力。这就是一高一低的意外美感给观众带来的惊喜与欢乐。

城市大道两旁,路灯高低错落布置,不仅照亮了前进的道路,也便于人们欣赏大道两旁美丽的夜景。多维立体的视觉感受使人心情放松,一天下来的疲惫也顿时烟消云散。

从生理层面看,身材高大的人有许多优势,但身材矮小的也不甘示弱。篮球运动员和排球运动员身材高大,明显具有"空中"打击力度;但举重往往是矮小、稳健、粗壮的人堪当重任。从智慧层面看,高大与矮小的人似乎没有什么区别。"晏子使楚"的故事传诵至今的原因就在于它告诫我们,内在的智慧远比外在的身形重要,不可以貌取人也。

说到底,高有高的好,低有低的妙,高与低只是相对的,如何对待才是关键。高者若盲目自大,低者若悲观叹气,则高低皆不利。"山不在高,有仙则名;水不在深,有龙则灵。""不管黑猫白猫,捉到老鼠便是好猫。"认清自己的优势并加以充分利用,才能变成真正的强者。则山高又如何,水低又怎样?

一切从"0"开始

每年进入冬季,我就自然而然想起"0"。在数学的概念里,"0"比负数大,比正数小,是正负的分割点。在南方,零下的温度就意味着严寒,但在我们伟大祖国的北方,"0度"都显得温暖,毕竟温度比"0度"低得多的日子才是常态。冬天里谁都盼望有暖暖的阳光、高高的温度,但正是"0"的存在和坚守,才让人们知道什么叫寒冷冰冻,什么叫温暖炎热。

孩提时代的"0分"总是让人刻骨铭心,"零饼""零蛋""零头"等说法,都是清一色的贬低。其实"0"也并不那么差劲,起码它看上去没有半点缺陷,不像"C",总是接不上头,缺那么一边;也不像"Q",总是拖泥带水,依赖性强。有人说"0"是封闭的,没有"C"和"Q"开放,其实不然。人们的眼睛,除了休息,每时每刻都在开放,它以"0"的形态,将开放演绎得淋漓尽致。

"0"最好的品质是谦虚低调。无论你将它放在什么位置,它都不卑不亢,欣然接受。自然数1至9的前面或后面,如果附上"0",它的意义就会发生量的变化;没有"0"的组合,就不能完整地表达事物的原本。"一切从零开始",表达的是一种决心和信心;"一切从零开始",悟出了千里之行,始于足下这一亘古不变的道理。

"0"展示了独立、协同、广阔之美。

从鸡说开去

鸡是十二生肖之一,也是我们传统农家饲养的家禽之一。鸡从性别上分,有公鸡和母鸡;从种类上分,大致分为肉用、蛋用、肉蛋兼用、食药兼用以及观赏用的斗鸡五类;按地域特色细分起来种类就更多,如江西泰和乌骨鸡、上海浦东鸡、金门土鸡、红宝鸡、仙居三黄鸡。据美国禽畜协会统计,鸡的种类有250多种。无论哪种鸡,它们都是人类的朋友,也是人类食之有味、营养丰富的食品。

是先有鸡还是先有蛋?这是一个古老的谜,至今也没弄明白。但这个谜丝毫不影响我对鸡的好感。在物质贫乏的时代,养几只母鸡常年生蛋,换来的是油盐酱醋茶的开销。如今生活条件已大大改善,但每家每户仍旧养一些鸡,母鸡也仍占多数,可谓培植了一个触手可及的"蛋篮子工程"——收获的土鸡蛋可馈赠亲友,亦可用于平日生活和接人待客;另外也养一两只被阉割过的公鸡,为过年制作传统的食物米粉蒸鸡肉做准备。

养鸡与种水稻一样,水稻施肥少,禾苗长势不好,产量就下降;养鸡舍不得下料,鸡生蛋就少,甚至还会有抵抗情绪。在农家每每都能观察到这样一种情景:主人不及时给鸡喂饲料,鸡就跑到堂屋甚至餐桌上拉大便,让主人意识到,光让鸡生蛋不让吃饭是不对的。这大概就是人们常说的"小肚鸡肠"的来由。

鸡是温顺的。一般只要按时给料,它都会悠然自得。母鸡下完蛋飞出窝的时候,常常鸣几声"咯咯哒"提醒它的主人。有的母鸡害羞,并不在主人设置的笼子里下蛋,而是另寻隐蔽的角落。这种时候主人必须"依东"——给母鸡选择自己独特的下蛋地点的权利。

鸡是自私的。鸡吃食的时候往往排他性强,尖尖的嘴巴常常攻击周围的弱者,弄得弱者围着食料团团转而所得甚少。无奈之下,主人只好故意将食料撒一路长沙阵或同时撒在好几个地方,这样强者虽默默地加快吃食速度,却也顾不上欺负弱者。

鸡是敏感的。只要见了异物或有异感,它们就会咯咯大叫。2008年汶川大地震当日,邻居圈养的两千多只鸡,凌晨起就叫个不停,直至大地震发生。地震虽发生在千里之外,鸡却依然能明确感知到,可见它对于地球磁场或其他环境因素的微弱变化异常敏感。

鸡是悲哀的。一旦出现了禽流感或其他禽类传染病,它们便会受到限制,甚至被集体宰杀和掩埋。

鸡是可爱的。你若用食料引诱它,它会乖乖地跑到你的面前,但即便你点滴食料不给,它依然会悠然张望。一只脚着地,另一只脚悬着,是鸡最自在最悠闲的时候。

鸡是善良的。吃的是剩食,献出的却是银子般的拳拳之心,最后还会向人类献出自己鲜活的生命,为人类提供优质的营养品。

难忘那片枫树林

我的家乡坐落在弯曲而美丽的大沙湖畔。据族史记载，整个小省樊氏均由泾口大浦渡口迁徙于此，至今已繁衍了三十五代。

不知道是哪一代哪一个家族，在村庄的后面，也就是大沙湖畔，栽上了整片的枫树。枫树，属于落叶乔木。它的树皮呈麻点状，叶子呈三裂状，叶的边缘有锯齿；它的根千丝万缕，主根入土较深，支根有的潜伏在较浅的土层，有的则伏在地的表面，盘旋交错。枫树不仅有正直的主干，而且有婀娜多姿的枝干，还会结出许多圆仙人掌状的枫子。"枫树茂密如乌云，树尖杈上可行人"，形容的就是那种参天茂密的枫树林。美丽的枫树林，倒映在波光粼粼的湖中，构成了一幅美不胜收的风景画。

枫树，最美的是树叶。春天的枫叶，碧绿透亮，给人以青春的气息；夏天的枫叶，葱茏张扬，给人以勃勃的生机；秋天的枫叶，火红热烈，给人以成熟的喜悦；冬天的枫叶，干枯凋零，给人以新生的期盼。枫树的生命力是极其顽强的，有的树即使得了"半边瘫痪症"或"空心病"，依然生长茂盛，枝繁叶茂，这大概就是枫树的品质——顽强、坚韧、正直、不颓废。

占地几十亩的枫树林也是我儿时嬉戏、玩耍的地方。犹记得很多年前很多次的夏日晌午，大人们常常午休，而我和小伙伴们则集体去到后山的枫树林，有的爬树取鸟蛋，有的用铁针系在笔直的竹竿上觅青蛙，有的用陈枫子下"西瓜棋"，有的则利用树墙玩起了捉迷藏。玩累了，扑通一下跳进湖里洗个澡，顺便打起"水仗"。中午的时光很快过去，大人们午休完毕，我们也玩得筋疲力尽，仓促捡起书包，便一起向学校奔赶。

很可惜的是，随着岁月的变迁，枫树林不可避免地遭到了人为损毁。在"大跃进"时期、"文化大革命"时期，枫树被大量砍伐，用于建公共食堂、粮仓、学校、卫生所和厕所。只要是公共的建筑物，都有它美丽的"身影"。再后来，虫子的侵袭和集体的开发利用，美丽的枫树林，所剩无几。

拥有美好回忆是幸福的，延续这种幸福也就成为我新的期盼。期盼在不久的将来，记忆中那片美丽的枫树林，那水中有林、林中有鸟的美好画卷，能重新回到我们的身边；期盼纯真的孩子在林间玩耍，候鸟在林中度假，湖中的野鸭在夕阳下仰视树梢的喜鹊，布谷鸟年年岁岁从这里出发……

弯曲小路

弯曲小路,在我的家乡几乎消失。由于土地改革以及现代农业机械化的需要,原来的田块几经整合,弯曲小路变成了笔直大道。

我怀念弯曲小路,尽管它是小农狭隘思想的反映,但我看到的却是它的胸怀。弯曲小路,不光有凸部,也有凹部。凸部也好,凹部也罢,它们都存在妥协之处。懂得妥协,不就是一种胸怀、一种包容吗?弯曲小路以包容的姿态,接纳清浊;以肥水常流外人田的胸怀,甘愿失去。

我怀念弯曲小路,因为它围垦的是农民的财富,留下的却是农民勤劳智慧的脚印。弯曲小路不仅让先辈农民产生了认识事物曲折性的理智思考,领略了相互包容的广阔胸襟,也让先辈农民获得了坚韧,塑造了自信。小路弯曲,其实给先辈农民带来了耕作的不便,但正是基于这种智慧、坚韧和包容,长期以来,先辈农民们都能够和谐共处,彼此帮协。

我怀念弯曲小路,是它让我洞察到先辈农民长期耕作的耐心、寻漏保水促禾苗生长的恒心以及觅注眼捕捉黄鳝的雅心。我怀念弯曲小路,怀念它曲折中不失风骨,凸凹处仍见胸怀。我为弯曲小路的逐渐消失而愧惜,又为现代农业拥有的笔直大道而感奋。

让我们由衷地道一声:再见吧,弯曲小路!

氤氲缭绕话池塘

清晨散步,有一种别样的景观映入眼帘,那是池塘上空低旋着的白色烟雾,在刚刚升起的太阳的照射下,朦胧的烟雾中透着一簇簇金色的亮光,如梦似幻,宛如人间仙境。

田野上大大小小的池塘星罗棋布,不仅为农人提供了养鱼的自然条件,也为蓄水灌溉提供了持久的方便。多雨的季节里,雨水通过纵横交错的沟渠汇入池塘,庄稼可免被雨水淹没;干旱的日子里,池塘自然成为取水灌溉的源头。我们由此不得不叹服于先人的智慧,在开垦田地的时候不是贪婪地占用全部土地用于播种,而是根据气候的特点和耕种的需求,留出足够面积的池塘用于水的储存和循环利用。一个个夹杂在稻田中的池塘,像是点缀在大地上的珍珠,时刻闪耀着先人智慧的光芒。

村庄周围的池塘,同样反映出我们祖先择地而居时的深思熟虑。池塘的水一可用来灭火,二可用来洗衣。每每晴朗丽日,几乎每家每户的女性同胞,都会拎着衣裳到池塘边搓洗。此起彼伏的捣衣声、闲聊声、鸭鸣声,汇成了一支悦耳动听的晨曲。

池塘,是水的驿站,也是鱼的驿站,更是我们人类生存的驿站。池塘盛满的是水,养的是鱼,而滋润的却是人们的心田。

随着旭日的冉冉升起,池塘上空缭绕的烟雾慢慢散去,池塘的本来面目依旧呈现在人们的眼前——水在这里停憩,鱼在这里呼吸,潜水泵在这里为大地输送潺潺流水。

老 屋

　　大概是上了年纪的缘故,每次回老家看望父母,总喜欢去老屋看一看。看着歪歪斜斜破旧不堪的老屋,回忆的涟漪便涌上心头。

　　老屋,在我一辈看来,应是青砖灰瓦的三字墙"土屋"或七柱廊檐的平房,没有水泥的糅合,没有红砖的堆砌,更没有钢筋的影子。尽管村里有一百多户人家,但幸存的老屋屈指可数。"南阳毓秀""南浦云飞""仰见朝暾"是一些老屋大门门楣上刻着的横批,字迹清晰且浑厚有力,仿佛诉说着过去的人们对于美好生活的憧憬和向往。

　　我家的老屋是一幢七柱廊檐的平房,历经七十多年的风风雨雨,如今依旧斜立在故乡的一隅。老屋用小竹片、黄泥、稻草、石灰糊成的墙壁已有些脱落,但白色的墙壁在太阳的照射下仍旧焕发出古乳色的光彩;屋梁上的"大吉图"仍然清晰可见,几处燕子筑巢的印迹映射出老屋曾经的热闹与辉煌。老屋的"跑马楼"上一年四季盛着稻草,是儿时我们嬉闹、捉迷藏的好地方。犹记得那时我们用几捆稻草便将身子掩埋,被伙伴们踩到却依然不动声色,颇有几分烈火烧身身不动的英雄气概。逢年过节时,"跑马楼"是亲戚朋友们打地铺睡大觉的地方,久别重逢的人儿在这里交流着别后的喜怒哀乐。民兵训练时期,"跑马楼"还是民兵宿营的首选地,由此可见老屋曾多么受欢迎。曾经的喧闹,如今的寂寥,对比太过强烈,不禁使人顿生一觉醒来人去屋空的落寞,夕阳下的老屋也显得分外苍凉。

　　老屋曾是一个家庭的生活乐园,不仅装着勤劳、智慧和富裕,还装着一代又一代人丰富的情感。有人在老屋里出生和成长,也有人从老屋离开,一段时间或是永远。老屋见证了欢乐,也见证了悲伤;见证了辉煌,也见证了沧桑。曾经的老屋像一艘航母,承载着一代又一代人的梦想;又像海边的码头,无数次地欢送和迎接赤子的启程和归航。如今的老屋,苍凉之处仍见当年的风采,让人日思夜想,念念难忘。

　　老屋,孕育生命的地方! 老屋,梦想启航的地方!

我的写作之路

阅读和写作是我的业余爱好。于我而言,阅读是第一位的。从学生时代起,我就非常喜欢阅读,读长篇累牍的小说和名人传记,也读短小精悍的散文和古今诗歌;读严肃的时事评论,也读随性的生活小札。阅读媒介从书籍到报刊以至现如今非常流行的网络。读的同时,我习惯将自认为优美的文章和语句摘抄下来,汇集成册,取名为《撷朵朵浪花》。多年来,我不断地往其中添加新的内容,也时不时地翻看从前的记录,每次的"温故"总会带来一些新的启发和感受。而这也正是我写作的初衷,即用文字记录下自己的所思所想所悟。除此之外,在日常的学习、生活和工作中,每当心灵受到触动,我都会提笔展纸,将内心的声音化作些许文字。这种触动也许来自路途中偶遇的昔日战友、大自然赐予的美丽风景、偶然听来的一个故事,又或是生活中不经意的一个瞬间。我将这些稍纵即逝的触动永久地记录下来,也集成一册,取名为《捕捉美好瞬间》。也许并不都是美好的瞬间,但用文字抒发内心真实感受的过程却总是令人愉快和难忘的。

大概两年前,一个很偶然的机会,我将自己写的一篇短文《祝福我的妈妈》投给了南昌县文联《澄湖》杂志编辑部。万万没想到的是,文章受到编辑的高度评价,并随即公开发表在《澄湖》杂志上。读过此文的朋友们纷纷打来电话或是当面表示钦佩之情,这于我是一种莫大的鼓励,鼓励我不断地写出新的好文章,但随之也带来一些压力。我从未有过要当专业作家的想法,也没有受过系统的写作训练,写作素材只来源于自身的生活和学习、工作经历。压力带来动力,为了能写出更多更好的作品,我一方面继续借助书籍、报刊和网络等媒介,通过广泛的阅读来丰富自己的见闻,也从中学习写作的方法和技巧;另一方面,我不断加强写作练习,并将写好的作品发给朋友或老师,仔细斟酌他们提出的意见和建议,并据此对文章进行修改和完善。

"书山有路勤为径,学海无涯苦作舟。"对于想要开启写作之门、走写作之路的我们来说,勤学苦练就是不二法宝。手勤、眼勤、脑勤和脚勤是必备要素,手写眼看脑思考,同时用脚走入丰富多彩的生活,走过真实的人生。我想,只有这样,才能有源源不断的素材,从而凝练出真正一流的作品。

闵文华

闵文华，1967年7月出生，毕业于江西师大中文系，现为中学语文高级教师，南昌县莲塘二中工会主席，南昌县作协常务理事，南昌市作协会员。

山野中的一棵树

我的父亲就像山野中的一棵树，这些年来，他总是不断地伫立在那里，用慈祥而友善的眼神，默默地注视过往的行人。

总认为凛冽的寒冬草木才会凋零，可是谁会想到在这草木拔节的仲夏，你却抖落了浑身的葳蕤，耗散了所有精气，在一声轻叹中，轰然倒地呢？

树欲静而风不止，子欲养而亲不待。

乐莫乐兮新相知，悲莫悲兮生别离。短暂的别离尚叫人难以将息，更何况是死别。父亲啊，何时还能够听到您轻轻的咳嗽，看到您快步前倾的身影，闻到你特殊的气味呢？

我的父亲就像山野中的一棵树，小时候来自草莽，可是环境的恶劣没有让他屈服，他不断挣扎，不断进取，不断地挑战自我，超越自我，终于有一天从草莽中脱颖而出，成为一棵比草更高更壮的树——18岁那年，父亲从一个从小失去母亲的农家娃娃成为新中国的干部。

父亲就像山野中的一棵树，当有灿烂的阳光、和煦的春风、丰厚的雨水沐浴的时候，他便能茁壮成长。24岁，他成为南昌县税务局副局长，不久，又成为有着四千多职工的瑶湖水产场场长……

木秀于林，风必摧之。父亲因工作操劳感染了肺结核，后又被错划成右派，狂风暴雨、电闪雷鸣不断向他袭来，这棵山野中的树面临着生命中最难的一道坎。怎么办？是在困境中倒下，还是在困境中涅槃？山树选择了坚忍顽强，他把根深深地扎进了土壤，他忍受了断指落叶的煎熬，他在血与火的洗礼中获得了新生。

曾经沧海难为水,除却巫山不是云。当血与火的洗礼结束后,父亲这棵山野中的树,便活出了生命中的另一种境界。他总跟我们说,一年四季天天都是好天气,有刮风的好天气,有下雨的好天气,有出太阳的好天气,有下雪的好天气,人生天天都是好生活啊。这种豁达乐观、积极健康的人生态度是他留给子孙后代永远的精神财富。

父亲是山野中的一棵树,过往的行人摘他的果,折他的枝,踢他的杆,倚着他休憩,他都没有半点儿怨言,他总是用实际行动诠释着什么叫与人为善,宽以待人;父亲是山野中的一棵树,他总是用他那粗壮的枝、浓密的叶为过往的行人遮风挡雨,提供阴凉,用无声的言语说出什么叫古道热肠,大爱无疆。

父亲就是山野中的一棵树。

今天,这棵长时间耸立着的树倒落尘埃。但是父亲,您放心,树上巢中的蛋在您精心呵护下早已孵出了小鸟,如今,他们都用丰满的翼,载着树的精神,在各自的生命天空中自由飞翔。

落红不是无情物,十二年后的今天,这棵山野之树追寻着另一棵山野之树飘然而去。

爸爸、妈妈,天堂里你们可好?

学会尊重

那天课堂上,我沉浸在与学生的互动中,突然当的一声,大门被推开,一个脸色古铜、衣着灰旧、赤着双脚的农民大伯冲了进来,用方言向我及全班的学生大声地问道:

"金英在这儿吗?她婆婆要我帮送些钱给她。"

我先是猛然一惊,但等我明白他的意思之后,便仍旧站在讲台上微笑地对他说:"老人家,你找的人是哪个班的?"

"我不晓得,她婆婆说金英在二中,要我送钱给她。"

"噢——老人家,这样,第一,您可以打电话问她的班级,然后找她去给。第二,如果没有电话,您可以到学校的学工处去查找她所在的班级。"

"这样啊,好,好……"说完,他便转身离开了我们的教室。

看着他离去的背影,我忽然觉得这是一个教育学生的好时机,应该好好地把握它。

"同学们,你们对刚才这位老人的行为,如何评价?"

"粗鲁,没有礼貌。"

"何以见得?"

"随意打扰别人上课,得到人家的帮助时也不说谢谢。"

这是老人给大家的一个突出印象,一般人都能认识到,而我要的教育当然不止这点。

我继续问:"同学们,假如你是老师,你碰上这件事,你如何对待老人?"

"他打扰我正常上课,我会赶他出去。"一位男生有些气愤地说。

"是啊,是啊。"许多同学附和着。

"有没有不同意见呢?"

"有,像老师一样。"一个女生站起来。

"为什么?"

"我觉得老师这样做就显得比较宽容、大度,如果跟农民伯伯也斤斤计较,那未免也太小气了。"

女同学的话刚说完,台下就响起了热烈的掌声。显然,同学们肯定了女同学的回答,也认同了这种宽容、大度的行为。

我趁热打铁,接着往下引导:"同学们,你们觉得老师今天这样做美吗?"

"美——"同学们齐声回答。

"好,假如说,将这个农民伯伯换成曾经跟我有过节的人,甚至是有深仇大恨的人,我这样做,美吗?"

"美——,更美——"

"你们能用一个词概括这种对待仇怨的行为吗?"

"以德报怨。"一个同学敏锐地捕捉到了信息,赢得了一片羡慕的目光。

"对,以德报怨,方为君子。希望各位今后都做宽容大度的人,都做正人君子。"

总结完第一层感悟后,见到台下的同学们欣欣然有喜色,我也很开心,于是继续深入话题。

"同学们,唐太宗李世民曾说,以人为镜,可明得失。请问,你们从老人身上明白了什么?"

"应该有礼貌,不粗鲁。"台下的同学异口同声回答。

"对,这是其中一点,不过刚才已经说了,你们还能悟出其他内容吗?比如说,他为什么会有这种行为?"

"噢,我明白了。"又一个男同学站了起来,"应该提高素质,农民伯伯一定没有读过书,因为他根本不知道去学校找一个学生应该怎样做。"

"对,讲得很好。你不但找到了答案,而且说出了理由。来,给点掌声……好,同学们,下面,有个发生在我身上的故事,请大家仔细听后再慎重回答问题,可以吗?"我卖了个关子。

"可以。"同学们都瞪大了眼睛。

"那年,我爱人家旧房子要拆掉,一些旧东西要处理,刚好一个收废品的小贩经过,我就把家中的旧东西包括旧书给卖了。后来,我爱人的大姐回家,她问那线装的《毛泽东选集》到哪儿去了,我说当废纸卖了。她吃惊地说,现在那毛选可卖到五百多元一套啊。我听后无语……好,同学们,现在你们客观真实地评价一下我,你们觉得我有素质么?"

这个问题有点特殊,不是所有的学生都敢回答。

正当大家面面相觑的时候,最开始那个发言的女同学又站起来说:

"老师,我们觉得你平时上课,挺有素质的,但在这次卖书事件上,你跟那个农民伯伯差不多。"她的话刚说完,台下的同学们都笑了。

"很好,笑声也代表你们的心声。但是请问,你们如何来看待我这个矛盾,或者你们看如何评价一个人呢?"

"噢,我明白了。"另一个女同学恍然大悟的样子。我示意她站起来说。

"老师,你是要告诉我们,人的素质组成是多方面。你可能在这方面掌握了丰富知识,素质高,但也可能在另一方面一窍不通。"

"对,我国古话说,隔行如隔山。"我继续启发学生,"俗话说'三百六十行,行行出状元',又说'寸有所长,尺有所短',或许那位老农就是一位种田的高手呢。因此,我们不应该轻易地蔑视一个人。当然,我们更必须不断地加强学习,争取丰富完善自身的修养,全面提高自身的综合素质,将来才不至于像我那样见笑于大方之家,是不是?"

"是,噢耶——"学生们的情绪显得有些亢奋,我的激情也再次被点燃。

"刚才我说应该向别人表示尊重,请问,根据你们的观察,我们有向那位农民老伯表示尊重的现实理由吗?"

"有——"台下有人回答。

"说说理由。"

"农民伯伯是来帮人忙的,尽管他自己并不知道如何去找一个学生。这体现了他的善良、淳朴,这是一种高尚的品格。"一个学生充满自信地回答。

"还有,他脸色古铜,衣着朴素,这反映了他勤劳节俭,具有中国农民的传统美德。"另一个同学补充道。

"对,同学们讲得很好,这充分地证明你们的目光是犀利的,头脑是清晰的,思想认识有提高了的,孺子还是可教的。"

台下充满了欢乐的笑声。

"好,同学们,下面让我们重新回到课文上来……"

别了,综合楼;别了,301

2011年9月28日上午10时,我含泪搬离学校综合楼301。9月29日,综合楼所有的设施设备全部迁出。9月30日,挖掘机开进拆除现场。10月1日,新中国成立的日子,晚8时20分,在巨大的撞击声中,综合楼结束自己光荣而又神圣的历史使命,离开人们的视线,走向了永恒。

尽管我们有无尽的不舍,无限的留恋,但综合楼的身影还是越来越远,留下来的,只有与她朝夕相处时或快乐、或激动、或悲伤的回忆……

综合楼动工兴建,是在1988年,那时我还未参加工作,听二中前辈们说,当时选址颇有争议,还是罗时海校长最后拍板:"一个荷包蛋还放在碗底下,就让她正对着大门,让门口来来往往的人一眼便能看到她的英姿。"

1989年暑假,综合楼竣工,新学期交付使用。教职工搬进新的综合楼,激动、兴奋之情洋溢在脸上。更有浪漫者,有一段时间几乎天天登上莲西的"最高峰"——综合楼五楼天台,向东俯瞰整个莲塘镇,向北远眺南昌城,内心里不断汹涌着"会当凌绝顶,一览众'城'小"的豪情。

1989年10月,我来二中找刚分配下来的同学刘茂贵。那是我第一次接触综合楼。记得那天晚上,茂贵领着我来到一栋高大巍峨的建筑里,然后我们一路攀登至五楼他的临时寝室。窗外皎月如盘,仿佛伸手便可触及。我躺在床上,也生出"不敢高声语,恐惊天上人"的感觉来。

第二次见到综合楼,是在1994年9月6日,其时我离开麻坵中学,借调入莲塘二中任教。从那时起,我就几乎天天与她亲密接触了。

综合楼之所以被命以"综合"之名,是因为它兼具了太多的功能。学校的行政办公室、教研组办公室、实验室、微机房、语音室、保管室、图书室、阶梯教室等都集中于此,教职工们办公、开会全在这里,它真正称得上是学校的中枢。

综合楼三楼东南面三间为语文教研组办公室。教研组长王琎的办公室是紧挨楼梯口的那一间,我来二中后也加入其中,我将这一间办公室称为301。刚到二中时,我感觉与我原来任教过的三个学校最大的不同是,这里的教研活动抓得紧,听评课工作踏踏实实。我清楚地记得,我上的第一节公开课是《致橡树》,课后,语文组全体同人围坐在301,在王琎组长的主持下,仔仔细细、客观公正、友好和善地评点着我的教学细节——精彩的,加以肯定;不足的,指出问题;发展的,提出希望;存疑的,共同商榷。那时的301满屋子都是帮助,满屋子都是关爱,满屋子都是笑声,满屋子都是快乐……只是而今,往日那些可爱亲切的脸庞大都离我而去,有的竟是天人永隔,怀想起往昔美好时光,常常唏嘘不已……

1996年4月,我认识了我的妻子。我们的第一次约会是在莲塘街上闲逛,累了后,我把她带到了301,我伏在桌子上批改着作文,妻子则在对面微笑地看着我。工作中的男人是最有魅力的,若干年之后妻子解密说,那一回她就决定把后半辈子托付给我了。感谢您啊,301!感谢您给了我一个贤惠的妻子,感谢您给了我一个美好的家庭!

1996年9月,王琲老师被调往莲塘一中,学校任命我接任语文教研组长。从此,我就天天在301备课、办公、组织语文组各种活动了。

莲塘二中语文组是全县的优秀教研组,20世纪80年代中期曾经创立了自己的文学社团——小荷文学社,办了自己的刊物——《小荷》。只是后来由于种种原因,文学社社员没有继续发展,《小荷》也就停了刊。我担任组长后,万良德副书记、胡云其副校长、蔡厚志主任等语文界的前辈分别找了我谈话。他们均鼓励我要把小荷文学社恢复起来,把学生的文化活动搞得生动活泼一些。

我不敢忘记前辈们的殷切期望,也自感肩上责任的神圣与光荣,于是便在301与语文组的同人们共同策划着恢复成立小荷文学社的事宜来。在我任职语文教研组长的三年期间,我唯一值得自豪的事情便是让小荷文学社的"香火"得以延续,我也因为这点儿业绩被评为南昌市优秀教师。

1999年年初,罗时海校长等老一辈校领导退休,新一届领导班子通过竞聘上岗。3月1日,学校原办公室主任蔡厚志同志上任校长职务。新校长履职后,率领全体二中人负重奋进,积极进取,学校的发展从此迈入了快车道。

1999年8月,学校办公室重新调整,语文组办公室被安排到五楼,校行政办公室则整体搬迁至三楼,301室也被安排作为校办主任办公室。非常幸运的是,经校长提议,学校任命我任校办主任一职。原以为要和301告别了,然而没想到冥冥之中的情缘还是将我与她连在了一起。

坐在这个熟悉却又陌生的位子上,我暗暗地告诫自己,今后一定要加倍努力,千万不要辜负领导对自己的信任和同事们对自己的热情支持。

20世纪末期,我国的房地产业还未兴起,人们的住房还很简陋,我们家也不例外。儿子稍大些后,家里则到处是他的活动领地,全然没有了我的个人空间。于是,除吃饭、睡觉外,我其余时间几乎都泡在了301。

接下来的几年里,301异常热闹,异常忙碌。一项一项的管理新政在这里发布,一批一批的新同事在这里签约,一次一次的工作及材料在这里汇集,一个一个的荣誉在这里见证……

2003年9月,学校新的六层回字形教学大楼顺利竣工,综合楼原先璀璨于柏岗山头的光芒被遮掩,她在人们心目中的地位开始有所下降。

2004年3月5日,综合楼迎来了一位重量级人物——江西省副省长赵智勇。与赵副省长同行的还有当时的江西省教育厅厅长漆权和厅里的其他领导等。蔡厚志校长敏锐地捕捉到了此次机会,向领导们汇报了我校争创重点建设中学的计划。领导们听完后对我校的工作给予了肯定,并叮嘱我校做好相关准备工作。

2005年7月15日,综合楼披红挂绿,张灯结彩,喜迎自己诞生来最重要的事情——莲塘二中晋升为省重点建设中学。2005年9月5日,综合楼前再一次彩旗飘飘,人声鼎沸,学校十一层的综合实验楼动工仪式正式启动……

当然,综合楼楼里楼外演绎的历史并不都是"莺歌燕舞",也有"断桥残雪"——像老领导的辞世,青年学子的猝死,骨干教师的调离,都令人生发出无限的慨叹,最令人伤感的还是2007年8月的学校初高中的分离,硬是生生地把一家分成两半,一半在海角,一半在天涯。

就在这几年里,我的办公室也经历了几次搬迁,不过好在都还在综合楼里,离301并不远,自己每天上上下下忙碌,总能从她身旁经过。后来校打印部搬进301,我也经常到那儿打印文稿。特别是在2008年,学校启动申报省重点中学项目,要准备的相关材料特别多,我作为主要办事人员之一,更是天天往那儿跑了。

经过全校干群、师生近一年艰苦不懈的努力,我校各项申报工作得到了专家的一致认可。2009年5月,江西省教育厅下发当年第23号文件,授予南昌县莲塘二中等59所学校"江西省重点中学"称号。消息传来,综合楼前鞭炮轰鸣,笑语盈天,整个校园沸腾了……

1999年至2009年的十年期间,我国的经济处在一个高速平稳的发展时期,国家各项事业都有了长足进步,我校牢牢地把握了这一千年难得的历史机遇,从一个破旧不堪、濒临拍卖的普通中学,历经多次蜕变,最终晋升成为省重点中学,实现了华丽转身。而作为二中的一员,十年期间我也随莲塘二中的发展而不断进步,2004年被聘为中学高级教师,2005年购买住房,2007年担任校级领导……

2009年8月,学校行政充实力量,我不再担任校办主任,我的办公室也做了相应变动。特别开心的是,我又被安排到了301,且是一个人单独一间。仿佛老友的再次重逢,我感到无比的亲切和幸福。随着年龄的增长、心态的逐渐平和,我更加懂得珍惜与她之间的情缘。除了日常的工作事务离开外,我会整天整天地坐在她温暖的怀抱中,或看书,或上网,或静思,或练笔,我享受她带给我的安宁、平淡、包容、慈爱,我觉得我是她的孩子,她让我找到了精神的寄托,精神的归依。我忘情于其中。

人们常说,幸福的日子总是过得那么快。的确,倏然间,这种美好、宁静的日子就又过去了两年。2011年9月,学校一栋占地约12亩,建筑面积达13500平方米的多功能科技楼顺利竣工。综合楼所有功能都可被新建科技楼取代,并且因为她还阻挡了科技楼的视线,再加上地基下沉,被鉴定为危楼,于是,遭拆除的命运也就不可避免了。

曾经雄居一隅、傲视四方的综合楼,即将走到生命的尽头,这令那些以她为荣、以她为傲、以她为标志的老一代莲塘二中人情何以堪啊……

离2011年9月28日越来越近了,还剩六天、五天、四天……我默默地坐在301,茫然地数着与她告别的日子。那时我唯一能做的,就是长时间用眼睛扫视她的一切,从天花板到墙壁,从墙壁到地面,从地面到窗户,从窗内到窗外……

别了,综合楼;别了,301!尽管我有无尽的不舍,无限的留恋,但2011年9月28日还是不请自来,10月1日还是如期而至……

此后很长一段时间,我都没法从失去301、失去综合楼的失落中走出来。后来还是一位哲人的话教育了我,他说:个体的死亡是群体进化的必然;如果人类不死亡,社会就不会向前发展。是啊,旧的事物不淘汰,新的事物就不会产生。莲塘二中旧的历史不翻过去,新的辉煌又如何续写呢?这样想着,心中也就慢慢地舒坦开了。

如今,综合楼的原址上,又诞生了二中的新标志——仁孝文化景墙。

只是有时午夜梦回,自己还坐在301办公,综合楼的身影仍在眼前久久挥之不去……

乒乓球里有智慧

一花一世界，一叶一菩提。一项乒乓运动，亦能折射出不少人生智慧。

有人见别人打球时你推我挡，你拉我扣，身手矫健，攻防自如，不觉心生羡慕，也捋起袖子，拿块球拍，乒乒乓乓起来。只是许多人宁可酒桌上牛饮海喝，挥金如土，却不愿在球拍上拔毛投入，稍加付出。古人云："工欲善其事，必先利其器。"善事需要合适的器具和长久的准备，而不是一时的心血来潮，行头都舍不得添置，亦见其苟且态度。有人说球拍只是竞技之毫末，不是根本，巴掌大球拍都能纵横无敌，手机也可将对手拍死。此话真是不假，一苇可以渡江，绕指柔亦可化作百炼钢，奈何人家靠的不是器具，而是经年积淀的深厚功力。

也有众多大人小孩，出于各自目的练习打球。然而若干天后，坚持者寥寥无几，仿佛中了老祖宗的魔咒："靡不有初，鲜克有终。"个中重要原因恐怕是看不见球技的起色，尝不到进步的快乐。其实，万事付出都会有收获，球技也像春起之苗，虽不见其增，却日有所长。只是增长的过程相对缓慢，人们需要放下躁动，静心去等待而已。

也有人对球技的认识走向另一层误区：无他，唯手熟耳。似乎卖油翁的心得成了囊括一切技艺的箴言。"熟"真的能生"巧"吗？未必。许多高中生字迹远不如部分小学生漂亮，岂是他们书写得少？实在是练习不得法——日常的书写不过是在固化自己的"丑陋"字体罢了。倘若球友平时练球，不在力度、速度、线路、旋转上下功夫，不在接球发球、攻防转换上花力气，哪怕你从春练到秋，从青丝打到白发，也始终是只乒乓球菜鸟，无法飞上竞技比赛的大堂。系统、规范、科学的训练永远是通往成功彼岸的桥梁，打球、书法乃至人生的方方面面莫不如是。

球友平时打球，水平高高低低，参差不齐，此刻若留意观察，也能看出一个人的风度与涵养。

多数球友爱挑选对手，他们不愿与自己实力悬殊者比赛。对手太强，自己找虐不说，还耽误别人时间；对手太弱，自己轻易取胜，亦无多大快感。他们更愿意同自己水平接近者PK，因为一场势均力敌的较量，既充满挑战性，紧张且刺激，又能有效地发现自身的弱点和强处，改进与发展乒乓球技艺。乒乓球运动如此，社会其他方面何尝不是呢?

　　也有不少球友,面对水平高者,愿意虚心求学,恭敬讨教;而面对水平低者,却总爱摆出一副颐指气使、不可一世的模样。他们很少捡球,喜欢暴虐对方来抬高自己。他们似乎忘了业余乒乓球运动的宗旨是锻炼身体,缔结友谊,追求快乐,享受生活;更忘了"以强事弱以仁""爱人者人恒爱之,敬人者人恒敬之"的道理。

　　也有个别球友在练球算分时爱打小算盘,譬如趁对方准备不妥时发球偷袭,又譬如对球友的擦边球视若无睹。投机和隐瞒有悖于公平竞争的体育精神,也暴露了自己太重的得失心。有时,精明激进者看破后直接指出,令双方很是尴尬;睿智厚道者看破却不点破,甚至主动让球,他们坚守一个理念——君子成人之美。是啊,你让别人出彩,别人永远会热爱你。

　　另有一类球友,练球输球后总爱寻找借口,怨天尤人,要么近两天休息不适,要么场地太糟糕,抑或对方衣服太过亮丽刺眼。总之,绝不反思自己打法落后,绝不承认自己球技太差。殊不知,太多的借口成了他进步的绊脚石,太多的牢骚成了湮灭他心智的迷魂汤。而端正思想,正视现实,寻找差距,奋起直追,才是落后者应有的态度与行为。

　　当然,看顶尖专业选手比赛,却是别样的风景:它除了给你视觉享受外,亦然让你醍醐灌顶,茅塞顿开。

　　里约奥运,半决赛水谷隼遇上马龙。比赛进行,世界第一霸气侧漏,很快锁定三局顺利。进入第四局,背水一战的水谷隼改变战术,不再采用平时擅长却明显处于下风的反手拧拉、正手拉冲等技术,而改为难度更大的突击搏杀。这一临危的改变甚为有效,硬是生生地从世界第一的手中抢回两局,惊得中国球迷冷汗连连。水谷隼关键时刻守经达权、随机应变的胆识与智慧同那一筹莫展的无奈和一条道走到黑的蛮干相比,何止于天壤云泥。

　　最赞叹马龙。他打球时沉着镇定、心无旁骛,让人联想到《庄子·达生》中的粘蝉老人。老人技艺精湛,用竹竿粘树上的蝉就像捡地上的东西一样。孔子问老人何以至此,老人回答说:"我站稳身体,像矗立的枯木;我举起手臂,像枯枝。天地虽大,万物虽多,我所察觉的只有蝉翼……这样怎么会粘不到呢?"老人经过长期的锻炼,已经把外在的技术内化成一种身体的本能。马龙也达到了这一境界:任凭赛场边人山人海,呐喊声震耳欲聋,他却丝毫不受影响,只是眼睛紧盯着球,并迅速地判断着来球的弧线、旋转、速度、落点;赛场外他毫无所为,赛场内"无所不为",真正做到物我两忘,人球合一。于是,一波波的凌厉进攻便在马龙的球拍下精彩呈现,一幕幕乒乓大戏便在奥运赛场上华丽上演。最后,世界第一终以他梦幻般无为无不为的无敌神功征服了所有对手,也给全世界所有观众上了深深一课。

近日读书,见到欧阳修的《醉翁亭记》中的名言:醉翁之意不在酒,在乎山水之间也。醉翁的情趣爱好不在喝酒,而在于欣赏山间的美景。这不仅令我想起了中美之间的乒乓球外交,政治家们并不在意双方球队的比赛结果,在意的是中美关系的僵局被打破,中美关系改善的序幕被揭开,中美国际战略意图转变得以实现。一枚小小的乒乓球,却转动了中美两国发展合作的大球。这种举重若轻、四两拨千斤的外交艺术,才是乒乓运动里的上上智。

我爱"国"

我爱"国",这个"国"指的是"国"字号。具体来说,一是指"国粹"麻将,一是指"国球"乒乓球。

我是个不孝子,我爱麻将甚于爱我的父亲。父亲病重住院,我都会腾出时间去桌上玩几圈;我午休时间较长,可只要是双休日下午,我都要砌它几里城墙,尽管双目无神,哈欠连天,却仍旧执着坚持、乐而不疲。我不是个没志向的人,相反,我常常立志。比如头天晚上打麻将熬了半夜,回家后便开始自责,低级趣味、玩物丧志、浪费光阴,从明天开始,坚决戒除麻将,将全部精力放在看书、学习、工作上,一定要实现个人的梦想。可第二天中午,邀"脚"电话一响,伟大的志向就被另一种声音所湮没,人生苦短,娱乐休闲一下又何妨呢?于是,我又欣然奔赴牌场。等到牌局结束回到家,有时还在回家的路上,自己又开始自责,自责过后再立志发誓。如此循环往复……

老婆听腻了我的誓言,心情好时,她优雅地说:

"你是常立志,就是不立长志呀。"

心情烦躁时,她便粗鲁地说:

"我还不知道你?你戒得了饭,都戒不了麻将。"

我恨得牙根直痒痒,太小瞧人了。但……哎……

然而有一日,老婆颇为惊讶地问:"咦——好像蛮久没上桌,是不是麻将基金全输光,腰里无钱自戒赌了?"

为了重塑恋爱时纯洁的形象,更为了挽回久被践踏、饱受蹂躏的尊严,我慢慢地从口袋里掏出一沓钱,将红通通的票子,一张张排在桌子上……

这一回我要用实际行动告诉她,好男人永远都是不能被小瞧的,好男人永远都不会被尿憋死。不就是娱乐休闲、放松身心吗?麻将这一"国粹"不玩了,我改玩另一"国"字号的项目——乒乓球了。

拨得云开见月明。告别"麻坛"后,我几乎将业余活动时间都投入"乒坛"了。不久,我便生出了"实迷途其未远,觉今是而昨非"的感叹来。因为很快我便迷上了这项竞技活动,我体味到了它的无穷魅力。

我变成了一个初级孝子。《孝经》曰:"身体发肤,受之父母,不敢毁伤,孝之始也。"父母已经往生,不能"生则养",我也无法"事之以礼",但自己的身体发肤是父母给的,是父母生命的延续,爱惜好自己的每一寸肌肤就是孝顺父母的开始。以前打麻将,久坐血滞,肩周发炎,脸色枯黄,形体消瘦,健康状况愈来愈差,天堂里的父母或许都在流泪呢。而自改打国球后,身体各方面大为改观,我变得反应敏捷,身手矫健,面色红润,精力充沛。这不,上一次国球邀请赛,我穿小背心上场,八一中学一位女教师看后竟夸张地说:"没想到啊,闵老师这么好身材,肌肉很多,好性感呐。"天啊,从出生到现在快五十年,我一向都是文弱瘦削的,没想到国球运动居然为我带来如此颠覆性的评价,真把我高兴坏了,以至激动了很多天呐。

  我现在也听老婆的话:不常立志,而改立长志了。说得冠冕些,国球让我变得意志坚定、作风顽强了。不论是工作日、节假日,还是刮风下雨,严寒酷暑,我有空的时候都要练一阵;不论是本地外地,主场客场,还是男女老少,高手低手,有人的时候我都要打几场。日日如此,月月如此,积习久了,也就心无旁骛。原来钟情的"国粹"——麻将也就永远地"沙扬娜拉"了。

  打乒乓球需要场地,也需要对手,真的要感谢莲塘镇乒乓球基地,感谢南昌县乒协的领导、会员和广大勤学苦练、挚爱国球运动的朋友们,是你们的一路陪伴让我戒除"麻将瘾",让我坚定了意志,赢得了自尊。遥想当初,年幼的儿子看着我匆匆扒完几口中饭,握住茶杯往外冲,他瞪着小眼睛模仿大人的口吻责备地说:"老爸,你早上不是发誓不打麻将的吗?为什么还要出尔反尔呢?"那时,我只好耍无赖地说:"对对,你不要学老爸,你老爸是工作太辛苦,休息日放松放松。"而今,看着泡在游戏里的学生,我大声地训诫他们说:"玩物丧志,不要沉溺于游戏。老师当年那么重的'麻将瘾'都戒了,你们为什么不去干一些有意义的事呢?要知道你们今天的努力将来都会获得回报,你们今天的虚度将来都会加倍去买单。"

  以前打麻将,总是要算计别人,或提防着被别人算计;牌好时春风得意,牌差时唉声叹气,赢钱时笑靥如花,输钱时是稀里哗啦;甚至有时,为了出牌和算钱争得面红耳赤,恶语相向,完全背离了休闲娱乐的初衷。爱上国球后,特别是在与广大球友锻炼、交流、学习的过程中,我体会、领悟、受益良多,心态、思想、行为也发生了巨大的变化。球友练球,技术好的指导技术差的;好的教得耐心、投入,差的学得谦虚、认真;没有报酬,没有收入,只有关爱,只有情谊。球友比赛,有输有赢;赢的不骄傲,输的不沮丧;赢的会为输的打出的好球点赞,输的会为赢的精湛技术喝彩;比赛结束后,双方还要握手问候,交流切磋,指正砥砺,其情切切,其乐融融。有些高手,他们能有效掌握比赛节奏和局面,既不让对手输得难堪,又不让场面缺少观赏性,可谓德高技高,德艺双馨。还有些球友,他们长期默默做绿叶。平常锻炼,他们甘心陪练;逢到人多,他们就让出桌位,退到一旁烧水、扫地、欣赏;遇上比赛,他们则服从领导安排,积极参与比赛各项工作。这种不求名、不求利,淡泊平静的心态和乐于助人的精神令人感动,令人尊敬。置身其中,我的思想得到了净化,灵魂受到了洗礼,格局获得了提升。妻子有几次提出想换房到南昌市去住,我都以种种借口拒绝,其实内心深处,我是舍不得离开兼容并蓄、奋勇拼搏的南昌县乒协,舍不得离开多彩和谐、笑语不断的莲塘镇乒乓球基地,舍不得离开那些可爱可亲、可敬可佩的新老球友啊……

近几年,我利用工作之便,假公济"私"。济什么"私"呢?济的是国球之"私"。我连年组织全校教职工参加乒乓球比赛,给获奖的发放奖金,没获奖的发纪念品——乒乓球拍。去年,学校开展"实行仁孝文化,发展学生特长"主题活动,我又狠狠地济了一回"私"——建议成立了莲塘二中乒乓球训练中心。今年,我再掀波澜,向学校推荐引进了优秀国球教练……东风已吹,梧桐树已长成,传说中的凤凰会飞来吗?每次工作之余推开窗户,对面训练中心总会传来熟悉悦耳的乒乓声……

华灯初上,凉风习习,澄碧湖夜色醉美。人们绕湖健身行走,优哉美哉。那一晚月色迷人,我拉着妻子的手,深情款款地说:"老婆,你这发福的身材,散步是没有用的,我们去打乒乓球吧!"

于是,澄碧湖畔,少了一对携手散步的夫妻;二中乒乓球中心,多了两个挥拍练球的伴侣……

天若有情天亦老,人间正道是乒乓。

李 燕

李燕，南昌市作协会员，南昌县作协常务理事，现单位莲塘四中。

率性而为的古人

《皇帝的新装》是大家最熟悉不过的童话故事：成人用假话掩盖本性，小孩用本性讲真话。这则童话故事之所以经久不衰，主要是因为它指出了人类社会普遍存在的人性弊病——虚伪。当今社会亦然。诚如刘震云《手机》里所说："人一天到晚90%讲的都是套话、假话、废话。"为了辨别出10%的真话，我们习惯于绞尽脑汁地去揣摩、推敲，以致心力交瘁，生活疲敝！此情此景，我们多么渴望人们能率性而为，坦诚相对，还生活一个"真诚"。在这一点上，也许古人给我们树立了高标。

表忠义自绝性命

伯夷、叔齐是竹君的两个儿子。两人因不愿继承王位，一同逃往西方的周国谋事。不幸恰逢周国国君西伯侯刚去世，其儿子姬发（即周武王）即位。父亲丧事还未办完，周武王就率军伐纣。途遇伯夷、叔齐二人叩马直言谏阻："大王，您的父亲还没有安葬，而您却忙着去攻打别的国家，这难道是孝吗？大王您是臣子，而纣王是您的国君，臣子去攻打国君，这难道是忠吗？"周武王的兵士听后欲杀了他们，但姜子牙认为他们是忠义之人而出面阻止，两人才幸免于死。

武王灭商后，他们认为武王的行为不符合忠义之道，耻食周粟，采薇而食，饿死于首阳山。

或许，在今人眼里，伯夷、叔齐太过"愚忠"，不懂变通。武王灭商，是历史发展的必然，谁都无法阻挡，又何必为一个千夫所指的纣王表忠献身呢？实乃迂腐之至！然而，于我看来，他们所坚守的"忠义"虽不合时宜，却是他们真性情的自然流露。只为忠义本身，不为他事。如此率性的境界，又有几人企及？今人如习得他们精髓的二分之一，婚姻无所谓忠诚，朋友无所谓背叛，国家无所谓分裂。天下大同。

知遇之恩死相报

　　侯嬴,战国时魏国人,身份低微但才华横溢。年老时被信陵君亲自执辔御车,迎为上客。为报信陵君的礼遇,秦急攻赵、赵请救于魏时,他为信陵君献计窃得兵符,救赵却秦。

　　初,信陵君领侯嬴之计出征赵国,侯嬴来送别:"我本应随公子一起去,可是我人老体衰,力不从心,生怕连累您,所以留下来。您走后,我会计算您的行程,在您到达晋鄙军队的那一天,我将面向北面,自刎而死,以此表达我对公子的一片忠心。"

　　自两人诀别后,在信陵君到达晋鄙军营的那一天,侯嬴信守诺言,面向信陵君所在的北方,刎颈而死。

　　只为感君一礼遇,千金之躯死相报! 这是何等的忠烈,何等的率性,令人仰止! 仰止的同时,我不免为侯嬴的生命惋惜。作为食客,侯嬴献计献言,解邯郸之围,为主立功。耄耋之躯,留守国中,静等佳音,实属常理,大可等候奖赏。可他非以残身未能与主人共赴沙场而自惭,自绝性命。以他的才华,本该留着性命继续为信陵君效力,进尽忠言。可诚如是,侯嬴还是侯嬴吗? 没有他不管不顾的率性行为,还有他今日的百世芳名吗? 我的惋惜啊,此刻徒劳枉费思!

直言诉求不惧主

　　冯骧,齐国人,在穷困潦倒之时投靠了孟尝君。在与孟尝君的初次会面谈话中,因未表现出特殊才能,被安排在下等门客的住所里。下等门客吃饭无鱼。

　　过了一段时间,冯骧每天敲弹着剑把唱歌:"长铗归来乎,食无鱼。"用人就把这事向孟尝君打起了小报告,孟尝君知道冯骧嫌待遇差,于是让他搬到中等门客的住所,吃饭有鱼了。又过了一段时间,冯骧又敲弹着剑把唱歌:"长铗归来乎,出无舆"! 孟尝君于是让冯骧住进了上等门客的住所,出入都有车可乘。可没过多久,冯骧依然敲弹着剑把唱歌:"长铗归来乎,无以为家"。孟尝君听后很不高兴,但在得知他家中尚有一老母后,就叫人按时供给其母吃穿用度。于是,冯骧就不再唱歌了。

　　冯骧向孟尝君索取了不少的待遇,也着实为孟尝君效力不少,如替孟尝君收租,树立了孟尝君在人们心中的威信;在孟尝君遭齐王猜忌被贬,门客相继离开时,他一心护主,智说国君,使之威名重立,自己也因此得到孟尝君的重用。

　　穷困潦倒时投靠能人,不满现状时直言诉求,诉求满足时力效主人。这就是冯骥所认的"死理",行事坦荡,为人真诚,让自己的灵魂无拘无束地游走于阳光之下。

反观现时的我们,屈膝于权威,学会了伪装,湮没了本心,隐忍了诉求。一旦有人直陈诉求,直指利弊,定会被人们称为"头脑简单之人",被嗤之以鼻,甚至对其心怀芥蒂,不予重用。假若冯骥生活在当代,他可能早被领导开除,谈何成就?可机关算尽的我们,怎么没能成就冯骥那样的美名呢?

为正军法怒斩妃

孙子,也就是孙武,齐国人,是春秋末期著名的军事家。

当初,孙武到吴国,被伍子胥引荐给吴王阖闾。初次见面,孙武把自己写的兵法十三篇给吴王看,吴王看了赞不绝口,但又担心孙武只有纸上谈兵的本事,还想进一步证实一下他实际指挥的能力,于是叫孙武实际操练一下。孙武即刻答应,而且要求训练没有接受过任何军事训练的宫女。吴王答应孙武的要求,从宫中挑选了160名美女,还挑出两个爱妃当队长。

训练之初,孙武首先跟她们宣布了三条军令:第一,态度必须要严肃认真,不许嬉笑打闹;第二,必须依照军令行动,不得随意乱来;第三,若有胆敢违犯军令者,按军法处置。由于这些宫女初次受训,不能按指令行事,队伍混乱不堪,两个队长本不听令,看到此情此景,笑得人仰马翻。孙武见状大怒,命令执掌军法的人绑了两个队长,并准备斩首,以正军法。

吴王闻言,赶忙派人传话给孙武叫他放了爱妃。孙武却一脸严肃地回绝了使者,斩了两个队长。此后,美女们再无人嬉笑打闹,被孙武训练得如同正规部队一样。吴王虽不悦,但在伍子胥的劝说下,最终命孙武为大将军。孙武为将军后,为吴国屡立战功,使吴国名声大震。

只身异地谋发展,从严练兵怒斩妃。这等气魄,这等果敢,孰人堪比?在孙武眼里,只有军令,没有皇权,不从军令,只能正法。铁面无私,公正严明,就是他的本性,按本性办事,率性洒脱!

率性而为的古人并非痴傻,亦非不谙世事,而是在坦露人性的真诚,活出本真自我。这样的人,难道不是我们灵魂的标杆吗?

那些已然消逝的生活

回首过往,多少美好雅致的生活,渐为尘埃,消逝无度。

"长亭外,古道边,芳草碧连天。"长亭古道,送别友人,这是古代最常见的送别情景。朋友即将远行,主人不忍分离,依依不舍地陪同送至十里长亭。在亭一角,摆出酒食,把酒话别,"劝君更尽一杯酒,西出阳关无故人。"惜别意无须多言,情真意切尽在酒中。停杯息箸,折柳相送,"杨柳青青着地垂,杨花漫漫搅天飞。柳条折尽花飞尽,借问行人归不归?"依依惜别之深情尽蕴其中。友人持柳上马,渐行渐远。"天涯一望断人肠""挥手泪沾巾",充满了无限哀伤。"悲莫悲兮生离别""黯然销魂者,唯别而已矣",古时交通不便,今日一别,相会无期,哪怕是刘备、关羽这样的英雄人物,分别时也难免痛苦不堪,来回追送。

反观现今的送别,谁会相送十里?顶多送至小区门外。谁还折柳赠别?照一张相算是留念。谁分别时"执手相看泪眼"?说一些祝福的话就挥手告别。简简的送别,浅浅的情,哪堪古人"相送情无限,沾襟比散丝"之情思!

"烽火连三月,家书抵万金。"在交通不发达的古代,特别是战争时期,短短的一封书信,胜却黄金万两。书信的价值决定了它的地位,因而日渐普及。

书信的普及,成就了我国卓越的书信文明,如规范的格式、谦和优雅的书信礼仪、俊美的书法、博大精深的文化内涵等,极大地丰富了中华文明。苏轼的《水调歌头》,简直是书法的盛宴,亲情的港湾,哲思的海洋;《李鸿章家书》则内容丰富,涉及面广,有谈战事的,有叙人伦的,有嘱读书学习的,有论修身养性的,皆文笔流畅,文彩斑斓,具有很高的文学价值和礼仪学价值。我们耳熟能详的《曾国藩家书》《傅雷家书》等,皆书写讲究,文辞谦和,字里行间浸润着书写者丰厚的学养功底和别样的气质风范,正是"尺牍书疏,千里面目""虽则不面,其若面焉"。

此外,古乐府诗《饮马长城窟行》写道:"客从远方来,遗我双鲤鱼。呼儿烹鲤鱼,中有尺素书。"书信真的在鱼肚子里吗?原来古人常常把写成书信的白绢结成两条成双成对的鲤鱼,以代替信封,既可避免信的内容显露,也表示吉祥之意,更便于传递。这样的书信赋予生活以美的情趣。

可如今,随着手机和电子信箱的便捷使用,文字书写急剧退场。许多年轻人提笔忘字,渐成常态;书法之美,也只能在少数书法家手中流连。收到一封手写的书信,是一种幸运;收到一封文辞淳美朴实、书法俊逸洒脱、信封制作精美的书信,简直是一种奢望。传统书信中所包含的博大精深的中华文明,似乎正渐行渐远,即便是我们这些曾经使用过手写书信的"80后",也不免感到一丝惆怅。

"才知源海文始为,腹有诗书气自华。"苏东坡的这句名言,激励着一代代的华夏儿女自强不息、奋发读书。中华民族之所以被称为礼仪之邦、文明古国,其中一个重要原因,在于中华民族是一个好学、勤奋的民族,中华儿女为书而乐、而苦、而生、而死。即使是在阅读被钳制的"文革"时期,许多被下放的作家、干部、学生,去下放之地时,其他的都可以不带,但一定会偷偷地藏几本被视为"毒草"的文学作品,借着月色独自偷看,哪怕被人逮着遭毒打,也决不交出"毒草"。

然而今天,这一切却可能真的成为历史了。

2014年国民阅读调查数据显示,2013年我国成年国民人均纸制图书阅读量为4.77本,而同期其他一些国家的成年国民人均纸制图书阅读量为:韩国11本、法国20本、日本40本、俄国人为55本、以色列64本。美国计划达到每年每人读书50本,中国成年国民人均阅读图书却不足5本。从以上数据可看出,中国人的阅读量的确太少。

他们把本该阅读的时间花在娱乐和物质享受上。即便读书也很功利,只读专业书籍和教辅资料。心血来潮时,偶尔读点养生、占卜、武侠言情、漫画之类的书。而对于历史、文学、艺术、哲学、社会等类型的书却很少涉及,以致当下中国很难造就像梁启超、林语堂、季羡林这样博晓古今、学贯中西的人。

中国当代著名作家、学者郑义在接受《新纪元》周刊采访时表示:"一个不重视阅读的民族是没有前途的。我们的知识和人性都要在阅读中得到教育和启发,不读书的民族和没有文化的民族差别是不大的。"是啊,国民不阅读,谈何民族复兴?

"童年的梦,七彩的梦;童年的歌,欢乐的歌;童年的脚印一串串;童年的故事一摞摞。"我的童年像这首歌一样美妙。在那五彩缤纷的岁月中,发生过许多事情,像星星一样明亮。

"儿童急走追黄蝶,飞入菜花无处寻。"那时候的我们,生活里没有电子产品的侵扰,热爱亲近大自然。放学路上,看到蝴蝶、蜻蜓之类可爱的昆虫,大伙儿比赛看谁先捉住它们,获胜者就可被同伴轮流背回家。为了获胜,大伙儿紧追不舍,哪怕暮色沉沉,蝴蝶隐没花丛,仍睁大眼睛仔细搜寻,直到捉住为止,而后傲然自若地被同伴背回家。

"儿童放学归来早,忙趁东风放纸鸢。"20世纪80年代,放学后,如遇东风,一人找出风筝,大伙儿相拥于广阔无垠的田野争相放飞。一人放风筝,十人相追随。大伙时而为高飞的风筝欢呼,时而为跌落的风筝叹息。一只风筝,承载了我们童年多少欢愉多少情!

"牧童骑黄牛,歌声振林樾。意欲捕鸣蝉,忽然闭口立",放歌牧牛,闻声捕蝉,是儿时假期最大的乐趣;"细雨鱼儿出,微风燕子斜",雨中偷钓鱼,几多惊怕几多乐;"蚂蚁搬家,蛇过道,大雨要来到",细观蚂蚁搬家,大雨淋头始回家……

童年时代的我们,物质匮乏,没有各式各样的玩具,没有电脑,没有手机,但我们总能在大自然中找到许多奇妙的乐趣。然而,现今的孩童,大都沉溺于电子产品,玩手机游戏、看网络电视似乎成了家常便饭。城市的扩建,使他们很少有亲近大自然的机会,即便读小学了也不了解蝴蝶、蜜蜂、蜻蜓的属性,更别说猪、牛、羊了。当他们老了,回首童年时,记忆的碎片里或许只剩下动画片了。

可是,这又能全怪他们吗?

消逝的乡情

往事依稀浑是梦,都随风雨到心头。窗外的雨,丝丝如网;窗外的风,轻柔如棉;窗外的老人挑着担,在昏黄的路灯下吆喝着什么,声音悠扬而绵长。这似曾相识的一幕幕,使我的脑海不由自主地迅速织张起儿时的往事。

那年我才十岁,窗外同样下着绵绵细雨,刮着蚕丝之风。风雨之中,同样有一个老人挑着担,吆喝着什么。老人渐走渐近,不一会儿就走到了我家门口。只听老人友善地叫道:"老李家的,快开门呀,吃寿面哟。"

母亲赶忙闻声出迎,笑盈盈地问道:"老根叔,您家谁过生日呀?下雨天让您跑这么远的路,真过意不去。"

老根叔一边麻利从大篮子里端出香气袭人的寿面和桃酥,一边喜不自禁地答道:"我家孙子今天刚好满周岁,让乡亲们和我一起高兴高兴。"

"您真有福气!来年再添个大胖小子,让我们再沾沾口福。"

"托你吉言,到时大摆筵席来款待你们。"老根叔爽朗地笑道。说完,又喜气洋洋地挑着担,走往下一家,临行前不忘关切地叮嘱母亲:"趁热吃,凉了就不是那个味儿了。"

望着雨幕中渐行渐远的根爷爷,我就像望着一幅古朴而温馨的诗画,内心不禁飘荡起一层层温情脉脉的涟漪。

人逢生辰送寿面,挨家挨户喜相迎。这是我们儿时的生日风俗。那时受经济条件的限制,每逢生辰,人们(除了大户人家)一般不大摆筵席,而是煮上几大锅寿面、粗茶淡饭,备置几担桃酥,由亲属挑着它们,挨家挨户地送,让乡亲们与自己一起欢庆。在我的记忆中,那时的寿面和桃酥,简直是天上贡品,人间哪得几回尝。

如果说吃寿面与桃酥是我儿时的小小奢盼,那么吃年饭则是我的终极奢盼。每逢春节,从初一到元宵,家家户户都会精心备辰。小时候的我,天天盼过年一样盼着别人过生日,那样既可吃上一碗滑溜香甜的寿面,又可吃上平日置年饭,轮流做东。每年正月初五,都由大伯家做东。一到初五,在东方未白鸡未啼之时,大伯一家人就开始忙着筹备年饭。年饭一备置完毕,男主人就到自家屋前放鞭炮。村民一听到鞭炮声,便陆陆续续从四面八方涌来。而我总是一马当先,抢先入座,唯恐别人占座。大家入席之后,就开始进餐。进餐期间,大人们相互敬酒,道祝福语,开玩笑,场面喜庆而热闹。而我们小孩则是另一番景象,菜一上桌,大家二话不说就开始抢食,那阵势就像敌我两军争地盘,六亲不认,寸土必争。由于我动作敏捷,总能抢到许多吃的,每次肚子吃得鼓鼓的跟蜜蜂似的。"战场上"是"敌人","战后"是朋友。酒足饭饱之后,我们又心无芥蒂地聚在一起玩游戏,如踢毽子、捉迷藏、跳皮筋、放风筝等。整整一天,村里的每一个角落仿佛都回荡着我们的欢声笑语。而我总是边玩边期待,期待着下一家鞭炮声响。

不讳言地说,家乡吃年饭的古朴风俗,就像上千年的树根,深深地根植于我的脑海,令我刻骨难忘。此外,家乡人互亲互助的古道柔肠,同样令我刻骨难忘。

三岁那年,我失踪了。母亲吓得魂飞魄散,六神无主。邻居得知后,赶忙告知村主任,村主任立马召集村民四处寻找。眼看天就要黑了,被告知的村民即刻放下手中的活儿,奔走于村子的每个角落。可大伙把村子搜了个底朝天,仍不见我的踪影。母亲获悉,哭得呼天抢地、寻死觅活。邻家嫂子见状,不假思索地抛下自家哇哇大哭的小儿,像边防战士一样寸步不离地守护着母亲。

后来村主任提议,让成年男子撒网捞人,看看我有没有掉进门前的大池塘。那时正值严冬,风如刀子水如冰。但知情的成年男子全都手执火把战战兢兢地围着池塘四处打捞,寻找星星点点的希望。然而打捞的结果比严冬还冷酷。大伙捞了大半夜,依然不见我的影子。村主任只好叫大家先回家休息,明日再续。

望着一个个离去的背影,母亲彻底崩溃了,昏倒在地,不省人事。父亲也伤痛得一边暗暗抹眼泪,一边照看母亲。正值母亲苏醒之际,楼上突然传来时断时续的乒嘭声。父亲没在意,以为是老鼠在偷吃。可后来,乒乓嘭嘭的声音越来越响,已不像是老鼠的"杰作"了。疑惑间,母亲叫父亲上楼看个究竟。不看则已,一看惊人!父亲惊喜得大叫一声:"我的儿啊,你怎么爬到这里来了?(我家的楼梯是木式楼梯,大人才爬得上去)吓死我们了。"母亲闻讯,嗖的一声从床上跳到楼上,搂着我又哭又笑。

找着我之后,父亲以风一般的速度告知村主任,村主任又派人挨家挨户地转告。后半夜,整个村子都沉浸于甜美的梦乡,梦里无风无寒,春暖花开。

"快跑,下大雨了。"一声嚷叫,阻断了我对往事的美好回忆。

此刻的雨已不再润物细无声,而变得粗暴狂野,横扫着大街。街上的那位老人,像一叶扁舟,出没于浊风恶浪之中。路边撑伞的行人,街边守店的店主,漠然地做着各自的事,竟对风雨中孤苦无助的老人熟视无睹!

眼前的这一切,宛如一阵直侵肺腑的寒风,蓦地使我的心湖结成了冰海。

怅惘中,我不禁痛心呼喊:我可爱的乡邻啊,你们何时开始变得冷漠?冷漠得不再走门串户,不再送寿面,不再吃年饭,不再救人于危难之间。难道你们早年的侠骨柔肠已乘黄鹤西去,消逝于天之涯、地之角?那我又该从哪儿找回旧时可爱而浓郁的乡情?

李 莉

李莉,1977年9月生。江西省美术家协会会员,南昌市美术家协会会员,南昌市书法协会会员,南昌市民间文艺家协会常务理事,南昌县作家协会副秘书长。毕业于江西师范大学,现就职于江西国药有限责任公司。散文和国画作品曾多次在《澄湖》杂志上发表。

画者,从于心

石涛有言:画者,从于心。执笔二十载,颇有体悟。深信。

绘画之初。寻得好图,依样描摹,或喜或悲,或哭或笑,不问他人喜好,只顾自己偏爱,自我陶醉。作品,有坐于月下沉思,有面朝大海欢呼,有在桥头嬉戏。友人见画,戏言:"心思跃然纸上。"念此可为一笑。当年,自学无师,不懂技法,只为宣泄情感,画虽稚嫩,但能见心。后初涉技法,方觉功力不足。于是勤学苦思:构图如何更美,笔墨如何精妙,结构如何精准。追求甚为单一。学习时日较长,越学越深,且行且远,遗忘初衷。

绘画中期。技巧颇为娴熟,笔墨遵循法度,造型基本合理,构图有章可循。如此数年,竟无心之作居多。友人笑云:"画见好,却不易懂。"想来是不见心。自问,有法之法缘何绘不出我心、抒不出我情?大山有情,花鸟有心,皆人赋其物心性灵气,万物无情不发,情无万物不生。作画,必倾于心,赋予情,笔墨技法达到无法之法,方能心画合一,产生逸品。

余早年爱莲,常远观,然此观尚浅。以为画荷大笔一挥,能得气韵。殊不知,凭印象,描得其貌,不得其神。作品有形无心,墨有味无韵。画纸耗去数刀,难求妙品。浅观,不够,无心,难求,笔不从心。近日,荷花盛期,观荷心切。效仿古人搜尽奇峰打草稿一法。驱车半日,顶着烈日,寻至其处,见荷叶脉脉相连,荷花翩翩作舞,是荷是仙,亦如幻觉。于河畔视之,对景写生,作画十余幅,直至日暮,意犹未尽,携两朵三叶归。次日清晨,花从瓶中出,嫩红花瓣红丝浅印,微开,明黄花心轻吐情丝,静如处子,娇羞可人,宛若仙子出浴,弥漫芳香,绝色也。喜极,速展纸作画,心不能待,愿为仙子织金缕衣,线条丝丝入纸,气韵生动。画间,忆《荷塘月色》,下意识,画一美人手握红莲月光中出,如此美景,人间何处可觅,幻由心生,陶醉其中。后画荷数幅,有技法胜于此幅者,亦有构图好于此幅者,未及此幅气韵,不可复得。所以"感人心者,莫先乎情",人先醉于自我意识,又触发情,艺佳境。"心"为艺源,画中无"我"无"心",徒有技巧,无法成就神品。

  绘画晚期。观荷,应从心而出,入心而归。对物有情,提笔挥毫,不顾笔法与技巧,可像狂风不可抑,方能达其心致,表其意象。"意境"从"情"而来,情动生意,意生入境。才能得逸品。

  观多年所得佳作心境,皆为博得家人一笑,或为友人寄情,倾心而画,并无杂念,均为下意识流露与无意识显现,脱去尘浊,绘我本真,达到心性自然流露。

  有道是"画乃心印"。画者,应从于心。从艺者,皆应如此。

我的四公

那年放假我背着画夹回老家写生。虽说是老家,已没有家了,只有八十几岁的四公让我感觉到家的温暖。

我坐车到村口,老远见到四公背着双手走着,身后跟着一条黄狗。他听到叭叭车声,便回头拎起草绳捆好的猪肉,一边晃一边大嗓门对我喊:"听到你回家,我到几里外的街上买了两斤猪肉,中午给你炖萝卜汤吃。"脸上笑出褶子。

老屋只住着四公一人,屋里是泥巴地、木头梁、高台灶。四公知道我来画画,他搬来木凳,帮我摆好画架,要我坐在院子里画。我说想画老东西,他从屋里找来竹编的烤火炉、篮子,木头做的火桶、坐桶、站桶。我先不认得,他件件给我介绍。我很快画就好了,问他还有什么可画。他犯起愁来,在屋里打转,不知道什么东西可以入画。我在杂货间发现一台老风车,高一米八,宽一米六,一百来斤重。我问四公这是干什么用的,四公凝神摸着风车说:"哎,这东西老了,派不上用场了,过去它在我们家可当个大劳力呢,地里收的谷子全靠它把米打出来。"接着长叹一声,好似叹息自己也像这风车一样老矣。我吵着要画它,四公先是一愣,再上下打量一番,然后站稳脚跟,努着嘴,双手一抬,左移右挪,憋足了一口气,把它压紧在腰肩上,跨过高高的门槛,扛到了屋外。我迫不及待地开始多角度画它,一会儿工夫画了好几张。四公见我画出风车,不停地夸我能干。上午十点他催我喝汤。我一心想多画点儿,推说还早。见他站在风车旁,要他当模特,画他劳动的样子。从没做过模特的四公,脸上失了色,像要上电视一样紧张,开始拘谨起来,垂手挺胸,脸红脖子粗,很是窘迫。我笑他像田里的稻草人,风吹都不动。他也笑了。我告诉他过去怎么劳动,现在还怎么做,他这才将收紧的脸松懈了下来。后来他越演越真实,越演越起劲。找来一根扁担,挑着两个箩筐,表演挑谷子。我当时不满意他的动作,叫他站着挑、蹲着挑、走动挑。八十几岁的人让我当猴耍,他却乐呵呵地配合。我画好了给他看,他看到自己成了画中人,笑得喉咙里的小舌头都被我看见了。他看我歇了笔,便又催我喝萝卜汤。我想不能让他白忙,馋猫似地喝了起来,连声大叫:"真鲜呀,这肉骨头鲜到我骨头里去啦。"我喊他来吃,他说:"你吃,你吃,我不吃。"只见他转身去厨房热着两天前的剩菜,那一顿饭他一块肉都不肯吃。他说乡下的猪肉好过城里,都是自家养的猪,让我多吃些,吃饱了可以多画点儿好画。

吃过饭他带我到村里东家串西家走,吆喝着帮我找老东西。很快,村里来了一位画家的消息传开了。送盆、送篓、送桶的人都来了,有扎着白头巾穿着盘扣青衣的妇女,有拿着铁锹缺了牙的大爷,有满头白发的阿婆,有抱娃的女人,还有流着鼻涕满脸泥浆的小孩。老老少少、大大小小二十来个人,都围着看我画画。四公忙着给他们搬凳子、递花生。我平日里难得见到这些有泥土味儿的人和物,心里很激动,画得又快又好。突然人群中有个声音高喊:"画他,把他缺了牙的嘴画下来。"指的是那个拿着铁锹的大爷。老大爷也不怯生,立刻坐直身子让我画他。不一会儿人物跃然纸上,我的速写本被抢去,只见他们笑得歪歪倒倒,都说我画得很像他,连没牙的嘴都画得生动。大家都夸赞四公有个了不起的画家孙女。我的四公在一旁像得了奖状似的憨憨地笑着,一脸的荣耀。

画完这些人已是下午三点,我要回城了。想起小时候睡过的摇床,我遗憾地说没有找到。四公说去找,我想跟他去,他说村里的路难走,尽是泥,不让我去。他去了半天也没见人影,我就在屋外踮起脚望他。老远,只见他脖子上扛了百斤重的大红摇床,压得青筋都暴了出来。我急忙跑去叫他放下,他硬是扛到屋前,累得喘粗气。那一刻我眼眶里闪着泪花。好在四公福大命大,身子骨像牛骨一样结实,一点事没有。直到我画完后要走,屋里已堆满了老东西,大伙儿吃一地的花生壳还要他收拾。

那年之后,我一直记得四公的好。每年回村里都想给四公一点儿零花钱,但因钱少都给不出。前年清明节离开家时我给他些钱,他说城里花销大,让我留着钱买画笔,不肯拿。我偷偷地塞进他床垫下,心里觉得有些宽慰。可就在我回城后刚过两天,家里来电话说四公摔了一跤,看不见、听不到也说不出了,瘫在床上,没等天亮就走了。我心里像倒了墙一样,给他的钱他还没来得及花啊。呜呼呜呼,心里痛极。

我仿佛听到他拉着我的手说的最后一句话:"有假就回家来画画,我给你再找些老东西,将来让你好成为画家。"

相 配

与盲人无墨的接触仅在疲惫时。只因我长年伏案画画,落下了颈椎痛的毛病,痛得受不了才进了盲人按摩室,结识了无墨。

"你用微信吗?"初次相见他问我。"不太会用。"其实我用,但心里嘀咕:与盲人有什么好用微信的?他又看不见,不理他。

平常人总是从夹缝里看人,我也一样,总认为盲人是无法和我们正常人相比的。但后来的事情却让我非常鄙视自己。

人真是贪图享受的。他的按摩让我的颈椎病有了明显好转,于是我每周都去他那儿一次。接触时间一长,我发现他不仅懂按摩,还懂音乐、电脑,几乎博古通今,我未读的书他都读过,他操作电脑的速度比正常人还要快;读屏软件能快读电脑里的文字,发出的声音就像磁带快进声音,我们听不清,他全明白。叫人不得不钦佩。我与他调侃说:"你该改名叫'墨太多'。"

经过一段时间的接触,我慢慢地改变了对盲人的看法,也渐渐忘记了无墨是个盲人。

恰好彼时有人给我介绍了一个对象,很多事情我无处诉说,便与他聊起。我问他,和一个与自己外表不配的人一起生活,能幸福吗?他没有回答。

几天之后,他发了一个网址给我,链接的是一张瓷壶的图片。他说想网购这个壶,选了很久才决定买,不知道样子好不好看,让我帮参考参考。

我喜欢画画,也有一定的审美观。但想到他是个盲人,心想,对他来说无须认真讲究,什么样的图案搭配在一起,都不是一样吗?他又看不见,只要我说好看,便能给他美的想象空间。

我看到图片中的壶上印有一枝红艳的梅花,心里觉得很俗气,却违心地说:"很好呀,用心选的东西都是好的,很多人眼睛看得见,却不用心去选。"心里却暗暗高兴:虽然那茶壶并不符合我的审美标准,但却是我一次最高标准的审美。

他嘿嘿一笑说:"其实不用想到我看不到就好了。"

我嬉笑说:"是看得见的人有盲点了。"

他说:"以前有一位老顾客送了我一套茶具,是台湾产的陶瓷,一个茶壶,六个杯子。壶身是陶瓷做的,壶提手是竹子根做的,很精致。可后来壶盖打碎了,壶用不了。可用茶壶泡茶的感觉却忘不掉,我就想网购一把茶壶,配上台湾的小杯子,应该就完整了。"

我看到另一张图片,发给他说:"这款茶壶上的图案更有品位,你看看,是大画家齐白石画的虾。"话刚发出我就后悔了,"虾"的谐音是"瞎"啊,我怎么能这样随便推荐呢?心里责怪自己,这是一次最没水平的审美。

他笑笑说:"我就这么乱组合了一套茶具,从瓷器质地来说应该是一类的器皿,外观我就不知道是否搭配了。"我听出这话的无奈。

我再笑说:"这种搭配很特别。你下次把台湾的杯子给我看看,我就可以帮助你找到差不多的茶壶,但我不知道要不要这样做,可能你的这种组合更好。"

我沉思了片刻说:"也许人与人也是如此。看着很相配的,碎了;看着不搭的,却搭了。将就可用也许是最好的相配吧。"

之后,我在网上看到他的留言:"瓷器和人是一样的,一个人或者一件物品好,会陪我们很久很久;如果不好,很快就会彻底地离开我们。我刚买的茶壶和原来的杯子,本来一个天南一个地北,不可能在一起,就因为我,它们将搭配到一起。"

我久久不语。此刻,好友打来电话问我近况。我突然问她:"结婚前要想些什么?"她回答我说:"什么也别想,闭着眼睛。"

几天后,我又去了按摩室,看见了那套台湾产的杯子,杯上的图案是大画家齐白石画的两个寿桃,还有"圆满"二字,这壶和杯都在,壶上大作未损,只是壶盖碎了,大体完整,还是一件好物,非常精致。刚买来的那个印着梅花图案的壶和印着寿桃的杯放在一起实在不搭,奇丑无比,难以接受。无墨请我帮茶壶配个盖子,配好后可以用。我说:"不好找呀,随便找一个盖,搭配在一起不好看。台湾的瓷器,内地难找。"

文章本来有了结尾,打算交稿。我突然与无墨说:"文章要修改,暂不发出去。我尽力帮你寻找那个壶盖。"

又一日,我看见了无墨的妻子,模样和无墨很像,俩人很和谐;还看见了无墨的孩子,孩子有双明亮的大眼睛。他们的身体虽有残缺,却看见了光明。感谢上苍。

我决定帮无墨找那个壶盖,与壶体相配合适的壶盖。因为遥远,也许能找到,或又找不到。世间没有完美的东西。

我的感情出现问题,闭上眼睛也过不去,决定放弃。

我将继续在茫茫人海中寻找相配的另一半,哪怕遥远,也坚信能找到属于我的精致的完整人生……

写到这儿,稿子真要交了。

交稿前,无墨又发来一个网址,我惊呆了,他找到了那套印有"圆满"二字的瓷器。

我决定买来送给他,但网上的价格被一条横线画掉。

"圆满"无价……

涂　颖

涂颖,1989年生,现供职于政府部门。热爱写作,任南昌县作家协会常务理事,在《澄湖》杂志发表《外婆的爱情》等多篇文章。2014年12月获得江西日报社、江西省文明办联合举办的"我的家风"征文比赛二等奖。

水之臆想

其实我并不是一个喜欢水的人。

总觉得流水乃无情之物。你看那"春色三分,二分尘土,一分流水",好端端的千娇百媚还来不及挽留,就叫那清冷的河水卷带了走,不是"桃花尽日随流水",便是"青山遮不住,毕竟东流去"。

尽管不喜欢水,生活中还是躲不开时不时把自己泡在水里,比如说——洗衣服。

难得想起来帮辛苦了二十年的老妈分担一下家务,结果越帮越忙。洗衣服时把各种材质、各种颜色的衣服一股脑儿塞进了洗衣机,甩干后拎出来时就傻眼了,在云南买的素色裙子染上了一大片杂色,这对我而言不亚于往世界名画上泼墨。要是别人洗的,我肯定会控制不住叫嚣一通;偏偏是自己洗的,只能心疼混杂着悔恨,生生往肚里咽。

接下来,我试了各种家里能找到的肥皂、洗洁精、碱粉,通通无效。

老妈看见我拎着裙子一副欲哭无泪的模样,走过去直接把混杂着各种去污剂的液体倒了,换了盆清水,一边把裙子接过去浸入水中,一边不紧不慢地说:"急啥,用清水漂一天试试,你不要小看水的力量。"

此招果然奏效!第二天,看着心爱的裙子在清水中色泽如故,我惊喜得几乎不知说什么好。想起老妈前一天说的话,突然觉得言简意赅之中颇有几分哲理。看似强大的洗涤剂都无可奈何的污垢,看起来最柔弱的清水却在无声无息之中荡涤净尽。

水的力量。

你可以无视它、不相信它,但它就在那儿,以无人可及的耐心和毅力,不动声色却昼夜不停地为你溶解、净化、包容。或许以前认为的流水无情,其实是一种大爱无言。

滴水穿石。狂风吹不走,烈火烧不化,强弩射不穿,好一块顽岩,却独独被那最柔软的水,一滴滴,一日日,凿出了一个孔洞。这是一种韧性,更是一种爱的智慧。它柔若无骨,滴在石上也似惊鹿踏雪,你甚至感觉不到它的存在,但没关系,日复一日,年复一年,再坚硬的岩石也要被溶解,再顽劣的灵魂被这种沉默的温柔所感动,所净化。

静水流深。它不似漫野春花的浓盛绚丽,更不如熊熊火焰的张牙舞爪,它只是缓缓地推进。从高到低是它永恒的方向,就像从过去到未来,是时间亘古的路线。无论岸是曲是直,它都只管静静地积蓄自己的能量,在波澜不惊的水面之下愈流愈深,深到人畜敬而远之,深到水草无法生长,深到阳光不敢窥探,深到万籁都沦陷在它无尽的幽秘中。春花零落了,火焰湮灭了,只有水,在波澜不惊的外表之下终于从浅薄蜕变至深邃,并拥有了帝王般的力量,既可海纳百川,亦可摧毁一切。

上善若水。老子说的,因为水善利万物而不争。水的姿态千变万化,雨雪风霜,惊涛骇浪,它完全有资本演绎世间最汹涌澎湃的传奇,可它绝大多数时候却选择了平凡。它灌溉出稻浪滚滚,滋养了春华秋实,孕育了地球上第一个生命,承载了人类几千年航运文明,却千万年如一日静静地永不止息地向前奔流,泽被万物,不沾一丝浮华,不染一分喧嚣,仿佛不知道它自己创造了多少伟大。

写到这里,不由得想起我亲爱的老妈。告诉我水中智慧的老妈,又何尝不是我生命的源泉。在外地求学的这几年,回家次数屈指可数,却似乎从来没有离开过她的视线。我在哪儿,她的心就牵在哪儿,对那个城市的新闻、天气比我还清楚。有过叛逆,有过任性,有过对现实的迷茫挣扎,却最终都融化在老妈的如水般的温柔慈爱中。母亲大概是这世间最温柔也最坚强的人,用自己永不干涸的母爱,包容儿女的过错,润泽儿女的躁动与伤痕。儿女以为母亲不懂得的眼泪,其实都被她珍藏在心中。

有句话叫"仁者乐山,智者乐水"。我宁愿用互文的修辞来解读这句话,因为我觉得清者如水,亦仁亦智。尽管我以前不喜欢水,但现在,我却对水,无比敬畏。

手心天堂

适逢清明时节,春雨飘洒而至,沾衣欲湿。烟雨迷蒙之中,漫野的油菜花比在日光下更多了几分安静单纯,摄人心魄。

我见过最美的油菜花,长在阿公阿婆住所门外的一条小路上。在碧水蓝天的映衬下,黄灿灿的油菜花夹道而生,翠绿的茎秆如同矮篱,路人穿花而过,脚踝染香。此番情趣并非天然,而是阿公阿婆一手播种而成。旁人或许觉得这样做费时费力,可是二老偏偏以此为乐,享受着自己亲手从荒地里一点一滴创造出的风景。那腥甜的泥土气息,那丝丝缕缕的植物清香,那劳作后筋骨舒展的酣畅,只有双手实践过的人才能体会。

有这样的阿公阿婆,就有这样的老妈。

母亲大人平素最爱琢磨家里哪个角落可以设计点儿布衣作品,比如被罩、窗帘之类。有一次,我随口说了句要去买抱枕,老妈一听两眼放光:"不如我给你做呀。"于是我就极不情愿地被兴致勃勃的她拖着去选花色、布料材质,甚至跟着她一起设计款式、打版制作。不得不说,手工作业确实有其独特的吸引力,不知不觉中就可以令你平静、专注;作品出来更是能让你收获满满的成就感,比买商店橱窗里的玩意儿称心如意百倍。

老妈常说:"要用自己的双手去创造生活。"她是在教我要在亲身实践中去感受生活中的乐趣和细微美好,摸索事物背后的规则和道理。这是一种对生活的热爱,更是一种独立和思考。

这是我听说过最浅显也最深刻的家风了。

在她的熏陶之下,我也渐渐不再浮躁,开始迷上了效率低下的手工皮艺。挑选高品质的头层牛皮之后,一步步设计、裁剪、打磨、缝制,指尖翻飞的过程让我原本纷乱的心绪变得如同静水流深,看着做成的作品粗犷中透着品质,就是我最简单的快乐。

事实上,我的皮艺作品在朋友中还颇受欢迎,不止一人高价向我定制钥匙包、手包之类的物件。你看,专注一件事情总会带来回报的。

后来,我的生活发生了一点儿变故,心灰意冷之下执拗地一个人搬去外面生活。一日,翻到行李箱中有一件黑色的毛线小披肩,瞬间鼻子就酸了——这是半年前老妈亲手为我编织的。细腻的羊毛绒线,精致而复杂的纹路,沉甸甸的分量,除了母亲,还有谁舍得为你花这么多的时间和精力去做这么一件微不足道的事情?

我终于还是拖着行李箱回了家,看到比身为当事人的我还伤痛还憔悴的老妈,突然一切都释然了,经历的那点儿风雨颠沛算什么,老妈的手心,就是我永远的天堂。

用自己的双手去创造生活,这样无论身处何境,生活中的美好和快乐就把握在自己手中。

如同那四月里绚烂无比的油菜花田,在荒野中兀自绽放,仿佛在流放之处犹抱着甜蜜愉悦而充满希望的等待。

阿婆的爱情

烟雨江南,杨柳漫堤。

那时候,刚过豆蔻年华的阿婆,大概还不曾体验什么是忧愁。阿婆的父亲是当地颇有名气的米商,于是在那个大多数人对粗布清茶心满意足的年代,阿婆正在她的深闺庭院和锦衣华服中,编织着她的青春。

但这样的平静和富足,在那个动荡的大背景下,显得如瓷器般不堪一击。

日本鬼子的飞机大炮轰然而至,哪管它十里洋场,哪管它山清水秀。来不及愤怒,人们恐慌地四处逃命。阿婆家庭院被日军抢占为司令部。米店自不用提,偌大的一片红土地,已容不下阿婆的一根绣花针。

逃亡中,阿婆和家人走散了。随着一股人流,她赤脚跋山涉水,逃到了一个小村庄。

人生的精彩往往缘于变化。然而就在那样痛苦的剧变中,流离失所的人们不知道迎接他们的是幸,还是不幸。

阿婆家也不算什么军事要塞,于是局势很快就平静了,可是来时的路,已经回不去了。连接两地的大桥被炸毁了,家人也不知所踪。

可是生活还得继续。自小锦衣玉食的阿婆为了生存,嫁给了当地的一个穷汉子。真的是穷得家徒四壁,只有年龄富裕:他比她大十几岁。阿婆心有不甘,新婚时的红盖头都是自己一把扯下的。

那一年,阿婆十六岁。这一嫁,就是一辈子。

这个汉子,就是我的阿公。可惜我从没见过他,妈妈还没有出嫁他就离开了人世。从照片看来,像是个清瘦、善良、讷于言的男人。

刚嫁的时候,阿婆压根儿不让阿公碰她,阿公也不恼。习惯了优越的生活,面对眼前柴米油盐的困窘,阿婆把气都撒到了阿公身上,阿公也不恼。

那阵子,唯一可以用上的浪漫词汇,大概就是"男耕女织"了。虽然村里其他的妇女都会下到田里干农活,但瘦小的阿公包揽了所有的体力活儿,阿婆从不下地,只在屋里干些家务。

阿婆人缘儿很好,村里的生产队长常常把人带到阿公家开会,围着一盆火一挥手:"东香,烧壶水来!"过了些年,就变成:"东香婆,渴了!"阿婆就这么年复一年地给生产队烧开水,没有职位也没有报酬,就是好心。大户人家出来的姑娘,也要大气一些。

阿公在一边看着阿婆热热闹闹地忙东忙西,脸上开始有了光彩,默默地嘿嘿一笑,继续扛着锄头下地去了。

村子很小,有一种原始的美、原始的落后。大片大片的水稻田青了又黄,黄了又青。

在这样的宁静和淡泊中,阿婆渐渐习惯了阿公,习惯了这个寡言的男人对她的好。偶尔听见村里某个饶舌的妇女跟她打小报告,说阿公跟村东的寡妇亲热不已,阿婆还会吃点儿小醋,待阿公回来,二话不说就冲他背上一通乱捶。我相信这不是偶像剧里女主角的撒娇,而是村妇式的撒泼。

阿公也不躲,捶狠了就"哎哟"叫一声:"你这是做啥子?"阿婆杏眼圆睁,将饶舌妇的话重复一遍。"你个老婆子,吃饱了撑的呐!"呵斥罢,阿公揉揉自己的背,去放扁担。阿婆一看那个平静样儿,也就信了,嘟哝两句,就算是结束了一场争吵。

阿公不会吵架,也不舍得跟阿婆吵,几十年来也只会呵斥阿婆一句"你个老婆子"。

那年头没有计划生育,阿公一共生了十个儿女,活下来四个,二男二女。阿婆开始全身心地投入相夫教子中。阿公虽然话不多,但也喜欢热热闹闹的气氛,阿婆就去山坡上挖了一些美人蕉种在屋边,阿公见了也甚是欢喜。出嫁前熟习的女红也派上了用场,堂屋里专门有个角落用来纳鞋织衣。

有时候儿女拗劲儿上来,跟阿婆犟嘴,阿公的威严就上来了,怒喝:"有这么跟你娘喊的么!像什么样子!"据妈妈说,阿公话不多,不骂人,但凶起来很有威慑力。

阿公依然很穷,抽烟也只是捡别人没抽完就扔掉的烟头。但是一个男人对一个女人无条件的包容和疼爱,才是最大的安全感吧。

村前的河水带走了一载又一载的春秋,阿婆开始越来越依赖阿公。有时候病了,不见到阿公就不肯老实躺在床上。出远门的时候,一定要阿公陪着。不只是年纪大了的人更懂得珍惜,还是感情的酒,越酿越醇。

常年的劳累和抽劣质烟,让阿公走得早了一点儿,都没有来得及等儿女们赚钱后享享清福。

我无法想象,阿婆发现阿公永远醒不来的那天,有多伤心多绝望。我只知道,在那之后,阿婆整整三年没有迈出过家门一步,儿女买的新衣也一年没有理会。

　　岁月西飞,烟寒雨冷无端升起。

　　寂寞和思念,让阿婆迅速衰老,常常一个人茫然地坐着。还好她的儿女们懂事,努力撑起她残破的天空。

　　阿婆走的那天,全村的人都来悼念了,原先生产队的那些人更是一直帮忙操持丧事。堂屋和院子挤满了人,却唯独少了阿公。阿公在时空的那头,脉脉地等着他的妻子。

　　阿婆临终的时候,只交代了一件事——和阿公葬在一起。

　　两个舅舅给他俩坟前栽了一小片美人蕉,硕大的叶子日日夜夜在风中细语。如今,原先老屋边的美人蕉已经被新盖的房子取代,坟前的那一片,却愈长愈盛。

　　花开的时候,红艳艳的一片如霞似火,随风摇曳,像极了阿婆出嫁时的红盖头。

夜色迷人

　　车水马龙仿佛已坠入了睡眠，白日里人声鼎沸的街道现在几乎能听见风吹过树叶的声音。夜色让一切色彩和轮廓都变得混沌不清，零星的霓虹灯广告牌闪动着暧昧的柔光。

　　将近午夜，此时路上的人们脸上挂着轻松自得的神情，有的跟友人玩兴未尽依然神采飞扬，有的看不出悲喜却也是一副毫无戒备的慵懒姿态。

　　小镇的冬天难得下过一场雪，虽然温度高并没有什么冰雪世界，但心中还是有一阵莫名的激动和喜悦。南方冬日里的樟树还是一片葱郁葱茏，绿叶上稀疏地积着白天的雪花，北风拂过便簌簌地飘下来星星点点的雪粒，轻柔如婴儿的吻。这种时候，约上两三个朋友，坐在路边露天的烧烤摊，吹着微凉的夜风，看着不再需要应酬无比真实的人们，等着热气腾腾的烤串陆续上桌，真是一种享受。

　　空气中一阵阵袭来夹着炭火味儿的辛辣焦香。食客们三三两两地一边跟朋友聊天一边耐心等着诱人的食物。生蚝、龙虾、小黄鱼、肉串、香肠、豆皮儿、茄子、藕片、韭菜，在炭火上烤得刚好焦里带嫩的时候，撒上一层孜然粉、胡椒粉、辣椒面儿、十三香、花椒粉、椒盐，最后再淋上点儿还渗着汁水的新鲜蒜泥，热热闹闹地摆满一个托盘，在老板娘气沉丹田的吆喝声中送到食客面前："烤齐了，慢用！"烤串表面还滋滋冒着油星。食客们已经按捺不住了，内容再严肃宏大的聊天此刻也戛然而止，转眼已经是一桌人享受饕餮大餐之景。

　　如果是夏夜，再配上一打啤酒，香辣的烤串吃得人大汗淋漓、热血沸腾之时，一杯冷冽微涩的啤酒从喉咙缓缓滑下，口腔里还有些酒精的余沫轻炸，一暖一凉，如同太极阴阳般绝妙组合。酒、美食、夜色朦胧、星光点点，谁不会在此时跟朋友敞开心扉呢？深夜碰杯，白天的爱恨情仇悄然碎成屑儿，管他泪水、汗水还是酒水，通通下肚。

　　有时候头顶滑落一片泛黄的樟树叶，或冷不丁一颗紫黑色的樟树果不堪重负坠落在食客的餐座上，薄而紧绷的果皮噗的一声炸裂，饱满的浆汁急促而内敛地溅开，如同跳水员入水时最完美的水花。这时候，就是夏日已尽、秋风漫卷而来了。在四季常青的南方，夜深人静之时才能感知如此温柔的季节号角。

　　正值冬夜，最喜欢配上一锅热腾腾的砂锅粥。用南方特有的土陶砂锅，往糯米、温水中加入皮蛋、荠菜、肉丝、枸杞甚至蟹黄等各种自选的滋补食材,小火慢炖到米汤都慢慢收稠,等烧烤吃得额头微汗、口干舌燥的时候,正好送过来,吹凉后轻轻含一匙,满口香糯鲜美,暖胃又安神,吃个五分饱便油然而生一种幸福感。如果一个人觉得孤独,那他可能只是没有在寒凉之夜遇到如此美食。

偶尔路边传来一声"吱"的刹车声,扭头一看,一辆锃亮的奔驰 S350 稳稳停下。一双踩着金色细高跟的纤纤玉足探出车门,一会儿下来一个妙龄女子,随意拣一个空座坐下,冲烧烤架的方向用麻利爽脆的南昌话喊一嗓子:"老板,先来两份小肉一瓶啤酒!"便旁若无人地等着,不知是等着某位男子,还是只是等着上烤串。精致的面容有时闪过几秒钟有点迷惘的呆滞神情,忽觉十分可爱。

夜晚的怡人之处,就在于它的宁静、空旷、真实。不愿让你看见的,都隐秘地在暗处悄悄进行,无人干涉;能让你看见的,都是卸下铠甲后的真实。这份自在之外,又因着熟人圈子的暂时散开,而充满了一种未知的可能。

曾经和朋友在另一个城市深夜外出,懒得回住处,找了家 24 小时营业的连锁店待着。凌晨时分,红绿灯都歇班了,一路的黄灯忽闪忽闪,成为空旷八车道大马路上最活跃的风景。饿了,在路边寻了家煎饼果子小摊去买夜宵,无聊等待时跟摊煎饼的大叔聊起来,才发现劳动人民才深得幽默精髓,眼前这位就用抑扬顿挫的天津腔嘟哝着:"煎饼果子不就是中国比萨饼么,你们去嘛必胜客,咱自己的煎饼果子多好!"聊得开心,路过的一哥们也打着买煎饼果子的幌子,加入了闲聊。一聊原来是校友,在同一家小店熬过这不眠之夜,深夜陌路之中,忽有一种相见恨晚的缘分感。

其实白天的自己一不留神就一副坐井观天、拒人千里的臭屁劲儿。夜晚时分,不知道是自己整个人放松了,还是夜路上人烟稀疏的景象让我对遇见的人平添一份亲切感,好像自己和这个世界可以更温柔地相处。

从此爱上这夜色。

深夜如同一个风情万种的女子,你在不同的场合,遇见她不同的美丽。都市的夜色,是林立的写字楼窗格间浩瀚如星海的灯光变幻;古镇的夜色,是游人散去后独自徜徉在静吧门外青石板小路的小桥流水;江边的夜色,是春江花月夜般的恢弘浪漫和淡泊凝思;街巷的夜色,是鸡鸣狗吠间的俗世趣味和百态人生。

有时候自己或朋友心情不佳,白天受工作及各种琐事所困不得发泄,晚上便约出来,并不去那些灯红酒绿的场合恣情放纵,只开车去郊区,停在僻静之处,在月光和树影之间,缓缓地吐出满腹心事,聊激动了,也不必担心旁人异样的眼光。有时候附近也停一辆车,大家都很有见地地停远一点儿,彼此把车灯熄了,不打扰对方。

南方常有阴雨天气,尤其是梅雨时节,这种夜晚就有点儿不适合出门。索性待在房间,泡一杯淡淡的绿茶,往沙发或藤椅上铺一些软软的垫子和靠枕,抱两本书懒懒地窝进去——下雨天,读书天!或者无所事事,发着呆看着窗外墨蓝的夜空中斜斜地落下来一排排晶亮的雨线,听雨声时而如丝绸无骨,时而如惊鹿踏雪,平日邻里街坊的嘈杂声仿佛融化在这大自然的节律声中,心情也如夜色般无比沉静。或者趁家人都睡去,只开一盏台灯,独坐在苍茫黑暗中唯一的一团温暖和光明中,拿起纸笔或打开电脑,信马由缰般爬一点儿格子。

有时候,人需要安静地和自己对话,如同此刻的我。

郑园欢

郑园欢,1983年10月生,江西玉山人。现为南昌县莲塘二中语文老师。曾在《江西日报》和《经济日报》担任实习记者,并在《江西广电报》发表新闻报道及社评文章数篇。先后发表《海南纪行》《龟虽寿》《我的似水流年》等散文。

龟虽寿

家里买了一只小龟,是买给一岁女儿的玩伴,从夏天到冬天,一转眼,它已在家中的水池里住了半年。我看着它慢慢从刚来时的瘦削变得丰腴,薄薄的龟壳变厚实了,细细的小腿变粗壮了,心里充满喜悦。大部分时候,它趴在水池的角落里,闭着眼睛仿佛在养神。当我们把食物投进水池时,它就像嗅觉灵敏的猎狗一样,会立刻伸出长长的脖子,眨巴着细小的眼睛,噔噔噔地踱过来,准确地找到食物的位置,叼起与它那小嘴极不相称的一大块,又快速爬到另一个角落。似乎不怎么看见它享用美食,然而一小段时间之后,那庞然大物就消失得无影无踪,我暗暗佩服它的身手不凡。

偶尔,当咿呀学语的女儿指着它含糊不清地叫着"龟、龟"时,我便捧了它出来,放在地板上让女儿观看。这时的它,仿佛成了一个侦察兵,用米粒般的小眼睛打量着周围,伸长脖子谨慎地左右观察一下后,毫不犹豫地朝门口爬去,速度快得让我惊奇。我常常诧异,向来在水池里坐井观天的它,是如何知道向着门口而去的呢?难道冥冥中它能感觉到外面是个自由的世界吗?再把它放在阳台上试试,它也必定朝阳台边缘爬去,无论怎样将它调转头来,它依然回身一遍遍固执地向着它认定的那个方向,像棋盘上永不后退的士卒。我不由得对它肃然起敬了。

冬天来了,它渐渐地不太吃,动得也少,我很担心它在饥寒中死去,便把它装进一个小小的盒子,每天移到阳台上晒太阳。起初它似乎有些不习惯,在里面左冲右突地寻找着出路,后来似乎很享受这样的温暖,惬意地趴着,只是偶尔散步,并无很大的动静,我放下心来,以为它大约是要冬眠了。

某日,阳光晴好的一个早上,我又把小龟搬出去晒太阳,然后便去逗女儿;下午太阳偏西时,猛然想起应该把它收回来,它在外面待得太久了,会受凉的。

走到阳台时,我不禁目瞪口呆:盒子里空空如也,什么也没有,它居然逃走了!我简直不敢相信自己的眼睛。这个盒子,应该是小龟无法逾越的,它是如何逃走的?它又能逃到哪里去呢?莫非是摔下去了?我甚至还跑到楼下,来来回回地搜寻,然而始终没有看到我想象中的血肉模糊的场面,我知道这里绝不会有别人来把它拾走,可是小小的它,的的确确是踪迹全无了。

它就这样从我的世界里无声无息地忽然消失了,尚未懂事的宝宝望着空空的盒子,眼睛里充满了疑问和期待,她不明白朝夕相处的小伙伴到底去了哪里。我心痛,但无从解答女儿的困惑,我实在百思不得其解:它为什么要走呢?难道逃离这幽困的樊笼竟是它心中一直以来从不曾泯灭的梦想吗?它是靠了怎样的毅力和决心,日日为了这个梦想默默地,不为人知地努力着,毕其功于一役?

回想起它每次那执着地向着光亮,即使面临绝境也不回头的样子;回想起它一次次徒劳无功地想从高高的水池里爬上来,那样无望却一刻不停地重复着简单的动作;回想起它在盒子里假寐的样子,我心不禁骇然。是我疏忽了,原来,一直以来人们都没有真正读懂它。它的慵懒是以退为进,它的悠闲是持之以恒,不疾不徐,逆境时不怨天,光明里不放弃,向着认定的方向从不退缩地前进。当枯燥的尝试重复到数千万甚至数亿次时,它终于把极限变成了超越。

龟本不是我喜欢的宠物,然而从此我实实在在地爱上了它。因为曾有这样一个小小的生灵,谜一般地消失在我的生命里,却让我清晰地看见了生活的真谛:真正的智慧,就如龟,大智若愚。耳边响起了曹操《龟虽寿》中的句子:"盈缩之期,不但在天。养怡之福,可得永年。"

海南纪行

泡一杯玉兰花茶,嗅到甜蜜的芳香,那么醇,又那么清澈空灵,像爱情的感觉,更是海南那段美好时光的回忆。水汽袅袅中,刻骨铭心的旅程像一列缓缓驶过脑海的列车,日落中,思念如烟,袅袅不绝。

七夕之夜,我们的航班降临在那片浪漫的土地上,在一路灿烂的星辉和夏虫的低吟中,我看到了大片的绿色。扑面而来的,是椰岛密密麻麻的芭蕉树、椰子树,高耸挺拔的树干,宽大肥硕的枝叶,是海岛最热情的迎宾者。

每日的行程均有大海为伴,站在海岸边,放下所有的矜持和束缚,静静看海浪,听海的语言。只有在海南,天才会这么碧,海才有这么蓝,沙滩才如此细软金黄。那是一片真正水天相融到极致的领域,目之所及,看不到交接线,辽阔深邃到让你心生畏惧。大海伟大而神秘的力量,在潮水的万千形态和无尽喧响中得以尽情诠释。我曾经长久地站在亚龙湾的海边,在沙滩上,在海潮的撞击中,沉思。温顺时,它呢喃细雨,柔波拍岸;暴怒时,它裹挟着腥风呼啸而来,留下一地狼藉。它有最伟大的破坏力,却又带给人们最狂热的向往,这致命的魅力大概源于它体内那磅礴的生命热情吧,只有海,才可以如此极静又极动,然而那深藏的生命能量就像一颗饱满的种子,随时准备在大地深处破土而出。伟力与柔情,完美结合,洁净的世界,因为有海。

那是一片神奇的土地,一个炫彩的世界。走在大街上,铺天盖地的,是流光溢彩的珍珠和水晶,以及五颜六色的贝壳,这些都是来自海洋和大地的奢华馈赠。不知不觉,你会变得迷离而恍惚:这是一个童话王国吗?有着最缤纷的色彩、最极致的想象、最不可思议的物品。大自然如此宠爱这土地,在这里,含羞草可以成长为两三米高的含羞树,旅人蕉妩媚地舒展着性感的枝叶,波萝蜜像硕大的宝葫芦,在树上做着香甜的夏梦,圆滚滚的椰子满地唱着欢乐的歌……这里的植物充满了野性而纯真的力量,无拘无束,天真烂漫,朝气蓬勃,它们是海南热带风情的见证,更是海岛最值得骄傲的孩子。

爱上咖啡,与海南有关。这里是可可的天下,各式各样、各种口味的咖啡无疑是海南所有饮品中当之无愧的皇后,或与椰奶组合,或与水果相伴,或与清茶为伍,无一不带着海岛独特的风韵。在兴隆热带植物园,暖暖的午阳,婆娑掩映的树丛下,品一杯咖啡,苦涩中带着微甜,浓郁的香伴随着丰满的泡沫,香而不腻,媚而不妖,正如一个温情优雅的女子,在生活里淡淡地兀自美好着。咖啡的味道,正是生活的味道啊,心酸中有慰藉,无奈中有希望,当沸腾的光华散去,雨余芳草润,风定落花香。

　　这里还是一个充满宗教气息的圣地。道教、佛教、妈祖文化在这里各行其道又相安无事。全国最高的108米观音塑像,与天涯海角景区隔海相望,遥望观音大士,只见她凌波微步,衣袂飘然,安详恬淡,浑身洋溢着和平圣洁的光芒,俨然另一个洛神。玉蟾宫的60尊太岁塑像,镇定庄严,庙里悬挂的五行推理及八卦演绎图充满了中国古典哲学的智慧,让我们为古人朴素的物质观由衷地惊叹。玉蟾宫澄明的钟声,神秘缥缈,涤净了我的灵魂,传递着信仰和安宁的力量,冥冥中,我已体悟到爱的真谛,诚如张爱玲所言:愿岁月静好,现世安稳,平淡乃是最大的幸福。

　　那个名叫天涯海角的地方,也是海岛之行的终点站,我终究没有去,止步于那片浪漫的六百米海滩——据说,它通往爱情的天堂。就让它永远成为我心中一个美好的梦吧,可望,而无须即。站在分界洲岛上,俯瞰蔚蓝的大海在骄阳下泛着粼粼的波光,椰影摇曳,祖国南端的土地风景如画,美好如斯,我如此深沉地坠入这个真实而缠绵的梦,并久久不愿醒来。

　　带着玉兰花茶的芳香上路,我们与三亚依依惜别。照了许多照片,把椰岛的美丽风情定格在相机里,也定格在我心中。我爱这片土地,希望,此生能有机会再来!再见,海南热情的阳光;再见,淳朴好客的黎族人民;再见,那抚摸过我的海风;再见,美丽的三亚!

我的似水流年

今天是六一儿童节，一个已经不属于我的节日。我的似水流年，流走了一段段青春，只留下日渐淡薄的记忆。站在又一个岁月的转角，回眸过去的时光，那个面容清晰的女主角，是曾经的自己吗？记忆是一道奇异的门，有时尘封许久，也不会轻易开启，然而有时，不经意间轻轻一推，它就轻盈地开了，里面流光溢彩奔涌而出的，是一段沉静的过往、默然的哲思，或者温馨的画面，甚至，可能是内心的爱与痛，绵长，悠远，无法言说又深铭于怀！

少年不识愁滋味，青春无邪的年代，眼里的生活总是悠然又诗意。不能忘记，十二年，都从那条小巷、那个小池塘经过，走向我的小学，我的中学。风起的时候，梧桐会哗哗地轻声唱起歌，一阵夜雨过后，落英缤纷，踩着满径花香，仿佛拥抱着整个春天上路。傍晚的夕阳斜晖柔柔，夏天的蛙鸣此起彼伏，月光濡湿草叶的晚上，星星俏皮地眨着眼，花未眠。我就这样义无反顾地走向我所憧憬的未来，带着不谙世事的年少轻狂。

长大后，才知道简单原来是一种多么奢侈的快乐。单纯的心，像未曾泼墨的白纸，像剔透的水晶，因为无色而可以涂抹最斑斓的色彩。偶尔的烦恼，不过像那清晨滚落在荷叶上的露珠，是稍纵即逝的，风过无痕，消散在阳光里。有时候，会觉得将来遥不可及，展望时充满了甜蜜的期待。而今，当生活已经没有任何悬念地尘埃落定，想起当初的梦想，依然有淡淡的温馨，那是一种感动。只有某年某月，某段特殊的岁月才赐予我们那份纯真。

从安宁的小城，走到这个喧嚣的都市，我用脚步丈量着成长的路。第一次读小郭的《梦里花落知多少》，会因为入戏太深而难过得郁郁多日，仿佛自己就是故事中的某个她，可以理解那份深入骨髓的痛，哀而不伤，青春迷茫又坚强。看安妮宝贝的《彼岸花》，为那直射人心的真挚语言深深动容，文字，有时候可以穿透层层迷雾，指引我们在无垠的灵魂原野信马由缰，任性、张扬、收放自如地奔驰。人，是宇宙中一根会思想的苇草，在卑微的大地上诗意生存，脆弱的外表下，是坚韧勃发的生命，高贵，优雅，自由。

所谓阅历，到底给了我怎样的收获呢？常常想起这个命题，不深奥，但没有人说得清。成长必然伴随着尖锐的伤痛，那席卷而来的风暴在尖利的呼啸中也带来大海深沉的诱惑。那是冥冥中一种力量在呼唤,让我们在岁月的沉淀和风雨的洗礼中走向成熟,如同茶香的氤氲。余秋雨说:"成熟是一种明亮而不刺眼的光辉,一种圆润而不腻耳的音响,一种无须声张的厚实,一种能够看得很远却又并不陡峭的高度。"我们,都曾经历过那个年代,从懵懂中莽撞突围,然后学会了长大,学会了深刻,学会了掩饰喜怒哀乐,笑对人生,云淡风轻。电影《海的沉默》中,美丽少女妮安娜一生只对那个德国军官说过一句"再见",但是他们相爱——情深似海的爱,原来也可以沉默如海。那是一片永远无法跨越的海域和不能握在手中的月光,因为远望,而显得无限美好。童年对于我们的意义,或许正在于此,时光无法倒流,所失不可复得,曾经满脸泥巴,曾经胸佩红花,曾经没大没小疯疯傻傻……童年,是生命最初的无拘无束、无知无畏,这份勇敢与纯粹,是成熟前另一种从容必要的生命洗礼。

平凡的岁月,因了那一小段难忘的童年生活,有了特别的滋味。那是生命对我们丰厚的馈赠。站在青春的尾巴上,我看见它一路跑远,却依然清晰如昨——正如席慕蓉所言,走得最急的,都是最美的时光。

一双红舞鞋

周末,微风,暖阳。在房间里打扫卫生,看着尘埃在阳光下飞舞,挥动细小的翅膀,宛若透明的精灵,心里有淡淡的喜悦。

打开壁橱底下的一个抽屉,忽然拽出了一双红舞鞋,心像瞬间被电光火石击中,随之拽出了一段特殊的记忆。

这是一双为婚礼而准备的鞋子,红色鞋面,鞋头镶嵌着金黄色金属饰环,配以深紫色的彩纹暗花,近10厘米高跟。它是我所有鞋子中最特殊的一双,如果不是因为婚礼,我想我可能永远也不会和它有任何交集。

说它特殊,一是因为它的颜色,二是因为它的高跟。崇尚自由的我,向来不肯为了美丽而迁就痛苦,况且,自从告别童年,多年再也不曾穿过红皮鞋,潜意识里,似乎红鞋子从来就是孩子的专利。幼小的年岁里,常痴迷地望着商店柜台里一双双红色的小皮鞋,吵着闹着缠着要母亲买下。而那个年代,在一个偏僻的小城,想买一双红色的皮鞋,该是多么奢侈困难的一件事啊。至今犹记得,在我吵闹了无数次之后,小学三年级的一天,母亲终于答应从本已拮据的生活费里挪出一部分,为我买一双红色皮鞋。可惜天不遂人愿,那次,母亲牵着我,跑遍了小城所有的童鞋店,才找到一双红皮鞋,这唯一的一双红鞋子,尺码还有点偏小,不合我的脚。母亲劝我将就着,说买双布鞋也一样的,同学们大都不是穿布鞋吗?我大哭不从,然而有什么办法呢?几经努力,那双鞋子依然像《灰姑娘》里的水晶鞋一般,可我却没有灰姑娘那样精巧的一双脚。我当时的失望、沮丧、郁闷,可想而知。站在那个橱窗前,我望了很久很久,仿佛那个雪夜,卖火柴的小女孩望着烤炉里的烧鸡,渴望又无奈。最后在母亲一再保证为我再寻新鞋子的承诺中,我才依依不舍地回家去了。此后似乎有好长一段时间,我都为此事郁郁不乐。对于一个七八岁的小女孩来说,小小的红鞋子,承载的是她全部的快乐、期许、梦想,甚至虚荣,那正是她对童话世界的痴迷和信仰啊!

长大后,再也没有那样固执地喜欢过红皮鞋,甚至连红色布鞋也一并从我的兴趣中消失了,从此几乎与所有的红色鞋子都绝了缘。随着家庭经济的好转,母亲多次念叨着带我去买双红皮鞋,我都拒绝了,也许是童年那件事的阴影,也许是没有时间和闲暇重温那些瑰丽的梦吧。直到有一天,那个神圣时刻的到来。

我知道,从此我将告别少女时代,离开熟悉的家和父母的怀抱,承担作为一个女人的责任——这一切,需要一个庄严的仪式来完成。

长辈、朋友们告诉我说,要为婚礼准备一双红皮鞋,因为红色代表喜庆,在我们中国的婚礼上,新娘从头到脚都该穿红色,这是我们祖祖辈辈的习俗,穿了红鞋子,以后就一生平安、幸福、快乐、顺心了。带着这样虔诚的信仰,那个四月,暮春时节,天气依然透着微寒,在一个尚有薄雾的清晨,我匆匆走进路边的一家鞋店。仿佛是注定的缘分,多年不爱红鞋子的我,竟然一眼看中了柜台里一双红舞鞋,它在一个不起眼的角落,闪着安静却特别的光芒。我怀着激动而满足的心,小心地把它带回了家。

就这样,这双红舞鞋,陪伴我走过了神圣的婚礼,走过了工作的四年时光,走过了一千多个烟火人间的日子,走过从女孩到女人,再到母亲的悄然转变。从万人瞩目的高贵,到跌落尘埃的平凡,它无怨无悔。

岁月流逝中,它逐渐老了,旧了,鞋跟上有无数道深深浅浅的划痕,鞋面已经褪色,鞋边有几处磨损,金属饰环也已经摇摇欲坠,它依然一如既往地陪伴我,走着从家到单位的一小段路,穿过绿荫,穿过花香,穿过鸟鸣。只是,我已经能感觉到,它越来越力不从心了,也许,它该从我的生活中退出了吧?

犹豫了一下,还是轻轻地将它放回抽屉,锁进壁橱深处。就让那段特别的时光,永远居住在我的心底吧,偶尔憧憬,偶尔怀想,偶尔回望,就像蝴蝶身上蜕下的茧,于我,有切肤的记忆和疼痛。

十年生死两茫茫

　　Y君,今天是你离开整整三周年的日子,我永远都记得这个日子!这三年,无数次地想起你,却只能在梦里团圆!一千多个日夜过去,我知道,你真的不会回来了,你我永别,天上人间!明月落了,没有落进我思念的眼眸,却落入了诞生生命又湮没生命的黄土。你走了,从此世界静悄悄;你走了,从此我剑舞孤独,徒羡长风,空对斜阳。世界的不完美,竟是如此真实地存在于身边!曾经以为这是上天和我开的玩笑,然而现在我才明白,所谓戏如人生,其实人生更如戏!

　　那是一个多么难忘的日子。2009年10月17日早上8点48分,成人高考第一场考试即将开考,考生正在有序进入考场,手机忽然强烈地震动起来,是同学露露的电话。她用少有的凝重口吻和我说:"我告诉你一件事……"我忽然有了一种极其不妙的预感,还没等我听到下文,手机信号被考场屏蔽仪屏蔽,电话断了。心乱如麻地参加完监考,11点13分,一开机就看到一条让我几乎窒息的短信:"Y得了肝癌,晚期……"真的吗,是真的吗?我使劲地揉了揉眼睛,没错……是误诊吗?他为什么没告诉我?我不是他最好的朋友吗?或许,事情还有转机?露露想得太严重了?抱着这样的侥幸,也因为恐惧而不敢求证,我一直没有给他打电话,直到24小时之后,露露赶回老家去看了他反馈来的消息,证明,这真不是玩笑,我才明白,一切都无法挽救了!我是真的要失去他了!

　　心里练习了无数遍开场白,终于按下了那个熟悉的号码,心跳得很厉害,手脚都在发抖,电话接通前的彩铃,仿佛是黎明前最彻底的黑暗,让我差点儿没了继续等下去的勇气。是他父亲接的电话,我哽咽着说,我要找他,我是他同学……一阵纷乱而匆忙的脚步声过后,我听到了他的声音,还未及开口,他就叫出了我的名字。我的心就这样堕下去了,知我莫如他啊,任何时候都和我如此默契。排练好的开场白好像忽然派不上用场了,我喉咙里发出的仿佛不是自己的声音:"你小子真缺德,答应了我那么多事没有做,不是说要请我游西湖吗?不是要带我去你的家乡玩吗?还有好多好多事没有兑现呢,你要失约了吗?"他的第二句话依然平静却答非所问:"我还欠着你的钱呢……"是的,大约一年前,他和我借过几百块钱。生命的最后时光,他惦记的还是自己的承诺和信誉!那一刻,我只恨他欠我的钱太少了,如果可以挽留他的生命,我情愿此生永远不游西湖;如果他可以不患绝症,我情愿他永远不要还我的钱!他说:"确诊后第一时间就想告诉你,又怕你无法承受,所以,一直不敢说。"可是,我还是知道了,或者说,我终究会知道的,他不是个称职的朋友,这样折磨我!我恨他,恨他要这样绝情地离开我,把所有的痛苦留给我!心里冰火两重天,万语千言,竟无从说起了!他还像以前一样,笑着调侃,我看不到他的面容,不知道电话那端的他,是否和我一样,早已泪流满面却在强装欢颜!

　　交往整整十年了,从最美好的青春年华开始,那无法重来的高中时代。我们只同班一年,却结下了一生不变的友谊。都说"不打不相识",我们的交往,始于一次课堂辩论赛上的唇枪舌剑,那是一个关于屈子的辩题。同样桀骜自负的两人剑拔弩张,寸步不让,课后却从"仇家"变成了好友。他来自玉山最偏远也最贫穷的山村——三清山脚下的紫湖镇。农家孩子,经济是不宽裕的,读书是唯一的出路,所以他异常刻苦,每天傍晚都在教室里奋笔疾书,常常最后一个离开教室去食堂打饭。他喜欢坐在墙角靠窗的位置,夕阳中,常常看到他坚强的背影,在偌大空旷的教室里,显得有点孤独和落寞,但那个少年偶尔抬头,眼神中却全是坚毅。他在语文课上似乎没有特别花费功夫,而将大把的时间投入深奥的数学题上,然而他深厚的文学功底和我们难以企及的古诗词修养,却像一座谁也无法逾越的高峰,一直让我们仰慕却望尘莫及。一直记得,他那篇得了满分的作文《雪》,让全班同学乃至语文老师都为之倾倒。高二分班时,我们分开了,不过还时有切磋的机会,可以说,我对文学的爱好,很大程度上受到他的影响。虽然不再同班,友情却渐次深厚,文学便是那枯燥学业中最好的慰藉和调料。

　　好景不长,他的郁闷,从高考失利后便开始了。我们都考上了,他却意外地落榜了,在玉山二中开始了极为煎熬的复读生涯,而我则在一个并不很喜欢的大学中文系里茫然着,适应着。那一年,我们通了很多信,双方几乎都是收到来信即刻回复,然后,在鸿雁传书的过程中快乐又焦灼地期盼着。他在行云流水般的文字和飘逸的书法中展示他清苦却诗意的补习岁月,我则向他描述大学里的种种奇人趣事和生活的小小烦恼。还记得曾经在一封信里给他寄了一蓝一黄两只气球,那是2003年元旦,班上开庆祝晚会时拿的,寓意蓝天和大地。中文是个大系,两三百号人,我从来没见识过这么大规模的晚会,既新奇又兴奋。他收到后,颇为我浪漫的创意打动,把这两只气球吹起,拴在床头,据说搬家时因为匆忙,未及带走。一年后的暑假,他回到那个和气的房东家看望,发现这两只气球居然还在那里挂着,只是稍微小了点点。这件事令我们都很惊奇。

这样的生活,持续到他考来南昌读大学为止。同在一个城市,我们见面的机会依然不多,交流主要还是通过书信,只不过比前一年少了些,因为可以偶尔打打电话。我们一次次被彼此的同学误会为情侣,我们从不解释,只是笑着,让这个美丽的误会一直持续了多年。他在大学里,生活非常艰苦,曾经以在寝室里售卖方便面,每包赚取一毛钱的差价,来维持生计,间或也做点儿别的兼职。他来我的学校玩过几次,我也去过他的学校,我惊奇于他那秀美又大气的校园如此依山傍水得天独厚,心里有一百个羡慕。他曾经用自行车带着我,在那高低起伏的校园主干道上沿S形蜿蜒骑行,把我吓得够呛,而他却说,喜欢沿S形骑车的感觉;我们也曾坐在校园中那片小小的树林中,享受两个人的世外桃源,午后的阳光从稀疏的树叶中斑驳地洒在身上,除了偶尔的鸟鸣,世界安静得只剩呼吸。他说,以后要找个孝顺父母的爱人,我打趣他真是太土,这年头还有这样择偶的吗?然后他大笑着说,像我这样,他是不敢找的,我正欲发怒,他却在山雨欲来之前嬉笑着解释:"我是说,咱俩性格这么相似,要是在一起肯定天天吵架,早晚得分开,你说呢?"我首肯地点头:"对,这才像句人话嘛。"这时,他却又会继续逗我:"要不,咱们谈着试试看,行不?""贫嘴,担心以后打光棍啊!"然后,我们一起心照不宣地大笑起来——这份友谊,如此随意轻松而又让我安心坦然,只是现在,再也不会有人和我开这样的玩笑了。当我们经过那片被江中学子称为小桃林的地方时,他又忽然恍然大悟般说道:"我一直计划,用三月三的桃花泡一坛好酒,养颜美容,到时候送你一瓶吧。"我高兴极了,连忙催促他赶快动手,他却说今年的花期已经过了。第二年,我又想起这件事来,再催,他说,忙得忘记了。就这样,这个计划一搁再搁,终于直到他毕业,离开了那片桃林,也没有做出那坛桃花酒。我一直为此遗憾并且耿耿于怀。现在,不知道我的这个愿望,何时才能实现?

随着学业的深入,忙碌使我们的联系略有减少,我们却并未因此产生隔阂,无论何时,他总像有特异功能一样,即使我掩饰得再好,也能从我的语气中感知我极微小的甚至不值一提的情绪变化,然后不罢休般的非要打破砂锅问到底不可。每次我都嫌他烦,但放下电话,心里却是汪洋一片的感动,这样默契而心有灵犀的朋友,在我的生命中,还从来没有过。他是个表面大大咧咧,心思却极为细腻的人,所以如此洞察人心,并且,如此地了解我。

他毕业前夕,2007年秋天,我们共游滕王阁,这是我们认识八年来第一次共同去景点游玩。站在滕王阁顶楼,他诗兴大发,高声吟诵起王勃的千古名篇,记忆分毫不差。背后是千年流淌的赣江,眼前是风华正茂的天之骄子,对前途的憧憬冲淡了我们即将分离的惆怅,谁也不曾料到,这竟是我们最后一次见面。随后,他离开了南昌,到繁华的江浙去寻觅自己的梦想。他辗转于多个城市,始终在漂泊,一边写诗一边工作。我们的联系逐渐稀疏,只是,每次换手机号后,他总会第一个打电话告诉我,并且,每隔一段时间都忙里偷闲地问候我,虽只是三言两语,却让我备感温暖。计划了很多次,可因为忙工作,忙家庭,我一直没到过他工作的任何城市去游玩。我不知道他这一年,过的到底是怎样的日子,只是断断续续地知道,他的工作不清闲,并且收入微薄。我也一直希望他的处境能够改善,然而我并没有什么好方法,也没有能力为他做什么,心里总是想,来日方长,一切都会好起来的吧。一直到今年暑假,他在开往杭州的列车上发了一首自创的小诗给我,说正要去杭州面试一份工作,成功的话请我游西湖。当时我高兴地说,请我游西湖就不必了,只要你找到好工作,稳定下来,我就很欣慰了。没想到,共游西湖,成了张永远的"空头支票"!

　　至哀无泪。至今还能清晰地记得,一个月后,当他离世的噩耗传来,我没有哭,因为眼泪已在心中流尽,只是觉得浑身没有一丝力气,甚至,没有力气回复纷至沓来的短信。那天,阳光如今天一样明亮,我的心里却大雨倾盆,世界上,我最在乎,也最在乎我的那个朋友去了。众里寻他千百度,蓦然回首,那人,再也不在灯火阑珊处!是的,我们没有青梅竹马的两小无猜,也没有执子之手与子偕老的缘分,可是,我们有着青春年华最美好的同窗谊、挚友情!这份友情,既有亲情的温暖,也有爱情的浓烈,丝毫不逊于这两者中的任一种。一次次午夜梦回,泪湿枕巾,耳畔只有自己静默的气息。有时候,抓住了梦的一角,醒来却是更多的惆怅。梦里,他依然笑得那么开心,我们聊得那么欢畅,时光仿佛停留在永远的少年时代,白衣胜雪,明眸善睐。那样的快乐,今生不会再有了!古人云,兄弟如手足,妻子如衣服。我们不是兄弟,却比亲人更亲切;我们不是伴侣,却比伴侣更挂念!这是幸运,还是更深刻的不幸呢?

　　三载同窗十年挚友一世知己,一别成终古;万种祝福千般祈愿一朝东流,永夜复无言。我在回忆中艰难地写下这些文字,希望这只不过是一场梦,梦醒时分,我们还可以华丽而优雅地转身。相交十年,我用了七年时间读书,三年时间工作,而他用了九年时间读书,一年的工作又在颠沛流离中度过,他还没有享受过美好的生活,甚至没有沐浴过爱情的阳光,他的人生之舟,还未启航即已搁浅,他的苍老憔悴的父母,举债供他上完大学,还未等到他的回报,就永远地失去了这个儿子,情何以堪!他这样充满热情、自信和梦想,满腹才气,怀着改变命运和回报家庭的强烈愿望,一直在努力,可怜天竟不与寿!我从来不曾寄希望于虚无的上苍,然而此刻,我宁愿信其有,我要为他祈祷,因为,他是我无法取代的青春年华的见证,是我生命里无法替换的记忆!一声朋友,叫你一万年,希望你经常看看紫湖碧蓝的天空,在那青山绿水间充满诗情画意地浅斟低唱,像过去那样,为我从云中写来一首清丽的小诗……

Y君,我最亲爱的朋友!南国的深秋已经来临了,高天流云,落叶片片飞舞,那是你所挚爱的诗意人间。家乡依然是那不变的灵山秀水,母校依然春华秋实,冰溪两岸,花树同芳。去年夏天,我去三清山,途经紫湖镇,三清脚下那块得天独厚的净土,是你曾无数次允诺要带我去看的家乡,终于没有机会和你同去了。我从车窗朝外望去,烟雾迷蒙,水汽氤氲,我知道,你长眠在那里,你在家乡的怀抱中获得永远的安宁了。

Y君,每一次轻轻地呼唤你的名字,心中都似划过一道尖锐的疼痛,这是你留给我的永远的记忆,刻进灵魂,烙进生命,谢谢你,陪伴在我身边十年。人生能有多少个十年,又有多少友情,经得起十年乃至一生的考验,你是我幸运的相知。

十年生死两茫茫,不思量,自难忘!摘一朵云彩,送一帆叮咛到你耳畔,轻轻地,你可曾听见?"在那些黑色和白色的梦里/不再有蓝色和紫色的记忆/在这个相遇又分手的年纪/总有些雨打风吹的痕迹/为了那苍白的友情的继续/为了那得到又失去的美丽/就让这擦干又流出的泪水/化作满天相思的雨……"云山苍苍,江水泱泱,欸乃归去,山高水长。亲爱的朋友,天国安息,友情若是久长时,又岂在今生今世。

杨先涛

杨先涛,南昌县政协原副主席,南昌市作协会员。

大青沟漂流记

去年八月我和老伴在北京儿子家居住,儿子帮我们报名去内蒙古草原旅游,圆了我们参观草原之梦。负责我们这个旅行团的是北京铁路旅行社,参加旅行团的游客,大多数是北京的中老年人,旅行团由五百人组成,乘坐北京开往内蒙古的专列。在八天的旅游中让我最难忘的是大青沟漂流。

我们下火车后,从通辽乘坐大巴到大青沟三岔口漂流探险景区。谈到漂流,我一生中只是在桂林漓江和福建泰宁坐过竹筏,由船工撑,我们只是坐在竹筏上观看四周的风景。这次却不同,是一人或两人领一条橡皮船,花五元租一只海绵坐垫,大多数游客都是两个人一条船,一人坐一头。我老伴儿有点害怕,放弃了漂流,我只好一人一条船,领了一根二米长的木棍,作为划船的工具。两百多条船下水后,你追我赶,个个往前冲,谁也不甘落后,那场面十分热闹。一条船两个人的走得快,而我一个人划得慢,况且没有掌握规律,不懂技巧,因为漂流是一条大沟,宽处有几十米,狭窄的地方只能过一条橡皮船,而且两边是沙地,有时左边被船底沙吸住,要用很大力气撑动船,有时稍用力右边又被沙吸住,使船不能走,真是急死人。在我前面一条船的人看我急得满头大汗,笑着说你要掌握漂流规律,要顺其自然。他们的提醒真灵,只要把船扶正,顺着水流就慢慢向前行,若行船两边遇到障碍物,如树或树根,就用木棍撑一下,船就离开了。五公里长的漂流线路,我足足走了两个小时。船靠岸时船工一个人还不能把我拉上岸,正好旁边有一位游客帮忙才把我从船上拉下来,这下我心里才平静下来,尝试了一次冒险的漂流,也是我平生一次难忘的漂流……

我在回程的路上,边走边回想这次漂流,做任何事情都不要蛮干,要掌握规律,要顺其自然。搞经济工作要懂经济规律,搞农业生产要懂自然规律。我记得在20世纪70年代用"左"的一套来指挥生产,早稻插秧要越早越好,元宵一过就强迫群众浸种育秧,清明刚到就翻耕红花,还说什么仔鸡好吃还是老鸡鲜,清明前就栽禾。结果清明后来了一个寒潮,伴随冰雹雪子,温度降到零度,造成烂秧,所栽下的禾苗全部冻死,对农业生产造成巨大损失,这是违背自然规律的结果。我们南昌地区农业的生产规律是,清明前播种,谷雨前后沤田,立夏前栽完禾。这是我们的老祖先们摸索出来的生产规律,谁不按规律办事,就要受到惩罚。再拿老年人养生来说,有很多误区,有的人冬天也在四点钟出门锻炼,得不偿失,因为早晨气温低,血管容易收缩,再活动一下,对心脏、对血压都不利,影响身体健康,这也是不按规律、不顺其自然。再说喝酒,本来少量饮酒对身体有好处,可以舒筋活血,增加人的抵抗力。可是有的人天天酗酒,有酒必醉,吃出了肝病、癌症,过早离开人世,给家人带来痛苦,这也是违背自然规律的结果。

在漂流时因思想高度集中,全神贯注,对于四周的美景没有细看,错失了一次对大自然欣赏的机会,在回大巴车的路上,我从导游口中得知,大青沟国家自然保护区位于内蒙古通辽市科尔沁左翼后旗境内,是一处保存完好的古代残遗森林植物群落,素有"沙漠绿洲""沙海明珠"和"天然野生动植物基因库"等诸多美誉。大青沟及大青沟地区原始完好的自然生态状况,是亿万年来地壳运动、气候变化、生态变化、人类活动等因素共同作用的结果。

大青沟国家级保护区内大小青沟纵贯南北,呈"Y"字形分布,长达24公里,深约100米,宽二至三百米。这里地貌怪异,沟深林密,景观奇特。沟外气温干燥,植被稀少,沟内则绿树繁茂,冬暖夏凉。这里共有植物740多种,动物39种,堪称天然的动植物宝库。

这里目前已开发的旅游景区有原始森林景区、三岔口漂流探险景区、小青湖水上乐园景区这三大景区二十多个景点。自2001年以来,这里每年举办大青沟民俗文化旅游节,吸引了大量游客。

在辽阔的科尔沁草原西部沙海里,有一条长达24公里的沙漠大沟。沟上沟下树木葱郁,鲜花盛开;沟底处千万条淙淙泉水汇成一条长长的溪流,清澈透明;沟的两岸树草丛生,常绿树与落叶树并存,乔木与灌木掺杂,鲜花与绿草相间,溪流与明沙相依。这就是被称为科尔沁沙地绿色明珠的大漠奇观——大青沟国家级自然保护区。它位于科左后旗境内,距沈阳200公里,距通辽市区80公里,总面积12.5万亩。

结束内蒙古草原之旅后,我在火车上与两个在铁路上认识的朋友谈起大青沟漂流时,他们说这样的漂流是中青年玩的,像我们到了七十多岁的人最好不要冒这个险,岁月不饶人呀！是的,我是有些后悔,像我已经七十六岁而且有高血压病,心脏也不太好,今后一定要量力而行,这是一个教训。

  大青沟漂流使我流连忘返。

美丽的鸣沙山,月牙泉

今年秋天,我和老伴儿在北京儿子家住,儿子帮我们报名参加旅行社组织的夕阳红旅行团,赴大西北参观,这支队伍有千余人,大多数是六七十岁的老年人。我们先后到了新疆、甘肃、宁夏三个省或自治区20多个景点,历时14天。沿途有当地腰鼓队迎接,非常热闹。这次旅游是我们多年的愿望,也是最快乐的一次。

8月11日中午1时到敦煌下火车后在汉唐宫饭店吃午餐,乘车到鸣沙山,月牙泉。我们刚进鸣沙山景区就被一座雄伟的沙山吸引住,这里有近百只骆驼组成的骆驼队,供游人骑座,每人80元,还有黄色高筒沙鞋,每双租20元。鸣沙山又称神沙山、沙角山,位于敦煌市南5公里处,东起莫高窟,西至睡佛山下的党河水库,东西绵延40多公里,南北宽20多公里,最高海拔1715米,沙山高250米左右。据史书记载,在晴朗的天气里,即使风停沙静,也会发出如丝竹管弦之音,成为敦煌八景之一:沙岭晴鸣。

鸣沙山像一条巨龙横卧在敦煌城南。山体由流沙堆积而成,山形美观,如刀削斧劈。远远望去,峰峦高低起伏,如龙蜿蜒,景色蔚为壮观。

我和老伴儿同山东军干休所抗日离休干部宋乾父女在一起。宋老今年89岁,是全团千人中年龄最高者,他个子不高,不胖不瘦,中等身材,身体还结实。他每次参观无论登高还是爬坡都走在前头,从不落后。他女儿也有50多岁。我们4人选择的不是坐骆驼,也不用租沙鞋,而是光着脚板爬沙山。首先4个人爬月牙泉右边的小沙山,在那摄影留念。看到有的同伴往高大沙山爬,我们立即转向大沙山。鸣沙山因沙动有声而得名,沙有红、黄、绿、白、黑五色。沙峰起伏,沙脊如刃,为典型的金字塔沙丘。爬沙是一件不容易的事,这天有三级东南风,脚动沙动,脚进沙移。我们光着脚,脚一落沙是暖的,脚底往下踏沙内是凉的。人一走步,沙移动就后退半步。风一吹,沙就打在脸上有隐隐之痛,有时不能睁开眼。爬沙非常吃力,爬三到四步又得休息片刻。我和老伴儿互相鼓励,爬到半山腰,老伴儿考虑到我们都已经是70多岁的人(我75,老伴儿71)了,加上我有高血压,心脏也不好,劝我不要去拼,怕出意外,几次劝我停下来,但我想向上爬,希望达到最高点(我估计也能爬上去)。此时我想了许多保健专家讲过,身体不能硬拼,要留有余地,我只好停下来,坐在沙上,放眼向上望去,望着宋老父女很吃力地向上爬,走两步他们父女又歇一下,后来就跪在沙上爬,我们真为他们担心。往下看,月牙泉的月牙形便凸现在眼前,就如一弯新月镶嵌在茫茫的沙漠银河中。我和老伴慢慢地走下沙山。走下来真快,走一步,沙一移,等于走了一步半,不知不觉地就下了沙山。我们坐在月牙泉的亭子里,望着宋老父女他们很快爬到了顶峰也坐在沙上休息。此时我想宋老不愧是个老革命,在部队里锻炼了一副好身体,因为同伴,我也打听过他的身体为何这样好,他有三条值得我们学习:一是心态好,他有功不骄傲;二是基本吃素,他不喜欢大鱼大肉,喜欢吃馒头、面食;三是喜欢锻炼身体,生活有规律。他的精神也鼓舞着我们。

我们坐在月亮泉亭子里,觉得很奇怪,在四周沙山中有一座不大的东西长300米、南北宽50米的环抱,月牙泉因水源酷似一弯新月而得名。

月牙泉内游鱼掠影,岸边绿草如茵。据说鱼称铁背鱼,能治疑难杂病,草称七星草,有催生壮阳作用。据说吃了鱼和草可以长生不老。因此,月牙泉又被称为"药泉"。月牙泉非常神奇,它的神奇之处是经过千年而不干涸,流沙永远填埋不住清泉。月牙泉边白杨亭玉立,沙枣花香袭人,丛丛芦苇摇曳,风景如诗如画。我们围绕亭子四周走一走,泉南岸秃地上有娘娘殿、龙王宫、药王洞、玉泉楼、雷音寺等大片建筑群。月牙泉有梦一般的谜和千古传颂的神奇传说,令人神往。茫茫大漠中有此一泉,满目荒凉中有此一景,造化之神奇,令人情醉神驰。

月牙泉令我们百思不解的还有月牙泉南角的一棵古老的树木,它在沙山中生长,大家围到古树,好像是枣树,有的说有一千年。的确,沙漠中的月牙泉滋润着顽强的生命。这也是事物的特殊性。

夕阳西下,已近黄昏,斜阳残照,风景是这么美。我们4个人慢慢离开月牙泉,走出景点去购物一条街,购买自己喜欢的当地土特产。

就这样在神奇的鸣沙山、月牙泉游玩了半天。我们的心灵也要像这一样洁白,一样纯洁,淡泊明志,宁静致远,享受着改革开放给我们带来的好时光,去过好每一天,快乐每一天。

最后我想起了杨海潮作的一首月牙泉诗:

    就在天的那边,很远很远,
    有美丽的月牙泉。
    它是天的镜子,沙漠的眼,

星星沐浴的乐园。

从那年我月牙泉边走过,
从此以后魂儿绕梦牵。
也许你们不懂得这种爱恋,
除非也去那里看看。

看那,看那,月牙泉。
想那,念那,月牙泉。

每当太阳落向,西边的山,
天边映出月牙泉。
每当驼铃声声,掠过耳边,
仿佛又回月牙泉。

魏福堂

魏福堂，南昌市作协会员，南昌县书法协会常务理事。

澄碧湖之光

过去，每当夜幕来临，莲塘人总爱搓麻将、打扑克、走象棋、去舞厅、上网吧，而今大都三五成群，扶老携幼去游澄碧湖公园。

澄碧湖公园位于南昌县县城莲塘镇中部，一湖把城分成东西，湖东为老县城，是新中国成立60年的历史发展的见证；湖西为新城区，凸现改革开放、招商引资、经济大发展的成果。

南昌县夏、商、西周时期属扬州域，春秋、战国属楚，一度属吴、越。西汉高祖六年(公元前201年)始置县。当时，南越王赵佗占据两广，窥测中原，高祖令颍阴侯灌婴率兵至此，以此为根据地，进而平定南越，昌大南疆，故名南昌。新莽改名宜善，东汉复名南昌，隋朝改名豫章，唐宝应元年称钟陵，唐贞元年复名南昌至今。南昌县置县之初，辖现在的南昌市、南昌县、新建县、进贤县和丰城市部分地区，总面积达7500平方公里。现在南昌县驻地莲塘镇与新中国同龄。1949年8月，南昌县人民政府从谢埠镇迁来至今，莲塘镇的前身为齐荣村，村名寓人民共同繁荣富裕之意。莲塘古以"藕佳"(莲藕最好)著称，城中有一溪，溪水清澈透明，相传古代皇帝曾将此溪赐给揭家村一大官，并题写一石碑称"朕溪"，立碑为记。因年代久远，无从考证。后人又以水清改称白水溪。1956年，江西省人民政府曾规划在此改建公园，省政府领导到此视察，改称澄碧湖。

澄碧湖原有水面320亩。1956年成立莲塘水产场，开始人工养鱼。后又成立南昌县水科所。在全县首先利用淋水法(柳树根)开展人工繁殖鲤鱼工作，后又进行草、鲤、鳙、鲢四大家鱼人工繁殖试验。同年采用鱼网箱—孵化缸—环道孵化鱼苗成功，当年孵化鱼苗3100万尾，省委、省政府领导给予好评，并专程前来视察、祝贺。后又改挖成精养鱼池，每年生产大量鲜鱼，源源不断送往省城，为改善城乡人民生活做出了较大贡献。

20世纪末和21世纪初,改革开放和经济大发展的浪潮席卷城乡大地,从此,澄碧湖进入人们的视线,成为省、市、县重点开发项目。而今的澄碧湖,土变金,水成银。2002年8月,中共南昌县委、南昌县人民政府决定对澄碧湖进行彻底改造,投入近3亿元巨资,用了不到两年的时间,将已改造成精养鱼池的澄碧湖重新开挖、填土扩建成千亩澄碧湖公园,并于2004年6月建成并对外开放。这是一个以人为本、以水为主体的供人们休闲娱乐的生态公园,公园总面积达1500亩。最近,县委、县政府又投资4000多万元,建成北苑广场。

澄碧湖公园总体布局为"一湖""两苑""一岛""两带"。其中南苑(又名文化广场)面积120亩,四面环水,三桥贯通,正中央为一主题雕塑,即盛世莲花,莲花雕塑由4个花冠组成,高8米,围合成一直径8米的圆圈,由不锈钢焊接而成,此地为南苑最高点,站在直径80米的圆台广场上,既有足够的空间欣赏喷泉雕塑,又可看到四周的景色,雕塑底座为艺术浮云石,叠加成一圆台,直径6米,高4.5米,伸缩有致构成喷泉跌水,主喷由花蕊直射而出,高达48米。北面利用东西两座园林石拱桥贯通,长28米,宽18米,南面由一座钢筋混凝土斜体桥连通,长28米,宽18米。园区还配有一些园林小品,如西南角的框架结构的欧式长廊,长52.5米,宽6.9米,高7.01米;东南角有砖混结构的游艇码头等娱乐服务设施;位于东北角框架结构的欧式亭,直径5.8米,6柱圆亭,高7.47米。此外,还有大面积的林荫广场绿地为市民提供多层次的娱乐,处处体现以人为本的理念。园内种植力求精致,引入了一些国家级保护植物,如楠木、红茴香、兰果树等。雕塑以南以高大的樟树为主,营造半封闭的空间,由上至下乔木、灌木和时令鲜花,层次分明,错落有致,游于其间有如进入花的海洋,别有洞天。

澄碧湖公园南苑以北,有水面800多亩的澄碧湖,占公园总面积的53%。湖水是引入赣抚平原渠道的活水,湖面清波荡漾,站在南园北边的半弧形舞池台上向北望去,有一占地50亩的湖心小岛,小岛内安装体育设施和游玩器械,小岛两边有两座精致的护栏小桥穿岛而过,把湖东西两岸连起来。湖的左岸、右岸还有占地12万平方米的绿荫草坪和时令鲜花、乔木、灌木、葡萄架等,构成一幅壮丽的图画。

由于有了澄碧湖公园,莲塘变得更美了,人们的精神境界有了很大的提升,晨练队伍越来越大,锻炼项目越来越多,"夜来麻将声,输赢知多少"的现象有了较大改观。

由于有了澄碧湖公园,夫妻在一起交流的机会多了,家庭更和睦了,离婚率大大下降了。年轻恋人相比于逛街、逛商场、进影院,更多的是坐竹林、观湖景、谈未来。

由于有了澄碧湖公园,周边引来了众多的房地产投资商,房价一飚再涨。

校对人生

1999年11月1日,经江西师范大学文学院退休老教授吴振群先生推荐,来到《江南都市报》做校对工作。起初,我觉得校对工作很简单,不就是对对稿子,看有没有错别字嘛!这对我一个参加工作近四十年,与文字材料打交道三十年的人来说,简直是牛角上挂灯草——不费力。但是,一个多月的实践,使我另有一番感受。

校对工作是一项极其严肃的文字工作,它直接涉及一张报纸的质量和水平甚至生命。校对工作的好坏,直接影响到一张报纸的发行量和经济效益。它可以给读者带来"美"和"乐"的享受,同时也肩负着对作者、编者、读者高度负责的重任。

校对工作是世上绝无仅有"挑毛病""找错误"的工作。它要求工作十全十美,不能有半点儿差错。古人称校对为校勘,校者对照也,勘者勘误纠错也。联想当今时代,在某些部门、某些方面、某些人,要开展批评与自我批评真是一件难事,遇到问题绕道走,明知不对也不说,看着问题成堆,积重难返,最后暴露在光天化日之下。而在校对工作中,决不允许这样做,不管是上司的、作者的、编者的还是微机人员的统统都要提出来,改过去,该删的删,该改的改,容不得半点儿含糊,不能给半点儿面子,一查到底,全错全纠;部分错,部分纠,确保无误。说来也怪,毛病挑出来,问题提出来,领导不会给"小鞋",编者也会说"谢谢"!这与现实生活中纠错有着天壤之别。按照校对原理,国家要求端正党风,纠正各行各业中的不正之风,部门和单位正在修订工作计划,检查指导下属工作。愿这种精神在社会生活、经济领域等方方面面发扬光大。

校对是一门涉猎社会生活及各专业领域的综合性学科。在校对工作中,不管你经历多厚、文化多高、社会接触面多宽,总会碰到难题,总要向别人请教。不是吗?老词典被新出版的词典所取代,某些字的含义和使用也不断地调整,昨天能用的字,今天就有可能移作他用;昨天是对的,今天有可能用在同一个地方就不行了。所以,校对知识永无止境,深奥莫测。我可以说,要把校对工作做到十全十美,经得起挑剔和推敲,就要不断学习、不耻下问,做校对工作没有"全才",没有"百事通"。"老师傅"有时也会出差错,教授有时也要查《辞海》,我更感到才疏学浅,知识面大窄,书到用时方恨少,很多知识需要不断补充。

校对工作是一项非常严谨、非常规范的工作。文字本身就是一种科学,是一种非常严谨、非常规范的科学。但是,在现实生活、工作中,很多人把文字当儿戏,随意摆弄,任意组合,造成很多疑难"病症",给我们从事校对工作的人造成了很大困难。要想矫正这些"歪嘴和尚",需要请"华佗"翻字典,有时还要找《本草纲目》《辞海》。如果"药方"不对,有时还会加重病情,还会造成"以讹传讹"。所以,要做好校对工作,必须要有认真的态度、严谨的工作作风;要有不断推敲、反复琢磨的耐力和韧性。校对要求文字对号入座,不能冒名顶替,该是谁就是谁,即使是"外形相似的兄弟",也不能代替对方去"上班工作"。

啊!我不是在工作,而是在读书,是在读一本校对文字之错、思想之误的正版《辞海》。我要用一生的时间、一生的精力校对自己的人生。

万益林

　　万益林,男,1967年2月5日出生,南昌市桃花镇人,高中学历,通过大学语文、哲学自学考试。南方电动工具厂下岗工人。从事过车、钳工和销售工作,1994年在广州入行期货公司,从事过经纪人、市场部经理工作,担任过网络外贸市场总监、医药销售经理团队领队。喜爱阅读、音乐、欧美二战片、养生、现货交易。人生格言:知之好之不如乐之。

梦的翅膀

　　说起与书的缘分,话可就长喽——

　　小时候,父亲常带我逛街,最令我羡慕的定是百货大楼橱柜里那琳琅满目的玩具,看着看着便想要了。可父亲只是带我来"参观"的,说看看就行了。有一回父亲实在被我缠得没办法,只好给我买了只塑料玩具汽车。这是什么车呀?我不解地问道。父亲说是环卫用的洒水车。我很茫然,两眼却一个劲儿地往一边摆着的玩具枪溜来溜去。父亲笑了笑领着我去了附近的新华书店。书店的墙上贴了几幅爱国卫生宣传画。哇,那苍蝇可真大!诶,画上的阿姨戴着口罩拿着扫把,瞪着双大眼睛笑看着站在一旁,那马路上却有辆怪怪的汽车!父亲指点着说,这就是环卫车,车底下像圆盘一样转着的便是扫帚,可以边行驶边洒水边打扫马路的,路扫干净了也不会有太大的灰尘。难怪,每次家里扫地前总要洒点水!可我的环卫车怎没扫帚?我有点儿遗憾。父亲还是笑了笑,牵着我的手去橱柜边转悠。哇,尽是五颜六色封面的图书!父亲却说这叫连环画。我呆呆地望着,默默地吸吮着淡淡的书香,一个劲儿地徘徊。父亲俯身在我耳边轻声说道,你一人在这儿看看。然后去到一边看大人们的书了,好一阵子才过来。我正盯着一本连环画,那封面可真吸引人,一名骑兵骑着战马举着马刀,呼叫着冲锋,真威风!父亲说这连环画名叫《钢铁是怎样炼成的》,那人是苏联红军。我说呢,怎么帽徽是红五星帽子却是尖尖的,相貌也……父亲拉了拉我,说该回家了。

可我很想要这本连环画,赖着不肯离去。父亲显得很无奈,怎么啥都想要,街上这么多好东西都能买得了嘛?想了想,又说等六一儿童节时再买给我。我只好跟着父亲悻悻回家。到了六一节,父亲特意向邻居借了把玩具冲锋枪,带上两本《毛主席语录》,用自行车一前一后地载着我和姐姐去照相。父亲先领着我们去理发,再领我们进了照相馆。我们姐弟俩站在聚光灯前,"红宝书"紧握在胸……照好相后,父亲说要给我们买礼物。我有点儿纳闷,什么是礼物啊?父亲领着我们进了新华书店,径自走到柜台那边,回过来时给我们姐弟俩一人一本连环画。姐姐手里拿着的那本是封面上画着那苏联骑兵的,而我手里的却不是,便要姐姐换给我。姐姐说这是《钢铁是怎样炼成的》,有上、下册,然后都给了我。我还不识字,只是一个劲儿地翻看着,姐姐便在一旁一个劲儿地讲解。可我只晓得书中有个叫保尔的人,小时候很顽皮,把东西掺入别人家的面粉里,被人揪着耳朵往墙上撞……回到家里,姐姐教我在书的扉页记上自己的名字。哦,这可是自己有生以来拥有的第一本书!

看连环画,做游戏,是我们儿时非常喜爱的。有一回和姐姐玩着"半夜鸡叫周扒皮"的游戏。父亲下班回家后,我还兴犹未尽,一个劲儿地捏着鼻子学鸡叫。父亲若有所思地说,那是高玉宝……我要读书……父亲一向很慈蔼开朗的,这回却是……

后来,《钢铁是怎样炼成的》下册被父亲的一位"眼镜子"叔叔同事借去了却没有还给我。有一回父亲带我去市工人文化宫看画展,指着一幅画着大轮船的画说,这画是那位"眼镜子"叔叔画的。画中的轮船真气派,人们敲锣打鼓放鞭炮,庆祝轮船下水试航!没过多久,父亲给了我一本大一点儿的书,里面画着很多人,有郭建光、阿庆嫂、杨子荣……我常常看得入迷。这是一本绘画辅导书,直到上小学后我才用它临摹绘画。父亲常把我的画给他的同事们看,都说画得蛮好。可父亲好像并不十分开心。

父亲出身贫寒。父亲的外公是一位医术高明的郎中,家境较宽裕,后独具慧眼看中了精明强干、一表人才的爷爷,将颇为标致的奶奶托付给其。父亲在自己外公家度过了幸福的童年,也接受了良好的启蒙。而日寇的侵略却使他失去了外公,也过早地涉入尘世。父亲尚未成年便随七叔公去了"中正大学"的实习工厂学徒,工作之余,想方设法地"混迹"学生当中"蹭学"。父亲小时候只念过一年私塾,还是与容貌酷似的大叔交替着念的,但大学课堂却是他的梦想天堂,他孜孜以求的精神让讲师们也动了恻隐之心。而如此努力地"蹭学"也造就了一位出色的工人技师。父亲技术出类拔萃且能上能下,既是一线生产的大工匠又是称职的技术员。父亲爱好下棋、看技术书,还有"换脑筋"——逛街。那下棋、看技术书则应是"用脑""长脑"了。这些是父亲长期的爱好,晚年时技术书更是摆满了床的一侧,而最后还在写心得,只可惜……

姐姐学习成绩一直很优秀,高考时以全市文科状元的成绩考入南京大学。父亲颇感欣慰。我的学习成绩则时好时差,由着兴致来,但语文、哲学却是我的钟爱。高考没考上,工作后硬是将这两门功课在自学考试中一次通过。别的功课怎么就一点儿兴趣也没有呢?

知之者不如好之者,好之者不如乐之者。

我有过苦闷,有过彷徨,阅读却是生活中不可缺少的内容。尽管没能考上大学,而有此爱好却也令自己颇感庆幸!有书,我不寂寞;有书,我拥有很多、很多……

后来,我参加了市职工文协,听了几位老师的讲课后也萌发了创作激情。搜寻自己的人生阅历,唯独觉得有关外婆的素材是最有价值的。外婆去世时,三舅妈还特意单独对我说,有机会一定要好好地写写你们的外婆,她是世上最好的外婆、最好的妈妈。写作还称得上是自己的强项,以前读书时作文成绩也还可以。可这回不同,得自己命题,好似在茫茫大海里寻找自己的航向。时值中秋佳节却是个阴天,晚上没有月光。哦,我们的现实生活中也没有了外婆。外婆家有棵红糖柚子树,每逢中秋时节外婆总要捎上几只红糖柚子给我们赏月时品尝。听母亲说,在外婆去世前,那棵柚树也被舅舅家的猪尿给烧死了……我沉浸在无月的夜思中,万籁俱寂中更令人心潮起伏,潸然泪下时《中秋夜没有月光》一气呵成。尽管如此,却更使我意犹未尽,要写好外婆非得弄个长篇小说不可。外婆的家在三江口,俗称仁里,人文荟萃,闻名省邑,充满了古典风情和田园风光。外婆是位典型的传统妇女,却有着不一般的人格魅力,平日里是我们一大家子几十号人的凝聚点。外婆出殡时送葬的人流近乎一里路长……外婆去世的当天我们一家便赶了过去,当晚我就梦见了外婆,还梦见三外公坐在中间好似在受公审一般,已经去世的外婆却起身一个劲儿地说,莫怪他,莫怪他……因为大舅早年去了台湾,却是走上了一条不归之路,家里人都尽量瞒着外婆大舅去世的噩耗。尽管大舅迟迟未归已令外婆心生疑窦,却是不久前三外公与外婆闲聊时说开来的。怎会做这样一个梦呢？外婆和外婆家乡的许多人和事对当时只有二十几岁的我来说不都像梦一样吗，难分说也难解脱。

　　要写好外婆这本书实在太难了。自己对生活的感觉颇多而感悟太少！

　　临渊羡鱼不如退而结网。我开始有心地寻找阅读文学书籍。以前自己所钟爱的只是一些名著的片段、章节、人物塑造、景物描写、氛围烘托等，后来更注重书的整体构思以及主题的舒展，却常常会将外婆家乡的人和事与书中的人和事联想起来。但外婆不是"祥林嫂"也不是"孙二娘"，三江口不是"鲁镇"也不是"白洋淀"。外婆是我的外婆，三江口也毕竟是三江口。但联想并非空穴来风，而个体特性却也彰显，细想起来还符合"辩证统一"的哲学观点呢！有意思，层出不穷的枚举倒使整个构思更充实丰富起来。渐渐地觉得离目标越来越近了，心喜之余行将动笔，却不想又得告一段落。我所在的工作单位是家中型军工企业，曾经辉煌一时，而随着市场经济的进一步深入发展，企业的竞争力颇显不足，也出现了待岗现象。中国的南方在改革开放的浪潮中颇具声势，自己一直就想去闯一闯，便主动要求待岗去了南方，发现那里确是一片开阔的热土。如愿以偿地入职一家期货经纪公司，却又迎来前所未有的挑战，从开发客户到资金运作对从中学生到工人的我来说无异于脱胎换骨！公司的培训只能是短期的，重要的还是自身的不懈努力，正所谓"师傅领进门，修行在个人"。以前做工时不也是跟着师傅学了几个月自己就开始单干的嘛，看书、请教、交流地干起工作来也还得心应手。那时还常常以父亲为楷模呢。没有过不去的火焰山！便想尽办法找书，仔细揣摩，与同事不厌其烦地反复练习交流。功夫不负有心人，尽管工作多有变动，自己却是一步一个台阶，从业务员到市场部经理再到市场总监。优越的工作生活环境并没有使自己忘却初衷，做好本职工作之余，继续坚持不懈地朝着自己立下的目标努力。如火如荼的闯荡生活丰富了我的人生阅历，更促使自己去感悟许多，在尘世的喧嚣中更觉静谧的珍贵。书是我的良师益友，是让我永不寂寞的忠实伴侣！

　　2007年感觉很累，更可怕的是觉得自己的身体……要立即实施自己的计划，完成多年的夙愿！天气一转凉，便开始潜心捉笔了。都说万事开头难，写外婆这本书该如何开头呢？冥思苦想之余我特意去了趟外婆家，也到了外婆的坟头。外婆不在了，以往外婆的房间被锁着，而房内的气息却毫不吝啬地涌入我的肺腑。触景生情，睹物思人，怎不令人感慨万千！我漫无边际地在旧街古巷转悠,寻找外婆的足迹,品读一砖一瓦一草一木历经的岁月。外婆家在一个大自然村,是一个大家族的支系,折射出民族的变迁与沧桑。族谱便是最好的文学记载。早几年就听说外婆家新修谱了,人们革新图志,与时俱进,将传统世袭的族谱改为破旧立新的《村志》了。《村志》借来了,书中蕴含的古今风韵令我大饱眼福,创作的思路日渐清晰,连同风格都有了定格。

创作之初颇为顺利,先是一天一章,后来两三天一章,再后来一个星期一章,再后来……创作又陷入了困境。

古人说得好,吟诗不出观花鸟。我呢,写书不出逛书店!家里的藏书够多,观感也成了俗套,而书店里的书琳琅满目,颇为养眼也颇开思路,每回都有收获,都有启发。外婆的生活经历固然令人感慨,而个中蕴含的人文背景更令人浮想联翩。我不由得想起鲁迅先生的《药》。《药》是鲁迅先生的经典作品之一,通过描写"华""夏"两家的悲剧,揭露了统治阶级压迫、毒害民众的罪恶,暴露了民众在统治阶级长期重压下陷入的愚昧麻木的精神状态,呼吁民众寻找拯救华夏民族的"药方"。而作品的经典更在写作手法,一明一暗的线索交相辉映!那么,外婆的生活经历便是明线了,而涌动着时代光彩的民族文化便是暗线。王与君的《中国经济国际竞争力》和李少林主编的《中国文化史》,对中国的民族文化都有高度的认知,是上升到系统化、理论化的,而对外国的文化史也有独到的见解,"社会文化和国民精神是综合国力的重要构成""家国一体形成独特的道德伦理",无不揭示着民族文化所蕴含的巨大能量。外婆的家乡有着厚重的文化底蕴,五四新文化的洗礼使三江口与全国一道涌入了时代的洪流。一个优秀的民族不仅善于自我创造,同样也善于借鉴其他民族的优秀之处。而岁月沧桑,世事变迁,跌宕起伏的命运中仍保持着淳厚睿智的水木清华般的本色,这不正是民族文化博大精深的最好写照吗?不正是那条母亲河闪烁的光芒吗?小说《清清望江水》的雏形便显现无遗了,"老大娘子""泰裕娘子""啊谷佬"等一些鲜活的人和事也跃然纸上。但仁里淳乡那份令人刻骨铭心的含蓄该如何表白呢?烟雾缭绕的梦幻般感觉真是说不清道不明,却似禅的境界呢,同样诠释着禅的博大精深!以前看书可有个习惯,勾勾画画地还略加批注,有时也摘抄,吟诗诵词之余更喜欢即兴赋作,而这些都在创作过程中很自然地得到了有机地运用,烘托着厚重的文化底蕴。但创作毕竟是艰辛的,常常茶饭不思夜不能寐,更何况倾注了自己多年的情感!三江口在发展,三江口的人们在革新图志,与时俱进。赞叹之余,我们对传统文学同样要继承,要发展,没有继承就没有发展。张爱玲有篇著名散文《私语》,却是"絮语散文",自然而真切,细腻而动情,虽是家常絮语却将无形的琐事林林总总贯为一体,避免为烘托主题而对烦琐情节进行冗长描述。这种手法在《清清望江水》的最后几章运用较多,因为此前已将主题阐明,这几章无非是为了进一步烘托提炼。真不知这样做好不好,加上文中的一些片段本人自认为类似电影中的"画外音""蒙太奇",故只能美其名曰"或类型小说"了,或只能说是"我的小说",只能留于读者评说了。

  《清清望江水》的初稿是在三个月内完成的,断断续续的修改工作却耗费一年多,几次投稿后最终投至"起点中文网","百度"等多家网站转载,获得了一些好评。终于完成了自己多年的夙愿,身体也好了不少,而此时距外婆谢世已整整十六个年头了!其间临逢市委宣传部等单位举办"我与改革开放三十周年征文活动",家乡变化日新月异,而亲人也相继离去,令人颇为感慨,真希望能变为鸟儿般的精灵穿越那彩云般的时空!家乡的变化有目共睹,而个中情节与品读却是人各有异。宋词堪称中华文化的瑰宝,何不选择一首步其韵而赋新词呢!散文《愿为云鸟》便是这样写成的。投稿后荣获市新闻出版局颁发的三等奖。我深受鼓舞与鞭策!

  读书、写作已成为我生活中的重要内容。我爱读书。书,是我的良师益友,更是我梦的翅膀。

愿为云鸟

我的家在郊外,是个城乡结合、点缀着田园风光的地方。

家在职工宿舍区,附近也有不少大大小小的工厂。东边有一条被称为"流灌化"的小河和一些小桥,河那边是一望无际的田野和村落。京九铁路在西边延伸而过,夹杂在中间的除有一些田地外,便是为数不少的荷塘了。

我们便是生活在这飘着古朴的泥土芳香,陪伴着现代化"大动脉"的小桥流水的环境之中。

父亲是在20世纪60年代从市内的企业逐步调到这边工作的,南昌市的"老崽俚"对城市生活也是别有一番留恋的。父亲是厂里的技术骨干,整天上上下下地忙碌着,以至于我一直弄不清楚父亲究竟是在技术科还是在车间工作。父亲难得的休息时间,一般都在星期天,而星期天也是我"放飞"自我的大好时机,却又非常担心母亲也在这天休息。因此,如果母亲也休息的话,父亲便定会去"逛新城",说是去"换换脑筋"。父亲以为母亲休息在家,就不必担心孩子们吃饭的事了,却不知这些事都得落在自己的宝贝儿子身上。母亲是会缝纫的,针线活儿不错,除为家人外还得为亲友们一年到头地忙个不停。父亲外出了,母亲便一边忙着活计,一边指导我做饭。家里几位姐姐都要忙着工作、学习,只有我最清闲。父亲每每"逛新城"回来,除给孩子们带来些食物、书籍外,便是绘声绘色地讲述在市内的所见所闻,生怕我们会对变化着的城市陌生了。

我是很怕与父亲一道进城的。以前与父亲进城一般都在年节的时候,那时都是"坐着"单位上的卡车进城凭"购货券"购物。"购货券"是有时限的,也是编了号的,大家便按着报纸上的通知相互转告地赶着去凭券购物,往往得排上老长的队。这时父亲则让我排着队,他却不知到哪儿"开眼界"去了,常常弄得我东张西望、焦虑不安。还好,每当排到自己时,父亲总是从天而降一般如期而至,总不会弄得自己的儿子尴尬,因为购货所需的券、款都在父亲那儿。购物后的走亲访友之路也颇长,总是弄得两腿溜酸、脚板疼痛。

后来好了,物质敞开,供应也不需要什么"购货券"了,交通便利,人也大了,去哪儿都成,我也不必由父亲带着进城了。

但一到礼拜天仍教我够"默神"的,换句话说我是宁愿日历中没有礼拜天的,换成其他任何一天我都能"放飞"。那欢腾的河流,空旷的田野,宿舍区,学校里,都是我自由"放飞"的"天堂"!

"放飞"的机会还是有的,可又好景不长,渐渐也有许多"天堂"我不愿涉足了。那久戏不厌的河流上开始飘浮着朵朵的油污,空旷的田野时常笼罩着刺鼻的"浓雾",河沟里也常有翻了肚皮的鱼儿,荷塘田野也常见到死去的鸟儿,且夹杂着难闻的腐臭味儿,就连那"放飞"心情的天空都是昏暗昏暗的。

宿舍区附近的厂子一天到晚机声隆隆,远远近近的烟囱总是一个劲儿地吐着浓烟……那蓝天白云仿佛成了昨天的记忆。

我很少"放飞"了,常常待在家里,只有寒暑假才能去外地的亲戚家,去领略山清水秀、蓝天白云,去秉承大自然的恩惠。

——多想像那鸟儿长上翅膀,多想像那飘浮的云朵,在那无边无际的寥廓之中寻找自己的天空!

鸟儿,少了;云儿,走了。就连那曾经此起彼伏的蛙声也越来越稀了,孤凄凄的近乎哀鸣。荷塘里的荷叶也变得残缺了,亭亭玉立的荷花也似乎不爱展露那粉红的脸庞,仿佛嫌弃自己不够光洁亮丽而羞于见人……

天气越来越闷热了,以前百姓家里电扇都少见,后来用上空调的家庭比比皆是,可一旦外出却又酷暑难当。而那可人的阳春白雪呢,怎么都难得见上一回,却是那灰蒙蒙的酸雨时常光顾。

厂子里的人们依然在忙碌着,满载货物的卡车进进出出,络绎不绝。街上的商品琳琅满目,品种繁多,物质供应越来越丰富,百姓们的口袋也越来越鼓了。民以食为天,"计划经济时代"大家肚子里的油水不多,现在条件好了本该好好地享享口福,可是鸡鸭鱼肉却似乎都是一个味儿,烧炒起来还都得放上味精之类的调味品,若有不同的却是一些难言的怪味儿,或是从来少见的"畸形儿"。

奇怪的事儿还真不少,风尘四起时,还有那漫天飞舞的白色垃圾,冷不丁的就会被蒙个正着。

人们都在忙忙碌碌地创造幸福,而大自然却在承受巨大的负荷……

随着环保意识的增强,越来越多的企业在治废限污方面加大投入。而城市改革不断深化,一些企业也逐步退出国有经济的序列,不少企业的原有土地使用得到调整。一个个的现代工业园、经济开发区,如雨后春笋般兴起。

渐渐地,感觉我们的生活环境起了不少的变化。风格各异的楼盘星罗棋布,景色怡人的生态公园巧夺天工般点缀着城市,那一道道的绿化带,一条条的景观街,好似一道道勾画着城市的亮丽风景线。人们工作、生活在美丽的大花园里一般。人们的环保意识越来越强,就连不少瓜果蔬菜都是无公害的,水产品更是鲜活。而我那小桥流水的家园呢,鸟儿越来越多了,叽叽喳喳地,一群群,一行行,仿佛是那飘逸的落霞,就连那久违的彩云也如不速之客般显现在天空里。有一回,母亲竟如孩童般站在阳台上,与我津津有味地点评着这些云朵来。那一朵朵的红霞多么像一朵朵艳丽的玫瑰,那长长的一抹抹的多像那一串串的红梅,而远处那一鬏鬏的又多像腾飞的火鸟……彩霞满天映衬中的母亲竟是如此地光鲜!我由衷地感激上苍。

  我在故乡外已多年了,却常常游弋于这片土生土长的沃土。这里沉淀着我的孩提朣朦,飘浮着我的青少年时光。而那翻腾过喜悦浪花的小河,踩印过嬉戏足迹的田野,陶醉过愉悦心绪的荷塘,还有那稻花香里说丰年的片片蛙声,和那时隐时现的鹭鸶的美妙身姿,又总是唤起我无限的思绪……

  多年行云曾何去?记得归来,竟似春光度。万物霜天自由赋,四季芳菲万千户!极目倚楼频致语,云鸟来迟,陌生故知否?缭乱思绪如柳絮,朣朦梦乡找寻处。

  ——啊,多想变为那鸟儿般的精灵,穿越那彩云般的时空!

周幽兰

周幽兰,1975年4月生,现供职于南昌县人民检察院,南昌县作家协会会员,南昌市诗词协会会员,南昌县诗词协会会员。散文、杂文、诗词等在《高检文学园地》《南昌检察》《澄湖》《江南诗叶》《八一声讯》《南昌新城》等刊物和江西检察网发表,并有作品被收入《创新基层党建推进社会管理探求与实践》。

凌笔乱思

秋已遁逸,冬悄无声息地走来,带着寒风,带着冷雨,漠然的表情,飘零的心,到底该向哪方停靠?

透过窗,蒙蒙细雨顺着玻璃往下流淌,似眼中泪水!

真想冲进雨中大声呼喊,只是,只是想……却并未付诸行动,理智压制着冲动,也压制着内心的烦躁。顷刻间雷鸣电闪,难道也在哀鸣?冷笑着摇摇头!

寒风萧瑟,犹如古老忧伤的旋律,伴随着雨的降临,谁在此时会奢望出现迷醉的天空,风雨也有独行的时候,人生之路又何必需要他人的伴行。想起那首《潇洒走一回》:天地悠悠,过客匆匆,潮起又潮落;恩恩怨怨,生死白头,几人能看透。红尘啊滚滚痴痴呀情深,聚散终有时,留一半清醒留一半醉……人生实则并无所谓完美的结局,谁走近谁,谁又离开谁,都不过是匆匆过客。

爱又如何,恨又如何,快乐如何忧伤又如何,得到与失去,名与利到头来还不都是一场虚空,何不快乐地生活!

轻轻地拂去脸颊上的水珠,在玻璃窗上画了个漂亮的弧,尔后将双臂紧抱,毅然地离开窗前,不如给自己一个华丽的转身!

素手铺笺，挥墨迎新

岁月匆匆，人生如梦，时光总是太过短暂，不知不觉中一年又悄悄流逝。人生旅途中的起起落落，缥缈不定皆如梦幻泡影般不复存在，沿路行来，终道不清是甘是甜。

习惯将自己置身于黑夜中，泡一茗香茶静坐窗台一隅，思忆所行之处的点点滴滴以及找寻留驻在脑海中的往昔快乐与悲伤的故事，声声叹息——年华似水般从头至尾都犹如繁花般落尽，清茶满盏，回眸一笑，任思绪在素笺上蔓延……

时光缱绻，岁月如歌。试图将一段渐行渐远的往事放下，无数次地试图将其忘记却又无数次地忆起，独自在矛盾中徘徊、回味，在似锦如花的最深处，执着地不忘初心，期待着"高山流水重遇知音"。

千言万语难书心，倚窗赏月风动听。夜色旖旎缓行，漫漫尘世间，每个人都有自己的经历及心情故事，有些事情或已成为心底永远不能言的秘密。在时间的深处，有些人被刻入深深的记忆中，有些人被轻轻晾在匆匆而过的身后。一些人，一些事，总会带给我们某种快乐抑或伤痛，有些甚至是深深的怨恨。而我在别人意气风发的气场中总喜欢默然不语，只静享那一丝欢愉，却将某种忧伤隐藏于心底，不流露亦不去倾诉，偶尔将那缕忧伤置于文字中释放，亦不企盼谁能懂。

曾经为回忆中的一抹炫丽而动容，转眼却是经年旧梦，经历的岁月已无法再打捞，更不敢奢望重觅幻彩的世界，只愿留住心底那份从容，唯愿未来的生活能好好掌控！

孤芳最爱寒冬笑，自赏芳菲早春归，素手铺笺，挥墨与往作别。回映着逝去的过往，亦演绎着安之若素的现在，今夜，泡一茗香茶，品一缕幽香，听一曲小调，赋一阕小诗，闻一纸墨香，书一段往事，扯一片云彩，做一件霓裳，伴随风雨人生。蓦然惊觉，静品一段人生，才是生活中的永恒，慧心如兰，笑对如花流年！

您被什么所俘虏了吗

被俘虏泛指被捉住,在古代指在战争中被擒获,而今常借喻为被情感、金钱、气氛或艺术的力量等吸引、感染或征服。

现实生活中,因各人的定力与心性不同,绝大部分人终逃不过当"俘虏"的命运,只是每个人"被俘"的境况、程度各不相同。如有的被美食所"俘",有的被金钱所"俘",有的被官位所"俘",有的被情爱所"俘"……

在这个纸醉金迷的时代,金钱是比较重要的,生活中谁也离不开金钱。一直以来我对金钱的概念都比较淡,感觉自己有吃有穿有点儿闲钱就不错,生活也不追求高档,看到这儿也许有很多人会笑话我没出息了吧!但是最近,我也差点儿被金钱所"俘"。单位里"股神"众多,自然各种"股神论"也相继粉墨登场,茶余饭后他们聚在一起谈论最多的自然是当日的股市行情。而我对股票一窍不通,当置身于他们身边时我总是一脸茫然。同事多次开玩笑让我加入其"队列",经他们游说我也偶尔关注一下最近的股市行情,感觉犹如坐过山车般,一上一下令人心悸,与网上盛传的那副别有深意的调侃对联相印证着——上联:张柏芝(涨百只),下联:谢霆锋(泄停疯),横批:王菲(枉费)。

熊市折磨人,牛市更杀人,每一轮牛熊的转换都留下一地鸡毛,从上证指数最高位5100点到最低位3373点,面对如此怒海狂涛般的股市,一瞬间即有可能产生百万富翁,亦可能使人一瞬间沦为乞丐,故而有人狂笑亦有人跳楼。"股市有风险,投资需谨慎",其实炒股就是在刀尖上起舞,要时刻对市场保持敬畏之心!从最初的一无所知到现在的一知半解,思虑着若我真成了股民,我会一门心思钻在股票里吗?心情亦会随着股票的涨跌而起伏吗?晕了晕了,难道真的要被"俘虏"了吗?

吾不喜追名逐利,亦不担心自己会被名利所俘,更深知度的把握,自不会成为"金钱的俘虏",亦不会"毁"于金钱之下。人生中真正的乐趣在于心态淡然,吾只想做一个平凡、善良、简单的女人,不求拥有世间荣华和富贵,只想行走于属于自己的那片天空下,所以朋友们请谨记,无论在哪方面都要承受住煎熬,亦要学会拒绝各种诱惑,别让自己成为"俘虏"!

朋友,您被"俘"了吗?

古韵幽兰

春风驿马飞快,天光云影徘徊,又是一年春满园。阳光洒在春的枝头,黄莺啼啭,紫燕呢喃,松柏翠柳,映入眼帘的不光是一片绿色,更是一片新的希望!

仲春时节由南昌市散文学会及南昌县作家协会举行的采风活动地点定在我的家乡幽兰镇,很荣幸我亦在被邀请之列,能与各位老师一同踏春及聆听老师们的文学创作经验是我此行的最大收获!

笙歌未尽诗雅兴,一曲追梦颂家乡,大家就随着我一起来看看我的家乡吧!美丽幽兰,如诗如画,始建于唐朝,有着悠久的历史。这里民风淳朴,素有"鱼米之乡""人文圣地"之美誉,且有深厚的佛教文化底蕴,众多历史名人曾在幽兰留下过许多美丽的传说。幽兰又因古寺多而扬名,以东禅古寺、文昌讲寺、地藏寺、龙华寺等为代表。这里还盛产梨、柑橘、桃、板栗、西瓜、茶叶、淡水鱼、挂面等农特产品,其生态文化与农业文化交相辉映。

旖旎红尘随风去,云水禅心慕名来。东禅古寺又名岘山庵,岘山风景独秀,史料记载,唐高宗咸亨年间(670年—674年),唐代名臣魏征之四子出任洪州刺史,因怀念其父魏征葬在长安岘山,遂改位于幽兰镇南湖凤凰山为岘山,始建东禅古寺。乾隆皇帝表兄大乾在东禅古寺任住持,乾隆皇帝第一次下江南时路过江西特来看望表兄,并御题"岘山禅林"寺匾悬挂于寺庙。

东禅古寺供奉的观音菩萨象征"慈悲为怀"。当年3月27日(农历二月十九)恰逢观音菩萨的生日,慕名而来的香客络绎不绝。三月的东禅寺,寺外青岚湖水碧波荡漾,油菜花金黄一片开得正热闹,寺内栽有清代黄梅、明代古桂、千年银杏、红枫修竹、苍松翠柏,均挺立于院中;一尊尊惟妙惟肖的佛像端坐在厅内,住持曰"心本无尘,尘即是心",心静才能看清自家的心灵灰渍。没想到在梵音声中,身处红尘纷扰的我即刻静下心来,很自然地将轻锁眉间的那缕愁给轻轻抚去。

天上祥云水中霞,日照田畴美如画。美丽的青岚湖环境秀丽,水产丰富,候鸟成群。关于青岚湖的得名有两个传说。其一,青岚湖古名洞阳湖,又名清南湖,历史上有唐人"树里岚湖一片明"的诗句,由此取名青岚湖;其二是湖区四周为山林,岚为山中云雾腾腾,故名青岚湖。青岚湖与鄱阳湖衔接,群鸟飞舞,水域宽阔,鱼儿肥美。只见香客们抬出一筐筐泥鳅、黄鳝、鱼等,在梵音缭绕中,伴随着香客口中的"南无阿弥陀佛",缓缓倾入水中,生怕惊扰那些小小的生命似的,而后虔诚地为那些奔入湖中的小生命诵读。哦！原来这是香客们在放生,感受着生命的延续,感受着春风拂面的温馨,我的心亦被这场景所触动所感染。

满山尽披黄金甲,碧波荡漾万点金。站于七级浮屠上,俯瞰四周,岘山禅林、马游山尽收眼底。马游山地处青岚湖畔,山脉绵绵起伏,是人人乐道的风景圣地！据传,马游山是因朱元璋与陈友谅大战鄱阳湖时在此放牧战马而得名。当时朱元璋久攻不能破敌,粮草不济,遂外出筹措军粮,勘察战场,远远就见一大片绿树成林,即令将士将战马放牧于此山,当地百姓亦纷纷供应军粮,遂兵强马壮。在大胜陈友谅后,朱元璋创建明王朝,赐名此山为马游山。

梨花素颜惊妆人,一白赢来天下春。雪白的梨花在枝头绽放,一片沉静诠释着端庄优雅,如同盛放在念想中的美好。恍如进入陶渊明笔下的"桃花源",内心远离着都市的喧嚣,感受着清风,品味着阵阵花香,亦勾起那学生时代的美好回忆。曾经在马游山读书,清晨总喜欢钻进那片松树林里,与同学们一起在那儿晨读,课后则四处游玩,赏花摘果。最享受那段属于我们的清闲和甜美！

地藏寺原名兴隆庵,始建于明神宗万历年间(1573年—1620年),寺内晨钟暮鼓,梵音缭绕,供奉着11米高的纯铜塑的地藏王菩萨圣像,是全国室内最高的青铜地藏王菩萨。地藏王菩萨象征着"孝道"。

龙华寺绿荫掩映,修竹参天,始建于唐朝,宋时称关帝庙,清康熙辛丑年(1721年)重建,奉祀着弥勒佛。朱元璋、乾隆皇帝都曾夜宿龙华寺。

文昌寺位于青塘璋铿李家,寺内供奉文殊菩萨。文殊菩萨象征"智慧"。文昌寺始建于梁武帝天监元年(502年),南唐"千古词帝"李煜修魁星阁供奉文曲星。

龙津寺坐落于幽兰镇罗舍,相传始建于宋朝,明初学者解缙亲笔题写"龙津烟雨"。明万历年间樊良枢曾作诗：

　　龙门歌未已,先此问龙津。

　　万里车马便,一溪烟雨春。

　　相关风物好,山水画新图。

　　寄语病涉人,少诗济川人。

广渡寺位于幽兰镇渡头李家村,原名关帝庙。清晨鸟叫蝉鸣,半夜蛙声一片,黄墙碧瓦,别有情致。

幽兰镇还有省级文物保护单位姜家湖明朝皇妃墓和贞节牌坊……借得春光研好墨,素笺写意韵盈心,古韵幽兰、墨色文化,醉美了江南,更醉美了幽兰人的心田！

李新生

李新生,笔名岩草,农民。曾在《人民日报》《芒种》《星火》《火花》《文学港》《短篇小说》等发表过多种文学体裁的作品。江西省作家协会、江西省杂文学会、江西省楹联学会、南昌市作家协会、南昌县作家协会会员。

读《万花筒》杂感

谈心里话,开初我并不怎么欢喜《万花筒》(载《星火》1981年第12期)。可是在反复阅读它之后,我就感到了一种由衷的喜悦。我从那"五彩缤纷,变幻莫测"的生活现象背后,悟出了一点事物的真谛和作者的良苦用心。小说故事通过"我"前后两次上图书馆与失足女青年曾真相逢的片段,刻画了一个活生生的艺术典型,提出了一个令人深思的社会问题。作品表现了作者对生活的独特感受,有着扣人心弦的艺术魅力。

高干子弟曾真,性格开朗、活泼,"放荡不羁",甚至带点儿野性。但她"聪颖好学",接受能力极强。她热爱生活,热爱工作,有着美好的向往和追求,有一颗晶莹透亮的心。应该说,她是千千万万普普通通而又积极向上的正直青年当中的一员。但是,现实生活摧残了她!她当兵后,她的顶头上司——卫生所所长,一个"做思想政治工作的标兵","老婆孩子有一堆"的人——糟蹋了她。结果,部队容不得"这样的'破鞋'",她被遣送回家了。二十世纪八十年代的女性,是不会想到要人们给她们树什么"贞洁牌",立什么"烈女传"的,她照样活着。于是,世俗的传统和偏见,社会的惰力,世人的"污言秽语",一齐向她压来,使她窒息,使她痛苦,使她彷徨。于是,她失去了爱和被爱的权利。生活对她是严酷和冷漠的。但是,她不同于那些纤弱和所谓自尊的女性,她没有被这种巨大的惰力所压倒。她在呐喊,在抗争!她还顽强地活着!尽管她的心痛苦得要命,但她给人的印象仍是"嘻嘻哈哈""满不在乎"。她用一种超尘脱俗、玩世不恭的态度来对待现实,这大概就是人们常说的文学典型的"这一个"吧?还因为她的心灵受到极大的扭曲,她观察世界和事物,也就带有很大的随意性了。她又何尝不知道在光怪陆离、变幻莫测、状如"万花筒"的现实生活后面,隐伏着的是冷峻和严酷、厌恶和鄙薄?为了慰藉她那空虚和混乱的心境,她接受了西方现代派五花八门的思想意识,信奉起萨特的存在主义生活方式。但是,当生活给予了她必要的关注和热忱,当人们谅解并给予了她温暖时,那些她所曾迷恋过的乱七八糟的思想意识,便立即被她所抛弃。她毕竟是我们这个有着悠久文化历史的"古老而文明的国度"里的"这一个"。你看,"我"第二次见到她的时候,她就一反过去那"戴着项链""衣服揉得像腌菜干""给人以混乱和矛盾的印象"的常态,"脸上泛着红晕","眼睛里流泛着一片光明",衣着"也极有款式","给人一种协调的美感",外观漂亮,"望她一眼,便可感到蓬勃的朝气和外溢的精力"。她终于感到自己是"世界上最幸福的人"了。

作者就是通过这样极简单的故事,揭示了一个极深刻的哲理:对待那些曾经失足的青年,宽恕他吧,他们也是有血有肉有良知的人;宽恕他吧,给他们爱情和温暖,引导他们奋发向上,让他们生活得更美好。

小说的语言简练、含蓄,富于哲理性。全篇不过六千余字,对主人公没有大段的铺陈描写,仅仅是通过人物的几段对话和对主人公几笔粗线条的两相对比的描述,就把一个活生生的艺术典型凸现在读者面前,叫人经久难忘。这,展现了作者善于裁剪的独特手段与提炼主题的精湛技巧。正如作者自己所说:"一个小说如果仅仅是把对生活的某一'感受'(即便是独特的)表达出来,或者把一个故事叙述得有头有尾,甚至刻画人物也颇生动,但是缺乏深邃的思想内涵,这就还不能说是一篇好小说。一个好小说必须要有一个准确、深刻、策人警醒的主题思想作为灵魂,用以凝聚'感受',统领全局。这就有如放大镜的焦点,能够燃烧思想的火花,'焦点'对准了,便会照亮通篇,提高整个作品的格调和思想境界。"看来,这不愧是作者实践经验的总结。

小说没有过度铺陈,采用的是跳跃式的结构,而且以人物对话为主。诚然,这种写法,自有它的长处,简洁明快,开门见山,切入主题。但是,它确实也给人一种"突兀"的感觉。且谈话内容(如曾真一进图书馆就大发议论那一段)又缺乏严密的内在逻辑,使人感到突如其来,不协调。对她的描写,也使人觉得她太"野性"了,并没有谁同她争辩,她却"像一只斗架的公鸡",兀自"在书架之间走来走去"。还有她"反对禁欲主义,追求现世享受"的那段表白,更是叫人难以接受。坦率是一种美德,但太过分了,就未免给人一种轻浮、浪荡之感。这就很难使人对她的过失萌发同情,同时对作者想要达到的预期效果,也产生了那么一点儿小小的妨碍。

绿色食品与科技进步

一位很有品位的朋友,住在城里一幢楼房的四楼。四楼上面还有五楼,五楼上面是大平台。教书抚琴之余,这位朋友喜好侍弄瓜果蔬菜。于是,他发扬愚公移山的精神,肩扛手提,筐盛袋装,弄来许多砖块和泥土,硬是在楼顶填土造地二三十平方米。四时郁郁葱葱,蔬菜瓜果不断。玩花弄草,既怡悦性情,又改善了生活,节约了开支,但这只是一般人的思维模式,他有更崇高的追求。他说,现在市场上的瓜果蔬菜,无一不使用了农药化肥,残留物质在人体内积累,严重威胁人的健康,容易导致癌症。

是啊,这是多么可怕的事情!然而,"有口的要吃,有根的要肥"。我想,不使用化肥,在摩肩接踵、人口密集的城市空间施用人的粪尿,岂不要造成环境污染?邻居会不会有微词?这朋友的精神实在让人敬佩!他在离家五六里地外的学校教书,回家时常常用自行车驮回来鸡粪。是的,这是一种优质农家肥料。那么,是否会因为恐高,病虫害就不敢光顾呢?农药是万万不能用的!倘若生虫,宁可一条一条地用手去捉;倘是无法捉的,宁可让它吃得千疮百孔,焦黄枯槁,病迹斑斑,也比食用那使用过农药的蔬菜更安全。你不得不承认这是举世公认的、"绿色环保无公害"的健康蔬菜了。我这位朋友还揭秘说,过去的宫廷帝王,现在的达官显贵,吃的就是这种食物。

又有一次,一位亲戚来乡下探望老爷子。当时我正好在自家菜园里扯了一捆小白菜,这位亲戚比我杀了鸡招待她还高兴。她说,城里菜市场的蔬菜她几乎不敢买,理由也自然是化肥农药,今天能吃上我这里的"无公害"蔬菜,是何等放心和舒心!

这鲜嫩、青翠欲滴的小白菜,我不但施用了化肥,还坚决地使用了农药!但我不好破坏她的雅兴。其父母仍是生活在农村的土得不能再土的农民,但她已经在城里生活了多年,自然也是一副"贵族"的模样了。

长根的食物如此险恶,饲养的禽畜也同样令人忧虑。曾同几位编辑和作家们谈到这样一个话题:他们认为我是农民,对农村用配合饲料养猪自然是深谙其道。我内心窃喜。殊不知,在二十世纪八十年代中期,我是用配合饲料养猪,或者说是科学养猪的第一人。我正欲大谈用配合饲料养猪对于提高生产力的重要性，但他们却在怀念过去吃糠吃潲用土办法喂养的猪肉味道如何鲜美，喟叹现在由用配合饲料喂养出来的禽畜制作的肉食品如何不安全，用了添加剂又如何有残留，人的生命在无形中被食物所剥夺！

面对如此沉重的话题，我无言以对。

面对如此沉重的话题，我内心苦涩的却是另一回事！

"贵族"们哀叹吃菜吃肉难，岂不知现今做农民更难！农民种的粮食，养的禽畜，竟招致人们如此质疑、怨恨和恐慌，科学的进步竟也沦为罪过。"贵族"们在享受着现代高度物质文明的同时，却巴不得农民倒退回那刀耕火种、广种薄收的年代。人们应该知道，化肥、农药的研制、生产、推广和使用对于提高农作物的产量和品质的重要性。回想二十世纪五六十年代，有限的农家肥料对于农村广袤的耕地而言，是何等微不足道！粮食一般亩产三四百斤，还常常因为病虫害而导致颗粒无收。当年进口国外生产的尿素带给农民的丰收和喜悦，是何等令人激动和向往。毋庸置疑，品种的改良以及杂交育种试验的成功，使农作物的产量进入一个全新的天地。但是，即便是袁隆平先生培育成功的超级杂交稻，不使用农药化肥，也无法保证收成。

其实，以前曾有过的剧毒高残留农药，国家早已明令禁止生产并淘汰。有政府和专家学者们把关与鉴证，我等愚昧农夫，对确保农作物的安全早有了充分的把握。

至于用配合饲料养猪，仅仅是根据猪体各个不同的生长发育阶段，将多种能量饲料、蛋白饲料科学合理地进行搭配，以满足猪体的营养生长需要，最大限度地提高养猪生产力。如果要像过去一样一年多养成一头猪，现在的人们不要说吃肉，恐怕连猪毛也难吃上了。而添加剂的使用，那也是为了防病和促长。人还要补铁补锌补钙呢。当然，也有使用"瘦肉精"的案例，但那毕竟是极少数，我们不能一叶障目。

看来，要想让农民恢复已逝去的落后的生产模式，似不可能，而"贵族"们又要健康长寿，怎么办呢？我看一要开发楼顶或另辟庄园，二是目前市场上的蔬菜肉食暂时不吃。饿是饿不死的，也无须恐惧，因为科技还在进步，抗病虫害作物或长生不老药物也许就要大批问世了。

摇篮祭

逶迤南来的抚河水哟,流到"大鸡头"迷路了,就在这里打了个弯窜向西北,于是这里便成了"青岚湾"。相传老祖宗从信江下游捕鱼至此,见这里湖水澄碧,土地肥美,便在这里扎下了根基。于是,故乡便在这青岚湖畔诞生了。

家乡的湖啊母亲湖,滋润了这里的田园和岁月,养育了湖畔周边的故乡人。

家乡的湖是翠绿的湖。

湖岸垂柳依依,花草妩媚。当地上的残雪尚未融尽,湖边的杨柳便捎来了春的信息。夹杂其间的金针树,在杨柳殷诚的感召下,也一枝枝,一簇簇,绽出了花的蓓蕾。湖彼岸那一大片高大的枫林,当它们在冬日的长假里睡眼惺忪醒来时,见邻居们都焕然一新了,便也赶紧打扮梳理。于是乎,湖畔百草竞芳,万木争荣。沿湖堆翠叠绿,枝条互挽,枝叶交错。它们给故乡的湖铸就了一座绿色屏障,给鸟儿雀儿营造了一个欢乐世界。

家乡的湖啊,是秀美的湖。

小时候老师教过一支歌,歌词有这么一句:"清清的河水蓝蓝的天,绿油油的草地青青的山。"我不知道这歌的作者是谁,但我明白这歌是为我们的故乡而作的。唱着这支歌,我就为故乡的山水田园而自豪;唱着这支歌,我就对作者萌生出不尽的敬意。

家乡的湖水一年四季清亮见底。捧一口尝尝,你会感觉到舒心的甜美。岸边一长溜浅水里,排放着许多大块的红石或长条麻石。当太阳爬上树梢时,村里的姑娘和妇女们,便挎着洗衣桶,拿着棒槌,陆陆续续来到湖边。跟妈妈来玩耍的孩子们,便聚集在湖边那如茵的草地上,打着滚儿,摘着野花,追逐蝴蝶。妇女们或蹲或坐在石块上,姑娘们干脆把脚泡在水里,一边搓洗衣服,一边哼起了情歌。棒槌声声,捶打着节拍。多情的小伙则在树影里,吹着横笛,唱起了"哥扛锄头上山岗,妹在河边洗衣裳"。哎哟,你看,南边那位新婚的俊俏媳妇,怕是在梳妆台前打扮不到位,这会儿借着湖中的倒影,在重新梳理!

家乡的湖啊,是欢腾的湖。

下坊园边那一片水域,湖底是"铁砂焦板",没半点儿淤泥。湖底浅平,渐走渐深。岸边的那许多石块,这会儿可供你洗脚穿鞋。当时我们曾骄傲地宣称:就是全省也找不到第二个这样好洗澡的天然去处！于是，这里就成了孩子们众望所归的娱乐场所。父母们也毫无忧患之虞。

当暮春的脚步刚刚离去，孩子们就成群来到了水里，洗涤一个寒冬的污垢，重温那湖水的甜美。从初夏一直到九月，孩子们就成了湖的精灵，湖的主宰。中午放学归来，野马似地跑热了，把书包往草地上一扔，便扑通扑通跳进了水里，打一回水仗，扎两个猛子，顺便抓回一两个蚌壳。为防止在父母面前败露，宁可弄湿了书包，也要把头发擦干。待到下午四时以后，就名正言顺，理直气壮，赤条条地涌向了湖边，在水里闹腾嬉戏，弄得小鱼小虾们欲拢不拢，欲离不离。年龄大些的孩子，就在水里炫耀他们的杂技，以水面当摇篮，躺在水面休息。而在十三四岁的孩子们的眼里，这不过是雕虫小技。为了决出高低，他们常常三五成队，向湖对岸的杨村进击，在四五百米宽的湖面，或蛙泳，或仰游。待游到对岸最先摘一束野花归来，冠军属彼便无须争议。

要论妇女之"解放"，就算我们村里最彻底。每当群山衔日时，大人们也陆陆续续来到了湖里。而湖岸的东南一隅，就成了全村妇女的沐浴圣地。堤岸有绿色屏障隔离，即便想偷窥，也是枉费心机。于是，整个湖畔达到欢腾的高潮。倘若七仙女想再次下凡，这里肯定是她们的首选之地！

然而，曾几何时，这里树毁山移，岸土流失。堤岸畜粪堆聚，湖面垃圾飘移，厕所公然建在湖里。贪婪劫夺了公理，自私掩埋了良知。环境尽被破坏，湖水腥臭变质。孩子们玩水的秉性早已脱离，妇女们则挑着洗衣桶，艰难地远涉数里。夏日来临，还要装了大桶小桶的井水在日光下曝晒，以备一家人的洗澡之需⋯⋯

呜呼，这里早已风光不再，一切成了遥远的记忆！

家乡的湖啊母亲湖，我寻找，我怀恋，今天且作这《摇篮祭》！

万三东

万三东,1945年9月生,莲塘镇人。南昌县作家协会会员。著有《激流诗集》《小草词集》。散文、诗词在《澄湖》等多家报纸、杂志上发表。诗词被《当代赣州诗词选》遴录。

寻根探源话莲塘
——莲塘地名由来的民间传说

村庄有村庄名,地片有地片名。

"莲塘"属村庄名,还是地片名?起源何时?出因何处?官方资料记载,同当地民间传说和历史文物考证,有较大的差距,特别是时间上的差距,前后跨越四个朝代。

《中华人民共和国建制镇建设与发展》一书载:莲塘地区早在西汉时期就有人在此农耕,居民点在桐子庙(今县粮食局所在地)。当时有李、骆两氏居住。后曾氏从南丰县迁入,取名"齐荣村"。清雍正十一年(公元1733年)南昌设郡,莲塘成为南昌通往丰城的官马大道,驿站设在莲花塘畔,莲塘由此得名。

《江西百镇》一书载:清雍正十一年(公元1733年),南昌设郡,南昌通丰城的官马大道,通过此地,设驿站于莲花塘畔,莲塘由此得名。

清乾隆十五年(公元1750年),首修《南昌县志》一书载:……驿站建成后,往来行人增多,桐子庙居民北移,莲塘开始有店铺。

清光绪三十三年(公元1907年),六修《南昌县志》一书载:莲塘西南(现南昌百货商场大众公司莲塘店处)有一莲花溪,产莲藕,莲塘以藕佳得名。

综上所述,官方资料中莲塘为村庄名,起名时间于公于1733年至1907年之间,以物产——莲藕,处地——莲花塘畔(莲花池)取名。

根据当地民间传说和历史文物考证,莲塘为地片名,起名时间,从《莲塘曾氏族谱》和曾姓老人口述中了解到,曾姓祖先益和从本省南丰县迁来,已二十七代。假如按其二十年一代推算,算到2012年,曾姓来莲塘为五百七十一年;假如按其三十年一代推算,算到2012年,曾姓来莲塘为八百四十一年。亦即,曾姓来莲塘是在南宋孝宗乾道七年(公元1171年)至明英宗正统六年(公元1441年)之间。从二十世纪六十年代在本地出土的一块墓碑上"明,熊处士之墓,莲塘杰楼"的记载,可以看出,莲塘起名,最迟也应该是在明思宗崇祯十七年(公元1644年)以前。因为明思宗崇祯十七年是明朝最后的一年,往后,就是清朝了。

我带着莲塘起名时间和起名原因差异的问题,扩大了走访范围。老人、理发师傅、地保(意为了解当地信息多的人)王润苟说:"莲塘的起名具体时间我不知道,但是,莲塘的起名原因,听以前老人传说下来的情况,略知一二。"他还说:"我村有一个叫寿堂的老年人,他比我更清楚。"

在我的请求下,王师傅当即便邀集了曾银宝、姚来保、揭子弟、张民主、万明生等十三位老年人,举行了一场"莲塘地名由来的民间传说"座谈会。

老人们你一言我一语地漫谈,把莲塘起名的来龙去脉,叙述得清清楚楚,头头是道,比书本记载的更具体逼真,更顺理成章,让人诚感信服。

他们说,莲塘的起名是一个一言道不破、二语说不完的话题,不是像书中写的"莲塘西南有一莲花溪""莲花塘畔""产莲藕""以藕佳得名"那样用一句简单的话就能说清楚的话题。

事实上,一个地方、一个村庄起名的原因,千差万别,不尽相同,有地形地貌实体说,有地理位置方位说,有物种类别出产说,有姓氏人名、单位、纪念日等黏连说,有工艺劳作直叙说,有故事流传典故说,有心里祈求愿望说,等等。有的是单项因素起名,有的是多项因素起名,有的还加上了时空演化情形才成名。

莲塘的起名是在它的漫长历史长河中,在人们生产生活进程中逐渐形成产生的。它的名称产生经历了实体起名、出产正名、故事传名三个演化阶段。

老人们说,相传很早以前,莲塘并没有地名,两条南北走向的山丘,绵亘于莲塘东西两侧,中间是一条坳地。春夏雨季涨潮时,坳地一片汪洋,形成一个大湖,早名罗湖,宋改朕溪。文郎被害后,有人用桐油滴于荷梗内,将满溪莲荷害个精光,至民国,更名白水溪。1956年,由时任省长邵式平考察莲塘时提议,易名澄碧湖,2002年建成澄碧湖公园后,正式叫开。

当年,秋冬旱季枯竭期。溪底龟裂,呈现小水塘(当地叫荡)。从现在的火车站往斗门方向,有九个塘相继连接,人们称这个地方为连塘。这是由莲塘地形地貌实体而起名,是第一个阶段。

这九个塘具体的位置,在现在的火车站处南、北、西各一个,县公安局处一个,县供销社门市部宿舍处一个,南昌百货商场大众公司莲塘店处橡西巷东、西两侧各一个,县外贸局处一个,县国税局处一个。

后来,传说在南宋淳祐年间(1241年—1252年),揭氏进士升龙,时任司户参军,虑门侧罗湖旱涝灾害,倾其家产,发动众人,修桥建闸,造福乡里,功奏朝廷,赐名朕溪。此闸位于现在的县外贸局处,因靠近斗门村,而称斗门闸。因为溪水得到调控,便种植了莲藕,并逐年增多,满溪皆是。朕溪出产的莲藕,生吃质脆甘甜,熟食鲜香无渣,花火红,气清香,早生、早熟、早发。因为此地盛产莲藕,人们在书写"连塘"地名的时候,有意无意地,时是时非地将"连接"的"连"字,写成了"莲藕"的"莲"字,并慢慢地传开来。"连塘"便雅化成了"莲塘"。这是因莲塘物种类别出产而正名,是第二个阶段。

莲塘是地片名,不是村庄名。如称杰楼村为莲塘杰楼,称曾家村为莲塘曾家,称龚家村为莲塘龚家等。

老人们说,莲塘名字迅速传开的最主要原因,是本地一个美丽的村姑投塘自尽引发了哄动。

老人们接着叙述。盛夏时节,此地藕满溪塘,花红叶绿,接天盖地,味鲜气香,飘村过庄,此景此味,引人观赏品尝。远近才子佳人,无不年年前往。

一日,一才子见藕塘边一洗衣村姑长得五官端正,肤白貌美,便情动地挑逗问:"娘子,此乃何塘也?"村姑闻之,霍地站起,愤怒斥答:"来到莲塘问莲塘,人未先死眼便盲。我是娘家黄花女,错呼我为你老娘。"村姑因遭受辱骂,说完,扑通一声,栽入水中,命归黄泉,永无返回。

那放荡文郎,也被当地乡民系石掷入塘内,一命呜呼,以身殉葬了。

再说,村姑寻短见一事,一时间广泛流传,来者络绎不绝,看荷花者有之,看美女者有之,且年年如此。

荷花盛开时节,人们你邀我约,说到莲塘观荷花、看美女去。你说我传,我传你说,莲塘其名便迅速传开来了。这是因莲塘故事流传典故传名,是第三个阶段。

老人们记忆犹新,兴奋地说:"莲塘民间还流传着一首题为《莲塘荷花飘香歌》的四言韵语诗呢。小时候,我们也唱过。"于是,他们像小学生朗读课文一样吟唱着:

话说莲塘,众听周详。
相传古时,此地荒凉。
山列东西,南北走向。
绵延十里,一条狭长。
秋冬季节,呈现九塘。
春夏之交,一片汪洋。
夏临泽国,藕满溪塘。
花摇天际,十里飘香。
招来游客,消遣观赏。
见物吟诗,见女心旷。
有一村姑,洗衣塘旁。
肤白貌美,五官端庄。
娇艳滴滴,吸引文郎。
文郎情动,神怡心旷。
恣意挑逗,嬉言放荡。
借问娘子,此乃何塘?
村姑怒起,斥答文郎。
来到莲塘,且问莲塘;
人未先死,眼便早盲。
吾乃娘家,黄花闺女;
错呼我为,你家老娘。
尊名受辱,言毕投塘。
此事传遍,十里八乡。
来者众众,去者言扬:
村姑貌美,荷花清香;
观花望女,就去莲塘。

年复一年,莲塘便成了此地地名,并迅速传开来了。

吟毕,老人们补充道:"此女子何村人,我们不清楚;姓什么,我们也不知道。但有两首打油诗,可以说明澄湖西岸的斗山(斗门山里)村女子是非常漂亮的。"接着,他们一口气,将两首诗接连念了出来:

散文

东湖咯鲫鱼,象湖咯虾,莲塘咯藕,冒有渣。
上谌店咯麻糍墩舵墩,斗门山里女子不搽粉。

……

蔓坊天子涂家将,斗门山里出娘娘。
("墩舵墩""蔓坊"均为本地话,分别为"垒、叠"之意和"万坊"读音)

听来,莲塘地名的由来,确如老人们所说,是一个一言道不破、二语说不完的话题,是用一句简单的话说不清楚的事情。

"吃"与"七"的误会
——南昌方言故事五则

语言是信息的载体,是人们思维交流的工具。特别是方言,具有它的独特性和亲和力。人有这样的一种感觉,方言相同,感情提升七分,距离拉近八尺。很多时候,语言相通,办事就方便多了。

一、方言得方便

一次,与妻在赣州八境台公园整理《赣州行》诗稿的时候,身旁一位白发苍苍的老人转过头来,亲切地问道:"你俩也是南昌人啊?""是哦。"我一面回答,一面朝他转过身去。听他也是南昌口音和他的言下之意,继而我反问:"你老也是南昌人啊?"他走了过来,同我一条石凳上坐下后,说:"我是丰城人,与你隔壁,姓熊,叫熊大义,退休前在赣州市文化教育局工作。"他接着说:"是日本鬼子打到南昌时,随同父亲带全家来到赣州的。"他像闸门大开的流水,滔滔不绝地说:"我老婆是南昌岗上人,也是跑反来到赣州的……"他一个劲儿地往下说:"在赣州市城区,南昌籍人有一万一千七百多。"他还告诉我:"市公安局局长殷金水也是南昌人,沥山的……"整一个上午,我只是点头、耸耳,听他叙述。

中餐,他邀了一大群南昌人,共十六个,凑了满满一桌,大肉大鱼热情地款待了我夫妻俩。席间,他把我介绍给了章贡区诗词学会常务理事万爱珍大姐,让我成了她的会员。以后,在万大姐的关怀下,我的诗词写作水平大有提高。同时,还牵线让我与殷局长相识。此后,在殷局长的关心下,我的建筑工地和周边、和同行业的其他单位关系日渐好转,有问题也能迎刃而解。

石击浪起,顿时,《充军乌沙泉》的故事也展现眼前。清朝,南昌县埂头村人氏万长发在泰和县害了一条人命。本应以血还血,以命抵命,但是,在县令,南昌市青云谱区朱姑桥梅村人氏梅长治的裁决下,判以充军乌沙泉的惩罚。乌沙泉,上述两村之间的一个村庄。与其说押送,不如说护送他回家乡。

二、"吃"与"七"的误会

南昌人,上了年纪的南昌人,特别是乡下上了年纪的南昌人,说不标准普通话的硬是多,故而也为这事闹出过许多误会,就拿"吃"与"七"来说,就有这么个故事。

新中国成立后的1956年、1957年,全国农村掀起了一场扫除文盲、学说普通话的运动。一时间,村头巷尾,常有小学生立关设卡,教爷爷奶奶、叔叔阿姨们学认常用汉字,学说常用普通话。

一日,小蓝村一个叫罗时来的农民进城卖藕,中午在当时位于中山路与胜利路交叉口的新雅餐厅用膳。他刚一坐下,服务员便问他吃什么。罗时来用南昌话答:"恰(吃)碗清汤,恰碗面。"来自外地的服务员指了指壁上"学普通话,做中国人"的牌子说:"你不会普通话,毛主席听不懂,就是当上了全国劳动模范,也去不了北京。"听她这么一说,罗时来想了想常学的普通话,说:"同志,我要'七'(吃)碗清汤,'七'碗面。"服务员先是一惊,转而自解,待会儿还会有人来的,便记下了菜单。不一会儿,七碗清汤、七碗面端了上桌。罗时来一见,便与服务员嚷了起来。餐厅经理闻声而来,了解了情况后,仍然责怪罗时来话没有讲清楚,并要求他全额买单。罗时来接受不了,便拉着经理去原民德路市政府大院内的市商业局论理。

市商业局陈副局长听了原委后,两边做工作,对罗时来说:"农民同志,这是一个误会,双方都有责任,各承担一半,你看怎样?"罗时来表示不同意,说:"我一餐吃得了七碗清汤、七碗面啵?""这也是事实,但是,因为你的普通话没讲标准,所以,导致了这场误会的发生,再说,食物不比其他物品,售出以后是不可以退回的,这是一条卫生安全规定,你也应该理解。"陈副局长一面说,一面取出自己中午吃过饭、尚未来得及洗的大瓷把碗递到经理手上,说:"吴经理,你帮我把这碗洗干净,将罗同志没吃完的清汤、面条装好,按刚才说的'各承担一半'的责任,半额收取餐费。"并补充道:"粮票也只收取一半。"然后,陈副局长又拉着罗时来的手,让他和自己坐在同一条长凳上,说:"我们交一个朋友,我叫陈才生,那只瓷把碗送给你做个纪念。"未等罗时来开口,陈副局长接着说:"下次来城里,我请你吃饭,记得带两节藕来哦。"罗时来见陈副局长办事周全公道,为人和气热情,就乐意接受了。吴经理见陈副局长说得有理,对于亏损问题也就不再提了,也拉着罗时来的手说:"时来同志,我们也是好朋友,下次来南昌,同到陈副局长家吃饭,局长出饭,你出藕,我出酒。"

三人手拉着手,相视而笑。一场因"吃"与"七"南昌"普通话"引发的误会,经陈副局长这么轻轻一拨,便云消雾散、日朗天开了。

三、"各"与"卯"的争吵

"角",作为货币单位用字,普通话念"jiǎo",南昌话念"gō"(各),曾有一段时间,公交车售票员念"mǎo"(卯)。

很多年以前的一天,我同曾毛毛从莲塘乘3路公交车(现为201路公交车)去南昌,上车后,我向售票员递了一元钱,说:"去皇殿侧路(现广场),两个人,找我四'各'钱。"售票员觉得很奇怪:"什么?'各'!叫'卯',不叫'各'。"我满头雾水,无地自容,心想:记住了,城里人管"各"叫"卯"。

下了车,转乘1路内线公交车去瓦子角。上车后,我掏出钱递给售票员,说:"去瓦子'卯'。"售票员自认为没听清楚,问道:"去哪里?"我一字一句地大声重述:"去——瓦——子——'卯'。"售票员也没好气地说:"没有瓦子'卯',只有瓦子'各'!"我说:"我是听你们3路公交车售票员说的。"她见我强词夺理地争辩,便大发雷霆地说:"下去,1路车没瓦子'卯'站!"我再次重申是3路公交车售票员说的。她便火了,大声嚷道:"你坐3路公交车去!"她同我争吵着,以致误了报站,被耽搁下车的乘客纷纷责备她。她激怒了,像受围攻的疯狗,嗷嗷狂叫。顿时,车上像炸了锅,玻璃咯咯响。好不容易车到了瓦子角,到站的乘客嘟嘟囔囔下了车。售票员却一把扯住我,一个劲儿地往公交公司拖。

到了公交公司。碰巧,公司经理正是曾毛毛的堂叔,这才放过了我。

可是,他们1路、3路公交车的售票员又吵了起来。后来听说,"角"到底是念"各",还是念"卯",公交公司开展了一场大讨论。公交公司最后决定,在公交车上,售票员报站时,以普通话为主,辅以南昌方言,不能用行业话语。

四、"炒角"一词的由来

"炒角"一词,本义是两头牛用角互顶,且是你死我活的争斗行为,后来,引申为为了达到牟取私利的目的,而向他人行贿的人的行为。

小时候,我爸爸的爷爷,也就是我的曾祖父告诫我,远离炒角,注意安全,倘若被牛炒着了就会没命的。

二十世纪八十年代初,儿子楼下住着一个科级干部。改革开放头几年,工人可以赚外快,干部则不能,一是政策不允许,二是没有技能。在经济收入上,两者的差异如滑坡般迅速拉大。于是,有些人心里不平衡了,特别是家庭那道关又高又窄,难以跨越。

那位科长是个"气管炎"(妻管严),加上三个儿子与其妻站在同一条阵线上,便时常单枪匹马,总是败下阵来。一次,妻子嚷道:"人家找你办事,你却你一支他一支地递烟,烟不要钱买的啊?!茶叶不要钱买的啊?!热水要人烧,冷水要人挑……隔三岔五的,十个八个的人来,你的工资够支付啵?苦了这三个孩子,苦了我这个教化婆哩。"

见母亲打了头阵,三个儿子蜂拥而上。快嘴的二儿子说:"我班方欣同学家天天吃肉,我们家一个星期也难得吃一回。"三儿子接着诉苦,哭着说:"我班洪峰同学从来未穿过破衣裳,而我呢,大哥穿旧了给二哥,二哥穿破了给我,到我身上已是'叶稀剐烂'(又旧又破),挂得二十四把秤。"大儿子稍为平和地说:"张叔叔忘了将一包烟带走,还是大前门的,你就非要追下楼送给他,不可以留着自己抽?够你抽两天的不是?"妻子接过话题抢着说:"哼,抽两天,人来得多的时候,我一晚给他买过三包……"

科长耷拉着头说:"我是干部啊,我是人民的勤务员啊,我是受过党多年教育……"妻子抢着说:"干部,干部顶几个钱?你能饿着肚子干革命?你家有什么?一台老得掉了牙的收音机,还是'奖'字号的,别人家电视机、收音机样样齐全。"一群孩子又紧随其后,采取车轮战,嚷了起来。科长招架不住,拉开嗓门道:"吵!吵什么吵?简直就像是牛炒角,我是牛都快要被你们炒死了,你们八只角,我只有两只角……"

科长的怒吼声很大,震动了整个楼层,响遍了整个庭院。从那以后,"炒角"这个词便传扬开来。

自那天的吵架之后,科长家变得门庭若市,找他办事的人越来越多,络绎不绝,几乎一夜之间彻底改变了模样。他家的厨房总是飘着鱼、肉的香气;垃圾袋里也不再是庐山香烟盒,而是大前门、中华牌香烟盒;三个儿子穿的不再是破衣旧裳,而是名牌服装;妻子不再蓬头垢面,而是珠光宝气……

又过了三年,再没见过这位科长。据说科长"炒角""炒"输了,他没"炒"赢他的妻子、儿子,没"炒"赢找他办事的人。他被"炒"到监狱去了。由此,科长家门前车马无,室内空气寒,妻子人前难抬头,孩子人前不开口。

五、南昌方言诱敌兵

南昌县八一乡,有两个名字读音相近的村庄。用南昌方言说,一个叫"涂嘎前章嘎(涂家前章家)",在灌薮涂家村西南800米处,《江西省南昌县地名志》称"院下";另一个叫"土尬欠章嘎(土家前章家)",在抚河西岸,在钱溪村东北1000米处,早名"乱葬岗",为避"葬"字,改称"土尬欠章嘎",后来,村旁抚河堤上建有一水闸,并有石桥,易名"桥石岗",据《江西省南昌县地名志》载,现已毁。

在北伐战争时期,因两村读音相近,发生过村民诱导敌兵(时称"侉佬",即直系军阀孙传芳部)进入埋伏圈,使其被北伐军(时称"南兵")俘虏的故事。

1926年9月19日,农历丙寅年八月十三日,北伐军程潜指挥的第一军第一师乘敌空虚之际,由奉新一直杀向南昌,并得到城内工人、学生、省署警察的内应,一举攻入城内。21日,中秋节,孙传芳急调樟树、丰城的邓如琢部和南浔铁路沿线的卢香亭、郑俊彦和杨赓和部南北夹击。孤军深入的程潜部只好转至城外作战,待援兵来时再发起总攻。

期间,双方均大力调遣部队,部署兵力。一时间,城外硝烟弥漫,乒乒乓乓,枪声不断。有时,为了一个小山冈,你争我夺,反复进退十余次。待到北伐军第三次攻下南昌城时,已是11月8日。

在这51天的时间里,南昌县莲塘镇王家村这一个小小的村庄,驻扎过两次南兵,一次侉佬。老人们说,侉佬好糗(脾气很坏),动不动就叽里咕噜骂人,抓我们的鸡吃;南兵好,特别是住在连德家那个姓王的连长和我们老百姓合得来,他教我们"两军开火时,人要躲在桌子底下,用棉絮罩着,子弹就打不入",还讲他们为什么要打军阀。他们的士兵也个个听话,个个能干。他们用石灰水在墙上写的"挺起胸膛,打倒军阀,建立共和"的标语字(此标语保持到2001年改房时才销毁),又大又端正。

老人们清晰地说,农历九月十六日那天,上百个侉佬被南兵打得抱头窜回村内,他们挟持了一个在家休假的铁路工人——22岁的王祥茂——给他们带路,去涂家前章家。王祥茂知道他们的大部队在那里,也知道南兵的部队在土家前章家,于是,他找到堂叔王明生,说:"你快去'土尬欠章嘎',告诉南兵,我把侉佬带到他们那里去。"

王祥茂带着上百个侉佬径直去了土家前章家。快要进村时,狡猾的侉佬领头抓住一个村民问道:"这叫什么村子?"村民随声应道:"土尬欠章嘎。"首领这才放心把部队带进村去。然而,等待他们的却是南兵的天罗地网。这上百个侉佬全部被南兵俘虏了,后被收编成了南兵。

李雪琴

李雪琴,笔名悠然,1983年1月生,国家二级心理咨询师,小学语文高级教师,现供职于南昌县莲塘三小。从教多年来,以"认认真真做事,踏踏实实做人"为人生信条,被评为"南昌市语文学科带头人"和"南昌市优秀青年骨干教师"。工作之余,爱好文学阅读和写作,所撰写的论文、散文、诗歌在《教师博览》《教育时报》《鄱阳湖文学》《澄湖》《江西教育》《小学教育研究》等报刊发表,并有作品入选文集《柔软的耕耘》。作为一名语文教师,她享受和孩子们在一起的快乐,热衷于追寻自己所热爱的文学和生活,憧憬着一个幸福完整、悠然自得的诗意人生!

上课与做菜

上课这件事,对于老师来说,每天都在进行,只是每节课上课的过程与方法不同,自然教学效果也有所不同;做菜这件事,对每个人来说也是一日三餐,周而复始,都要进行。这样看来,两者之间,还是异曲同工。

某日,心血来潮时想弄一大餐,费了老大工夫,准备了一大盆佐料,千辛万苦调制出的美味佳肴,似乎看上去很美,色香味也一应俱全。刚吃时,口感还不错,再回味时却是满口的人工调料味,总感觉这菜失去了原来本真的味道。再者,倘使每天用做满汉全席的精力,去准备一日三餐,好像也不切实际。

这让我想起了时下的有些公开课。无怪乎现在的公开课都不叫"上课",而叫"做课"了。著名教育家周一贯曾经给公开课下了一个很有意思的定义:它是在非常的时间里,在非常空间中,由非常的人来执教的一个非常的课堂。我想:这种非常的课堂想不精彩,恐怕也难!我无意于小觑这种凝聚很多心血和付出的完美展示,但这种精彩异常、近乎完美的课堂,这种看似表演、无可挑剔的课堂,到底带给了老师和学生多少收获?

上课上得出名了叫名师,做菜做得出名的叫名厨。名师课上得再好,也得回到真实的课堂教学中来,这是他赖以生存的根据地;就像名厨,菜做得再好,也得吃一日三餐,回到锅碗瓢盆、油盐酱醋中来。有时名厨做菜时拿到一截普通的黄瓜,却心血来潮,灵光一闪,做了一道看起来赏心悦目、吃起来爽口爽心的好菜。就像是偶尔上得特有感觉的一节课,仅仅是在交流的刹那,老师与学生有了真正意义上的心灵沟通,有了合拍的契合点,这种上课的滋味真是一种享受——妙不可言!

这段时间一直在寻找这样的感觉,可似乎这样的感觉却总是可遇不可求。你刻意去找时,它却偷偷溜走;你索性不管它,随性而上,它又悄然而至了!这也许就是课堂教学的魅力所在吧,有人为它消得人憔悴,有人被它迷得神魂颠倒,难以自拔!这种感觉真是——无以言表!

上课这事儿吧,其实说简单也简单,就是40分钟的师生交流,但要真上好这节课,让学生学有所获还真不像做菜那么简单:菜没做好,大不了倒了,而课没上好,是误人子弟啊!课堂40分钟体现的其实更多的是课外的日积月累和心血凝结,想上得行云流水般畅快,让课堂成为一个师生都享受的过程,这还真是——只可意会,难以言传!

课堂教学是一个永恒的话题。它,浸润着我们的操劳和智慧,镌刻着我们的惆怅和欣喜。有人说,一堂好课,就像是一出好戏。不同教师,其课堂教学风格迥异,有的激情澎湃,有的如行云流水,有的震撼人心,有的沁入肺腑……但我觉得每一节课都似一盘盘风味各异的菜肴,无所谓好与坏,关键是做菜的和吃菜的都能享受其中,受益无穷!

四个圆圈可以画什么

四个圆圈可以画什么？给你一分钟的时间你能想出什么答案？任你想破脑袋，也一定没有我班上孩子的答案丰富有趣。

考试之前我浏览了一遍试卷，一道这样的题目映入我的眼帘：一个圆圈可以画太阳，两个圆圈可以画救生圈，三个圆圈可以画一朵花，那么四个圆圈可以画什么呢？请你写一写，画一画！这题目出得可真绝！既拓展了学生的思维空间，又体现了学科间的整合性。但是，这样的题目对识字不多的一年级孩子来说，似乎难度稍大。我把做题的准确率寄托在几个尖子生的身上，脑海里预定的答案是气球、花之类的东西。

但是，考试的结果却与我事先的想象大相径庭。我认为难做的这道题全班绝大部分同学都能完成，即使是不会写字的孩子也能用拼音和图画表达意思。而且有些孩子的创意和想法真让我大吃一惊，其想象力之丰富让人拍案叫绝。不信，你看：

四个圆圈可以画神舟六号。——这是酷爱航天、梦想当宇航员的司南写的，尽管他的画我看不懂，但他的想法让我赞赏。

四个圆圈可以画时光 suì 道。——这是爱看十万个为什么、爱想象爱提问的应杰写的，虽然"隧"字不会写，但是他的创意让我有些吃惊。

四个圆圈可以画糖葫芦。——这是班上最爱吃糖的思逸写的，最搞笑的他不仅画了一个糖葫芦的图案，竟然还在旁边画了个小孩在流口水。

四个圆圈可以画四个车轮。——这是喜欢汽车的浩哲的答案，尽管汽车画得有些变形，我还是给了他满分。

四个圆圈可以画毛毛虫。——诚诚是个极其可爱的孩子，连画出来的毛毛虫也是卡通型的。

四个圆圈可以画熊猫。——这是喜欢动物的璇璇写的，第二天他还用纸剪了四个圈圈，拼成了一个熊猫图案交给我。我把它贴在了班上的展示台里。

还有一些孩子写可以画奥特曼，画熊猫，画小鸟，画毛毛虫，等等——总之，我想到的、没想到的他们都写了，答案之多，内容之丰富，让我开始对孩子们刮目相看，同时也为自己狭隘的想象和目光感到惭愧。

我开始审视自己对孩子的态度：在我的教学工作中，我总会有意无意地以学习成绩给学生分出优劣，尤其是对一些学习能力比较差的学生，容易产生思维定式，总是小瞧他们。其实他们的潜力和想象力也是无穷无尽的。更值得让我反思的是，多年的从教经历，让我滋生出一种教师绝对权威的思想，殊不知这种教师本位的思想是扼杀孩子想象力发展的最大杀手。

同一天的晚上，我看了深圳卫视的一档综艺性的节目——《比比谁最棒！》它的节目形式是让一位大人和一名小学生同台PK，竞赛的内容可以是小学语文、数学、常识、音乐等学科的知识，也可以是比记性、比脑筋急转弯等。比赛的结果同样让我大吃一惊，一位清华大学的研究生和一位IT精英先后输给同一名小学五年级的学生。当主持人问他们赛后感言时，这两位赛前信心满满的大人此刻垂头感叹道："有时，我们的确不如孩子。"

爱因斯坦曾说过："想象力比知识更重要，因为知识是有限的，而想象力概括着世界上的一切，推动着进步，并且是知识进化的源泉。严格地说，想象力是科学研究中的实在因素。"可见，想象力直接关系到孩子创造力的发展。现实生活中的许多发明创造，都是从想象开始的。想象力强的孩子，思维活跃，总能想到与别人不一样的点子，成功的概率自然也高。也许，未来的宇航员、科学家就在我们的这些孩子当中。而我仅凭自己的主观臆断来判断其能力和发展，未免太过武断。其实，每个孩子都有自己的一片想象天空，我们作为教师应该多给他们一些自由，多给他们一些信心，他们才会飞得更高更远。

可喜的是新课改犹如一阵春风，吹进了每位教师的心灵，越来越多的教师意识到学生才是语文学习的主人，教师只是学习活动的引导者和组织者。我们的小学语文新课标也要求教师应着重培养学生的探究精神和创新意识，尤其要尊重和保护学生学习的自主性和积极性，鼓励学生运用多种方法，从不同的角度，进行多样化探究。

一个小小的问答题，让我们看到，今天的学生已似"小荷才露尖尖角"，我们只有悉心浇灌，耐心引导，才能迎来明日的"映日荷花别样红"！

李建庭

李建庭,笔名剑挺,1962年9月生,小学高级教师,中国楹联协会会员,南昌市书法协会会员。作品散见《对联·民间对联故事》《人民网》《中国青年网》《江西教育》《小猕猴》《江西日报》《南昌晚报》等。

幽兰古镇话牌坊

牌坊,是中国古代建筑的一大特色,是广泛地用于旌表功德、标榜荣耀的建筑。新中国成立前,差不多各村各姓,特别是大村大姓,都树有各种各样的牌坊,主要分为庙宇坊、功德坊、万岁坊、节孝坊、标示坊和陵墓坊。牌坊有木制的,有石制的,往往结构雄伟,做工精美,集雕刻、绘画、匾联文辞和书法等多种艺术于一身,熔古人的社会生活理念、礼教、传统道德理念,古代的民风风俗于一炉,具有瑰丽的艺术魅力、很高的审美价值和丰富而深刻的历史文化内涵。每一座牌坊都是一件石雕或木雕工艺品,中国传统的石雕、木雕技法圆雕、透雕、高浮雕、浅浮雕、平浮雕、阴线刻等在这些牌坊中都广为应用。牌坊只要是留下来的无不令人惊叹,而且各个朝代的牌坊有各个朝代的特色。

地处南昌市东南方25公里、青岚湖北岸的南昌县幽兰镇是一千年古镇,文化底蕴深厚,大村大姓林立,名流俊彦辈出,文风鼎盛,有文化价值的古建筑随处可见。牌坊这种承载文化的建筑在幽兰还真不可忽略,正是因为文化底蕴深厚,幽兰被南昌市定为第一批重点打造的八个特色名镇之一。

在幽兰,有一地名叫牌坊村,这个村就是因牌坊而得名的。牌坊村地处抚河中支南岸,与麻丘隔河相望,过去是万渡码头,有大量粮食货物由此上至临川下至鄱阳湖。村中以熊姓为主,北宋初年即由松湖迁入,以后人丁兴旺,重视教育,文风蔚起,出了不少仕宦人物、商贾巨子。直到清末,这里共建有七座牌坊,形成了一个极为壮观的牌坊群。这些牌坊一直保存到二十世纪六十年代之前。

二十世纪六十年代由于物资匮乏,村中拆除了几座牌坊,把那些巨石拆来修路,或修塘围堰,那些精美的石雕木雕几乎都被当成垃圾和煨灶的柴火,余下的几座也在"文革"期间被毁掉。唯一幸存的是一座与大屋主体建筑相嵌的贞节牌坊。当时屋主用石灰把整个牌坊全部盖住才使之得以逃过一劫。

这一贞节牌坊是为葛溪李氏而立。中书熊淇澳英年早逝,其未过门的妻子葛溪李氏姑娘毅然来夫家守孝。因熊家几代为官,家底殷实,有人说李氏是为这份家当而来。但李氏过门后勤俭持家,纺纱织布,亲做女工,且不拿一分一文回娘家,免除了族人的疑心和闲话。有些好心人觉得李氏年轻美貌十分可惜,欲劝其易辙改嫁,其娘家父母兄弟也为其可惜,好心相劝,但终未移其志。也有浪荡公子垂涎其色,欲打主意,更是被其斥责。李氏几十年如一日,把亲族过继的侄子视如己出,悉心教育,培养成人。她的事迹感动了族人,感动了乡绅,作为典型上报朝廷,朝廷下旨旌表,为她建贞节牌坊。

这座牌坊的主体建筑是一幢坐北朝南的土库。南面大门是镶嵌于墙体的牌坊。整个牌坊用青石和红石组合雕刻而成,有大量精美的石雕装饰,上方是用楷书竖写的"圣旨",字体端庄有力。其下是字体较大的横式石匾"彤管扬芬",用行楷书写,遒劲有力又流畅秀美,是相当高超的书法作品。门两边是一副隶书对联,上联是"大节比松筠,忆三十年甘苦备尝,早能承姑志夫志",下联为"贞心刊柱石,喜九重天上姓名远播,岂衹偏万溪葛溪",联文对李氏的事迹给予高度评价和赞赏。对联书法用笔含蓄,骨力内蕴,刚柔相济,更是不可多得的上乘之作。该牌坊已于1982年被列为南昌县重点文物保护单位。

据粗略统计,整个幽兰地区在新中国成立前有牌坊上千座,绝大部分毁于二十世纪五六十年代,只有极少数的牌坊留存下来。其中保存完好的有罗舍下魏的"黄门都谏"牌坊,为明代万历二年(1574年)魏元吉所建,砖石组合镂雕,工艺极为精湛,"文革"时用泥巴糊住才得以幸存,现在被列为南昌市重点文物保护单位。魏元吉,幽兰罗舍村下魏人,嘉靖三十二年(1553年)癸丑登进士科,曾任给事中。其生卒年及事迹不详,但抗倭名将刘显曾经受他保荐。罗舍村上魏的木石组合牌坊也很有特色。牌坊上额刻有"晟丽剛氏,雲树波溁"八个大字,刚劲有力。璋铿李家头门牌坊只留下残存的部分,从这残存的部分可看出巧夺天工的艺术魅力,令人十二分惋惜。口喻村古祠牌坊雕刻与璋铿李家牌坊风格各异但魅力不殊。其门楣上有古燕俞成都所题的"苍梧挺秀"四字,其字潇洒俊逸,令人咂舌。但石雕损毁严重。

现在幽兰范围内也随处可见一些标志性牌坊,均为钢筋水泥结构,其工艺水平和文化内涵,与传统牌坊相比判若云泥。

西山散笔

家住南昌市东南60里的青岚湖畔,这里是名副其实的水乡。出门是水,每逢汛期进门也是水。小时候特向往山。家乡也有山,其实就是比平地稍高一些的一脉土丘,实在没有山这就叫山了,大概和九寨人把堰塞湖叫海子一样吧。

小时候没有机会上山,但山还是见过的。每当天朗气清时,就能看见百里之外那黛色的西山,那么遥远绵延不断,似乎高与天接,经常望着那山出神。有时问大人,大人们说那叫西岭,也叫西山,那里有万寿宫,有孽龙,有万丈古井,还有火车样大的蛇,但火车多大当时我们也不知道。他们说南昌死了人就往那里埋。除此之外,他们也说不出大多的名堂,但这种神秘感反而就更强了。于是就更加向往,希望什么时候能去山里看看。

二十年前终于有机会来到梅岭镇,当时的路是泥沙公路,弯弯曲曲,路上时不时有被车轧得血肉模糊的野物。那葱郁的山峰,那满是石头的河床,那河两边的奇花异树,那山间的茅棚木屋,与那古画中的景致无异,只是山人的满脸菜色与衣着的简敝与想象中的差异过大。

后来去万寿宫,觉得规模确实宏大,只是那建筑的俗气和商业气息的浓厚让人有煞风景的感觉,倒是那许真君锁蛟的古井和铁链还留存了沧桑的神秘感。据说"文革"时破四旧,一个造反派头头不信邪,把铁链扯起几尺而暴死,人们十分惊骇,以为真君显灵,扯起铁链就有可能放出孽龙,人间就会遭灾。其实那个造反派头头的死,我想倒不是什么真君显灵,那锁蛟古井千年无人敢动,里面浊气一定很浓,他一拉起铁链浊气便上升,加之铁链粗重,要大力气扯起,呼吸量大,浊气大量入肺,不死才怪呢。

后来也随团队分别去过洗药湖、长春湖、梅岭主峰等景点,爬山赏水钻洞玩石,那感觉也确是蛮不错的。听说陈宝箴的墓葬在西山,但后来被破坏得形迹全无,也真让人怅然无语了。

上星期六,公历2013年元月26日,农历2012年腊月十五,我应庆华、金龙、老鼠三朋友之邀来到湾里区太平乡与安义县交界处的分界殿,巡访道长章寿强先生。这分界殿乃一道观,建在湾里与安义分界线上,自古两县共有且时有纷争。相传三国时孙坚之弟孙静放弃继位,只身到此,后经黄石公传宝书得道,教化乡民,诊病消灾,后人为纪其功德,立殿膜拜。此殿后为湾里区太平乡高氏管业,如今经上级宗教部门指派章寿强道长主持观中事务。

章寿强,南昌县幽兰人氏,自幼习武,先后拜武术界高人为师,其启蒙老师便是阎锡山武师高足饶公。章道长现为天行武馆馆长,国家授封道人,武功闻名遐迩,多次获国内外武术大赛奖项,其身板强健,脸色红润,目光炯炯,有一股英气袭人。南昌市许多名流拜他为师,随其学道习武修身,我等与其故交。

是日为大寒后六天,天气大雾,我们一路破雾驱车百余里到达分界殿,殿在梅岭主峰山门附近,殿门门楣有一匾额:古分界殿。门上有一副对联:分出蓬莱楼十二,界开云汉路三千。联语不俗,气势磅礴,又巧藏"分界"殿名。道观面南背北,依山而建,观后是郁郁葱葱的参天修竹。道观占地面积不大,长宽均约40米,正殿三间供奉吴源祖师即孙静是也。正殿门楣上挂着一块木匾,上书"泽被洪都",系新制的。相传原匾为清朝名宦裘曰修所书。东边厢房为生活用房,西边厢房供奉观音菩萨。寿强道长与政界名流过往甚密,儒释道在这里可谓融合甚欢。观里一群老人在下棋谈天晒太阳。此殿据说几经兴废,现为后来所建,比较简陋,唯殿前东侧的两棵参天古朴树见证古殿的历史悠远。

我们和章道长一起品茶聊天,道长和我们谈这古殿的来历,谈习武人生,谈"道"理,我忽然觉得,我们平时的"说道理讲道理",为什么不是"说儒理讲儒理"?不是"说佛理讲佛理"?而偏偏就是说"道"理讲"道"理?是不是从道家学说,从《道德经》而来?如果真是这样,那"道"就比儒、佛有理了。我们在古树之下品茶论道晒太阳,与山民一起吃斋面,这不正是山中神仙么?这又让我回想起小时候对这山的向往,而此时我正在山中如仙如鹤,这冥冥之中是否有什么安排和关联?而一个人在这扰扰红尘之中,能够觅得一方净土,修身养性,享受清净,融合自然,那岂不是人生至高至妙的归宿么?半日小憩,不舍而归,心依旧向往之。

隔日,收金龙兄《游古分界殿》诗一首,正好为拙文作结:

主峰北麓界红尘,殿镇圆通恰隐真。

孙静无心贪玉玺,吴源有道塑金身。

云汉龙鳞山不夏,蓬莱凤尾岛生春。

转笑灵霄分品级,葛仙何似葛天民。

刘姝丽

刘姝丽,1976年12月生。小学高级教师。南昌县作家协会会员。现供职于南昌县莲塘第一小学。

最是那一池风荷

酷暑盛夏,肩负行囊,欲寻荡涤灵魂的那一缕幽香。此时东湖已荷花满塘。

几缕飞云,几亩方塘。满目红艳耀日的荷花,高高地凌驾于莲叶之上,迎风弄姿,睥睨一切尘世的凡俗。

满眼无穷碧的荷叶,绿莹莹地香远溢清。顾不及风舞乱发,闭目尽力吸吮那满塘淡淡的清香。

玉露点点荷香悠悠,恍若仙境的叶荷净化着凡人无欲则刚的心灵。诗情一缕芬芳在,玉叶美丽感苍穹。

微风摇碧叶,轻露拂朱房。时有露珠儿用力一滑,便轻巧地坠落,雨滴荷花碎。

"予独爱莲之出淤泥而不染,濯清涟而不妖,中通外直,不蔓不枝,可远观而不可亵玩焉"油然而生一份敬意。

此情此景,想必无人不爱荷。她令你无论何时心中都盛开着一湖清雅的白荷,纯洁无比地净化着点点忧伤的冰清。

许多凡尘俗世让你忧郁,无奈中观赏美丽的荷花,宁静中体会到玉荷纯真高雅的美丽。

"多少绿荷相倚恨,一时回首背西风。"盛夏之后,在经历了童年的美好、青春的朝气、中年的雅韵之后,荷花也会终究抵挡不住岁月的摧残,在夕阳中凛然地随风飘然而去吧。

一个忧郁难解的女子,也总是在最美芳华间绸缪繁华之后的冷清与死寂。彼时水无声,风无语。一种绝尘而去的凄美。

究其一生,夏荷把幽清淡芳、纯洁典雅、豁达无私的内涵表现得淋漓尽致,用一种静态的美实现了自己的辉煌。"清水出芙蓉,天然去雕饰。"

满眼碧绿的荷塘。荷塘中亭亭无瑕的荷花,在风中仪态万千,翩翩起舞,演奏出一种空灵的仙乐,带给人一种远离尘世的飘逸之感。

风荷湖畔,碧波田田。胸怀旷逸,吾心高洁。含香飘远,愿为荷仙。

慢慢将自己砸碎,揉进碧荷,揉进埋没千年依旧能萌芽的莲子。演绎一段清丽的梦,梦中荒野盖着荷花。

注定要与这个世界藕断丝连。醉是那一池风荷。

点亮心灯　完满人生

心理咨询技能提高班上，一位特别的同学引起了众人的关注。

她早早落座在第一排的中间，披肩直发，身着一件无袖连衣裙。轮到她做自我介绍时，只见她徐徐站起转身，大家赫然发现她微笑着的、清瘦的面庞下是一双没有前臂的手，顿时肃然起敬。她温和的言语里充满乐观和自信："我是来自高校的一名教师，很高兴能和各位同学一起学习，共同探讨……"她的话音刚落，教室里响起了雷鸣般的掌声，掌声里有欣赏，有鼓励，更有敬佩。

之后得知，这位特殊的同学是在一次车祸中失去了双手的前臂，当时车上共七人，只有她幸存了下来，这对于她来说真是不幸中的万幸。

在漫长的人生道路上，人的命运在随着时间的推移而发生着转变。如果把人生分成几个时段，对于每个时段如何划分并没有固定的时限概念。因为人生的转变是急速的，有时一件小事甚至一夜之间就能转变一个人。这就需要随时调整自己的心态并且拿出勇气来接受现实，无论身处何种境地，都要有一个良好的心态——只有及时地调整好自己的心态，才能管理好自己的生活，处理好不幸带来的弊端。身处逆境，有时基本无人来帮助和拯救你，那么就得自己来拯救自己，此时最重要的还是调整好自己的心态。如果遭遇了意外和不幸，不要只顾苦恼和悲愤，更不要认为自己倒霉——而是应该感到庆幸和幸运，虽然遭遇灾难但是至少你还活着。就像这位遭遇车祸不幸失去双臂的学员，不幸的猝然降临，使她的身心受到了极大的打击。但她还是把自己从痛苦中调整过来，勇敢接受并面对现实。

在困境的迷雾中看清方向，到黑暗中去发现火光。不要遭遇挫折困难就陷入迷惘和慌乱，而是要镇定下来在狼藉中寻找可以利用的生机。在生活中无论发生了什么事情，都需要乐观地去面对。如果暂时不能去改变现实，那么我们可以先改变一下自己——及时调整自己的心态和转变一下自己对事物的看法，就会对战胜困难、重整局面起到决定性的作用。即使自己身临绝境，也必须振作坚强起来，拿出勇气来面对现实，千万不能一蹶不振就此颓废堕落，更不能选择轻生厌世来逃避现实。为了所有爱你和你爱的人，为了父母生你养你的那份亲情，即使你不能再叱咤风云，不能再光彩照人，不能再拥有自己过去的一切，你也要选择坚强地活着,用自己顽强的生命力来同残酷现实做斗争。只要你不服输,只要你不放弃生存的权利,勇敢地面对现实,顽强地战胜自己,无论到何时你都是永远的强者!

无论何时,人最宝贵的东西还是"精神支柱"。精神支柱的来源,是自己坚定的信念、顽强的意志和坚贞不屈的性格,同时也来自外界的支持和鼓励。国庆假期再去上课时,班主任杨老师告知,那位失去前臂的学员因为举行婚礼而没来上课,并倡议学员们给她送去祝福。此事让大家再度聚焦这位特殊的同学,学员们齐刷刷用手机捎去真诚的祝福,每个人都沉浸在一种馨暖里,场面令人感动。这位同学在忙碌之余很快一一回复,表达了她的惊喜、感动和谢意,可想而知,这种精神上的鼓励给予了她莫大的快乐和幸福。

虽然人生的道路并不平坦,虽然在前进中会遭遇风雨,会经历失败和挫折,但是一定要坚强,一定要振作,把苦恼、不幸、痛苦等当作是人生不可避免的一部分。当遇到不幸时,抬起头来,对自己说"这没什么了不起,它不可能打败我",其后,不断向自己重复"这一切都会过去的"。其实人生的意义并不在于如何拥有,而是在于去感受生活,把人生的道路顽强地彻底走过,去奏响属于自己的人生凯歌。

心理咨询最基本的原则是助人自助,这位学员在自己走出心理阴霾后,继续用自己的良善去点亮他人的心灯。愿我们在自己的人生道路上也都能点亮自己的心灯,完满自己的人生!

敬老储存

看到一篇文章，说在德国有一项奇特的规定。公民成年后，如果愿意到老年公寓义务服务，免费照顾老年人，其做义工的时间将由老年公寓定期统计，汇报给政府，当成一项数据储存起来。他将来老了以后，一旦入住老年公寓，自己从前为老年公寓义务服务了多少时间，就可以享受多少时间来自他人的义务服务。

人口老龄化是一个不可逆转的世界性趋势，中国的人口老化速度快、规模大，引起举国上下乃至整个世界的关注。中国是奉行家庭养老的国家，不仅历史上将"养儿防老"视为天经地义，即使进入现代社会，家庭养老仍然是大部分中国人的选择。

但是传统的家庭养老，面临严峻挑战。中国正全面迎来"4—2—1 家庭"时代、"空巢老人"时代，社会老龄化提前，是所谓"未富先老"，养老形势十分严峻。第六次全国人口普查的数据显示，中国目前共有 1.78 亿 60 岁以上的老人，但截至 2010 年，只有 314.9 万张养老机构的床位，就是说，每 60 个老人要去争抢一个养老院床位。很多老人并不喜欢住在养老院。有调查显示，我国城镇、农村老人愿意入住养老机构的比例分别为 11.3% 和 12.5%。然而，当老人不能自理时，除了养老院，他们还有什么地方可以去呢？

根据国家的具体国情来发展，养老体系主要有救助型、福利型、市场型三个类别。然而，国内与之相对应的养老服务供给却相对滞后。一方面，财政全方位补贴的公办养老机构虽然性价比较高，但"一床难求"、覆盖率低，无法实现全民共享；另一方面，市场化的民办养老机构却在收费、服务与地段等核心要件方面难以获得多数老人认同，沦为了"鸡肋"。

"单人房五千，双人房四千，如果是三个人到五个人的房间呢？是三千五百块。一个月尿片要五百吧，还要看用什么牌子；陪诊费看你挑什么档次的……"这是电影《桃姐》里香港的养老故事。在养老市场结构性矛盾突出的环境下，养老问题已经刻不容缓地摆在了每一个家庭面前。

德国的成年人定期到老年公寓当义工，为老年人免费服务，累积以后的养老资本，这和国内献血的规定有异曲同工之妙。这种"敬老储存"方式也为我国解决当今老龄化问题提供了借鉴。

尊老养老是中华民族的传统美德，是祖先留给我们的宝贵财富，随着近年"银发社会"的到来，尊老养老问题突显。为了发扬尊老敬老的优良传统，建设社会主义和谐社会，这样为他人义务服务，不仅继承了尊老养老的传统美德，获得了心灵上的满足，而且也成了自己以后养老的本钱，在服务他人的同时，也服务了自己，何乐而不为呢？

南昌县方言趣谈

南昌县,这一方沃腴的水土,滋养了世世代代的南昌县百姓,滋养了丰富多样的南昌县文化,也滋养了生动有趣的南昌县方言。

听过一则关于南昌方言引发的趣事。

一位南昌县农妇在别的城市坐公交车。买票时,售票员问:"大姐,请问您到哪一站下?"农妇说:"我到'末底督'下车。"售票员一头雾水,再次确认问道:"大姐,您到哪站下车?"农妇答道:"不是哇了到'末底督'下嘛!"售票员说:"对不起,大姐,我们这条线没有'末底督'这一站。"此时农妇才意识到自己是在外地,对方听不懂南昌县方言,不免忍俊不禁。

在南昌县方言中,"督"的意思是"底",碗底叫"碗督",桶底叫"桶督",箱底叫"箱督"。既是"末",又是"底",更是"督",那么"末底督"当然就表示"最后"的意思了。

"末底督"所表示的"最后",是指的是空间位置或顺序的最后,不表示时间关系上的最后。例如:"从这条巷子一直往前走,末底督那一家就是""嫩到末底督的嘿只盒子里找下看"(你到最里面那个巷子里找下看)。

排在"末底督",常称为"垫督"。如孩子考试不理想,大人就会责骂"嫩硬壳实吃价耶,每次考试都在班上垫督"(你确实厉害,每次考试都在班上垫底)。各类比赛排名最后,通常也是说"个次比赛垫了督哟"。

南昌县方言,含着浓浓的乡音,值得品味之处还有很多。南昌县方言具有独特的魅力,只有这个地域的人,才能体会到它深刻的趣味和韵意。我们在推广普通话时,也要保护体现地方文化和历史的方言,使方言和普通话协调地共存和发展。

特色黄马　诗意茶园

　　天公作美,寒雨初歇。我们踏上了这片有着深厚历史文化底蕴的土地——黄马。

　　黄马是南昌县辖乡,位于县境南部。街市形成于宋代,为南昌县丘陵区古集镇,相传黄巢曾囤积兵马于此,故得名黄马。黄马是集资源、区位、技术、人文、土地众多优势于一身的风水宝地。

　　黄马也是全省十佳环境优美乡镇之一,这里处处绿意,片片花海,好一幅"人在画中游,车在林中游,树在水中长,船在树中飘"的美丽画卷。陶醉在这幅宁静中孕育着蓬勃生机的大自然图画里,心境亦悠然忘我。

　　好地出好水,好水育好茶。最喜爱凤凰沟一碧千里的茶园。走进茶园,"茶海"二字赫然映入眼帘,抬眼望去,只见茶园随坡势地形铺展,整齐有致,碧绿连绵,仿佛一条条绿色的长龙安然静卧。

　　近看茶树拥挤的绿叶中,间或几朵洁白的尚未凋落的茶花随风起舞。灰黑色的茶树干上,斜生出许多弯曲的虬枝,向四面伸展。叶片是椭圆的,厚实肥阔,大部分平滑有光泽。虽已是萧荒的初冬,茶园却依然是苍翠漫野。

　　此时,阳光穿透乌云,清寒的风儿吹过,伴着我们欢快的脚步,寂静的茶园展露出迷人的微笑,我们仿佛听见轻轻摇曳的叶片送来一曲曲欢歌。

　　茶能消俗,佛学钟爱。品茶如参禅,能清心寡欲、养气颐神。中华历来以茶香与书香、墨香齐名,是高雅、安详、和谐之社会精神的体现。

　　茶亦渐渐成为现代人生活不可或缺的一部分,疲劳过后,烦闷之时,一杯清茶下肚,顿觉神清气爽,倦意尽消;伏案写作,孤灯清茶,自得其乐;友人相聚,袅袅茶香话别情……

　　文人墨客,清茶一杯,谈风论雅;芸芸众生,一茗在手,照样海阔天空。平易近人,宁静淡泊,雅俗共赏,乃茶之性、茶之品。

　　茶叶生产是"两江"生态农业走廊的传统产业。据悉,目前黄马乡正计划在现有茶叶生产基地的基础上,围绕农业部茶树良种母本园和生产示范园进行扩建,着力打造万亩优质茶园基地。同时,通过不断整合茶叶资源(现有茶叶品种248个),形成特色鲜明的茶道文化,打造传统产业和现代旅游相结合的休闲基地。

新景观构筑新气象,茶园让文化底蕴深厚的黄马多了一分美丽,一分清新。时光匆匆,岁月无痕,黄马人在高瞻远瞩的领导班子的带领下用辛勤的汗水浇灌了希望,也孕育了成功。

这个初冬相遇了特色黄马,品味了这里的诗意茶园,离开之际,再次回眸连绵而丰满的茶坡,仿佛闻见了这冬茶不老、人生不老的馥郁之香……

闻香识女人

无论走在熟悉还是陌生的人群中,总有不经意的香水味挑逗你的嗅觉。或浓,或淡。香水是一种混合了香精油等物质的液体,用来让物体(通常是人体)拥有持久且悦人的气味。

记得少女时代常常闻见擦身而过的香味,总有一份好奇和遐想。一直以来,因为忙于人生必经的阶段,对香水的认识是犹抱琵琶半遮面,从来都只是为了嗅觉。随着年龄的增长,现在开始慢慢喜欢上香水了,喜欢她拥有馨香、雅致、温柔、高贵、悠然……的那种感觉。

香水自古就与女人连在一起,说到香水就会想到女人。李白曾有诗句"美人在时花满房,美人去后空留床。床上绣被卷不寝,至今三载有余香"。香水会让女人的自信优雅、恬静成熟体现得淋漓尽致。不同的香水味代表不同的女人,并诠释女人不同时期的心情。香水无色无形,低调地传达出一种精神的凝练,是女人成长、成熟道路上的一个个华丽符码。

悠闲逛街的时候,看到玻璃橱柜里高矮不均、形状各异如艺术品般的瓶子,一种典雅高贵的情结油然而生。每一个瓶子的背后,从稚嫩到成熟,从可爱到优雅,从清淡到馥郁,女人的成长也正如一瓶香水,每一阶段总有不同的韵味。

每天走进办公室,一种又一种香味,或清淡或馥郁,便知道是谁在靠近。闻香识女人,也许是对香水与女人一种最贴切的解读。曾有人用不屑的语气流露自己对香水的排斥,个人的喜好无可厚非。只是,岁月可以流逝,容颜可以老去,但不老的是一种精神,一种气质。就像为人妇为人母的女人不能沉湎于对家庭的奉献而忽略了自身的修饰。要多爱自己一些,才会拥有自信,才会有足够的热情来热爱家庭,热爱生活。其实只要不浓妆艳抹般俗气,只要香水的用量恰到好处,便会让自己外在与内在的美最大限度地绽放,这样的美才会恒久,才会历久弥新。

闻香识女人,香水对于女人就像手表对于男人,女人的个性在隐隐约约的香水芬芳之中无意泄露。女人使香水更香,香水使女人更香,二者融合在一起臻至完美。香水幽幽,无形而有内涵,总会不经意间深刻地打动自己,打动自己内心的柔软与薄弱。

喜欢春夏用比较清淡的香味,淡雅清新;秋冬用比较馥郁的香味,温暖沉静。香水品牌和香味很多,挑选喜欢并适合自己的那一香吧!香水是女人的第二皮肤,是女人心情的阐释,是女人的一道风景,愿所有热爱生活的女人都散发出属于自己的典雅馨香。

樊 慧

樊慧，女，1984年生，南昌县人，南昌县作家协会会员。以写散文开始创作，在《澄湖》上发表过许多文章，代表作有《教书育人铸师魂》《父爱如山泉》《母爱如细雨》等。

父爱如山泉

看着老公抱着熟睡的女儿在床上移动一个位置就想起了当年的自己。在我年少时，不会睡觉的我总是睡着了乱翻滚，有时候还摔下床来，父亲就经常抱我到床中间，有时候我并不是在沉睡中，也故意双眼紧闭让父亲抱着。我不知道是父亲没注意还是想抱我，总之那种感觉实在是妙极了，也让我难忘。

到了中学时代，因为有早读，所以就必须得有家长起来做早饭。因为妈妈的身体不太好，所以这个早起做饭的重任就落在了父亲的身上。父亲变着法子给我和妹妹做好吃的，稀饭吃腻了就换蛋炒饭，偶尔也来次小馒头。

冬天里的晚上只要父亲在家，吃完晚饭后父亲总是会打一大盆水，然后拿着毛巾给我们三姐弟洗脸，轮流洗过去，从我开始，再老二，再到弟弟。这一做法曾经多次遭到我母亲的反对，因为母亲从来都是主张让孩子们自己来。但是我却对这件事百般依赖，感觉这就是浓浓的父爱。

从小，我的身体就不太好，常年伴有小病，感冒、咳嗽、发热都是家常便饭，这就免不了要吃药打针。打针我哭哭也就过去了，这吃药对我来说简直要命。胶囊还好，而那种又苦又大的西药，因为我双侧扁桃体一直是肥大的，所以就怕，吞不下去，父亲每次都是想办法应付。他拿家里最大的调羹，把药放里面，用筷子的另一头按碎，再用糖包裹着药，一边安慰一边鼓励我吃下去。我还是"乙肝带菌者"，小时候也是父亲带着我去南昌市求医问药，历经许多次。

现在，我也为人母了，却还依然享受着父亲给我山泉般的爱。回娘家了，父亲知道我刷牙后要喝一大碗温开水，在我没有起床时就已经准备好了，在我没有洗完脸时，早饭就已经添好了。

天下的孩子都用朴实的文字歌颂伟大的母爱，我却要感谢上天让我拥有这样的一个父亲，让我拥有这样山泉般的父爱。我想，我是一辈子也忘不了的。

教书育人铸师魂

2006年,我走进了乡村教师的行列,一入列,转眼间已是7个春秋。

7年来,我分别在三所小学任教。记得刚分到一所小学时,面对陌生的环境,心里曾产生过不悦的思绪,经过一段时间的打磨,不好的心境渐渐恢复了平静。

我在一所小学任教,首先遇到的是吃住困难,幸好我父亲认识许多老同学和朋友,在他们的帮助下,我立马解决了吃住问题,为我安心教学铺平了道路。因为我喜欢文字,所以校长就分我做三年级语文老师。面对一张张天真可爱的小面孔,我暗地里发誓要将他们教育好,要教育他们成为既会读书,又热爱劳动;既讲究卫生,又遵守纪律的好学生,所带的班级在校成绩榜上有名。这是我最初的梦想。经过师生的共同努力,第一学期的期末考试,全班平均成绩果然排在全乡小学同年级的前茅,实现了我心中最初的梦想。

就在我的教学工作开展得风生水起的时候,班上学生中居然不断发生不良的现象,有的男学生居然欺负女学生,不是打闹,就是谩骂。还有一位叫陈峰的学生,平时学习成绩好,又讲究卫生,现在竟一反常态,精神萎靡不振,衣服脏兮兮的,学习成绩不断下降。针对这些情况,我耐心观察,主动找有关学生谈心谈话,摸准情况后,我对学生一一进行了说服教育工作。特别是陈峰的情况,令我惊讶!原来陈峰的母亲因病撒手人寰,父亲对他漠不关心,造成陈峰同学精神萎靡不振,学习成绩直线下降。知道这些情况后,我便主动关心陈峰。有一次,陈峰由于营养不良,突然从座位上倒在地上,脸色苍白如纸。病情就是无声的命令,容不得我有半点儿的犹豫。我立马与校长取得了联系,在第一时间将陈峰送进了乡卫生院诊疗,并代交了诊疗费。

陈峰同学得到了如母爱般的师爱,精神上很快欢愉起来,学习进步快,学期结束时,被评为优秀学生之一。

经过我耐心细致地劝导,其他学生也改掉了不良的习气。全班学生团结紧张、严肃活泼的学习风气又重新呈现在我的面前。此刻,我感到无比欣慰。

老师关心学生,让学生心存感激。在我从教的生涯里,我在第一个教师节就收到了学生送来的许多小礼物,在众多的小礼物中,唯独陈峰的礼物显得特别。

他用旧纸袋裹包着掉了几颗水晶的石手镯和一瓶用掉了四分之三的香水瓶送给我,当我展开包裹时,陈峰要我边喷香水边戴手镯给他看,我立刻满足了他的要求。刹那间,陈峰的泪水不断地往下掉,我知道,他想起了母亲,想起了昔日母亲边喷香水边戴手镯的模样。陈峰一哭,我顿时手足无措,也偷偷地涌出了幸福的泪水。

那一个班,有四十多名学生,每个家庭和每个学生的自身情况千差万别,我能将一个班级带成全面优秀班级,我感到无比自豪。我曾获得县乡优秀教师的称号,这给我以后的教学工作带来了无限的动力和自信。

"少年强,则国强",我深深知道,祖国伟大的复兴梦,完完全全关乎我们每个中国人,特别关乎我们每位教师,因为我们是辛勤的园丁,是人类灵魂的工程师。教好书,育好人,这便是我——一个乡村教师心中最美丽的中国梦。

父爱如山泉续

前天晚上和朋友们一行去西山万寿宫烧香求佛,本不相信命运、命理、佛教这些的人,自从老父亲生病后特别崇信了。这可能也是我观念转变的时候吧,喜欢早睡早起的我,清晨醒来不再发朋友圈吵着别人休息了。我看看今日头条,关心身边的百姓民生,听听音乐解解心愁。

一遍一遍地听着刘和刚的《父亲》,听不厌,听不烦,听不腻,听不够,眼泪止不住。父亲呀,爸爸呀,你何时才能站在我面前向个军人一样教育我一遍:"你不要成天迷恋网络游戏,没出息的人民教师,误人子弟,一点儿不求上进,不自觉。"这么严厉的批评我何时才能再次听到呀?

父亲呀,我的《父爱如山泉》这篇原创作品在南昌县内刊发表了,我提出的一点要求就是不准你修改我的原创,否则我不发表。你理解了我的任性,我知道姜大哥是给了你足够的面子给我发表了,可是我不需要在作品发表上都要得到您光环的恩赐呀,你不懂现代年轻人的心理。

我就是懒惰,其实写起来可以一气呵成的,就是懒惰在作怪嘛。如今,这个社会谁愿意多费脑细胞呀,是不是?都想多活几年的。就是你,老是不听我的话,让你早睡晚起,你偏偏晚睡早起(每天凌晨两点看手机或电视到天亮)。或许是你那个年纪的人不需要那么多睡眠吧;又或许是你的儿女们一直没有让你放下心吧;再者就是儿女们一直不孝吧。

前天晚上一行五个朋友去西山求佛,说来也巧,正好碰上爱人去河北进货挖掘机。本来我是老实地待在家里休息的,这一机会让我有幸碰到了西山最热闹的八月初一。不知道我的那两个愿望会不会一一实现,我的第一个愿望就是祝福你,祈求上天让你接下来的手术能够顺利,让你能够平安出院,活到我父亲命理中的83岁,我少活两年都可以。只要我亲爱的父亲大人快乐、健康、平安就好,其他别无所求了。

我和我父亲的感情之深,是很少有人达到我们这种境界的,我们除了女人方面的事不说,其他都是裸裸的,无话不说,甚至斗嘴、吵架。我爸也受够了我的气,也担心以我的脾气我在婆婆家活不下去,过得不开心。虽然我们每周都见面,周末他还是不忘打电话来说:"樊慧呀,我到南昌来了耶,你来接我去莲塘或是哪里不?"我只要没有重要的事,总是以爸爸的事为重,他的电话就如军人的命令,我不敢怠慢半点儿。

父亲呀,如今你成天除了早晚走路三小时就是睡在床上,我知道你心里比谁都难受,所以你每次见到老友或是同学都会激动得止不住泪水。但是我要告诉你的是,我们从此以后都要坚强,不能掉泪,要活得开心,活给那些小人看。那些不尊重你过去的成绩的人,是不值得我们生气的,是不值得我们正眼瞧一眼的,虽然现在我们正处于家庭困难期,但请相信我们三姐弟,相信后代的能力,相信我们未来一定让你风风光光骄骄傲傲地说,我没有白生这几个儿女,他们都各有各的才华、本事。儿子也成家懂事是你现在最大的心愿,我也相信我弟弟会通过你的这场病理解清楚什么是浓浓的父爱母爱。他会懂事起来的,万事不用你担心了。到了我们该担心你的时候了,我作为家里的老大,要带头相信生活不相信眼泪,要坚强,站起来,站起来我们就有说话权,就可以去镇里开会喽!

西山一行我请回来了一张毛主席的画像,现在贴在我家饭厅的北墙最上方,我想那里就应该是贴主席像的最好位置吧。这也跟您有关,从小学起,你就丢给我一本《中国有个毛泽东》,我那时没有其他书可看,只能将就着看看。到后我成人后,毛主席就成了我心中的偶像了,不仅是我心中的神,更是世代学习的榜样,他的英勇魄力我非常佩服,联合国和英、美等世界强国都对他敬三分呢。我了解的政治人文方面的知识远不如您,但是我没有那个爱好,对历史和物理都不感兴趣。所以我们也谈不到一起去,基本都是你说我听吧。你最需要的也是倾听者呢。

我敬爱的父亲,最后我在此祝福你健康长寿,仅此而已,因为陪伴就是最好的爱。等我把自己的身体调理好以后,我一定天天陪在你膝前,听你说说儿时的故事,让我了解父辈的童年……

母爱如细雨

今天是我母亲的生日,也是我儿子出生一周的日子。

父亲,母亲,父爱,母爱,这些字眼原来在我的人生字典里从来没有被深深地理解过。可是自从老爸脑中风偏瘫以来,我终于感悟到了,父爱如山泉,母爱如细雨。

母亲含辛茹苦地把我们三姐弟养大,真的非常不容易。因为母亲从年轻的时候身体就不如别人的妈妈,她患有胆结石,开过刀取过胆;她结过扎,引过产;她上过厨房,下过农田;她穿过针,引过线。我实在想不出她有什么农村女人该做的还没有做。

天下儿女都歌颂伟大的母爱,今天我也不例外。曾经流传着这样一个故事:每一个母亲曾经都是一个漂亮的仙女,有一件漂亮的衣裳。当她们决定要做某个孩子的母亲、呵护某个生命的时候,就会褪去这件衣裳,变成一个普通的女子,平淡无奇,一辈子。

母亲唯一一张年轻时的照片被妹妹小心翼翼地珍藏在相册里。母亲已经走过58个春夏秋冬,却没有拍过几张真正的照片,家里的相册满满一本都是我们三姐弟和父亲的,而真正属于母亲的却是寥寥可数。

我们的童年都是在母亲的臂弯里度过的,我们在母亲的怀抱里拥有了各自快乐而美好的童年,却不知道留给年轻母亲的是多重的生活负担。

母亲不知道有母亲节这个节日,她只知道每年在我们三姐弟生日的那几天都要煮上一碗热乎乎的长寿面,每年在春节前都要给我们准备新衣裳。母亲还从来没有给自己庆祝过生日。母亲一直在细致地操持着我们这个家,却从未细致地为自己着想过。

如今,母亲曾经的美好容颜已经消失殆尽,岁月留给她的是一脸深浅不一的沟壑和风霜摧残后瘦弱多病的身子。当我们越来越健壮的时候,母亲却在岁月的蹂躏中越来越瘦小。我想这应该就是母爱最好的诠释,那是一种朴素而深沉的付出。

我每次回家总要让母亲做一些家乡的食物,每每这时,母亲总会高兴地答应着,满足我们各种各样的要求。我想母爱如细雨,大爱无言。母亲对于我们并不要求很高,她最大的希望只不过是儿女们的平安,她从不向我们索取什么,相反地,总是在我们的索取中感到异常的幸福和满足。

回想过去,母亲为我们做的事情数不胜数,而我们真正为母亲做的却微乎其微。现在能为母亲做的就是照顾中风偏瘫的父亲并且活得好好的,让母亲少一份担心,少一份牵挂。

母亲将一直站在我生命的最高点,为我默默地指引着人生的道路。我在母亲的指引中学会了审视生命的高度,母亲的高度。

请在记住孩子的生日时,也别忘了母亲的年龄!

廖晓颖

廖晓颖,1973年生,南昌县公安局民警,南昌县作协会员。个人作品曾在《读者》《意林》《思维与智慧》《东方青年》《天下阅读》刊出。

留下来,我会陪着你

早上老妈到早市买菜,去的时候是一个人,回来时身后却多了个伴儿,一条脏兮兮的小狗紧跟在距老妈几步之遥的后面。老妈几次回过头去试图撵开狗,狗停住,退后几步,但老妈一迈开步,狗立即悄无声息地跟在后面,甩脱不了。很明显这是一条被主人遗弃或走丢的狗,估计是饿得不行了。

到了小区门口,小狗迟疑不前了,门口保安正用他那双不大的眼睛虎视眈眈地盯着它的举一动,旁边的棍棒让他看上去非常有震慑力。看到老妈已进了小区,离自己拉开一段不小距离,小狗急了,转了几个圈,突然加速越过门卫。门卫没想到这狗居然狗胆包天敢冲卡,追了上来。小狗紧贴着老妈,浑身战栗,老妈停下来看它,它夹着走了一路始终低垂着的尾巴立马讨好地冲着老妈摇个不停。老妈这才看清它的模样,同时看出这是条正怀着孕的狗,而且月份应该不少了。老妈的心像被什么东西击中了。一条来路不明的狗就这样堂而皇之地住进了我家,老妈在角落里为它做了个窝,给它取了个奇怪的名字"串串"。

我累了一下午给狗搓澡,光洗发水就去了半瓶,终于让串串恢复了它原本的美貌。这是条蝴蝶犬,一身略带卷曲的棕色毛柔顺地垂着,眼睛清澈明亮。看得出这是条高贵的狗,因为洗过澡,它就心安理得地在我家沙发上坐着,撵也撵不下地了,可以想象它以前的生活一定不赖。当然,让我最满意的是串串很懂得礼数,从不在家随地大小便,我以前养狗,在这方面可是吃够了苦头。

当我重新有了一条狗后,麻烦也来了。每当我刚趴上床躺着玩手机,老妈就进来让我带狗出去遛,好几次我不干了,凭什么总是让我遛狗,你们在家待着?再说这是条有孕在身的狗,不在家好好养胎合适吗?都说孕妇生产前要适当多运动,到时才好生,这一说法在狗界似乎也是得到肯定的,只要我一拿拖把准备拖地,串串立马跳上来一屁股坐在墩布上,用两只前爪抱着拖杆咧着嘴冲我乐,要我拉它,我很好奇一只狗是怎么学会享受的。

天转冷,串串生了,共两只,可惜其中一只看起来情况不太好,老妈说怕是难活下来。做了妈妈的串串一改平日温顺的习性,不让人靠近,老妈也不行。一天夜里,我正睡得迷迷糊糊,被一阵低低的呜咽声惊醒,是串串在叫。我打开门想看个究竟,黑暗中串串跑到我跟前,仰起头围着我转,呜呜地叫着,一副焦急的模样,咬着我裤角试图把我往窝的方向拖。我随着它过去,很快意识到事情的严重性:那只弱的小狗已明显快不行了,僵着身子一抽一抽的。半夜里,我没法儿找医生,慌乱之中,只好根据自己生病的经验,从药箱中翻出各种药用水化了给小狗灌下去,但很快就被吐出来。还没熬到天亮,小狗就死了。串串焦急地盯着小狗转圈,冲已没有了气息的小狗狂吠。它愤怒了,为什么不理它,为什么不站起来,转着转着,晶莹的泪顺着串串的眼角溢了出来。那个夜晚对串串、对我家人来说都是难受至极的。

我把串串的孩子埋在楼下花坛里,不知串串到楼下玩耍时会不会闻见它的气味。后来,剩下的那只被朋友抱去养了。没想到的是,没过多久,串串莫名其妙丢了。

我们到它可能会去的每个地方寻了一遍但毫无结果,半个月过去了,串串依旧没有回来,我们渐渐不再抱希望,也许它找到以前的家不回来了。

一天我外出,突然发现马路对面有只流浪狗极像串串,但隔着一条街的距离,我看不太清,不能确定。情急之下,我冲它大叫"串串,串串",谁也没想到,它居然停住了,很快疯了一般穿过车流向我冲过来。串串,串串,它真的是我的串串。谁说只有人的感情是最丰富的,在一只狗面前,这一切都弱了,因为串串冲到我面前时几乎把我撞倒,它的眼里全是泪。

惊心动魄 15 分钟

近日,王巧芬和她的 K165 乘务组被推选为感动中国 2010 年度候选人物,在这之前,他们从未想过有一天自己会获得如此高的荣誉。在那场突如其来的灾难面前他们所表现出的无私和临危不惧感动了中国,网民跟帖留言说"即使给更多的奖励也不为过"。那惊心动魄的 15 分钟感动了无数人,又让多少人终生难以忘怀。

2010 年 8 月 19 日 15 时许,迎着如注暴雨,西安开往昆明的 K165 次列车满载 1318 名旅客,沿宝成线奔向石亭江大桥。

暴雨中,灾难的脚步悄然来临。清澈美丽的石亭江在历经了连续的强降雨后,一改往日平静的模样,水面迅速上涨,翻起滚滚洪涛。

列车司机曹继敏,在驾驶列车驶向大桥的刹那间,猛然感觉列车一阵剧烈颤动,多年的驾驶经历让他心中一紧:"不好,要出事!"说时迟,那时快,曹继敏迅速采取紧急制动。列车在上下剧烈颠簸中缓缓停稳。那一刻,他隐隐看到线路前方雨中,有一名穿黄色防护服的职工挥动手臂发出停车信号。列车的剧烈颠簸让正在 10 号车厢的列车长王巧芬感到不安,随着车轮和铁轨间发出强烈、刺耳的摩擦声,她立马从座位上摇摇晃晃地站了起来,她知道倘若没有异常情况,曹继敏不可能拉起紧急制动。她一方面让乘警长孙昭通知各列车员安抚旅客,一方面和检车长赵祥云跑到餐车门口,试图下车查看。她目睹了一个让她一辈子都无法忘记的惊险情景:列车停在了石亭江大桥上,大桥的 5 号、6 号桥墩严重倾斜,摇摇欲坠。1 号车厢至 10 号车厢已经过了桥面,11 号车厢至 17 号车厢在桥上,10 号车厢与 11 号车厢已经脱离有一车厢的距离,车体严重变形,钢轨扭曲。此时火车上的旅客还不知道究竟发生了什么,以为火车让道,临时停车。

短暂的恐惧过后,王巧芬立即意识到此刻自己不能慌,因为有 1300 多条鲜活的生命在这趟列车上,如果自己不能稳住局面,一旦发生混乱的场面后果不堪设想。此时,桥梁在晃动,随时有可能坍塌,已经脱轨、停在桥上的几节车厢里的情况不明。

赶紧疏散旅客,启动应急预案!她和乘警、检车长一边奔跑,一边向车厢里的乘务员喊叫:"赶快打开车门,把旅客疏散到桥头安全地带。"并通知列车广播员反复播报疏散旅客的命令，要求各车厢乘务员组织旅客向列车的东、西两头快速转移，同时用手机向段安全生产指挥中心报告险情。暴风雨中，休班乘务员、餐车服务人员，纷纷奔向各自岗位。

危险一步步逼近。

当王巧芬奔跑到15号车厢时，她完全惊呆了。在洪水的冲击下，15号车厢下的桥墩倾斜得更为严重，15号、16号车厢已经扭曲呈"V"字形，倾斜的桥梁缓缓下沉，车厢随时可能坠入江中，这时候有旅客发现了异常，车厢里惊恐的尖叫声不绝于耳。车厢继续倾斜下沉，距离滚滚洪水不到一米。王巧芬当即通知检车员陈旭拧紧1号车厢和10号车厢的手制动机，延缓车厢下沉速度，同时，逐车断掉列车电源，防止火灾发生。

险情发生时，15号硬座车厢列车员王肃立正在清扫车厢连接处。突然，列车开始抖动摇摆，王肃立一个趔趄，从15号车厢被甩到了14号车厢。

惊魂未定的王肃立，急忙巡视车厢里的情况。车厢裂开的地板高高翘起，连接处严重扭曲，从裂开的车缝里，能看到钢轨严重磨损的印痕，窗外是滔天洪水。在这条线路上值乘22年的王肃立，第一次见到如此大的洪水。王肃立艰难地站了起来，向旅客大声喊道："大家不要带行李，不要从椅子上翻，从中间过道，向14号车厢方向跑。遇见最近的车门，立即下车。"在旅客们都转移之后，王巧芬和王肃立冒着生命危险再一次跑进了随时有坠江可能的15车厢查看，确定没有任何一个旅客留下之后，才跳下了火车。几秒钟后，紧接着轰隆一声巨响，车厢坠入江中。

左边车厢已经坠江，右边的16号车厢也岌岌可危。然而这时候，意外发生了，因为车厢严重扭曲变形，16号车厢的门已经无法打开，列车员周晓茹在里面焦急地呼喊。那一刻，王巧芬的心都提到了嗓子眼，她拼命地用石头敲着玻璃，示意大家用力去撞门。危急时刻，两名彝族旅客用身体狠命地撞了起来了，一次、两次、三次……终于，咚的一声，车门被撞开了，旅客们迅速下车。

17号车与16号硬座车、18号邮政车相连。16号车厢连挂着17号车厢在一起向下沉。随着车厢的不断倾斜，旅客们惊恐的尖叫声不断。

17号车厢列车员赵俊鹏仔细查看了一下车厢情况，果断打开与邮政车连接的端门，列车末端邮政车里的邮包已经倒塌，四散在地板上。乘警长孙昭组织3名邮政押运员，挪开邮包，腾出空间，打通撤离通道与列车员一起快速组织旅客从邮政车下车。他一面疏散旅客,一面大声叫喊:"大家不要慌,让小孩、妇女和老人先出来,我们一定保证大家的安全。"

在旅客离开邮政车后,周晓茹和赵俊鹏又一次返回车厢,检查是否有遗漏旅客,确认后才赶紧跳了下来。脚跟还没站稳,就听到钢轨的断裂声,回头一看,16号车厢已掉入江中,瞬间就被洪水冲走了。

暴雨依然下个不停,桥两侧是波涛汹涌的江水。K165次列车的列车员带着餐车服务员一起,沿桥站成一排,形成人墙,搀扶着老、弱、病、残、孕旅客安全通过。15时30分,车上1318名旅客全部到达安全地带,整个过程历时15分钟,其间没有发生旅客砸窗跳车和拥挤、踩踏现象,创造了灾难面前"零伤亡"的救援奇迹。

当浑身湿透的K165次列车工作人员撤离出危险区时,他被等候在岸边的获救乘客紧紧拥住。生与死的瞬间让人们永远地记住了他们,他们用自己的行为向世人诠释了无私的真正含义。

永远，有多远

中午接到朋友打来的电话，电话那头的声音非常急促，紧张得都有点儿变了，说是我的堂姐自杀了，正在医院抢救，让我赶紧过去。我惊呆了，这怎么可能呢？

当我赶到医院时，堂姐刚从抢救室里被推出来，幸亏被人发现得早，医生说晚来一会儿人就没了。回到家后，一连几天堂姐都是脸色苍白，闭着眼，一动不动地躺在床上，我不知她是醒着还是睡着了。但我知道无论她是醒着还是睡着，她的心都始终是疼痛着的。

我只是无法相信当初那么幸福得让人羡慕的一个人居然有一天会用生命作代价来说离开。如果不是痛到无法忍受我想堂姐也不会选择这样一条路来结束自己的痛苦，何况是这样一个拥有着高学历的知性女子。

在这个物欲横流、婚外情到处泛滥的年代，说实话我都不知是否还真的有那种一生一世永远的爱存在。一生一世毕竟太漫长了，永远只是一个模糊的概念，没有谁知道永远到底能到哪里。或许爱的尽头就是永远，不爱了，永远也就到了，并没有我们想象中的遥远，也不存在谁背弃了承诺，毕竟那是太虚无缥缈的东西，对错谁又能说得清。当海誓被填平，当山盟被移动，当甜蜜随风而去，当激情渐渐平息，当浪漫情怀不再，当最初的温柔体贴消逝——爱情，也渐行渐远！

也许你还记得那起被称作 2008 年头号网络暴力事件的"王菲事件"，这一事件当时在全国网民中引起了巨大震动。后来法院开庭审理这起案件时，许多素不相识的网民从全国各地赶到北京旁听，就是要给那个已化作候鸟的女孩讨一个说法，是她的遭遇拨动了无数人内心深处那根敏感的弦。北京女孩姜岩因不堪丈夫有了外遇而悲愤地从 24 楼的家中一跃而下。在她已决定离开这个世界的两个月前，她关闭了自己的博客，用生命倒计时的方法与这个曾给予过她快乐与悲伤、绝望的世界做最后的告别。她去世后，她的博客被网友转帖到各大论坛，引起网友们热议。姜岩在最后两个月的博客里，一点点记录了自己发现丈夫有"第三者"之后的绝望心情，及丈夫不肯回头时自己如何计划走向死亡。当我点开她的博客我几乎是流着泪看完的，那是个将婚姻和爱情看作生命全部的女孩，只可惜她爱的那个男人不懂得什么是爱，什么是责任。

一个曾经爱过你的人,忽然离你很远,咫尺之隔,却是天涯,成为最熟悉的陌生人。曾经轰轰烈烈,曾经千回百转,曾经沾沾自喜,曾经柔肠寸断,最后他却离你而去。当爱情远去时请别再哭泣,因为往往两个人的寂寞比一个人的寂寞更可怕,这个世界上好人很多,但并不是两个好人在一起就能幸福。人的一生充满悲欢离合、生死离别,没有人可以真正伴你一生,除了自己。

在人漫长的一生里,还会有很多新的境遇,除了过去,我们还有将来,在将来的十年、二十年、三十年时间里,我们依旧有许多机会能让自己过得幸福与快乐,男人并不是我们幸福的唯一。爱过、痛过后才会懂得,懂得放弃一些人,放弃一些事。其实,生活并不需要这么些无谓的执着,没有什么就真的不能割舍。学会放弃,也许生活会更容易。

一个苦者找到一个和尚倾诉他的心事。他说:"我放不下一些事,放不下一些人。"和尚说:"没有什么东西是放不下的。"他说:"这些事和人我就偏偏放不下。"和尚让他拿着一个茶杯,然后就往里面倒热水,一直倒到水溢出来。苦者被烫到,马上松开了手。

和尚说:"这个世界上没有什么事是放不下的,痛了,你自然就会放下。"

爱过,痛过,当爱情走远时,我们不妨学会放弃。懂得放弃也是种智慧。

站着卖菜的慈善家

她是个仅仅只有小学文化程度的普通摊贩,50元(台币)3把的小白菜是她销售的主要商品。她其貌不扬,甚至可以说是"丑",不足1.5米的身高,幼年时因被烫伤,右手手指神经受损,五指蜷曲,双足又因为长期站立,压迫脚掌成五角形,同时蜂窝性组织炎长期困扰着她,严重时走路一跛一跛的。

这样一个普通得不能再普通的老妇人,却与姚明、成龙等48人,一起登上了《福布斯》杂志亚洲版"亚太慈善英雄人物"排行榜。在美国《时代》周刊近日公布的"2010年度最具影响力百位人物"名单中,她位列英雄类人物奖第8名。著名导演李安亲自执笔为她在《时代》周刊上撰文介绍,在介绍文最后一段里,李安甚至用了"amazing"这个词,意思是"了不起"。

她的行为感动了全世界,但她却浑然不知。福布斯慈善榜公布的当天,她正忙着在她的菜摊前卖菜。这个位于台东市中央市场内的小菜摊还是母亲留下来的,她从13岁开始就在这了,一站就是48年。当年,她的母亲难产,家中却穷得连就医的保证金都缴不起,最终延误了抢救时机,一家人只能眼睁睁地看着母亲死去。为了养活家里的四个弟妹,13岁的她只好辍学,接手家里的菜摊,此后每天清晨4点起床去批发蔬菜,忙到晚上9点收摊,日复一日,眨眼在菜摊上度过了48个年头。除了除夕,她几乎全年无休,2003年"非典"爆发后,才能每年休息12天,因为菜场每个月要消一次毒。为了照顾家中老小,她至今孑然一身,并认为用一个人的幸福换取全家的幸福,这种牺牲"理所当然"。

多年以后,有了出息的弟妹们纷纷请求孤身一人的她和自己一起生活,她婉言相拒,怕给他们添麻烦,至今仍一个人住在菜场旁边的旧宅里。走进那个简陋的家你会发现在家中进门的墙上,挂着三个不同颜色的塑料袋,那是用来放钱的。她在儿童之家认领了3个孩子,她每天把零钱投到不同颜色的袋里,每月存3000元台币,多年来已为3个孩子捐了35万元。

她一生极其节俭,甚至到了苛刻的地步。她一天吃饭用不到100元台币,或是酱油拌饭,或是整整一周只吃一瓶豆腐乳佐餐,最奢侈也就是买个快餐,中餐吃一半,晚餐再吃一半。病了也不情愿去医院,总是自己买点儿药水吃,一是怕花钱,二是担心客人流失,生意下滑。这样一个恨不得把一个钱掰成两半用的女人,近20年来却捐献了1000万元新台币(折合人民币250万)给社会,那是她一生的全部积蓄。需要卖出多少把小白菜、多少条黄瓜才能攒到1000万元新台币,我们谁也不得而知。她一直认为"钱,要给需要的人才有用"。1993年,她捐款100万元新台币给佛光学院;2004年,她把多年卖菜积蓄的100万元新台币捐给儿童基金会;2005年,她得知仁爱小学要建图书馆,就把全部积蓄450万元新台币捐出;当听说有福利院缺少经费,她立刻捐出100万元新台币,这个数字甚至比马英九捐的20万元新台币还多出整整80万元新台币!

她默默地做着这一切,感觉是那么平常与快乐,甚至觉得只是"舍得与舍不得"之类的简单小事。少年时期的贫困让她对生活有了更深一层的理解,当她站在教堂跟着旋律唱《感恩的心》时她的心充满感动,为那些曾经给予过自己帮助和自己也帮助过的人。她根本就没想过要出名,只是发自内心地想去这么做。当她入选"2010年全球最具影响力的100位英雄人物"时,媒体记者纷至沓来对她进行追踪报道,她慌乱不知所措,直至马英九亲自给她打电话鼓励她,她才答应出席《时代》周刊的颁奖大会。在这之前她不知道《时代》是什么,更不知道是谁推荐了她。

出名后,她拒绝了做当地农产品广告代言人,一心只想尽快回到菜场去卖菜,她认为那里才是她的人生舞台,只有在那儿,她的一颗心才能真正安定下来,因为她的心中还有一个梦想,那就是通过努力能再为社会捐款1000万。

她叫陈树菊,台东一位卖了半个世纪菜的普通阿妈。

富人的慷慨,让人看到了慈善的力量,而一个平凡老百姓的慷慨,则让人看到人性的美好。在这个世界上,除了陈树菊,还有很多的人在各个角落默默无闻地奉献着,做自己相信且自己做得到的事,不管外界纷乱,不因善小而不为。他们是我们心中不灭的那盏灯,照着我们在人生的路上行走。

涂印平

涂印平，江西南昌人，现在中国农业银行南昌县支行工作。中国诗词协会会员，江西诗词学会会员，香港诗词学会会员，江西散曲社理事，南昌市诗词学会理事，南昌县作家协会会员，南昌县诗词协会秘书长。诗词、诗歌、散文等文学作品在《金融文化》《洪都诗词》《江西散曲》《老友》《澄湖》等刊物发表，作品入选中国文联出版社出版的《当代诗人作品选》。

碧血丹心铸丰碑
——追忆革命烈士、60年农行十大人物刘庭亮

临危不惧斗歹徒，英雄浩气，血染洪城芳万里；
舍生忘死护财产，勇士壮举，心连金穗誉千秋。

这是人们赞誉"革命烈士""60年农行十大人物"刘庭亮题写的一副楹联。

2016年2月，我接到中国农业银行《金融文化》约稿函：为学习先进典型，弘扬正能量，要求对原农行南昌县支行尤口营业所太子殿供销社储蓄代办点负责人刘庭亮烈士的英雄事迹进行采访组稿。怀着对英雄的缅怀与崇敬之情，我找到刘庭亮生前同事、客户、亲属和单位领导。虽然当年的网点已兼并迁移不复存在，但谈起刘庭亮生前事迹，他们个个激情满怀、记忆犹新，把我再次带到了19年前……

英勇的卫士

那是19年前的1997年8月11日上午，天空晴朗，轻风微拂。在距离英雄城南昌市约15公里的太子殿街道上，农行南昌县支行尤口太子殿供销社储蓄代办点像往日一样安宁。

因同事辜力斌参加全国高校自学考试，只有3名工作人员的储蓄代办点的负责人刘庭亮代班，他与储蓄柜员张华在柜台内为客户办理存取款业务。临近

中午11时15分,在办完业务送走最后一位顾客后,刘庭亮起身从营业间后门出去上卫生间。

但万万没有想到,就在此时,一个罪恶的"幽灵"已窜至太子殿街,正潜伏在储蓄代办点后门的楼梯下……在刘庭亮返回营业间随手关门之际,隐藏在代办点楼梯下的"幽灵"——一个头扎白毛巾、眼戴墨镜的家伙,从旁边迅速冲了过来,双手端着一支大口径来复枪直抵刘庭亮头上的太阳穴。

这一切突如其来,冰冷的枪口闪着血腥的寒光……刘庭亮立即知道自己遇上了抢劫的歹徒,歹徒是冲着银行的钱来的……

面对国家财产的安危和个人生死的抉择,刘庭亮什么也没多想。他临危不惧,当即挺身而上,转过身来就要夺取歹徒手里的枪,赤手空拳与歹徒拼搏。

丧心病狂的歹徒,情急之下扣动扳机连开两枪,刘庭亮头部被罪恶的子弹击中,顿时鲜血直流倒在血泊之中。

歹徒随即冲进营业室,冒着硝烟的枪口又对着柜台边储蓄员张华的胸膛。看见倒在血泊中的同事和战友刘庭亮的鲜血溅得四处都是,顺着地面流淌,张华眼前一片血红,不禁大声叫喊道:"刘庭亮,刘庭亮!"

疯狂的歹徒朝张华右侧的柜台又是一枪,凶相毕露地威胁道:"快点把钱拿出来,否则打死你!"歹徒看到右边沙发上放着一个鼓鼓的黑色皮包。就在歹徒不由自主地拉开拉链朝皮包看的一瞬间,说时迟那时快,张华奋不顾身扑上去,紧紧抓住歹徒的手,将歹徒推倒在地,扭打起来……

"快来人啊!抢银行啦!"紧急关头,张华的叫喊声引来了代办所隔壁邻居万银根和附近的群众。邻居万银根冲进来顺手抄起办公桌上的不锈钢算盘,猛地朝歹徒头部砸去,张华则用力把歹徒手里的枪夺了过来。歹徒见大势已去,企图从后门逃跑,张华紧紧抱住歹徒双脚,万银根紧握算盘朝歹徒头部又是一击,在歹徒头部扎出长长一道血口,后与闻讯赶来的群众一道将歹徒擒获。营业室14平方米的战场,经历了一场正义与邪恶的较量和生与死的搏击!

此刻时针指向11时29分。救人,赶快救人!张华、万银根和群众赶来救护刘庭亮,此时此刻时间就是生命!

"110"特警、派出所民警、市县公安局领导、市县农行领导和刘庭亮亲属,在接到报案后都已赶到现场。

救护车呼啸着火速向15公里外的南昌市解放军九四医院飞驰。此时,人们看到刘庭亮的眼角上,分明滚动着两颗晶莹的泪珠。英雄啊,你为何流泪?是舍不得已白发苍苍又体弱多病的老父老母,舍不得温柔贤惠的妻子和活泼可爱的孩子啊!是舍不得离开这个曾给你带来无数梦想,你又为之奋斗的五彩缤纷的世界啊……

车内,躺着虽有微弱心跳但呼吸已停止、生命垂危的刘庭亮。父亲、妻子和单位领导、同事守护在他身边,一声声泣血带泪地呼唤"庭亮、庭亮……"却始终没有能够将他唤醒。

鄱湖呜咽,赣江流泪。1997年8月11日傍晚19时05分,刘庭亮同志的心脏永远停止了跳动,他走完了他短暂而又光辉的34年历程。

英雄的赞歌

英雄城南昌,物华天宝,人杰地灵。这块红色的土地,孕育了无数英雄儿女。刘庭亮面对持枪蒙面歹徒的枪口毫不畏惧,舍身保卫国家财产,用自己的鲜血和生命捍卫了一个共产党员的誓言,谱写了一曲新时代英雄的赞歌。

事发后当天,省、市、县党政领导和公安部门有关领导迅速做出批示或前来看望慰问。当时正在江西考察工作的农行史纪良行长闻讯,于1997年8月12日晚专程前往尤口营业所太子殿储蓄代办点进行看望和慰问,了解情况后,史纪良行长高度赞扬刘庭亮的英雄行为。之后农总行授予刘庭亮"农村金融卫士"称号,并做出在全国农行系统开展向刘庭亮同志学习的决定。

8月16日,南昌县人民政府在尤口乡召开"8.11"特大案件见义勇为表彰大会,向英雄家属及有功人员颁发见义勇为荣誉证书。时任南昌县委书记的李小楠在讲话中高度赞扬刘庭亮用他年轻的生命谱写英雄壮丽新篇章的壮举,号召全县广大干部群众向他学习。

在南昌市人民政府表彰大会上,时任南昌市委副书记陈绍翔为刘庭亮家属颁奖,号召英雄城人民向他学习。他说刘庭亮这种舍身保护国家财产的英勇行为和壮举,彰显出了正义的力量,谱写了一曲英雄主义的赞歌。

中宣部、公安部、中华见义勇为基金会授予刘庭亮"全国见义勇为先进分子"光荣称号,国家民政部授予刘庭亮"革命烈士"光荣称号。1997年11月5日,包括刘庭亮、张华在内的全国117名见义勇为、匡扶正义的中华民族优秀儿女在首都北京人民大会堂受到党和国家的表彰。

一时间,在"军旗升起的地方",人们都在传颂新时期的英雄事迹。《金融时报》《中国城乡金融报》和人民银行《金融思想战线》等报刊相继刊发长篇通讯，《江西日报》《南昌日报》和省、市电台、电视台等新闻媒体纷纷报道，将刘庭亮勇斗歹徒、舍身保卫国家财产的英雄事迹迅速传遍神州大地，人们为时代孕育了这样英勇的金融卫士而深感骄傲和自豪！

2011年，刘庭亮被评选为农行自1951年成立以来"60年农行十大人物"之一。60年甲子，承前启后，继往开来。刘庭亮的敬业和献身精神继续激励、鼓舞着新一代农行人去思考，去学习，去工作，去奋斗！

"农行60多年发展的辉煌成就，是农行几代人为之奋斗的结果。尤其是有像刘庭亮等不惜以自己的生命捍卫国家财产的金融卫士，有像饶才富那样在平凡工作岗位上做出不平凡业绩的模范人物。这些英模人物以他们的事迹，鼓舞和激励着一代又一代农行人在新的征途上继续扬帆远航。"农行南昌县支行行长李智武深情地说，"我们为南昌县农行有刘庭亮这样的英雄人物感到无比光荣和自豪！站在农行改革发展的新起点上，我们要以英模人物为榜样，学习英雄立场坚定、藐视邪恶、不畏强暴，敢于同犯罪分子做斗争的大无畏英雄气概；学习英雄爱岗敬业、忠于职守、默默奉献的敬业精神；要弘扬正能量，与农行共奋进，将英雄未尽的农行事业推进到一个崭新的阶段！"

成长的道路

有人说："英雄就是这样一个人，他在决定性关头做了为人类社会的利益所需要的事情。"

刘庭亮1963年10月出生在赣江与鄱阳湖相交的南昌县南新乡一个普通干部家庭，滔滔的鄱湖和赣江之水哺育了他，也赋予了他勤劳善良、朴实坚韧的品格。刘庭亮的父亲曾是南新营业所负责人，是一位从事多年农村金融工作的老党员。在父亲言传身教和严格要求下，刘庭亮从小养成了良好习惯，立志要从小做起，做一个对社会有用的人。

1983年6月参加工作的他，工作兢兢业业，积极要求上进，多次被单位评为先进工作者。就在他牺牲前的6月份，他刚刚成为一名中国共产党正式党员，他以自己的鲜血和生命实践了一名共产党员的光荣誓言！

刘庭亮从小乐于助人，深得乡亲和邻居们的喜爱。上小学时，他努力学习，遵守纪律，关心集体，热心帮助后进同学，多次被评为"三好学生"。上中学时，班上有位同学摔伤了腿，为使该同学不落下一堂课，刘庭亮坚持护送他上下课达一个月之久。学生时代的刘庭亮好学上进,爱憎分明,受到学校良好教育和父母熏陶,为他以后成长奠定了坚实基础。

1982年刘庭亮跨出校门,走向社会,他先后在几家社(乡)办企业做会计。1983年招聘为基层信用社合同制工人,在偏远的南新信用社九联圩分社工作,一年后回到乡信用社,成为一名基层农金员。

在南新信用社任农金员期间,由于掌握了放贷的权力,找他的人多了,而刘庭亮工作负责,只要不违反原则,符合贷款条件的一律发放,否则免谈。有一次,有位农户托亲戚送来几只鸭子和一条烟,求刘庭亮帮他解决一笔非生产性流动资金贷款,因不合规,刘庭亮当天赶到那位亲戚家退还礼品,并态度坚决地告诉他这笔钱不能贷。

1990年4月,团结村村委会组织村干部到北京旅游参观,他们特邀刘庭亮同去,这对极少有机会出门的刘庭亮来讲是个极大诱惑,但考虑到工作,刘庭亮没有丝毫犹豫婉言谢绝了。刘庭亮在任农金员的四年期间,坚持原则,秉公办事,两袖清风,没有放过一笔违规违章贷款,受到单位领导、同事和当地群众交口称赞。

1992年刘庭亮转入农行工作,分配在尤口营业所。1995年11月,太子殿供销社储蓄代办点开业,单位考虑安排业务能力强、工作事业心强的刘庭亮为该储蓄代办点负责人。为方便工作,他还动员妻子把家搬到了太子殿,从此他的身影活跃在这小小的太子殿街道上。

就在刘庭亮牺牲前一个小时,他还退还了一位顾客1000元的长款,令顾客感动不已。由于刘庭亮和其他同事卓有成效的工作,到1996年末,开业仅一年多时间的太子殿储蓄代办点存款余额达300余万元,增幅居全县农行储蓄所前列。当年刘庭亮同志也因工作业绩突出被农行南昌县支行评为"吸储能手"和"先进工作者"。

永远的丰碑

日月行天忠烈芳留百世,江河流地英雄功存千秋!

为了赤诚、正义,刘庭亮同志挺身而出迎着歹徒的枪口,义无反顾地走了,脚步是那么匆匆,神态是那么壮烈,留给我们的只有无尽的哀思和怀念。

人们不会忘记刘庭亮34个春秋勤奋、进取、壮丽、永恒的人生。他用宝贵的生命和鲜血,用短暂、平凡而又闪光的青春,谱写了人生一曲壮丽、无怨无悔的壮烈之歌!

2014年10月1日,笔者曾跟随省、市、县行主要领导到南昌市烈士陵园,在刘庭亮灵堂前深切缅怀烈士,敬献花篮。笔者看到刘庭亮灵位"置身"在杨尚奎、刘俊秀、赵增益等原江西省委主要领导和江西著名烈士一列,不由从心底更增添出崇敬之情。

"时间改变了很多东西,但永远不变的是我对爸爸不尽的思念!算算时间爸爸已经走了19年。"刘庭亮女儿、如今是农行南昌县支行营业部业务柜员的刘洁深情地说道,"记忆中的爸爸,休闲时间爱与同事和朋友打扑克娱乐,爱唱流行歌曲,也喜欢参加行里组织的运动比赛。他有一个证书就是一次参加单位乒乓球比赛得到的;记忆中的爸爸爱看报纸和电视新闻,爱跟我们讲时事政治,经常教育我们要热爱祖国,好好学习,长大要做个对国家有用的人。当我学习遇到了困难,他会耐心地辅导我;当我取得了进步,他会不断地鼓励我继续加油。记得那时家里条件不好,有一次我考试得了全班第一,为奖励我他还是用省吃俭用的钱给我买了一辆凤凰牌自行车。"

已经哽咽流泪的刘洁止不住话语:"爸爸的言行,让如今已经长大的我们懂得了如何做人、如何做事。虽然没有了爸爸的关爱、呵护,但我们从小学会了自立、自强、进取!我如今已在农行工作,我一定会继承爸爸的遗愿,努力把工作做好,以告慰爸爸的在天之灵!"

当时在代办点隔壁开音像、眼镜店的客户万银根也说道:"我认识刘庭亮近两年,他为人随和,乐于助人,人缘极好,我和他就像兄弟一样。有一次快下班的时候,一位顾客背着一袋硬币和破、小纸币来储蓄所,小刘二话没说,就帮客户埋头清算、整点,金额达6000多元,令客户十分感动。"

"刘庭亮待人诚恳、热情,无论走到哪里,他都能和周围的人打成一片;他像一团火,时时刻刻温暖着别人,他不怕苦不怕累,什么事都抢着干,每天上班总是第一个到,早早烧好开水,把柜台内外打扫得干干净净;用水不方便,他想方设法弄到一个容量600公斤的大油桶,洗干净后再刷上油漆改装成水箱;同事们忘不了他,有急事只要打一声招呼,他随时顶班代班,一年下来没有休息过几天。牺牲当天,就是刘庭亮鼓励我参加自学考试而临时代班的,我始终把他视为自己的兄长!"刘庭亮原来同事、现农行南昌县城北支行行长辜力斌的感激和怀念之情溢于言表。

2011年9月,刘庭亮烈士被农总行评选为"60年农行十大人物"之一,《中国城乡金融报》10月26日以整版刊登了题为《正义的力量》长篇通讯,报道刘庭亮烈士的英雄事迹。这一次看到与刘庭亮相关的所有资料,采访刘庭亮原来的同事、客户、亲属及单位领导,笔者心里又一次深深地被震撼,感到刘庭亮烈士的敬业和献身精神是一座丰碑!它承载着一个勇士的生命、英雄壮举和敬业献身精神,使之在农行绵延流长,千古流芳!

倒下的是庭亮,树起的是丰碑!

徐辉辉

徐辉辉,笔名自在飞,1981年11月出生,南昌县教育体育局教研员,南昌县作家协会会员,被授予"南昌市语文学科带头人""南昌市十佳班主任专业技能能手""南昌市青年骨干教师""南昌县优秀教师""优秀班主任"等光荣称号。其论文、诗歌、散文、指导学生作文等数十篇先后在《教育》《新课程》《教师博览》《澄湖》《鄱阳湖文学》《快乐作文》《南昌晚报》《江南都市报》等刊物上发表。

老艄公

这次我们去桂林,也许是因为期望太高,或是还没有放开生活中的烦恼,几天来的行程都没让自己开怀,免不了一阵失望。

这天下午,我们来到遇龙河漂流。虽然漂流我玩过很多次了,可是为了多一点儿乐趣,我还是随意上了一只竹排。

竹排开了,就有邻船的人打起水仗,而我却忘记了在上船之前买好水枪。无奈之时,我们的艄公递给我一支水枪,真是雪中送炭!转念一想,不知价钱是岸上的几倍,我便问他多少钱,他乐呵呵地说:"不用你的钱,送给你玩的,小姑娘!"我不禁为自己的现实而惭愧不已。

河水清清,轻风凉凉,我再也坐不住了,拿着水枪站在船头,和其他竹排上的人激烈地"战斗"起来。好刺激、好开心啊!连身后的艄公也大笑起来。"战斗"中间休息,我也不愿意坐着,因为衣服已经湿透了,而且站在船头,随着竹排顺流而下,风迎面吹着,十分惬意!而且让我觉得无比自在的是,艄公没有逼我坐下来。忽然,耳旁传来了好听的音乐,我以为是谁的手机铃声,谁知却是艄公随身携带的MP3。看来艄公也是一个性情中人,虽然年纪看上去已有五十多了,但硬朗,神采奕奕的,黑黑的皮肤,白白的牙齿,脸上总是装满了笑意。我一下子觉得我们的距离拉近了很多。

他和我聊起天来,谈他曾经是个乡村医生,治过很多人,后来因为办不了证,就来撑船了,每月工资加提成不足一千块。可是他谈起这些时,显得那么淡然,没有丝毫的怨天尤人。我不禁对他有了几分敬意。接着,他又说他现在每周回家两次,他的家就在漓江边,有许多的果树……多么有情趣的生活,我很羡慕了。然后,顺着流程,他给我们介绍沿岸的风景:这就是"骆驼过江",你们看那山,多像一匹骆驼……你们再看,那是……

这时,又有一船的人以多欺少来"袭击"我们了,我"奋起反抗",同船的母子俩都太柔弱,帮不上忙,只顾自己躲藏了。于是艄公就和我一起"并肩作战",他双手拿起长长竹篙,使劲儿往水面上一击,水花便溅得好远,"杀伤力"很强呢!我们满脸一身全是水,但还是笑声不断。

其他同事的艄公可没这么随性。我旁边来了我的同事,我们便打起水仗来,水花当然免不了溅到两个艄公身上。我们这边的艄公总是乐呵呵的,她那边的艄公却嘟着嘴巴:"不要再玩了!"让我们很是扫兴。

我们这一行竹排不紧不慢地前行。因为和艄公谈得熟悉了,我便向他提出让我来撑船。怕他不答应,我只好骗他说我在家也撑过船的。他连忙把竹篙递给我,坐下来饶有兴趣地看着我如何撑。而我却没有压力,而且也许因为心情愉悦吧,我左边一竹篙,右边一竹篙,竹排倒是能听我的使唤,乖乖前行,惹来周围一群惊羡的眼神。等我累了,才恋恋不舍地把竹篙还给了艄公,他直夸我撑得不错。然后又问我是否真的撑过船,这时我如实回答没有。他更是吃惊,说许多乘他的船的男人也撑过他的竹排,可是竹排直在中间打圈圈,无法前进。

艄公又熟练地撑起竹排来,竹排平稳而快速地前行。我闭上眼睛,有了一种在飞的感觉。睁开眼睛,景色宜人,我回头请艄公唱支山歌,他倒一点儿也不推辞,大大方方地唱起来,嘹亮的歌声飘荡在水面……

这次的漂流,因为有了这个热心而知情趣的艄公,增添了不少乐趣。如果每个艄公都这样,那游人会多开心呀!如果我们每个人也像艄公这样淡然、乐观,那我们的生活也定会收获更多乐趣!

我愿做《澄湖》里的一只小鱼

生在南昌县,长在澄湖边。我爱在怡人的澄湖公园,朗读着自己涂鸦的诗篇。

从小爱写写画画的我,没想过自己写下的文字会变成铅字,更不敢妄想成为一名作家。写作只是自娱自乐,一个人瞎摸索。虽然有一些文章在学校报纸上刊登过,但终究没走得更远。

2008年的春天,我在学校打卡机旁边看到一张征文启事,说南昌县要创办一本《澄湖》杂志,投稿可以投到南昌县文联的邮箱。来来往往的同事也许没在意这张小小的纸条,可是我心情激动——是不是可以试试投稿呢?于是,我掏出笔,仔细地把投稿邮箱记下来。当天晚上,我就从自己写的文章里找出一篇《快乐的"老九"》投了稿。

我带着小小的期盼过着平淡的日子。突然有一天,门卫处给我一本杂志——《澄湖》二〇〇八年第一期(创刊号)!还给了我一张三十元的汇款单——我人生第一笔稿费!我激动地看着这本充满家乡气息的杂志——封面是茫茫茶海,一个红衣采茶女正在采摘茶叶。卷首有县文联主席赵金贵对我县文艺事业"超速发展,快速繁荣"的期望。第一页《经济发展大潮涌,盛世振兴澄湖春》是县委副书记梅梅对《澄湖》杂志寄予的厚望。接着第一篇文章《看黄马》是黄夏君老师的作品,黄老师曾经到过学校给我们做文学创作的讲座!我还看到了我班学生陈昕杨爷爷陈宝良老师的作品《岁月轶事》,陈宝良老师可是江西省作家协会的会员!再往下找,我在"散文之窗"里看到了自己写的《快乐的"老九"》!那一刻,我是多么自豪与幸福——我们的南昌县有了一本自己的杂志!我在她的创刊号里发表了文章!我的文章与那么多资深作家的文章放在一起!

在接下来的日子里,我对写作更加充满热情,就像一只小鱼儿找到了一个自由的池塘。我快乐地游着,一有比较满意的文章就投稿。我还结识了才华横溢又不失幽默的责编——姜钦峰老师,他将我那一篇篇还不够成熟的文章都登在了《澄湖》里。我深深地明白,这是家乡的编辑们对我的抬爱与鼓励,我只有用更好的文章来报答。

由于练笔多,我的写作水平有了提高,教学论文每次都能获奖,还有文章在国家级的期刊上发表。今年暑假,南昌市教育局举办青年干部教师现场写作大赛,我也去参加了。不论结果如何,我都为自己感到高兴,因为我在不断超越自己!

除了自己投稿外,我还鼓励学生在《澄湖》杂志上投稿。孩子们看到自己的文章上了杂志,都高兴得一蹦三尺高。我很欣慰,《澄湖》又点亮了孩子们写作的梦想!

2013年8月16日,南昌县作家协会举行第二届会员代表大会暨《澄湖》创刊五周年座谈会。席上,我结识了许多志同道合的朋友,更有陈宝良老前辈的谆谆教导让我受益匪浅。

是《澄湖》让爱好文学创作的我们走在了一起,我愿做《澄湖》里的一只小鱼,和大家一起讴歌时代发展,提升家乡魅力!如果有一天,我能游到更深更远的大海里,我会告诉那里的人们澄湖有多么美丽!

我们小时候

办公室里,有同事感叹:"现在的孩子越来越难教,个个都像小祖宗一样。"另一同事接上:"是啊!现在的孩子太金贵,哪里像我们小时候啊……"一石击起千层浪,大家便你一言我一语地回忆起自己的小时候……

我们小时候,上学从来没有父母接送,下雨也是自己跑回家。作业,家长基本不管,自己独立完成。有不会的题目想问父母,父母不会讲解,还会训斥道:"上课你做什么去了?"有时,作业没有完成好,或调皮了,老师会惩罚的。有一种单脚跪在板凳上,双手要举过头顶的惩罚我至今都记得清晰。一些调皮的男生,常常被这样罚。同学们看到他们摇摇欲坠的窘样,心里多想笑啊。可是我们不敢笑,因为谁笑出了声,谁也要被这样罚。中午被留下不许回家,也是常有的事。于是,父母送饭来学校或让邻居的孩子带饭来,便成了学校常见的一道"风景"。

我们小时候,都很"野"。爬树、翻墙,什么都敢试一试,玩得很"疯",也伤得很重。有时,我们一不小心从高高的树上或墙上摔下来,眼冒金星,半天说不出话,回家也不敢告诉父母也从没照过 CT、磁共振,还好头脑好像没摔出问题。有时,疯跑的路上,会遇到烈狗,那狗会追着我们。当然,狗不追我们时,可能我们还要有意去招惹招惹它,把它激怒。总之,被狗咬伤,也是常有的事。从没打过狂犬针,大家也一点儿事没有。夏天,我们打赤脚走路,踢破脚趾、踩上锈钉子,更是家常便饭。打破创风针?没打过,连红药水都很少擦。我们会随手从地上抓起一把沙土,洒在流着鲜血的伤口上。一边洒,一边学大人的样子念叨:"土子土子药,边洒边结壳……"(这句话用家乡话念时,很押韵的)那么不卫生的伤口处理,居然也不发炎。

我们小时候,和大人一样上田地干活。虽然做不好,父母依然放心地让我们去做。秧苗插歪了,大人说:"没事,就那样插吧,反正一样会长大!"有时,包在秧苗里的蚂蟥把我们吓哭了,我们在水田里乱跑起来,泥水溅我们一身。小泥猴一般的样子,把大人逗乐了。乐过之后,大人又让我们继续干活。割稻子时,父母居然也放心拿一把锋利的镰刀给才七八岁的我们。我们老老实实地割着,虽然心里想着《小龙人》的电视。也被割到过手指头,但父母也没后悔让孩子用了镰刀,而是轻松地打趣:"哦,连镰刀都要你休息啊,那你回家去吧!"我们便欢呼着跑了。

我们小时候,玩具大多是自制的。用大人不要了的松紧带做成皮筋;用包装带加上两个在自行车修理店里捡来的螺帽垫片做成毽子;用木盆上脱下来的圆环来滚铁环;用边角布料自己动手缝个沙包;用细竹筒和筷子做成竹筒枪;用一截小木头削个陀螺,在尖端处钉进一个小钢珠,小陀螺能一直转一直转……

我们小时候,学本领很少有父母陪伴。看到别人骑自行车,自己也从家里推一辆出来。那时大多是"二八"型号的大自行车,七八岁的我们扶都扶不稳,就敢踏上去。年纪稍大一点儿的伙伴会来言传身教,我们就那样一边摔跤一边学会了。大人又心疼自行车,又心疼我们,但终究没有干预我们。游泳,更不知道是从什么时候开始学会的。大概从小就在水里玩,玩着玩着就会游了。虽然不是什么专业的"蛙泳""蝶泳",可在河里游几个来回还是没有一点儿问题的。织毛衣,男孩女孩子都学着大人胡乱织过,但这个没有学会……

我们小时候,也许条件比现在差一些,生活清苦些,可是,回忆起来却全是满满的甜蜜。不知道现在的孩子将来会如何回忆他们的"小时候"。

文字点亮人生

把我领进文字王国的人是我的父亲。父亲读书的学历并不高,但爱好文学。在那个物资贫乏的年代,身在农村的父亲却珍藏着许多图书,有连环画,还有厚厚的小说。童年的我比起和小伙伴一起玩沙子,更喜欢翻阅父亲珍藏的连环画。

读小学要写作文了,其他小朋友急得流眼泪,我却因为和文字早有接触,所以少了对写作的畏惧,只管用手中的笔写身边的事。老师常把我的作文当成范文在班上念,我便以为自己是个会写文章的人,甚至萌发了要写小说的"伟大理想"。

读中学了,我想把文章写得更长更好,便一味模仿作文书上的句子和构思,文章越写越没有生气。有一次作文大赛,我写着写着又写成了别人的故事,结果名落孙山。我终于明白:真实才是文章的生命,真情才是文章的灵魂。

初二时,妈妈做了一个小手术。为了省钱,她在一家私人诊所开了刀,手术后留下了后遗症。我心疼妈妈,却不知如何表达,于是把复杂的感受写进了日记,从此便开始了与日记交心的旅程。这时写日记和小学时老师布置的每天要写的日记不同,完全出自内心的写作冲动,不为了得到谁的表扬,就是那么尽情地在文字世界里哭泣、欢笑、思考、倾诉……灿烂的花季,朦胧的雨季,都有一本一本的日记陪我走过。我的青葱岁月,因为有了文字的相伴而更加丰满可爱。

参加工作后,依然坚持写日记。学校建立了一个内部网站,大家可以发表文章。教师节那天,我把自己有感而发的一首小诗放上去,没想到深受同事们的喜爱,大家争相阅读,并送给我雅号"诗意自在飞"。我备受鼓舞,更加热爱写作,频频上传自己教学和生活的随笔,每次都有许多同事给我点赞,并写评论。

后来在何香兰校长的鼓励下,我加入了南昌县作家协会,开始定期给杂志投稿。南昌县作协的姜钦峰主席每次看了我的稿子后,总是给我幽默而温暖的点评。我像一只小鸟飞进了一片绿意盎然的森林,尽情地飞翔,尽情地歌唱。

因为爱写作,我在教学时总是有意无意地影响孩子们去阅读、写作。看到他们手捧书卷美美地品读时,欣赏到他们真挚感人的作文时,便是我最幸福的时刻。如今,我离开了课堂,成了一名教研员,却依然希望可以传播阅读与写作的火种。我组织语文老师们成立了拓展阅读课题,和他们一起阅读,一起品味文字的甜美,从而指导教学,指引人生!

时光总是匆匆而过,生活大多平淡无奇,还好有文字可以点亮人生!

李丽芳

李丽芳,笔名阡陌行间,文艺工作者。南昌市音协会员,南昌市剧协会员,南昌县作协会员。近年来从艺术舞台转向文学园地,陆续发表一些诗词、散文,意将自己人生舞台的另一面加以丰富。

那湾清清的岚湖

在身体状况的低谷时接到县作家协会傅国良文友的电话,问是否愿意去幽兰镇参加采风活动,"当然去!"身体细胞顿时活跃起来。

雨后的大地一片舒润,空气里泥土香阵阵扑鼻。从澄碧湖畔到青岚湖畔有三十几公里路程,大约不到一个小时便能抵达,平时来回坐车我计算过。

每每听到《常回家看看》这首歌,总是愧疚。我觉得这首经典曲是唱给像我这般没回家又常找理由的人的。这次,我想,我是回家看看来了!

车子终于驶入镇街道,过了客运站,途经邮电所,向右一条分叉路约两百米处的那幢用水泥粉刷外墙的房子就是我父母居住的家,兴建搬迁过来不过几年。父母亲拂过一眼只有几秒钟,车子在前行,我还不能下车去看望他们。他们在家吗?老妈的胃今儿早上还疼吗?是不是又用风油精擦着胸口,老爸是不是拖着因劳伤落下的瘸腿在楼下菜园里整土、泼尿兑的水……父亲现在被返聘教学,也许马上要去学校,我知道,苍劲有力的板书内容就是在父亲风趣通俗的讲解声里被轻松注入孩子们的心田的。父亲对学生们的爱胜过一切。

我的出生地就在这条小路向南延伸二里的自然村——南山村。父母居住的老屋仍在,是两幢三字墙连体的四角屋。四根大圆木柱支撑着主梁四方,四间房住着四户一房人家。据父亲说这房子是他爷爷那代时上百号壮丁从邻村榨里地里"呼尔嘿哟"抬到这大姓李村扎根的,里面的木制门和镂空雕花图案窗是后来人工添置完善的,五米高的顶上有阁楼可用于搭铺或堆放柴火。用现在的建筑风格来描述算是框架结构的联排别墅了吧,西头那套带天井小院的是我爷爷的弟弟一家子的。墙的连体如同爷爷兄弟俩亲密无间。

记得我亲叔叔和我堂叔同时娶媳妇时,我就在两套四角屋里串来串去。刚接完这边新娘子又赶去那间"坐床"。老家乡俗是:新娘子进门前会让几个男孩女孩坐在新床上玩儿,听几声喝彩洒几把茶叶米,以讨个"人丁兴旺、生个五男二女"的口彩。孩子们便趁此机会饱享大人们分发的糖果饼干,或舔着口水用小手把红包里的几分钱抽进抽出而乐此不疲。

我一家五口在这间十几平方米的屋子里蜗居了十几年,直到父亲通过民办教师考试转正后一家人才住到村北的新校区,那是乡校办室和村委会对父亲不菲的教育成果的一份特例关照。从此,老屋就只有奶奶在那儿留守,九十多岁的奶奶至今不肯搬出来,说是老宅不能空着,得有个"人气"。三字墙内留存的那段流金岁月随奶奶的皱纹渐老渐深。

"到了哪儿,我们这是去哪儿?""去镇政府坐坐。"一阵问答声把我从记忆里拽了回来。望一眼窗外,车子进入政府大院。下得车来,大红标语"打造幽兰镇佛教文化"醒目地横挂在一人高的院墙上。院墙东侧是原乡电影院,以前的经理大干同志健在时曾那样劳力费神地经营这座群众文化会所。事在人为,如今为的人又会是谁呢?

读中学时影院里实行的是包场制,每次电影院里都是连过道都挤满了人。记得那次坐第一排,放映的是歌剧电影《洪湖赤卫队》,我看得最清的是刘闯大队长脸上的拉碴胡子,那不过是很均匀的黑点点依稀可数,他好奇的手巴不得指到银幕里演员的脸上,而那时的化妆技巧着实不逼真。不过正是由于那部影片,我学会了女一号韩英的所有唱段并在以后县里百台文艺会演中演唱了其中的经典唱段《看天下劳苦大众都解放》,小尝了回大舞台的风味。

这座影院积聚了我小时的许多欢乐,也曾留下哭不过瘾的酣畅。一部风靡大陆的台湾电影《妈妈再爱我一次》几乎赚足了影院内所有观众的眼泪。和很多同学一样,我经常偷偷溜入别的班级包场时间段多次看那可怜的疯癫妈妈,被那"世上只有妈妈好"的歌声反复揪心断肠,至今仍觉得那是世界上最美的歌声。散场后挤在人群里,我会悄悄把手中那块早已湿透的小方手帕塞进口袋,还说"我没怎么哭",然后和同学们相互指着红肿的眼睛咯咯地笑了。至今我还记得那位同学的名字。那时候电影院在我眼里是很气派的。当时,学校发动了每一位中学生去村子各个角落一担箕一箩筐拾掇小石子、碎瓦片、鹅卵石,并按时按量交公,才完成了这座全乡唯一的标志性大厦的落成。拳拳爱心凝聚的殿堂滋养了这里的文化学子。那座影院后来接待的县里采茶戏班子的演出也影响了我今天的择业。

在政府高书记和文化站长的接待下,我们在会议室小坐了一会儿,然后会员们一行正式踏上了幽兰文化采风之旅的第一圣地——东禅岘山庵。

南湖村南面小山丘上,一片竹林掩映的几座寺院就是岘山庵,寺院脚下由东向西横贯一条湖泊,美丽的青岚湖披着霓裳日夜装扮着这座滨湖小镇,寺院佛光仙气与湖中精怪灵气和着朝拜许愿的袅袅香雾萦绕庇护着千年小镇里的村民世代生息。

和同学们来玩过,和朋友们来游览过,这片竹林有好些年没亲近了。今天再次走近她,仍可嗅到当年在这竹林打闹的汗香,听到这世外园林里竹子拔节的跸啵声响。幽幽钟声,枫竹禅林;潺潺湖水,碧波莹莹。站在静谧的禅院眺望脚下青岚湖,使人不由得顿涌风生水起之处定分境界之高低的豪迈。

禅院南门西侧,一条护堤蜿蜒几十里,目所能及的村子就是我家老屋的所在地。顺着堤坝下行可以找寻到当年父亲带我们下水摸虾网鱼捞螺蛳的足印。为了补贴生计,家里买了一条旧船,用桐油透晒后,请人抬到青岚湖边,湖畔夜泊,晨起撒网,这条船承载了父亲教书外的劳作使命。三四点起床,父亲就会穿上下水裤,操起网杆网袋,背起篾篓步行约十来分钟开始水中作业,我有时也会被母亲赶起床随父亲去湖边摸螺蛳蛤蜊。二三月间的清晨,水中不温和,伸得手下去,寒意彻心透骨,这时只有幻想着母亲用银鱼煮面条的奖励来驱赶冰凉。青岚湖里盛产鱼类,尤其是银鱼,也叫冰鱼、玻璃鱼,至今,这种鱼被制成干货成了下头湖的特产,被家乡人拿来馈赠四方亲朋。在当年,父亲网来的银鱼在集市上也能换得家中几天的口粮。辰换星移,正应了"物以稀为贵"那句话!

"来,过来拍照了——"又一嗓子船工号子般的提议声惊醒了这份粼波回想。我们三三两两聚拢到禅院南门,站在石级上面朝岚湖,文友们诗兴大发、文思泉涌:桃红柳绿松柏巍……岘山岚湖尽芳菲……才排好队,县作协姜主席忙打趣:今天是三八妇女节,看这浩渺烟波,感觉女同胞们个个都成粼波仙子了!在女会员们满足的笑声中摄影大师抢拍了最佳镜头,比那傻傻的"茄子"POSE 强上百倍之多。

采风团一行下山之前又登上了北门前的七级如意佛塔。文友们对着佛像依次膜拜,感应世尊的佛法,定胜过那妙笔生花!

在文化站长的带领下,大家接着参观了东田村的文昌讲寺和青塘李村的地藏寺。一页经书一世法。聆听着师父们的讲解,踩着圣地每一块石子,一份纷扰外的自在愉悦身心。

这就是我的家乡,清晰如昨的记忆告诉我,我实实在在的家乡依然风采无限,这迈入家乡土壤的脚步倍觉轻盈。带上笑容,带上祝愿,我,真的回家看看了!清清的那湾岚湖,愿,水更甜,天更蓝……

浓浓的爱河

每天,电影频道都会播放一些涉及乡村或旧时代题材的影片,以前只要搜索到都会跳过去,理由是觉得太土冒、太过时了。今天,老公上班推晚了点儿,八点多还没走,正好电视上在播一部名为《幸福的小河》的影片。老公的神情吸引了我,我便也凑过去看了看。剧中扮演男主角的演员挺眼熟,想起来是一部电视剧中一乡下农民的扮演者,片名是《父亲进城》,因对其憨厚的剧中父亲形象和自然淳朴的演技留有深刻的印象,不免燃起想再欣赏欣赏他演的这部影片的兴趣了。上班时间快过了,老公有点儿舍不得,我忙说我替你看着,等你回来到我这"领(剧)情"。老公拎包出门后,我独坐沙发,认真欣赏起这部影片来。渐渐地,心开始被剧情一丝丝牵扯,情感也被一波波浸透在那条幸福的小河之中……

影片讲述的是发生在四川某一偏远小乡村的故事。父亲辛辛苦苦培养出来的大学生儿子丰收和其女友扣子(已领证)放弃城里发展的机会,坚持要回穷乡改变家乡面貌,向父亲提出要把家里的所有土地用来种植紫荆花,遭到一辈子与耕地为依、视土地为命的倔强老父亲的极力反对,并当着来家里购买农作物树苗的商人面用烟嘴杆追打儿子。小院里,背剪双手的父亲如此开训:回家当农民,你对得起国家对你的教育,对得起老师的教导,对得起村里人对你的厚望么?你让我这老脸往哪儿搁啊?丰收和扣子轮流给父亲讲述种植业的发展前景,分析小农经济的改革好处并双双表决心不会让父亲失望。也许是有其父必有其子,望着倔强性比自己有过之而无不及的儿子,听着一番番似乎有道理的开导,父亲一句"你搞什么名堂自己负责,不要让我在村里人面前抬不起头"算是默许。当丰收的第一笔资金不够周转向父亲再一次提出帮助要求时,极有原则的父亲与亲儿子写下了借款条,白纸黑字红手印上拿出的是父亲用来操办儿子婚事的所有积蓄。天有不测,满心期许长势良好的种苗一夜之间却被几十年未现身村里的野猪啃了个断枝残丫,所有的投入打了水漂……望着坐在地里号啕大哭的儿子,父亲烟杆里烟圈吐得更快了。一向嗓门大大的父亲来回踱了好几圈后破天荒地小声扔出一句:几头野猪就把你折腾成这样,这哪像一爷儿们?还真要让村里人笑话咱没志气?不就屁大一事儿,还压垮大活人不是?一纸借条投入灶炉后,父亲不辞辛劳跑乡里、找文件、拉技术支援,寻求事后处理,丰收的脸上重新写上了自信。

紫荆花开红艳艳,丰收园里笑声朗。一头是儿子勤劳穿梭在田地的身影,一头是父亲随着 MP3 耳机哼唱的川戏声腔,怡然地徜徉在果树林间……

带着笑含着泪看完了这部片子,良久沉浸在亲切的感动之中。爱的方式有种种,温柔体贴是爱,无声照顾是爱,"口是心非"也是爱。只要你用心感受,幸福其实就在自己身边。浓浓的爱意一滴滴汇聚,温馨和幸福一汩汩流淌,这条幸福的小河啊,满载着那厚重的父辈之情!

贺志雯

贺志雯,笔名雯子,1967年10月生。一直从事财务工作,爱好文学,喜欢写一点儿散文、小说。现就职于江西阳光乳业股份有限公司。作品散见于《澄湖》杂志。

初春晨游凤凰沟

凤凰沟,美丽的家园,生我养我的地方。这里留有我少年时的美梦,这里留有我太多的记忆,这里常常让我牵挂。爱凤凰沟,更爱凤凰沟初春的早晨。

凤凰沟的早晨是宁静的。因为没有城里的喧闹,这里的大地似乎苏醒得晚些。东方才刚吐白,晨练的人们已从四面八方慢慢地跑来了,不约而同地聚集在白浪湖水库旁干净整洁的大道上,脚步轻轻,好像怕吵醒熟睡中的大地。睡梦中的凤凰沟,就在这美妙的脚步声中渐渐苏醒过来。当曙光慢慢揭去笼罩在凤凰沟上的白色纱幔时,远处的白虎岭山脉依稀可见。鸟儿开始了欢歌,花儿露出了微笑,仿佛告诉人们,新的一天到来了,大家都要有好心情哦。

凤凰沟的早晨又是热闹的。勤劳的老乡们已在菜地里忙碌着:有的在翻地,有的在栽菜秧子,有的在拔草,有的在施肥浇水,有的在收摘蔬菜。沿着白浪湖水库的东岸朝百果园方向漫步,空气清新,湖水清澈干净,几个邻居赶早在这里洗衣服:搓擦、棒捶、抛漂,使平静的湖水泛起了道道波纹。而远处水中央的亭台阁楼、拱桥,则在晨曦中熠熠生辉。美啊,白浪湖!

随着湖岸左转,拾级而上,路旁笔直的梧桐树已长出青翠的绿叶,那长着红叶的景观树,被园艺工人修剪得像一个个大红灯笼。节能的景区灯下挂着一个个红色的袋子,那是太阳能防虫灯。一会儿就到百果园了。百果园,顾名思义栽着很多果树,这里差不多四季飘着果香:春天的枇杷、桑梓,初夏的杨梅,夏天的梨子,秋天的橘子、柚子和柿子,冬天的草莓,等等。

这个季节,梨花已开过,嫩绿的新叶中衬托着晚开的梨花,是那样的醒目,特别是在早春的清晨,在暖阳下显得格外耀眼。梨园的铁栅栏上爬满了牵牛花草,长在路旁的小黄花和狗尾巴草上的露珠,晶莹剔透。

纪念林位于百果园之中,紧依着梅园,从它的东面往西,是两排由青石板铺成的小路,曲曲折折延伸到梅园深处。你可以在这么个春天的早晨,到梅园里寻幽探胜。今年天气偏暖,红梅白梅,早已开过,已长出了绿中带红的嫩叶;美人梅枝头残留着花瓣,而地上却是一片落英,仿佛在告诉人们它们曾经辉煌过。我陶醉在这满园的春色中,唯恐它们逃走,立即拿出手机,满园春色便被锁住。抬头见不远处有一亭子,名为"暗香亭"。我想之所以取此名应是因它居梅园深处,加上王安石有诗曰"遥知不是雪,为有暗香来"。此时仿佛看到,梅花盛开的季节,梅花在雪中如云霞般傲然绽放,香气怡人,有一长发飘逸、身着艳装的女子,在亭子里悠悠地弹奏着古曲,一时宛转低沉,一时高山流水,如人间仙乐,回响天际。而那女子又是那样清新脱俗,似天仙下凡。

故然曲子是真的,在清晨的景区里到处回响;而那弹琴的女子却是幻觉。这样走着,不觉又转回到原先的那条大道上来。

不远处有一大门,这门有时是上锁的,估计是防止路人晚上偷采茶叶。进入大门,便是"茶海"了,之所以称为"海",自有它的道理,这里的茶树据说有万亩,层层叠叠,颇为壮观。此时的茶树正发着嫩芽,勤劳的茶农正忙着采摘着明前茶,给广袤无垠的"茶海"增添了一道亮丽的风景线。再往前走,右侧路边黑色的大理石上是一尊铜的塑像,只见一位书生骑在展翅飞翔的凤凰的背上。这书生便是唐伯虎。

说起唐伯虎还有一段典故呢:相传明朝宁王造反,请唐伯虎来南昌辅助政事,唐伯虎知道了宁王的意图后,想离开,但遭到宁王的监视。唐伯虎无奈装疯,想瞒骗宁王后返乡。这时飞来一只凤凰,唐伯虎便骑着凤凰扶摇直上,飞离而去。这里就是凤凰飞起的地方,于是人们就叫它凤凰沟,并且一直流传至今。

"山不在高,有仙则名;水不在深,有龙则灵。"凤凰沟也因凤凰救出唐伯虎而为世人熟知,再也不是一条平凡的沟了。它现在是国家4A级旅游度假区,是单位商务会议和人们休闲旅游的好去处。

从铜像右侧向上有一宽阔的水泥路,通往小山顶上的建筑,那里原是凤凰沟的气象站,如今新增加了些别致的小洋楼,作为院士工作站。若是站在院士楼上,整个凤凰沟的景区尽收眼底,但我没有进去过。

与院士工作站相对的就是绿韵茶坊了,成一弧形建筑立在茶山之中,建筑前正中央,立一大碑,刻有陆羽《茶经》中的茶之源,茶之造,茶之饮等内容。我虽不懂品茶,但我知道喝茶是有很多讲究的。在我们国家有着几千年历史、闻名世界的茶文化,它的厚重和博大精深是我们老祖宗为世界文明做出的又一大贡献。

  沿着大道一路下坡,便到了玉兰大道。微风轻轻地抚摸着我的脸颊,和着悦耳的音乐,令人心旷神怡。路的两侧是亭亭玉立的玉兰树和矮矮的修剪整齐的茶花树。玉兰花的花期大都已过,只剩下几株白玉兰傲然怒放着;茶花也大都开始谢了,红的、白的、粉的交相辉映。

  路伸展在茶树之中,人畅游在"茶海"之间,不知不觉又拐上了一座山坡。山坡上地势平整,与院士工作站和绿韵茶坊遥相呼应。坡上茶树旁树有一三角形碑石,倒立着,用朱漆书写"茶海"两字。离石碑不远处,有一亭台楼阁——茗雨亭。登亭远眺,满眼都是绿色海洋。这里的"茶海"最为壮观,层层叠叠,错落有致,连绵几公里。而与茗雨亭相对的是茶文化馆,那里向人们展现着古老的茶文化。

  清晨的"茶海"被一层薄薄的雾气所笼罩,更为这景区增添了一种神秘的色彩,我独自在幽静的景区里漫步,这一片天地好像都是我的。我时而走,时而停,时而跑。没有进"茶海迷宫",我怕走进去,一时半会儿走不出来。最主要的还是我惦记着樱花谷里的樱花,春季是看樱花的好时节,日本把春天称为"樱时",可见樱花代表了春天。我想清晨的樱花经过一夜的沉睡,醒来应更是娇艳欲滴了。

  在路上就能隐约看到远处山坡上的樱花阁了。广阔无际的茶树间点缀着一簇簇的樱花、海棠花,似雪似锦。看到远处樱花便再也无心欣赏路边的景了,我径直快步朝目的地走去。

  上坡下坡,左转右拐,前方见有宽阔的水面,清明透彻。一野鸭从一侧水面飞跃到另一侧的水面,中间竟隔了一条道,正当我惊讶之余,水面上又悠闲地游来三只,它们的身后留下三道长长的弧线。喜欢水,总觉得有山没水,山就没了灵气,凤凰沟也一样。看到水,便又要寻湖边的柳了,"不知绿叶谁裁出,二月春风似剪刀",已是三月,那细细长长的柳枝上泛出一层嫩绿。原来这湖就是天鹅湖,天鹅湖里当然得有天鹅,常见它们三五成群地在湖中嬉闹着,不过,此时它们还没醒来。

  到了天鹅湖,便到了樱花谷了。谷里的樱花有六百多亩,分为早樱和晚樱。

早樱现在开得正好,晚樱要过些时候。早樱虽比不了晚樱那样绚丽多彩,但也不比晚樱逊色多少。"深山未必得春迟,处处山樱花压枝",这是宋代诗人方岳描写深山樱花盛开景象的诗句。樱花谷虽不处深山,但这里的早樱大都已绚丽绽放。果不出我所料,小巧玲珑的花朵,洁白无瑕,娇艳欲滴。它们三五成群地聚集在一起组成一个个大花球,一簇簇如一朵朵白云缠绕于枝丫之间,颇为壮观!

樱花阁坐落在樱花谷高高的山坡上,沿着坡的四周,修了好几条通道,道的两旁全是樱花树。在樱花盛开的季节,这里是花的海洋。

我独自徜徉在花的海洋里,陶醉在浪漫的樱花雨之中。这时很想找个人帮我拍张照,把樱花和我融为一体。正当我左顾右盼时,从山坡上走下来一位小伙子,上前请他帮忙拍照,他欣然应允。

景区内正播放着《故乡的原风景》,优美的音乐在清晨宁静的凤凰沟回荡……

胡 风

胡风,丰源淳和社区党支部书记,南昌县人大代表,南昌县政协委员。散文《童年的老宅》在2015年5月荣获南昌市举办的"秀美南昌县"散文大赛二等奖,并在南昌文艺杂志和《澄湖》杂志刊登;诗歌《醉美昌南》在南昌县2017"大美昌南·泥土芬芳"谷雨诗会征文中获得优秀奖。

童年的老宅

每当我看见一些类似四合院建筑的时候,心里总有种特别的情愫,许多童年的回忆会涌上心头。这些回忆既清晰又模糊,时常在我脑海里浮现,令我魂牵梦绕。

我出生在二十世纪七十年代的末期,那个时代对于中国普通的乡村家庭来说,还是很贫困,家里孩子也多。大多数乡亲都还在为了温饱而辛勤劳作,很少有时间围着孩子转,年纪稍大的孩子偶尔有头疼脑热的时候,父母要到晚上收工,吃饭的时候才能发现。在那个物资匮乏、父母没有太多时间给予我们关爱的年代,一座老宅、一个老人,却给我童年的生活带来了莫大的幸福和精神慰藉。

小时候,我妈妈的外婆,也就是我太外婆就住我家隔壁。太外公祖上原先是大户人家,他家的房子是祖上留下来的,据说是清朝的时候就有了,是一栋有三进的大四合院。这栋房子严格地说是由三套房子组成的,中间有两个"口"字形的天井,东西分别是门房和厅堂,南北都是房间。这个房子住着太外公四个兄弟家的几代人,老老少少有五十多口,这个宽敞的老宅也成了我童年时期周围一大群孩子的乐园。

我出生之前太外公就过世了,但太外婆身体一直都很硬朗。太外婆住四合院第一进靠东面的房间里,我稍微能记事的时候就觉得太外婆好像没怎么离开过这间老宅。或许是年纪大了,又或许是她裹得很小的脚出行不方便吧。

太外婆为人很和蔼,每当农忙季节,除了亲戚的孩子,隔壁邻居也都会把孩子托付给太外婆照看。太外婆对于照看孩子很认真负责,生怕我们这群熊孩子淘气跑出去玩水,自己又跑不快,追不到我们,她总是会把房子其他门都拴好,留个大门,然后自己搬个凳子坐在大门口稍微阴凉的地方,手上挂根木棍,装着很凶的样子唬我们说:"谁不听话,打得谁的屁股开花。"每每听见她这样说的时候,我们都知道她不会真打,总是会一起起哄,在那里哈哈大笑……但是我们也不会真溜出去,廊檐下的秋千、天井里的鱼缸,还有太外婆做的炒米……都成了我们各自的目标。有几个比我年纪稍大一点的表叔,还会跑到鸡窝里掏出母鸡刚下的鸡蛋,敲开蛋壳就吃。那时候说这种蛋是最有营养的,我当时只有三四岁,很羡慕表叔能吃到这么有"营养"的蛋。太外婆看见我们撒欢的时候,总是眯着眼睛说:"玩的时候要注意安全,谁要是听话,等一下就有奖励,不听话的就没有。"我们大家就会立马围拢来问太外婆有什么奖励。太外婆就会悄悄地到自己房间,神秘地拿出一个青花瓷的坛子,再拿来一大壶凉开水,给我们做红糖水……

太外婆虽然年纪大了,但做饭是把好手,那个年代,好吃的东西真的很少,但是什么简单的食材到她手里都能变成美味。春天,我们那边的稻田里到处都有红花菜,太外婆就会叫后辈采摘一些回来,做成红花饭,其实在我自己家,奶奶也会做,但是那时候吃起来就觉得没太外婆做的香。我经常会一个人去太外婆家里,太外婆也很疼我,有什么好吃的总是不忘记给我留一份。当我玩得疲倦的时候,太外婆总会把我搂在怀里,用她那老松树皮一样的手抚摸着我的头,哄着我慢慢入睡,我会像一只小猫一样蜷在她怀里。

我们小时候最快乐的事莫过于谁家办喜事了。太外婆家的房子是我们那一带最大的,太外婆一家为人也和气,附近谁家有喜事,特别是碰见下雨的天气,就会把酒宴摆到太外婆家的大四合院里。在那个年代,宴请宾客的很多食物都是自给自足的,摆酒宴的头一天就要到自家的猪圈里选头肥猪杀好,而我们那群孩子也是最有口福的,在宰猪的当天我们就能分到一碗猪血汤或是猪肝汤。接下来的一两天,我们这群孩子是最开心的,不仅仅有好喝的汤、好吃的菜,还能吃到花生、瓜子和香甜的糖果。当然,大人们也很开心,吃着还算丰盛的菜肴,喝着自酿的老酒,道出自己对新人一串串的祝福……

时光就在老宅的欢笑声中一日日度过,很多孩子渐渐长大,大家生活条件也渐渐好了,有些人家开始慢慢地搬出了老宅。每次有人搬家的时候,太外婆总是拄着拐杖,站在门口凝视着,仿佛在思考什么。我七八岁的时候,也要离开奶奶家,去上学了。走之前,我跟母亲去了太外婆那里,母亲和太外婆在那里聊天,我就在老宅里不停地来来回回地走动,很想把老宅里的点点滴滴都装进自己幼小的心里,总怕自己离开了,一切的记忆会随之淡去。临走之前太外婆还是像往常一样把我搂在怀里,抚摸着我的脸,叮嘱我好好读书。我擦干眼泪,抬眼看太外婆的时候,太外婆极力微笑,但是我还是很清晰地看见了她眼睛中颤抖欲滴的泪水,眼神中充满了留恋与不舍。刚搬出来的头几年,每年过年的时候我都会去太外婆家,太外婆每次见到我都无比的高兴,但离开时候,我总是能在她眼里寻找到强忍着的泪光,而她也总是拄着拐杖站在大门口,看见我的背影渐渐走远……

光阴荏苒,一晃三十多年过去了,太外婆也去世好多年了。昔日老宅的大部分主体房已经拆掉了,取而代之的是两栋小洋楼。每次路过老宅这边的时候,我总要绕进去,在边上看看,寻找那些远去的童年的快乐回忆。儿时的伙伴,长大了都各分东西,现在很多都联系不上了。但我经常会想,身在远方的他们是否也会和我一样经常在寂静的夜里梦回这个老宅,梦见大门口拄着拐杖的那个老人?每每看完,转身要离开的时候,却发现自己内心早已潮湿,拔不动腿了。

廖英富

　　廖英富,笔名浪花撞击,江西南昌县人,二十世纪六十年代初出生,二十世纪八十年代末期开始文学创作,2004年10月起在省级媒体从事新闻采编工作近六年,先后在全国多家报刊和网络媒体发表新闻、文学作品五百余篇,获奖若干,并有作词的《塔城,新梦之乡》《爱的逃兵》等多首歌曲在中国原创音乐基地网发表并播放。现为南昌市作家协会会员。

哑巴叔

　　哑巴叔乃我的远房叔父,虽年逾古稀,但体健貌端,精神矍铄,与普通人并无异样。你若不是与他交谈,就根本猜不出他是个哑巴。只有当你叫他他不应或口腔发出"咿咿呀呀"的声音时,你才会恍然大悟,他原来是个聋哑人。然而,当他揣摩出你说话的意图并很快做出相应的手势或写几个字给你看时,此时的你会不得不为之惊叹和惋惜一番:一个体健貌端、脑瓜聪明的男子竟然是个哑巴,多可惜啊!

　　哑巴叔排行老九,故取名叫九连。据说他生下来没几个月得了一种莫名的怪病而就此口哑耳聋。由于新中国成立前医疗技术极端落后,虽请当地土郎中几经医治仍无济于事,聋哑便从此伴随着他的一生。这样哑巴叔就失去了上私塾念书的机会,他父母只好忍痛割爱没让他上一天学,而是跟着他们长年累月面朝黄土背朝天地辛勤劳作。好在哑巴叔悟性高,揣摩能力强,只要父母或家人打一个手势交代他做什么事情,他便会心领神会地去做好,由此他倒没挨他父母的多少打骂,甚至备受全家人的青睐。尽管他是个哑巴,可做农活比一般人要强、要快、要好,往往给人一种干净、利索、漂亮的感觉,使全家乃至全村人时常对他竖起大拇指夸赞。而每每此时,哑巴叔就会高兴得手舞足蹈,"咿咿呀呀"发出狂热的笑声,之后他会更卖力地去干他的事情。

　　有人说,聋哑的人会比一般人聪明。此话确实不假。哑巴叔不仅农活技术过硬,就是做家务活也是一把好手,尤其令人惊叹的是,未进一天校门的他竟能写出全村人的名字。平时你只要一指向某个人,他立刻就能写出这个人的名字,而且字迹清秀,仿佛出自小学三四年级学生之手。正是因为他有这几手绝活,加上相貌端庄,故年轻时代也曾博得邻近村庄一位刘姓漂亮姑娘的欢心。他也极为机灵,每每和这位姑娘相遇时总要偷窥对方一眼,甚至频频向对方莞尔一笑示爱,有时会暗中帮她做一些力所能及的事情,使得那女子对他更加爱慕,精心给他织了毛线衣、做了布鞋等。此后两人时不时地暗送秋波,暗中相恋了好长一段时间。只可惜这段恋情由于女方父母的强烈反对而夭折。这段夭折的恋情似乎对哑巴叔打击太大,他就此心灰意冷,春心泯灭,再也未向任何女子示爱过,这就注定了他一生要与单身汉为伍。不过哑巴叔也算想得开,未过多久他就自得其乐,依旧日出而作、日落而息地和家人及村民过着田园躬耕生活。尽管村民时不时地在他面前打着要他与长发披肩女人拱手拜天地(意为结婚)的手势逗他取乐,可他自知这辈子再也无缘结婚,故只是抿嘴一笑,连连摇头摆手转身离去。

哑巴叔的人缘极好,在村上生活了大半辈子很少与村民闹不愉快,这与他为人随和、做事勤快、肯吃亏不无关系。尽管他是个聋哑人,但他不是个"糊涂虫",能分辨是非,刚正不阿,疾恶如仇,只要他发现对方不对或欺负人,他会挺身而出,说哑语、打手势来发泄对对方的强烈不满,即使是在危险场合他也会在所不辞。记得二十世纪七十年代,邻近村庄很迷信,每年中秋节的晚上就点着火把偷偷焚烧本村后面围墙的树木杂草。哑巴叔闻讯后,拿着鱼叉冲锋在前,终于吓跑了那些纵火闹事者。虽然他此举看似鲁莽和不妥,但他为捍卫集体的尊严和安全的举动凸显了可贵的气节。也正是他这种临危不惧、重视集体利益的气节,使得那些纵火闹事者销声匿迹,再也不敢来纵火闹事了。

我比哑巴叔叔小近二十岁。我小时候,他与我很投缘,也是我家备受欢迎的常客。他常常在没事的时候就来我家串门,当看到我家在忙家务活时他会主动上前帮忙。我清晰地记得每年大年三十晚上,我们家乡有做大量米粿油炸的乡俗,我家自然毫不例外,而每每此时,哑巴叔就会不请自来,动手帮忙。他做米粿又快又漂亮,常常和我们全家人忙到半夜才悄悄去睡。每年的开春后,他会和我面对面地锤秆(一种用木锤临换锤稻草的农活),然后用手动车和我放草绳,以备挑收割上来的稻子或作井绳用。夏天他会和我一道点着火把去捕青蛙或抓黄鳝。记得有几个晚上,他点着火把拿着捕获工具在前面走,我则提着装黄鳝或青蛙用的竹具在后面跟着。我因看不清路面而常常被田埂路上一堆堆草皮(村民白天铲的,待晒干后烧焦作肥料用)绊倒,渐渐地与他的距离越拉越大。尽管我此时大声呼叫他,而聋哑的他哪能听到？此时的我也顾不得田里一脚路上一脚,跌倒又爬起拼命地去追赶他才追上,常常弄得满身泥水,脏不拉几。至今想来,甚感有趣又好笑。如今,每当我向他打手势聊起当年的这些有趣的往事时,他都会"咿咿呀呀"地手舞足蹈兴奋不止。

  转眼哑巴叔已年过古稀,村干部考虑到他年事已高,孑然一身,无依无靠,前几年已把他送去乡敬老院养老。动员他去敬老院的那几天,他死活都不肯去。尽管他独自生活过得较清苦、寂寞,然而,他深深眷恋这块生活了大半辈子的故土,怎么也不肯离开。后在大家多次做他的思想工作后才郁郁寡欢地去了。去了一段时间后他才知道那里的生活远比家里的生活好得多,回来之后便会神采飞扬地逢人便'说'在那里吃了什么好菜,比如他两手作杀猪状,随后又一手作鱼尾摆动状,暗示他在敬老院吃了猪肉和鱼,有时会扮着怪相打手势'说'那里有长发披肩女人。村民见他一个年逾古稀的聋哑老人童心尚未完全泯灭,都忍俊不禁。

  哑巴叔是一位富有情感的人,懂得尊敬年长的人。他每到村上,总忘不了去看望我母亲,总要为老人家扎几把漂亮、秀气的稻草扫把,其他村民有这样的需求,他也同样乐此不疲。而每到街上当集,他都喜欢到我的小家庭和我聚聚,咿呀'说'一些敬老院的美好生活和趣闻轶事,而每每此时我都会乐意留他吃饭喝酒,顺便拿点儿我穿过的比较新的衣服、鞋子给他。席间,但见他面色红润,油光滑亮,先前憔悴的面容和皱纹已不见多少。我们心有灵犀,只要彼此说一些哑语或打个手势便明白对方的意思,有时我也会忍不住地打着和长发女人抱拳拜天地的手势来逗他取乐,他便会扮着怪相付之一笑。从他那神采飞扬的外表、手势和爽朗的哑语里,我分明感觉到了他在乡敬老院享受到了从未有过的大家庭的温暖,享受到了党和政府的关爱及社会主义制度的优越性,遂在高兴的同时也一直在心里祈祷他健康长寿,颐养天年！

沧桑巨变水岚洲

一踏上故土,周身就觉有一股热血在汩汩奔涌。这倒不是那种思亲心切的感情冲动,也不是生于斯长于斯的缘故,而是这块魂牵梦萦的故土那翻天覆地的变化,让我迸发出异乎寻常的心潮涌动。当停下行进中的脚步,目睹那气贯长虹的塔城大桥横跨两岸,眺望那一栋栋鳞次栉比、新颖别致的楼房及那四通八达的宽敞公路时,我就会情不自禁对家乡这今非昔比的沧桑巨变发出由衷的感慨……

我的家乡水岚洲位于青岚湖与抚河干流交汇之处,三面环水,形似孤岛。据前辈人讲,在很久以前,这条抚河干流只有几米宽,两岸老百姓隔河可用锄头点火抽烟,由于数百年的洪水冲刷、惊涛拍岸,逐渐演变成现在近一公里宽的大河流。民国初期,家乡建有一座由众多石块垒起来的石桥——万石桥,另有一座与之相隔不远的木桥——彭家桥,作为与河西沟通的两条通道。就因了这两座桥,更源于家乡盛产粮、棉、油等粮食经济作物及鱼、贝、虾等多种水产品,水岚洲曾有过商贾云集、人声鼎沸的昨日风流。我清晰地记得我在孩童时代常听不识多少字的祖父讲《隋唐演义》《岳飞传》《孙中山》等人物传奇故事,这都是他在本地人开的茶铺中与外来商人交往获知的,可见家乡水岚洲确有过辉煌的时刻。

然而,令人痛惜的是,这两座桥却在抗日战争时期被炸毁。虽然因了这两座桥的被毁而阻挡了日寇过河践踏家乡,也曾留下了水岚洲祝家村一名叫祝六指的村民拒不给日寇带路后潜水过河死里逃生的佳话,但家乡水岚洲从此与河西完全分离成为"孤岛",日渐衰败,风光不再,人民生产生活变得极其艰难。家乡的人员及物资进出仅靠水上运输。枯水季节,河两岸沙滩长达二三里,帆船常常搁浅停渡,人们只得弯腰驼背,肩挑手提物资在沙滩上艰难跋涉,走三步退两步,累得气喘吁吁、汗流浃背;若遇狂风恶浪,帆船便不能通行,否则将有船翻人亡的危险。其间,有多少患急病的乡亲因过河延误治疗而被病魔夺去生命,有多少外出回乡的游子忽遇大风大浪困在河西,尽管家乡近在咫尺,也只得望河兴叹。

家乡因桥而繁荣,又因桥被毁而落难。而频频发生的洪涝灾害更使家乡人民雪上加霜。"甲鱼背,荷叶边,一涨水,浸半边"形象地描述了家乡当时恶劣的地理环境。这里地势低洼,易洪易涝,堪称"十年九灾"。尽管家乡人民长年累月"面朝黄土背朝天"地辛苦劳作,然因频频发生洪涝灾害而常闹饥荒。即使遇到风调雨顺的好年份,却因一河阻隔而使当地农副产品全靠肩挑背驮摆渡过河运输,就连当地无污染、如今遐迩闻名的"青岚湖鱼"——甲鱼、黄丫头、鳜鱼等特种水产品也因在路途耽搁时间过长,或死亡或失去新鲜而卖不出去。乡亲们就这样一年到头奔波劳碌、茹苦含辛,到头来还是穷困潦倒、民不聊生。

　　古老的青岚湖和抚河干流川流不息,给家乡人民带来了几多苦难,给急需过河的乡亲及外出归家的游子带来了多少悲天跄地的呼喊。它就像一道天然屏障,阻隔了家乡人民与外面世界的沟通;更像一条张开血盆大口的巨蟒,年年岁岁在威胁、吞噬着这座"孤岛"。

　　新中国成立后,党和政府爱民如子。洪水泛滥的危急关头,当地党政率领家乡人民筑堤堵口、奋起抗险,终于确保了人民生命财产安全。然家乡人民饱受水患、交通闭塞、生活艰辛的状况仍时刻牵动着党和政府及社会各界的心。当历史的车轮驶进二十世纪九十年代,当地党政顺应民意,把兴建塔城大桥、贯通两岸交通摆上了重要议事日程。1996年春节过后,乡党政向全乡人民发出了铮铮誓言:"上级拨一点、社会捐一点、自己筹一点,建桥!"此语一出,如石破天惊震撼了家乡人民渴盼已久的心灵。不久,上级援建大桥的财政拨款迅速到了,社会各界人士的爱心捐款络绎不绝地到了,人民群众踊跃自筹的资金也陆续到了。

　　三项款子的到达,让家乡人民看到了前所未有的光芒和希望。1996年12月28日,大桥开始破土动工,乡亲们带着十分喜悦的心情自愿投工投劳,天天在河道码沙袋、扛建材,拦截四周河水,防止其进入施工现场,以帮助施工人员快速顺利建筑桥墩。然而因汛期河水泛滥,沙袋屡屡被冲垮,致使施工多次受阻停工。但是乡亲们爆发出来的人定胜天的斗志岂能被眼前的困难所吓倒?他们众志成城、不惧风雨,昼夜与冰冷彻骨的洪水展开了气壮山河的殊死搏斗。沙袋码了又毁,毁了又码,如此反复,从未放弃。经过全乡群众和施工人员整整四年百折不挠的艰辛努力,这座投资1500万元,长787米、宽8米的钢筋水泥大桥得以在2000年12月28日竣工。一桥飞架,天堑变通途。家乡人民半个多世纪朝思暮想的美好夙愿终于实现了。大桥通车典礼那天,数以万计的家乡人民一大早就扶老携幼聚集在通车典礼现场及一河两岸,时任南昌市委副书记、市长亲临现场剪彩祝贺,并发表了热情洋溢的讲话。霎时,掌声、欢呼声伴着惊天动地的鞭炮声、锣鼓声及通车的轰鸣声,比过年还要热闹,那场景犹如家乡人民获得"第二次解放"。

多难兴邦。1998年夏秋之交,家乡遭受了历史上罕见的洪涝灾害。洪水无情党有情。为使家乡人民彻底摆脱洪水之患,当年11月,省委省政府首批在家乡实施"平垸行洪、退田还湖、移民建镇"国策。在当地党政的关怀帮助下,经过全体家乡人民两年多的艰辛努力,原来受灾的48个自然村已全部搬迁到了海拔23米以上的避洪安全高地,4379户灾民全部盖了两层以上小康楼。同时,上级党组织配合移民建镇,对贯穿家乡南北11.5公里长的中心公路、进村公路及村内道全部实施了路面硬化,昔日的泥巴路已不见踪影,即便是雨季村民也可一年四季穿着皮鞋走村串户;配套建设了3所中小学、1所卫生分院、1所信用分社及1所电信分所;集镇中心村家家户户安装了小型自来水设备和下水道;农村电网全部进行了改造,通信线路安装进了百姓家;湖陂集镇兴建了一个占地31.8亩、可供万人交易的大型农贸市场,解决了乡亲们"买难"和"卖难"问题。昔日饱受洪水侵袭、交通闭塞之苦的家乡已经一去不复返了。

大桥兴建、移民建镇,无疑给家乡人民的生产生活带来了极大的福祉,给百年沉睡的穷乡僻壤带来了千载难逢的发展机遇。从此,家乡人民在当地党政的正确领导下,因地制宜地开展多种经营,大力发展种植、养殖和加工产业,经济发展速度越来越快,产品经塔城大桥源源不断地销往省内外,有的远销韩国和日本等国。同时乡亲们依托自己会搞建筑、懂平菇栽培和炒货加工等技术,纷纷外出务工经商,创收增收,人均年增收逾万元,一些现代化的通讯、家电和交通工具已进入千家万户,富丽堂皇的小别墅如雨后春笋般不断涌现,真正过上了像城里人一样的小康生活。而新春闹板龙灯、端午节赛龙舟、四季看采茶戏等文体活动,成为家乡人民节日期间最美好的休闲娱乐方式。

近年来,家乡人民围绕乡党委、政府提出的"精心打造水岚洲,全力建设新塔城"思路,掀起了建设社会主义新农村的新高潮,创建了全国"文明村镇先进单位"北洲村委会,省、市"十大文明村庄"湾里中心村和市、县"新农村建设示范点"凤岗龚李自然村、北洲李邓村、南洲陈南村及青岚东皋李村等。同时,家乡人民发挥生态环境优势,走休闲农业与乡村旅游相结合之路;以特色产业(产品)来拉动地方经济,扮靓秀美乡村,涌现出玉明生态农庄、磊鑫生态农业示范园、鑫茂生态农业有限公司等多个省、市级农业产业化龙头企业。这些使得家乡先后荣获全国休闲农业与乡村旅游四星园区、省3A级旅游景区、省休闲农业示范点、市"十佳"休闲农业园区、市乡村旅游点等殊荣。因此,家乡水岚洲被称为"鄱阳湖生态经济区后花园",享有"鄱湖半岛、生态明珠"美誉,吸引了全国各地的游客及媒体记者前来观光游览和报道。

去年国庆黄金周期间,我携家人来到湾里中心村走访。我们一步入这个拥有1000余户的大村,就见村内公路两旁均铺设了彩色人行道板,村中心建有观戏台、村民活动中心,村南面建有休闲广场,隔几户门前就有一个垃圾桶,偏僻处设有垃圾站,又见两名保洁员在沿路清扫垃圾。难怪我们在村内转悠了半天见不到一点儿纸屑和垃圾呢!我们一家都感叹这个省、市"十大文明村庄"的荣誉可谓名副其实。随后我们又去了龚李自然村观看。这个荣膺市、县"新农村建设示范点"的村庄同样使我们大开眼界。还未进村,就远远看到几栋别具一格的小别墅矗立在公路西边,在余晖的映衬下显得那么气派,那么金碧辉煌。我们快步进入村内,又见该村的门塘已加固装饰一新,并在毗邻门塘的一块场地兴建了大型休闲广场。我们流连忘返,沉醉在这乡村的美好图景里,不觉夜幕降临。就在我们准备打道回府时,突然,村内数百盏路灯和休闲广场内的景观灯齐放光明,交相辉映,把这个乡村的夜色扮得五彩缤纷,煞是壮观。当优雅动听的广场舞音乐悠然响起时,我们一家才依依不舍地结束了一天愉快的家乡游。翌日一早,我们一家又先后去了北洲的李邓村、南洲的陈南村、青岚的东皋李村观看,均发现这些绿树成荫的村庄楼房鳞次栉比、窗明几净,村中心均辟有一块偌大的休闲广场,花坛草坪随处可见。其中有一家门前的对联特别吸引了我的眼球,只见上联是"告别孤岛建桥铺路奔小康",下联是"搬迁福地移民建镇谢党恩",横批是"幸福家园"。这副对联虽因时间久长而字迹有些模糊,但依稀可辨,充分体现了家乡人民对党和政府的感恩及过上幸福美好生活的愉悦心情。

如今,无论是白天还是深夜,从省城南昌乘车经塔城大桥只需一小时就可到达家乡,可谓快速便捷、来去自由。更为欣喜的是,2012年7月11日开通的151路公交车可直达水岚洲,152、153路公交车则每天有多趟班次从塔城车站开往水岚洲的北洲村和南洲村,村民可在家门口上车去县城。故我每每回到家乡,就能听到乡亲们这样说:"过去,家乡的姑娘不愿嫁到本地,外面姑娘不愿嫁过来。可现在家乡的姑娘不愿意嫁出去,外面的姑娘却争着嫁过来。"

是啊!同是一片天,同是一片地,家乡翻天覆地的变化足以让世人刮目相看,足以让乡亲们备感欣慰和自豪。现在,当我们穿越时空的隧道,打开记忆的闸门,去重新审视家乡那过去和现在这段令人心动的历史,就会感叹家乡的沧桑巨变来之不易,就会感同身受家乡人民那无比激动亢奋的心情。带着这样一种情感,我在2014年初欣然作词的、随后由国家知名音乐人罗小明先生谱曲的家乡歌曲《塔城,新梦之乡》在中国原创音乐基地网发表,并于大年初一开始播放,当即获得众多网友及喜爱音乐的家乡人民的厚爱,短短几天点击收听量就达12万多人次。如今许多乡亲们会唱这首歌,每当我一踏上家乡这片热土,耳畔就会回荡我那十分熟悉的歌词和音调:

青岚湖宽啊抚河水长,
环抱着靓丽的家乡,
一桥飞架横跨两岸,
描绘出一道新画廊。
……
纵横路网四通八达,
幸福家园春风荡漾,
移民建镇造福一方,
告别水患追寻梦想。
……

我知道,乡亲们对这首歌如此钟爱,唱得那么感情投入、有板有眼,不仅是因其歌词、音调优美动听,更是因其见证了家乡沧桑巨变而引发乡亲们发自肺腑地由衷吟唱!我坚信:未来的家乡在实现"中国梦·我的梦"的伟大征程中,依靠当地党和政府的正确领导,运用家乡人的聪明才智和勤劳勇敢,定会将家园打造得更加秀美靓丽,就像一颗璀璨的明珠闪耀在赣鄱大地。

小 说

刘祖勉

刘祖勉，1938年2月出生，幽兰镇流芳村人，江西省作家协会会员，南昌市作家协会常务理事，长期从事小说、报告文学及诗歌创作。主要作品有《挂在树梢上的月亮》《望望嫂》《长长的机耕路》等。

苦瓜嫂

夏。天刚拂晓。她拉着一板车苦瓜出了村。当她登上弯弯的河堤，那岸柳、河流和田野，还是朦朦胧胧的，很静。车轱辘发出咯嗤咯嗤的响声，很脆，把栖息在岸边的水鸟，惊得扑扑腾腾地向河心飞去。

她种的半亩多苦瓜，结实累累，把藤架都压弯了。每隔三五天摘一次。这是第三次摘下的，装了满满一车。她默算，能卖几十块钱。

她赶到街上，天才大亮。街道上静静的。面前这家面馆，两面临街，是她常卖东西的地方。苦瓜，就摆在这里卖。

不久，一个壮实的后生，挑着两个大冬瓜，趔趔趄趄走到她跟前。她抬眼一瞧，觉得有些面熟。后生也打量她一眼，嘴角挂着笑，搭讪一句："好苦瓜！"便把冬瓜摆在旁边。

他的一笑、一语，勾起了她的记忆。四月里，她在这里卖苦瓜秧子，他也是这样一笑，说一声："好苦瓜秧子！"便悄悄把冬瓜秧子摆在这旁边。当时，她刻印了《苦瓜的栽培及管理方法》，送给买秧子的人，使瓜秧出手很快。而他的冬瓜秧子，根根壮实。他只卖，不张扬，买卖做得冷清。等她卖完苦瓜秧子，他的冬瓜秧子只卖出一半。她看着，想着：秧好买主少？她不信，顺手抓过一把来，叫着："冬瓜秧子，根根壮呐，能结皮薄肉嫩的大冬瓜咯！"经她一叫唤，买主多了……眼前，果然长得这般大的冬瓜。她咂咂舌头，好在没说假话！

这时，她的目光停留在他那条硬木扁担上。就这"熊冬瓜"三字好醒目。他叫"熊冬瓜"？她抿紧嘴角，笑露在脸上。

他盯着她的白布遮阳帽。这帽檐上用粉红、墨绿、鹅黄三色彩线，绣出两片绿叶,托着一条苦瓜,从中又清清楚楚看出"陈苦瓜"三字。

此刻,街道上的人渐渐多起来。有人来买苦瓜,她先送一张《苦瓜的食用和加工》,别看这一方纸,招引的人可多哩!

环境是很能影响人的。他耐不住眼前的清淡,张口叫开了:"买冬瓜哟,个大、皮薄、肉嫩,吃了清凉解暑……"

她瞟他一眼,暗暗赞一声"好!"

不一会儿,他的两个大冬瓜,很快就卖完了。他收起绳索扁担,想走,脚下像被一根无形的套索拴住。他看她,汗流满面。她称秤、收钱、送《苦瓜的食用与加工》,一点儿不乱。

他想挤上前去,就像那次她帮他一样。可是他竟没有勇气!

"走!"一抬腿,扑的一声,他的小腿骨碰着他的车把,他"哟"了一声。

她听着,忙探过身来,问:"你怎么了?"

他掩饰着:"没什么。"

她低头一看,一注殷红的血,顺着脚杆往下流。她惊呼:"血!脚碰出血了!"说着,忙从衣袋里掏出一方崭新的手帕,递给他:"缚住!"

他抬抬腿,说:"不要紧,过一会儿就好!"

她二话没说,跨前一步,俯下身,见是把小腿骨上生的疮碰发了。她用手帕给他缚好并说:"你等着,过一会儿我给你治。"

他得着机会,忙伸手去接她的秤,说:"我帮你。"

一个称秤,一个收钱带送资料,不一会儿,就把苦瓜卖光了。她舒了口气,笑眯眯地对他说:"你受了累,我请你吃面。"

身后的面馆里,大师傅正高声吆喝着:"鸳鸯面,想吃的快来咯——"

他笑吟吟地说:"我请客!"

二人坐定,面端上来。这是一只景德镇的青花玲珑瓷碗,装上细细的切面,放上一撮炒得喷香的红椒配肉丝,上面并排放着两只做工精巧的薄皮水饺。一眼看去,活脱脱像一对归巢的鸳鸯。她笑出一声:"好个鸳鸯面!"

他一口气把面吃完,留下两只水饺,问:"你不吃?"

她定定神,才吃起来。

他送过两只水饺来:"给你。"

她架住他的筷:"你吃!"

末了,她掏出一张纸,把两只水饺包起来。

"你把它带回去?"

"嗯。"

"我给多买一些!"

"只要这一对!"

"你给我治疮吧?"

"回家给你治。"

"你家在哪儿?"

"陈家湾!"

陈家湾不远,三里路。两个人走出街,踏上弯弯的河堤。他的脚走一步,跛一下,显得好累。她说:"你往车上坐吧!"

他一听,脸红了。在她面前,堂堂汉子,可使不得。一蹬脚,蹿出几步,那脚越发跛得厉害。末了,只得坐上车去。

她拉车,车轱辘咯铛咯铛地响,好动听。太阳悬在头顶上,像顶着个火球。密密的河柳,挡住了风,躲在柳树上的蝉,声嘶力竭地叫着:"热——啊!热——啊!"听的人心好烦。堤下,是清澈透亮的抚河水,轻悠悠的风,荡过河面,腾起层层细浪,悄无声息,静静流淌。突然,河水里泼啦一声,一条大鱼冲出水面,紧接着又一条蹦出水面老高。她惊叫一声:"鱼!"

他也跟着叫了一声:"咬着尾了!"

鱼双双逐水而去,河水恢复了平静。汗水,湿透了她的衣衫。她放下车子,用手抹着额头上的汗水,说:"太热了,下河凉快凉快吧。"

"你下河?"

她点点头,"嗯"一声:"你也去!"

他摇摇头:"我不去!"

"为什么?"

"白天大日,你也莫去!"

"我偏下呢?"

扑通一声,她一头扎进河水里,溅起一簇水花。

他用手紧紧抱住头。

她站在河水里,用手哗哗哗地挥上水来,把他浇了个湿透。

小说 237

他,下河了,但自个儿往前游。她紧紧跟着。

这河面不宽。当两人游到河中心,突然,他扎了几个猛子,人不见了。

她从水里竖起半截身子,张望着,目标很快被寻着。当他还没露出水面,她逮住了他。

"河那边是沙滩,我们游过去。"

当他俩躺在沙滩上,这边的河堤上已陆陆续续聚集了一些赶街回来的人。

有的摇头,说:"唉,这个陈苦瓜呀,二十几岁的人,长得端端正正,就是不嫁人!"

"这男人是她从街上拉来的,真新鲜!"

"哈哈,一个苦瓜,一个冬瓜,这不叫'拉郎配',这叫'双瓜会'呐!"

堤岸上,发出咣通一声响。她的板车被人掀到堤下的水田里去了。

他翻身爬起,一个箭步蹿进河水里……

不久,人们就向他俩投来新的目光。这是他二次登她的家门,他给她带来一袋冬瓜良种。她也回赠了他一袋苦瓜良种。

又过了些日子,他手上提了个精巧的竹篮,里面装的是用白糖渍制的冬瓜条,上市可卖一块多钱一斤。她让他带回一篮美味的苦瓜干,也是她自制的特产。

他脚上的疮治好了。他这才知道,在这验方里,就有苦瓜叶的成分。

开春了。乡镇府大力扶助农民发展商品生产,决定办一期《瓜菜栽培及加工》学习班。她和他都被聘请给学习班讲课。这是一个月朗星稀的春夜,他和她,顺着弯弯的河堤漫步。广漠的田野上,蛤蟆欢快地唱着春的歌。她用脚踢着一个土块,土块滚下了河坡,惊动了一对蹲在水边望月的蛤蟆。蛤蟆扑通扑通跳到水里,唱着:"合合!""过过!"

她轻轻捅了他一下,问:"这是唱什么?"

"合合过!唱给你听的。"

像垂帘一样密密的柳丝,挡住了月的清辉,堤面显得暗幽幽的。

"你上我家来吧!"

"你赘我?"

"呸,"她啐了一口,"你想到哪儿去了?"

"你不是请我么?"

"有个商量,好为学习班备课!"

半晌,他应了一声:"好!"

他来了。母亲好高兴。女儿二十五岁,自己定下终身,省了她一桩心事。

可是,这天上午,当老人做好一大碗白糖伴糯米团,准备送进房去,却听到女儿在生气:"你为什么不按自己种瓜的技术要求备课?为什么?"

"不留一手,往后我怎么办?"

"你不会再往前走?"

"就这点,我费了三年功夫!"

"你……"女儿的声音哽住了。母亲往门缝瞧见女儿的眼泪扑簌簌往下流。

"走,你回去!"呼的一声,女儿转身,两人坐了个背靠背。

他转过身来,用手抚着她的头发:"你莫生气,我统统写上去,总好啰!"

"嘻——"女儿笑了。

"咯咯。"母亲趁机敲响了门,"来吃糯米团啰!"

门开了。老人送上这碗糯米团,又回到灶房去了。

他抓起笔来,唰唰地写,一口气写下三张纸,递给她:"看吧,该放心啦!"

"嘻嘻,看你还自私不!"

"不敢,不敢。"这碗糯米团被他独吃了。

果然,在这次学习班上,他讲得很精彩。乡里还送他一张奖状哩!他俩定下婚期,五一劳动节。

这天,日丽风和。几杆彩旗,引着一队男女,顺着弯弯的河堤,来到陈家湾村。

她淡妆轻抹,满面笑容,手托红花搪瓷盒,轻盈盈走在人群间,送喜糖,递香烟。然后,抱住跟随在身后的母亲,亲了又亲。最后,才跟着迎亲的人上了路。

当队伍走到那截河堤时,一个姑娘悄悄走到她身边诡谲地附在她耳畔,轻声说:"苦瓜嫂,你在这里收我做徒弟吧。"

她双眉微蹙,一抿嘴露出一丝淡淡的笑。接着,顺手在她耳壳上拧了一把。她"哟"了一声,嚷道:"嗨,好厉害的苦瓜嫂啊!"

蓉　嫂

　　上弦月孤零零地挂在天上,月色很淡,周围的几颗星却晶亮。从湖上漾起一浪一浪的雾气,像轻纱似的不断地往上升腾,又渐渐地弥散开来,给地上的景物笼上一层朦朦胧胧的雾光。夜很静,蓉嫂坐在屋前的场院里,风在树梢上轻轻地摇,她的身上、院场地上,便都落满了零零乱乱的树影。

　　近来,蓉嫂被一种纷繁杂乱的情绪所苦恼。儿子十一岁,丈夫死了四年,一个男人闯进她的生活里,一次又一次催她结婚,她不想嫁给他。

　　儿子叫小宝,很聪明,当班长,小学快毕业了。这时,小宝在堂屋的灯光下做作业,很认真,她看在眼里,心里很高兴。那男人的身影闯进她的思绪里,又搅得她六神无主。小宝做完作业,又读课文,声音朗朗的,她听得很舒服。小宝收拾起书包,悄悄地从屋里出来,站到她身边,他想催母亲早点儿进屋去。

　　没有丈夫的女人,儿子便成了依靠。她伸过手去,拉起他的手,轻轻地抚摸,说:"你先去睡吧,我想在这里多坐一会儿。"儿子不哼声,蓉嫂无奈,轻轻她叹口气,牵着他的手回屋里来。小宝别开她的手,回过身去搬竹椅。蓉嫂掩上大门,没有拴门,小宝把门拴插了个贼严。

　　儿子住后房,她住前房,前房和后房之间砌了一道严严实实的土墙。小宝拉起母亲的手想送她到房里去。他觉得母亲的手悠凉,还微微地发颤,就抬头望着她,问:"妈,你怎么啦?"她的苦楚只能憋在心里,但鼻头还是酸酸的,说:"妈很好,你回房里去睡吧。"

　　小宝瞅了母亲一眼,说:"妈,你想多坐一会儿,就到床头上去坐吧,院里好阴。"

　　她听着,只差一点儿流出眼泪来。丈夫在床上躺了两年,她经常坐在床头边陪伴。那时,他还只七岁,可现在还记得。丈夫住医院,经过手术治疗,把家里的钱用光了,还借了债。她能干,又肯吃苦,把丈夫承包的田土种下来了,而且种得很好,仅一年收的稻谷就要卖一千多块钱。她还养猪,一年养两三头,每头养到三百多斤重,一年也要进一大笔钱,她还养鸡、养鸭,鸡、鸭生的蛋她都拎到集市上去卖。这几年下来,她不但还清了债,家里还有一笔存款。

　　她决心聚钱给儿子读书,这样的话,在各方面就得精打细算,钱在她手上会长出鼻眼,连一分钱也不会漏掉。她经常赶早集卖蛋,有时肚子实在饿了,就用一个蛋到早点摊上换三个小馒头吃。摊主笑她:"这里赢了一分钱,你真会算计。"她听了,只是对人家笑一下了事。

她想到儿子,想到家事,想到日子过得不比人家差,自己总算在村里立住了脚跟,心里就觉得很有滋味。那个男人总是在夜深人静的时候来敲她的窗棂,她又总是放他进来,这也是她受够了寂寞和孤独的煎熬。他一次次来,她也一次次劝他不要来,他来归来,她劝归劝,成了寻常事,一点儿也不挂耳朵。那男人名叫水生,三十多岁了,人也长得高大,颇有男子汉的气派,偏又打光棍。光棍碰上寡妇,就像青藤缠住了一棵树,你要想扒也扒不脱。水生在湖上养种鹅,一年赚一万多块钱,是乡里有名的养殖能手。照理说,他有这种条件,娶个黄花闺女也不难,也经常有人来提亲,他总是把人家辞得远远的,只是一个心眼缠住她不放。蓉嫂心里也憋着一股邪劲儿,一口咬住铁钉,总不答应嫁给他。不过,她此时的心里在后悔三年前不该发生的那桩事……

那是六月初的一个晌午,头顶上的太阳像一盆火在燃烧。她在湖边的一块稻田里拔稗草,一股一股的热浪冲得她头脑发胀,胸口发闷,而那湖清亮亮的,水就在跟前晃动,这对想要解除闷热的她来说,诱惑力太大了。她的娘家就在这大湖的对岸,那边的女人下湖洗澡,连裤衩也扒得精光,就在湖水里游,在湖水里滚,而这边的女人是藏在房里,坐在大脚盆里洗澡的。这时,她见远近的田上没人,瞧一眼前面的鹅棚也是静悄悄的,胆子就陡然间增大了好几倍。她想在湖水里洗个痛快,洗个全身清爽,就扒光了身上的衣服,扑通一声跳进湖水里,这一下就觉得全身清凉透了。她洗呀、擦呀,把全身的旮旮旯旯里都挠遍了,连嘴里也用透亮的湖水漱过,牙齿、舌头都清净了,就四仰八叉地躺在水面上做起仰泳来。正当她恣意地玩得痛快之时,一条小船却悄悄地荡过来,惊得她一时无处躲藏,她就一头扎进湖底。水生稳稳地站在船上,湖水清澈见底,把她身体的轮廓映得分明。他叫她浮上来,她把身子卷缩得更紧。他用桡子拨弄她,她也不理睬。她憋久了,一串一串的气泡从湖底上蹿上来,他急了,一头扎下去,从湖底把她抱上来。她拧他的脸,用拳头劈他的脑壳,他只是嘿嘿地对她笑。她一口咬住他肩头上的一块肉,鲜红的血水从她的嘴角上流下来,他也不叫疼。她觉得嘴里很苦、很涩,有一股腥味,就松了口,他还问:"你不咬了?"她的头一歪,靠住他的肩膀呜呜地哭起来。

他说:"还哭?"

她软瘫在他怀里……

过了很久,她的眼睛还没张开来,他对着她的耳朵说:"我娶你!"

她睁开了眼睛,这是在他鹅棚里的竹床上。

时至今日,每当她想起这桩往事,心里就觉得好寒碜。她虽然没有嫁给他,但他只要隔上几个晚上没来,她又想他来。她坐在床头上,静听屋外的虫儿唧唧、吱吱地叫,叫得她心头痒痒的,好像虫子在她心头上爬动。她躺到床上,心里又莫名其妙地感到烦躁。她等到屋外传来急急促促的沙沙声,又侧过身去:面朝床里,接着又翻过身来,还把头翘起来听一下外面的动静。"驳,驳,驳!"窗棂上发出三声脆响。她去开门,他带着一股日光的气味走进来,一直朝房里走去。她拴上大门,又关上房门,等她回到房里,他已经躺到床上去了。这一切都那样有条不紊,那么正常。她躺下,他附到她耳朵边说:"这几天出鹅崽,我没空来!"

她说:"你养鹅,把自己也养成鹅头了!"

他说:"鹅头有什么不好?我打算扩大种鹅群,做一个实实在在的鹅头,一年赚它个两万、三万!"

"你光棍一个,要这么多钱做什么?"

"我全给儿子上大学!"

她拧他的嘴,他捉住她的手,说:"你把我拧成了歪嘴,就念不出这一部好经了!"说完,从衣袋里掏出一摞钱塞到她手上。她推还给他,说:"我有钱,你拿去存信用社。"

"我已经有了三个存折!"

"你不要拿钱来诱惑我!"

他抱住她的头,摇了两下:"我就要娶你!"

她从齿缝里"嗤"出一声,吓得他连忙松了手。

"你应该找个黄花闺女!"

他的手就放肆起来,还说:"我就要娶你!"

她拉熄灯,他又把灯拉亮,一根光棍,一个寡妇,就这样光一下暗一下,缠缠绕绕地绊了三年。

其实,他像个男子汉,浑身上下都有劲儿。但他粗疏,少了一个男人对女人应该给予的后味,他的胸口还在一下一下地猛跳,鼻孔眼里还在呼哧呼哧地喘粗气,他就赶着要离开她。她拉他一下,说:"你累!"他只是朝着她咧嘴一笑,就匆匆地走了,气得她连门也不去栓,只是用巴掌捂着嘴一阵一阵地抽泣,半截枕头也被泪水浸湿了。这就像嗑瓜子磕到最后,嚼到了一个坏仁,把原先满嘴的香气也给败了。

　　村里除了水生,还有两个光棍,一个叫圆根,一个叫长水,两人也三十出头了。这与水生合起来,村里人戏称他们是一副"三角撑",水生的鹅棚在湖边上,安静自在,要吃要喝都很方便。圆根没事,就邀长水来了。

　　这时水生正垂头丧气地坐在床上,见他俩进来也不吭声,圆根就猜想他跟蓉嫂的事还没弄圆,就凑上前去问:"蓉嫂还没答应你?"

　　水生抬起头,狠狠地瞪了他一眼,说:"你别提那个骚货!"

　　长水做了个鬼脸,说:"这只怕是你躲着说的吧,你只要在人前隔上三刻钟不提她,怕就要流口水呢!"

　　水生压在心里的怨气一下就消了半截,说:"今天莫提,你俩来了,我们一起喝酒!"

　　三个光棍凑到一起喝酒,这当然是痛快事,不用吩咐,长水坐到灶前烧火,圆根站到锅边掌勺,水生把一坛老酒搬到桌边,又把三只大海碗摆到桌上,给碗里斟满酒。这是他存了五年的酒,过年过节他都舍不得喝,酒从坛里舀出来,酒星子从端子里一直跳到海碗里,还发出吱吱的响声。

　　圆根闻到醇醇的酒香,就催长水把火烧大些。长水把一个草捆塞进灶膛,火苗蹿出来,把他前额上的头发燃得滋滋响。圆根炒了一盘青菜,煎了一个荷包蛋,用油炸了一盘干鱼。二人刚坐下,水生就带头先干了一碗。老陈酒下肚,话头又扯到蓉嫂,圆根问:"嗯,你光生闷气没有用,她到底给没给你一个说法?"

　　长水也问:"你两人纠缠了三年,她到底是一个什么想法呢?"

　　他被问急了,就瞪着眼吼一声:"我说了莫提那个骚货!"

　　圆根说:"人家又没摸到你鹅棚里来过!"

　　水生心里的怨气全消了,说:"我不占这个主动,那就一次也莫想摸到她!"

　　长水说:"这就好,你认输了就该罚酒!"

　　水生说:"罚就罚,我干一碗!"

　　圆根撞一下长水的胳膊,说:"我们没帮着出到好点子,也该受罚,都干一碗!"

老酒在肚里乱撞,嘴巴上也就关不住门。长水眯起眼对着水生问:"你到底对她跪过没有?"

　　圆根也说:"我看他是跪过。他要不跪,哪能保住这三年!"

　　水生没跪过,嘴巴自然就硬,他说:"没跪,没跪,跪了就鹅头!"

　　圆根用指头戳了一下他的脑壳,说:"你一定要跪,不跪才是鹅头。她要不答应嫁给你,你就跪到她面前不起来!"

　　水生把一个荷包蛋卷到嘴里,嚼都不嚼一下,就硬吞下肚去,端起酒碗,说:"你俩放量喝!"

　　一坛酒喝浅了半坛,三个人喝得东倒西歪。圆根和长水拉扯着摸出门去,长水打了个绊脚,撞到圆根身上,两人的腿都虚浮,通的一声倒在地上。水生晕晕乎乎地过来想扶起他二人,人没扶起来,自己也栽倒在地上不会动弹。接着是三人像猪婆下崽似的一阵呕吐,每人都吐了一摊污物。

　　这天的半夜里,天上起了云,月亮阴阴晦晦的,路眼很模糊。水生想到蓉嫂,想到他两人帮出的点子。关上鹅棚的门,又查看了一遍鹅圈,就高一脚低一脚往村里蹿。一个缺口很阴暗,他伸脚踩下去,跌了一跤,碰伤了鼻子,像打翻了醋钵,一阵一阵发酸。他用手到鼻子上摸一把,手上黏糊糊的,出了鼻血。他赶路心切,胡乱牵起衣襟擦了两下。血还像两条长虫似的从鼻孔里往外爬,他就吸一口,往地上吐一口。他敲开蓉嫂的门,却忘了向她要水洗一把脸,就蹿进她的房里来。灯光下,她见他变成了一个花脸狸,惊得瞪大了眼睛问:"你跟谁打架了?"他只说在路上跌了一跤,二话都没说,就咚地一声跪在她面前,说:"你嫁我!"

　　她拧他的耳朵,要他起来。他低着头,不管耳朵疼不疼,仍是跪得纹丝不动。她一掌把他掀翻在地上,他转过身来还是跪。这惹得她动了肝火,从房门角头摸起扫帚逐他,他怕她用扫帚扫他的脸,这才悻悻地爬起来,还用眼狠狠盯着她。她断喝一声:"滚!"他见在这里待不住,就走了。

　　蓉嫂砰的一声,把门关严了。

　　水生拐过蓉嫂的屋角,对着村里臭骂了一通圆根和长水,惊得村里的狗狂吠了一阵。接着村里的鸡就啼了。

　　小宝考取了县城的一所重点中学。她想让儿子轻松一下,就叫儿子到外婆家去了,蓉嫂一个人守在家里,日子过得更加寂寞。她实在感到熬不住,就坐到床头把头发梢卷到嘴巴里去咬。鄱阳湖边上的女人咬自己的头发,是下了恨心。恨谁?她恨水生窝囊。

农忙季节到了,热浪炙人,虽然娘家的两个兄弟过湖来帮了她几天忙,但屋里屋外的操劳还是把她累垮了。她咬紧牙关把田头地角的各项农事做妥帖,就生出一场病来。

这些日子水生也忙,他忙着过湖到邻县去卖鹅崽,把鹅棚里的事托请圆根帮照管。圆根得知蓉嫂患病卧床,就鼓动长水去照看她。长水不去,说兔子不吃窝边草,老鸹不打家下食,还骂他缺德。想不到圆根还跟他赌气,说:"你来照管这鹅棚,我去!"长水说:"你去!"圆根又笑了:"我是逗你!"

水生卖了鹅崽回来,还想把余下的鹅崽一起拿到邻县去卖,圆根说:"你莫去,蓉嫂病倒了,这次你一定要去照看她,她想吃人参燕窝汤你也弄给她吃,她要屙屎屙尿你也抱着她。她要不嫁给你,你就砍我的脑壳!"

水生听了,将信将疑了一阵。最后,他还是跳进湖里干干净净地洗了澡,换上了从邻县买来的一套新潮式衣服,把头发也梳理得光溜溜的,就闯进蓉嫂的屋里来了。他站在床前,见她两脸蜡黄,两只大大的眼睛也凹进眼窝里去了。他轻轻地问了一声:"你——"蓉嫂张开眼,定定地望着他:"你来了?"

他用一个空拳头捶了一下脑壳,说:"该死,我来迟了!"

她脸上露出一丝淡淡的微笑:"来了就好!"

水生先问她想吃什么。她说眼睛经常发黑,想吃一副鹅肝。水生二话没说,从鹅圈里提了四只大肥鹅来,先宰了一只,取出一副硕大的鹅肝,用砂钵清蒸了给她吃。他还要宰第二只,她说吃这副就够了。他还是宰了一只。她说:"一只种鹅值几十块钱,这只宰得可惜!"他说:"只要能治好你的病,就是把这一群种鹅都宰了也值得!"

她把头歪到床边,就呜呜地哭起来。他用热毛巾给她擦去脸上的泪水,说:"还哭,真像个小孩子!"

她就真的不哭了。

她说浑身骨头睡疼了,他就轻轻地扶她坐起来。她脖子上、背上爬满了密密麻麻的痱子,他就用温水给她擦身子,还帮她敷上痱子粉。她感到身上轻松了,又说头晕。他就到处打听治头晕的方药,有人说女人头晕要吃"凤凰巢窝"。他不懂,人家就过细地告诉他,用一个猪肚子,包了全鸡、鸽子、麻雀,用多少黄芪、党参、当归,用陶瓷钵盛起来放到文武火上炖,炖出浓酽的汁液,除去药渣吃下去,头晕病就会好。他就一丝不苟地照着办,当她闻到这股异常的香气,就问:"你弄什么山珍海味,怎么这么香呢?"

他先是对她嘿嘿地笑一阵,才说:"我弄治好你头晕的东西!"

她猛吸了几口气,肚里很想吃。他把陶瓷钵端到她面前,揭开盖,说:"你吃,吃了保你的头不晕!"

她看清了,是一个鼓鼓囊囊的猪肚子,吃了以后才知道是"凤凰巢窝",难怪这么香气四溢,招惹人想吃。水生还要弄"凤凰巢窝"给她吃,她说:"不吃了,我想吃饭!"

人想吃饭,这说明病就好多了。他就买鄱阳湖里的大鲫鱼弄给她吃。她一餐吃下两碗饭,病就全好了。

她想走路,他就扶她下床。她不用他扶,一个人在屋、院里走了一圈,很轻松。到了晚上,水生说:"我已经隔好几天没到鹅棚里去了,趁这晚上我想去看一下。"

她抬眼望着他,嘴唇动了几下,把想说的话又咽了回去。

他走出门去,拐过屋角,想想又折了回来,说:"我不去了!"

她笑了一下,说:"你去吧,鹅棚那边是大事!"

他坐在她身边,用手轻轻地抚摸她消瘦了许多的脸颊,说:"我陪着你!"

她倒在她怀里,就不动了。

睡到半夜,他又翻身坐起来,说:"我耳朵里灌满了鹅的叫声!"

她也坐起来,说:"我脑子里也有个鹅棚在晃动!"

水生说:"我伴你慢慢走,你也过去看一下,行吗?"

蓉嫂点一下头,又"嗯"了一声。

天上的月亮很圆,已经歪到西边去了。初秋的夜,很清凉,虫子的叫声,或高或低,或远或近,把夜点缀得更加幽静。蓉嫂的心情好,脚步就走得轻快,水生叫她走慢一点儿,别累着了。她回过头来,说:"不累,你该走快一点儿!"

月光下的湖水泛起一闪一闪的银光,鹅棚里也有光射出来,远远地就听到从鹅棚里传过来的鼾声。走近鹅棚,她把脚步放轻了,见鹅棚的门虚掩着,推开门一看,见圆根和长水躺在那里,吓得她往门外退。水生忙伸过头来,这才把门轻轻掩上。他俩绕到侧边看了鹅圈,鹅群也睡熟了,显得很安静,地上也很光洁,看样子是用水冲过了。

　　湖上的风很清悠,掀起一层一层细细的浪纹,轻轻地吻着湖岸,发出细细碎碎的响声。回来的路上,蓉嫂问:"你只请了圆根,咋长水也跟着帮你守鹅群呢?"

　　水生说:"他这个人心眼儿好!"

　　蓉嫂又问:"你不是想发展种鹅群吗?"

　　水生说:"我想翻一番!"

　　"你忙得过来?"

　　"嗯,嗯。"

　　"你跟他两人合伙也行,请他两人打工也行,对你发展种鹅群都有利!"

　　"嗯,嗯。"

　　"你可要说话呀!"

　　他这才说:"把这两根光棍搁在我身边也难哩!"

　　蓉嫂用指头戳了一下他的脑壳,说:"这里放灵通一点,难什么?"

　　"嗯,嗯。"

　　西斜的月亮很耀眼,把他两人的身影拉得很长、很长……

黄志清

黄志清,江西南昌人,江西省作家协会会员,现任南昌县政协副主席。出版、发表长、短篇小说120余万字。作品有短篇小说《唉》《座位》《好人》《孤影》《推荐》《我有一所房子》《小溪,一支轻流的歌》等,长篇小说《痕迹》《痕迹2》。

千年古镇
——长篇小说《痕迹2》节选

古　镇

小车驶出金口乡地界,朝着泰古镇方向疾驶。

魏民打开车窗,眺望渐行渐远的金口乡,内心唏嘘不已。想起在金口的岁月,他感慨万千。他在这里留下了奋斗的足迹,收获了事业的进步;他在这里留下了青葱岁月,收获了甜蜜的爱情;他在这里留下了创业的艰辛,收获了成功的喜悦……他在这里留下了许许多多难忘的记忆。他在这里欢笑,他在这里哭泣,他在这里迷惘,他在这里成长……

魏民想到刚才离开金口时,那一张张真诚的笑脸,那一阵阵欢快的掌声,那感人肺腑的叮咛,那街道两侧挥手致意的人群,那响彻云霄的隆隆鞭炮声,这一切都令他非常感动。他不禁想起了父亲的话:伟人留业绩,凡人留痕迹。他认为自己在金口的岁月无怨无悔。时光荏苒,光阴似箭,七年的时光瞬间便成了过往,逝去的路漫漫,未来的路茫茫,关上车窗的时候,魏民情不自禁地流下了热泪。

小车穿过县城雄江镇时,魏民的心情才逐步平静下来。这次换届,魏民本没作任何指望,只想在金口乡往上挪一挪,能当个党委副书记就心满意足了,因为过年值班的时候,他的大学同学、原女友童丽告诉他,县委上报市委组织部的方案中,乡镇长没有他的位置,他也不知道自己怎么峰回路转当上泰古镇镇长了。泰古镇是东昌县的一个历史文化名镇,政治经济地位要比金口乡重要许多,镇内人才辈出,市场繁荣,文化底蕴深厚,有"千年古镇"之称,因此,魏民对自己在泰古镇的前景充满期待。

昨天晚上,新任泰古镇党委书记张祥海给他打来电话,对他荣任泰古镇镇长表示衷心祝贺,并对他到泰古镇工作表示热烈欢迎。他说泰古镇情况比较复杂,有些工作要与他商量,希望他尽早来泰古镇上班。魏民本打算先到老家南盛乡看一下父母再去泰古镇上班,见张祥海追得紧,便放弃了这个念头,决定今天去上班。

张祥海曾是魏民的老领导,以前他在金口乡当乡长的时候对魏民关爱有加,曾在党委会上研究对魏民违规买粮完成任务一事进行处理时据理力争,使得魏民免于处分,这让魏民非常感动。张祥海对魏民一直很欣赏,后来张祥海因桃色事件调离金口乡时,魏民只身相送,张祥海心存感激,两人关系一直不错。因此当魏民得知是去泰古镇工作,并且与老领导张祥海搭档时十分激动,谈话结束后,他就紧握张祥海的手,表示要在泰古镇好好工作,张书记指向哪儿就奔向哪儿。张祥海也十分高兴。

泰古镇坐落在县城雄江镇南部,距县城有四十多公里的路程。泰古镇位于临江上游,是二江三县四乡镇交界处。南宋初期,一胡姓渔民在此捕鱼为生,后逐步形成了集市,开始叫"胡家巷";在明末清初,该集市得到飞速发展,成为附近二江三县四乡镇居民的政治经济中心,改名为"泰古口",俗称"小东昌";民国初期,曾在泰古口设立泰古县;新中国成立后,在泰古口设立泰古镇,隶属东昌县。

泰古镇的繁荣得益于其便利的水上交通,江南省第二大河流临江穿境而过,在泰古镇分出一支流,蜿蜒曲折百转千回流向江南省第一大河流甘江,这条支流叫"雄江"。雄江长约七十公里,按说叫雄河更为合适,但由于其雄浑湍急,波涛汹涌,比临江更为险峻,故人们称之为"雄江"。雄江是一条横贯江南省两大水系甘江和临江的纽带,临江上游的商船要进入东昌县必经泰古镇,人们在泰古镇稍事休整后再前往东昌县。泰古镇便设在临江和雄江交界处,曾经有诗云:那里曾经是人间天堂,那里曾经让人神往。临江以东是金河县文圳镇,雄江以南是清城市丰渡镇、龙潭乡。泰古镇既是一个美丽繁华的水乡小镇,又是南来北往人们驻足的地方,更是方圆数百里人们进行市场交易的集市。

魏民驱车来到临江大堤。他叫司机停车,伫立长堤,看到滚滚北去的临江水,宁静温婉的雄江河,倾听江涛拍岸,心灵与身后曾有"小东昌"之称的古镇一起震颤,一起感受那江、那河、那宗祠、那古街、那悠渡、那清清脆脆圆圆润润的叫卖声……文化积淀厚重的古镇泰古,用它那沧桑的面孔迎接新镇长魏民的到来。

魏民站在大堤上俯瞰古镇,只见古镇沿雄江而建,明清商业街是泰古大道上最为繁华的商业街,全长一千多米,有上百幢店铺鳞次栉比地分布在街道两旁,至今仍保存完好。紧挨着明清商业街的是农贸市场,只见市场上人流如织,人头攒动,十分繁荣。农贸市场南面是古街码头,古码头旁已经看不到几艘商船,只有一些村姑在青石板上浣衣。雄江上有一座大桥,穿过大桥便是清城市的地界。新中国成立后,人民政府虑及百姓安危,防洪保安,筑堤围涝,拦河建坝,加之陆路交通日趋便利,天然水运甘当配角,古码头优势渐失,古镇便少了些喧哗,多了些宁静。

从临江大堤下去便是泰古大道,小车行至中段,只见一个巨大的拱形门,上面书写着"泰古农贸市场"几个苍劲有力的大字。魏民查阅过相关资料,得知这几个字是原任东昌县委书记施明年所书,据说施明年就是泰古籍知名人士。

这时车子停了下来,魏民问司机小胡:"这是怎么回事?"

小胡说:"魏镇长,今天泰古街当集,市场人多,堵车。"

魏民又问:"平常都这样吗?"

小胡说:"平常好些,主要是当集堵。今天还算好的,要是逢年过节要堵几个小时。"

魏民问:"镇里没有人管吗?"

小胡说:"镇里有城管在管,但他们忙着收费,没时间疏导过往车辆。"

魏民见过不去了,两边的车辆使劲地按着喇叭,便下车指挥着过往车辆,不一会儿,道路便疏通了。不料车子刚过,路口又被过往的车辆和人流堵住了,街上又响起不满的喇叭声和嘈杂声。

魏民上车的时候紧蹙着眉头。

泰古镇镇政府位于雄江大桥东侧,背靠泰古大道,面朝雄江。泰古镇镇政府办公楼是一幢二十世纪五十年代中期盖的二层砖木结构的小楼,据说当时是仿苏联风格建造的,新中国成立初期东昌县五个区政府所在地均盖了类似结构的办公楼,目前仅存泰古镇一所仍在办公。

车子到了镇政府大门口却进不了门,原来大门被上访群众堵住了。

滴水不漏

黑压压的人群挤在镇政府大门口,将大门围得水泄不通。有的人高举着"坚决反对新建农贸市场"的横幅,只见他们情绪激动,乱哄哄的一片。

小胡说:"魏镇长,是李家人来镇政府上访,要不你在车上等一会儿?"

魏民问:"他们为什么上访?"

小胡说:"前任党委书记周景致在雄江大桥西侧规划了一个新农贸市场,李家群众坚决反对。"

魏民问:"他们为什么反对?"

小胡说:"泰古古街百分之五十的店铺都是李家人开的,他们担心农贸市场搬走了会影响他们的生意。"

这时从上访人群中挤出一个眉清目秀的小伙子,他快速来到桑塔纳旁,打开车门道:"魏镇长,实在不好意思!我是办公室的胡涛,李家人上访把大门堵住了,现在盛镇长在接访,张书记吩咐我请你到财政所休息一会儿,待上访群众走了再过来。"胡涛是泰古镇党政办公室主任。

魏民下了车,握了握胡涛的手说:"我又不是来做客的,是矛盾早晚得面对。走,我去跟上访群众见个面,看看他们有什么诉求。"

胡涛劝说道:"魏镇长,这事一时半会儿很难答复,我看你还是暂时不要接触的好。"

魏民拍了拍胡涛的肩膀说:"我们是人民政府,人民群众有意见,我怎能避而不见呢?"

见魏民坚决要往里闯,胡涛忙指挥门卫放鞭炮,这是早就准备好为欢迎新任镇长上班安排的。

噼里啪啦的鞭炮声把上访人群冲开了,人们见一年轻英俊的小伙子雄赳赳气昂昂地走进了镇政府大门。

盛开明见是魏民,急忙握住魏民的手说:"魏镇长,终于把你给盼来了!"盛开明四十开外,中等偏胖身材,国字脸,大眼睛,蓄着平头,一副慈眉善目的样子,现任泰古镇党委委员、副镇长。前年魏民曾与盛开明一道去温州学习考察过,那时他就对盛开明印象很好,觉得盛开明憨厚老实,吃苦能干。

魏民说:"盛镇长辛苦了!"

上访人群中有个六十出头的花甲老人,脸上架着一副黑框眼镜,无名指上戴着一只印有"福"字的大戒指,梳着大包头,方脸大耳,气宇轩昂,一看就像个有身份的人。他见盛开明叫"魏镇长",知道这个年轻人就是新任镇长魏民,连忙上前握住魏民的手说:"你就是魏镇长? 我们要找的就是你!"

"你是……"魏民不知怎么称呼。

"他是'泰古人家'的总经理李思福。"盛开明在一旁介绍道。

"李总,幸会! 幸会!"魏民热情地握着李思福的手说。

"魏镇长,你要伸张正义!"

"魏镇长,你要帮我们主持公道!"

"魏镇长,农贸市场搬了我们就要喝西北风了!"

"魏镇长,泰古古街本来就冷清,农贸市场搬了,古街就彻底完了!"

"魏镇长,农贸市场坚决不能搬!"

……

人群中,人们三言两语,个个义愤填膺,叽叽喳喳说个不停。

魏民说:"李总,要不你选几个人,我们去会议室谈。"

李思福选了五个人,胡涛急忙打开会议室的门,魏民和盛开明与上访代表面对面座谈。

李思福说:"前任书记周景致想搞政绩工程,在雄江大桥以西、泰古中学以北规划了一个新农贸市场,如果这个市场一建,老市场就冷掉了,而且影响泰古古街的生意。我们的意见是老市场拥挤可以就地改造或者扩建,没有新建的必要,我们坚决要求制止新建农贸市场,恳请党委、政府慎重考虑!"

魏民问:"其他同志什么意见?"

代表甲说:"李总的意见就是我们的意见。"

代表乙说:"要是镇里做劳民伤财的事,我们要去省里告!"

代表丙说:"如果镇政府一意孤行,我们要去北京告!"

魏民听他们要挟的语气心中不爽,他不客气地说:"不管你们到哪里去告,最终都要由泰古镇人民政府来解决。我希望你们保持冷静,不要扰乱正常的公共秩序!"

李思福挥手示意众人静下来,忙解释道:"魏镇长,他们的语气虽然有些过急,但心情可以理解!"

魏民问:"李总的意见是农贸市场不需要新建,但现在又没有建新农贸市场,不知你们上访是何意?"

李思福说:"我们是担心新建。"

魏民笑道:"李总,拿没有确定的事来上访,你们的担心也太超前了吧?"

李思福狡黠地问:"魏镇长的意思是我们无须担心?"

魏民见李思福似乎话里有话,于是谨慎地说:"我的意思是你们先回去,待建新农贸市场时再上访也不迟。"

李思福说:"我们希望魏镇长有个态度。"

魏民不温不火地说:"我的态度很明确,现在新农贸市场还没开建,所以你们现在上访是无理取闹。如果确实需要新建农贸市场,我们肯定会通过一定的方式征求全镇人民的意见,这个事你们说了不算,我说了也不算。"

李思福见魏民说得滴水不漏,但又没有继续纠缠下去的理由,只好带着上访人员悻然而去。昨天晚上,他听堂侄女李艳说,新任镇长魏民今天要来上班,他们商定要给魏民一个下马威,让他以后不敢提新建农贸市场的事。没想到这个年轻人不卑不亢,不但没让他就范,反而凸显了他们的无理取闹。

新建农贸市场对李家将是个灾难性的打击,因为泰古古街的大多数商铺皆为李家人所经营,农贸市场的搬迁必然要带走大批的客源,李家在泰古古街的优势将荡然无存。更重要的是新农贸市场规划在胡家村地界,而胡、李两姓历来不和,据说泰古古街原为胡姓开辟,在明朝初期,李姓抢占了胡姓的地盘,两姓曾为此发生过宗族械斗,后胡姓被李姓杀败,胡姓逐渐在泰古古街衰落。作为李家在泰古古街的代言人,李思福必须制止新农贸市场在胡家村地界新建。

前任镇党委书记周景致根据县委书记谭兆辉的要求,在人大主席胡留意的支持下,以老农贸市场人满为患、满足不了泰古镇的发展为由,计划在胡家村地界规划建设新农贸市场,并将这一方案上报县计委立项。得知这一消息后,李思福迅速带领古街上百商户代表围堵县政府,持续施压,使这一方案未能立项。后来乡镇换届,周景致调离泰古镇,任县国土资源局局长,胡留意也即将退居二线,李思福悬着的心才终于放下。前不久,他要李艳请新任党委书记张祥海到"泰古人家"吃饭,提出了一个新方案,就是在原地扩建农贸市场,张祥海满口应承。李思福仍不放心,他要给新任镇长一个下马威,彻底断了党委、政府新建农贸市场的念头,于是才有了刚才的一幕。

欢迎宴

送走李思福一行已是中午十二点半钟了,魏民出门的时候胡涛对他说:"魏镇长,张书记在办公室等你。"

魏民随胡涛来到张祥海办公室,张祥海早在门口等候。他一把抱住魏民,高兴地说:"魏民老弟,我早就说过我们后会有期,没想到我们在泰古镇相聚,欢迎你啊!"

魏民也紧紧地抱住张祥海说:"老领导,没想到我又在你手下工作了!"

张祥海放开魏民亲切地说:"魏民啊,可不能这么说,在金口乡你是我部下,在泰古镇我们是同事啰!"

魏民谦虚地说:"张书记是党委书记,我是党委副书记,我仍然是你的部下。"

张祥海听魏民这样说心里很高兴,说:"你是政府一把手,大胆地工作,我做你的坚强后盾!"

"哟!哟!看到咱们镇党政一把手亲如兄弟,那真是我们泰古老百姓的福分哦!"这时魏民耳边传来女人嗲嗲的声音。

魏民定睛一看,原来张祥海办公室还有一个女人。这女人三十出头,头上烫着大波浪,皮肤白净,面容妖媚,胸脯高耸,特别是那双会说话的眼睛,摄人心魄,魏民不敢多看。

张祥海介绍道:"这是李艳,李副镇长。"

李艳伸出手妩媚地说:"魏镇长,望多关照!"

魏民握着李艳的手,觉得特别软。李艳用挑逗的眼神看着他,魏民沉稳地说:"互相关照!"

这时胡涛在一旁说:"张书记,菜都上桌了!"

张祥海拍拍魏民的肩膀说:"走,我们去吃饭,大伙儿都在等你。"

镇政府食堂在政府大院的东侧,一栋二层砖混结构的建筑,一楼是餐厅,二楼是会议室,出办公大楼往左一拐就到。为了提高接待水平,张祥海任镇长期间在餐厅里装了两间包房,一大一小,大的可坐十六人,小的也可以坐十人,包房里有电视,有沙发,有卫生间。张祥海和李艳陪着魏民进大包房的时候,其他班子成员早就在包房里候着,见他们进来,全部站起来鼓掌欢迎。张祥海一一向魏民介绍其他镇班子成员:人大主席胡留意,党委副书记涂传文,党委委员、副镇长盛开明,党委委员、纪委书记施明显,党委委员、武装部部长蔡厚德,党委委员汪春光。魏民同他们一一握手。

张祥海当仁不让地坐主席位,魏民和胡留意分别在他左右坐下,其他人员依序而坐。

张祥海首先站起来举杯说:"欢迎魏民同志到泰古镇工作!魏民同志年轻有为,工作有冲劲,在金口乡各条战线都做出了显著的成绩,相信到泰古镇后能取得更大的成绩!大家一起来敬魏镇长一杯!"

众人全部站起来,一饮而尽。

魏民叫胡涛给自己倒满杯,然后端起酒杯说:"大家都坐,我敬大家一杯!我初来乍到,希望大家多帮助!我希望大家在张书记的领导下,齐心协力,尽心尽责,把泰古镇的各项工作搞得更好!"

张祥海看魏民给自己贴金,心里很受用,站起来笑眯眯地喝完了,其他同志也一饮而尽。魏民见胡留意和涂传文没有站起来,心中不悦,虽然他叫大家都坐,但既然张祥海都站起来了,他们俩就不应该坐着。

这时,涂传文指着李艳说:"李镇长,你要罚酒。"

李艳不解地问:"我罚什么酒?"

涂传文说:"你不听魏镇长的话。"

李艳嗔怪道:"你这死猴子,敢挑拨我和魏镇长的关系?"

涂传文外号叫"猴子",将近四十岁,瘦高个,小眼睛,人很精明。据说李艳在泰古中心小学当老师时,涂传文时任镇团委书记,就是涂传文慧眼识英才把李艳调到镇团委工作的,因此两人关系不错。

涂传文慢条斯理地说:"刚才魏镇长敬酒的时候叫大家坐下,张书记是一把手,他可以不听魏镇长的,可是你是副镇长,你为什么站起来了?我看你太不讲政治了!"

李艳一听觉得涂传文说得有道理,于是自己给自己倒满一杯酒,扭扭捏捏走到魏民跟前说:"魏镇长,刚才我是无意的,小女子罚酒一杯。"说完一饮而尽。

魏民一听就知道这女人没有多少斤两,喜欢发嗲,还自称"小女子"。

涂传文可不放过,他说:"李镇长,你罚了酒但没敬酒怎么行?"

李艳又帮自己倒满杯,挽着魏民的胳膊说:"我肯定要敬领导的,领导在上我在下,领导说几下就几下。"

魏民有点儿不习惯,想甩开李艳的手,又怕驳她的面子。

涂传文鼓噪道:"最起码要三下!"

李艳说:"就听涂书记的,我三杯敬魏镇长一杯。"

李艳一口气干了三杯酒,魏民只好一饮而尽。

两人喝完后,张祥海带头鼓掌,其他人也跟着鼓掌。

李艳又给自己倒满三杯酒,转身搂着张祥海的胳膊,亲昵地说:"刚才我敬了新镇长,下面我敬一下新书记,祝贺张镇长荣升为张书记!"说完又连干三杯。

张祥海也倒满三杯酒说:"我不能让大家说我占女同志的便宜。"说完也连干三杯。

李艳妩媚一笑:"你是党委书记,万一要占我也没办法。"

全场哄然大笑。

魏民不太习惯这种场面,不过他觉得这李艳并不简单,与张祥海的关系非同一般,而且很豪爽,搞关系颇有一套。

盛开明也倒满杯来敬魏民的酒:"魏镇长,我喝完你随意。"魏民是第一次以镇长的身份与盛开明喝酒,虽说自己的酒量不大,但盛开明敬的酒是一定要喝的。

接下来,施明显、蔡厚德、汪春光等人纷纷敬魏民的酒,魏民也都干了,就连胡涛敬他的酒他也喝完了。

胡留意举起杯,稍微欠身说:"小魏镇长,好好干!"然后一饮而尽。

魏民点点头说:"谢谢胡主席!"然后酒到杯干。胡留意今年五十五岁,马上就要退居二线,魏民对他称呼自己"小魏镇长"心中不满,加上一个"小"字明显是瞧不起他,另外嘱咐他"好好干"完全是领导的语气。

涂传文坐在魏民隔壁,碰了一下魏民的杯子说:"欢迎魏镇长,互相关心!"

魏民一听就知道涂传文的意思,这等于告诉魏民我们是平等的,我是副书记,你也是副书记,你关心我,我帮助你。从涂传文忽悠李艳喝酒来看,这个人是个厉害角色,于是他装着毫不在意地举起杯:"互相帮助!"

一顿欢迎宴,魏民对党政班子成员的品性大致有了了解。

在欢迎宴即将结束之际,魏民专门给自己倒满一杯酒,对张祥海说:"我单独敬张书记一杯酒!张书记既是我老领导又是我新领导,我在这里表一个态:我们镇政府将在镇党委领导下,恪尽职守,奋勇争先,全力以赴完成党委交给镇政府的各项工作任务。"魏民想,只要书记镇长搞好团结,其他副职就没空子可钻。

胡留意、涂传文等人听后不禁对魏民刮目相看,能找准自己的位置并放低姿态的人,绝对是个角色。

漩 涡

吃完中饭已到下午两点多了,魏民的头晕乎乎的,胡涛就带着魏民去房间休息。魏民的房间在二楼东侧,是原党委书记周景致的房间,一共两间,里间为卧室,外间是办公室。

魏民一觉睡到四点钟。他看了一下表,然后急匆匆地洗了把脸,马上打个电话给张祥海,得知张祥海在办公室,便拿了个笔记本去张祥海办公室。他想问问张祥海近期对政府工作有什么安排。

张祥海在办公室门口等候魏民,见魏民来了,热情地握住魏民的手,并亲自给魏民沏了一杯茶。张祥海的态度让魏民很感动,毕竟张祥海是党委书记,起身让座都是很高的礼遇,更何况人家还出门迎接并亲自沏茶。

"张书记,我现在对泰古镇两眼一抹黑,你要多指教!"魏民坐定后虔诚地说,"不知道你近期对政府工作有什么要求?"

"你刚上班,这几天你找胡涛要一些资料,先熟悉一下情况,然后到各村各单位转转,为以后开展工作奠定基础。"张祥海轻描淡写地说。

"张书记要我尽早上班是不是有什么急事?"魏民问。

"泰古镇和金口乡的特点完全不一样。泰古镇是二江三县四个乡镇交界处,民风剽悍,人员复杂,经济活跃,市场繁荣,社会治安形势非常严峻,加上'稀里糊涂'即施、李、胡、涂四大家族关系错综复杂,犬牙交错,互为矛盾,互为利用,得罪哪一家都无法在泰古镇立足。而金口乡虽然穷一些,但民风淳朴,所以你要做好应对各种困难的准备。"张祥海介绍道。

"有张书记掌舵,我只要使劲儿划船就行了。"魏民轻松地说。

"有些事也不是我们能左右的,比如新建农贸市场的问题。这是县委谭书记来泰古镇视察时提出的要求,也是泰古镇经济发展的必然趋势,但前任书记周景致刚一提出建设新农贸市场的方案,便遭到以李思福为代表的泰古古街绝大部分商户的强烈反对,他们围堵县政府大门两天,一定要见县委谭书记,要谭书记撤销建设新农贸市场的要求,弄得谭书记下不了台。为此谭书记对泰古镇的班子很不满意,所以才把周书记调走。现在县委把我推到风口浪尖上,不做吧谭书记那里无法交代,做吧李家的情绪又无法平复,我真不知道怎么办才好。"张祥海忧心忡忡地说。

"要不我们找谭书记汇报一下,新农贸市场待我们做好群众工作后再行启动?"魏民建议道。

"谭书记那边还好办些,他同意我们先做好稳定工作,但现在我得到一个确切消息,胡家村的群众在串联,要求新建农贸市场。胡、李两家在历史上就有矛盾,现在是两大家族在较力,把党委、政府放在火上烤,这一矛盾很难调和。"张祥海十分忧虑。

"那你要我做什么?"魏民问。

"这段时间你要集中精力平息这个事态,否则下个月的乡人大会都开不成。"张祥海交代道。

"那你的意思是?"魏民想知道张祥海的想法。

"狗屎不挑不臭,能拖就拖,尽量不理这个事。"张祥海说。

"哦……"魏民对张祥海的态度不理解,这是一个消极的态度,而不是一个积极解决问题的办法。

"还有一个问题比较棘手,就是镇财政捉襟见肘。据我所知,镇财政欠外债三百六十多万元,其中有两笔要尽快解决,一笔是欠建筑公司五十万元工程款,过年前民工曾到县里上访,说是没有拿到工资,年前我叫建筑公司经理施明安个人垫付了五万元,并答应年后统筹解决,我估计他们马上会找镇里。另一笔是财务上欠凤凰百货商店烟酒等款项三十余万元,胡涛说公司扬言不给镇里赊账,你和胡涛与他们协调一下,要是镇里运转不了,那就成了全县的笑柄。"张祥海交代道。

"我会尽量做工作。"魏民答应着,他苦笑道,"泰古镇是千年古镇,在我印象中钱是花不完的。我还以为到这里可以坐享其成,想不到泰古镇的财政状况这么差?"

"泰古镇是徒有虚名,不过当地老百姓在全县还算是比较富裕的,农民人均纯收入仅低于县城雄江镇。"张祥海说。

"这倒是好事,我们做工作的目的不就是让百姓富裕,过上好生活吗?"魏民说。

"也不一定是好事,老百姓富裕了,他们的民主意识就更浓,对自己的权益看得更重,对镇党委政府的要求就更高,你想敷衍他们就很难。"张祥海笑道。

"是啊,这就逼迫我们提高工作水平。"魏民跟着说。

"另外,镇人大会马上就要召开了,就新一届的工作怎样搞,这几天你认真思考一下,下个星期我们再碰一下头。"张祥海说。

"好的。"魏民答应着。

"工业兴县这项工作泰古镇一直很落后,经常挨岳学文县长的批评。这项工作你在金口乡很有经验,我建议你认真抓一下这项工作,尽快摆脱我镇的落后现状。"张祥海嘱咐道。

"尽力吧,我在金口乡也是机缘巧合,刚好认识了几个企业家。我想只要我们用心工作,泰古镇的工业兴县工作一定会迎头赶上的。"魏民说。

张祥海和魏民谈了两个多钟头,使得魏民对泰古镇的工作有了初步了解。

临出门的时候,魏民说:"张书记,今天上午来上班的时候,我发现农贸市场大门口拥堵严重,来往行人意见很大,我想叫城管集中精力抓一下。"

"这确实是泰古街的一个顽疾,你一下子切中了要害。"张祥海道,"不过这项工作很难搞,因为农贸市场太小了,但我支持你!"

"那没什么事我就走了。"魏民说着准备离开。

"你等一下……"张祥海欲言又止。

"什么事?"魏民问。

"有一个事你要有思想准备。涂传文原定是泰古镇镇长人选,县委研究了并报请市委,你是市委研究变动的唯一人选,所以涂传文可能会对你有些成见,他又是本地人,你要尽量和他搞好团结,避免选举的时候节外生枝。"张祥海叮咛道。

"有这事?"魏民大吃一惊,他不知道是自己把涂传文挤掉了。

"这事千真万确,年前谭书记找我谈话的时候,镇长人选就是涂传文,不过这个人工作能力很强,将来一些重要工作可以交给他做。另外,李艳工作热情很高,工作也很泼辣,是女中豪杰。"张祥海说。

"其他班子成员怎么样?"魏民问。

"胡留意和施明显即将退居二线,盛开明一般般,我准备专门找谭书记汇报一次,尽量把班子配强一些。"张祥海说。

魏民一听就知道张祥海对涂传文和李艳的个人能力很认同,但对盛开明印象很一般,这与他对盛开明的印象形成了鲜明的反差。

出了张祥海办公室的大门,魏民的心情特别沉重,原来被提拔重用的兴奋感荡然无存,伴之而来的是无边的压力。他觉得自己像陷进了巨大的漩涡之中,无法挣脱。

夜　遇

魏民刚一回到办公室,胡涛就尾随而入。

胡涛问:"魏镇长,你今天晚上是回家里住还是在镇里住?"

魏民不假思索地说:"我肯定在镇里住。"他觉得胡涛问得有点奇怪,后来才知道前任泰古镇主要领导"走读"较多,周景致和张祥海的家都安在雄江镇,他们很少在镇里住。

胡涛说:"那我跟食堂交代一下,弄几个好菜。"走到门口他又回头说:"魏镇长,我准备了一些简单办公用具和生活用品,不知道合不合你的要求。有什么要添置的跟我说一声。"

"胡主任,我没什么讲究,只要能用就行。"魏民虽然工作很认真,但对工作条件没有什么讲究,见胡涛这样说,觉得这个人很细心,反映也很灵活,不觉对他有了好感。

也许是这间办公室关得太久,魏民觉得很闷,他推开窗户,初春的气息随之扑面而来。他站在窗口凝神远眺,只见远山凝黛,近水含烟;落日的余晖照在波光粼粼的雄江上,闪现出神奇的色彩;雄江大桥巍峨壮丽,天堑变通途;过往船只扬帆远去,唯见雄江天际流。一幅迷人的山水画,美得让人心醉。魏民的心情陡然好转,这么好的山,这么好的水,这么悠久的历史,这么沧桑的古镇,他有信心战胜一切困难,在这块土地上留下自己的足迹。

这时魏民见政府大院停着一辆桑塔纳,李艳打扮得花枝招展上了车。不一会儿张祥海也提着公文包匆匆上了车,小车一溜烟驶出了大院。魏民想,张祥海和李艳这么晚到哪儿去呢?

"看什么呢?"这时后面有人问。

魏民回头一看,见是盛开明,就问:"盛镇长这么晚还没下班?"

盛开明憨笑道:"你镇长都没下班,我这个副镇长哪敢下班呢?"

魏民连忙让座,并给盛开明倒了一杯茶,说:"盛镇长是个老泰古,以后的工作还望多支持!"

盛开明说:"听说你到泰古当镇长我既高兴又担心。"

魏民忙问:"怎么个高兴法?又怎什么个担心法?"

盛开明说:"高兴的是你是个干实事的人,是个干大事的人,你有思路,有方法,有干劲,你在金口乡都弄出那么大动静,一定能带领泰古镇重塑辉煌的。说来金口乡的经济发展基础与我们泰古镇相差甚远,但金口乡的财政收入现在已跃居全县第二名,这完全是归功于你。"

魏民听了心里很高兴,这说明他在金口乡的工作得到了全县的认同。他谦虚地说:"这不完全是我一个人的功劳,这是班子成员共同努力的结果。"

盛开明认真地说:"你兄弟就不要跟我谦虚了,别人不知道我还不知道?我在镇里分管工交财贸,前年金口乡的财政收入还不如我们泰古镇,可去年一年就将泰古镇远远地甩在了身后。记得前年我们一同去温州考察学习,其他同志是听了感动,看后激动,回来后不动,就是你回来以后创办了金口工业集中区,还一口气引进了两个项目,真让人羡慕!就是让我再去温州考察学习三次,我也想不到创办工业集中区的事。"

魏民说:"你说得很对,我们不能满足一般的按部就班,一定要紧扣泰古镇发展这个大局,大胆创新,锐意改革,抢抓机遇,乘势而上,只有这样才能改变泰古镇的面貌。"

盛开明说:"所以你到泰古镇工作我打心眼儿里高兴。这十几年泰古镇之所以发展缓慢,主要是前几任班子都有守摊子的思想,不是他们不想搞,而是泰古镇太复杂了,水太深了,伸手撞到爷,缩手碰到娘,根本搞不下去。像新建农贸市场的事,大家都知道要建,可前任书记周景致刚一提出方案便遭到强烈反对,于是不了了之。如果周书记一意孤行,可能就没有国土资源局局长这个位置给他了。这是一个现实问题,也是我担心你的重要原因。"

魏民不以为然地说:"我觉得没有落后的群众,只有落后的干部,只要我们一心为了群众,一心为了泰古镇的发展,老百姓肯定会赞同的。目前可能是我们的工作方法有问题。"

盛开明笑着说:"我估计你肯定会这样说,这样我就更担心了。"

魏民摇摇手说:"不谈这个了,刚才我看见张书记和李艳副镇长出去了,这么晚他们到哪儿去?"

盛开明皱着眉头说:"这段时间他们天天出去,肯定是去应酬吧,谁知他们去哪儿?"

魏民有意问:"我看他们处得不错?"

盛开明说:"不是不错,而是关系非同一般。"

魏民听后大吃一惊,心想张祥海因为桃色事件在金口乡有过教训,难道他又想在泰古镇重蹈覆辙吗?

这时胡涛叫魏民吃晚饭,魏民便叫盛开明共进晚餐。

吃完晚饭盛开明和胡涛要陪魏民坐,魏民说你们上班一天也辛苦了,早点回去陪老婆孩子,我一个人出去走走。盛开明和胡涛见魏民坚持,只好作罢。

出了镇政府大院,魏民独自一人来到雄江大桥。站在桥面上,望着滚滚西去的雄江水,他思绪万千,心潮澎湃。魏民想不到自己的人生轨迹会和这个千年古镇连在一起,他觉得自己像在做梦一般。其实魏民并不是个官迷,但在中国社会走上了从政的路,你就必须勇往直前地走下去,开弓没有回头箭。如果在政治上你没有地位,就决定了你没有话语权,你的主张就不可能变成群众的自觉行动,一辈子碌碌无为,黯淡无光,如行尸走肉,得过且过,轻如鸿毛,这是失败的人生;反之,如果你政治上有地位,你就可以按照自己的思路谋篇布局,确定一个地区的发展方向,改变一个地区的面貌,提高当地群众的生活水平,为老百姓安居乐业营造良好的环境,一辈子风风光光,灿烂辉煌,事业上如日中天,老百姓交口称赞,父母为儿子骄傲,妻儿为自己自豪,这才是他所选择的人生道路。如果得不到提拔重用,魏民就无法实现这一目标,因此换届期间,他特别想上一个台阶。魏民自己都不知道他是如何鬼使神差地当上泰古镇镇长的。其实在内心深处他更希望留在金口乡,因为他对金口乡有感情,工作轻车熟路,更何况金口乡有他一手创立的金口集团。但这就是生活,他不得不离开熟悉的金口乡,来到这陌生的泰古镇,他将在这里书写自己崭新的人生。

魏民沿着雄江踽踽独行。在魏民的潜意识里,他以为泰古镇的工作条件要比金口乡好很多,但今天一接触才知道,泰古镇的经济条件、社会环境还不如金口乡,因此他必须付出更加艰辛的努力,才能改变泰古镇的面貌,实现泰古镇的繁荣和稳定,他觉得自己肩上的担子沉甸甸的。但魏民内心却特别兴奋,正因为这样,才更能体现他的价值。魏民喜欢富有挑战的工作,越是复杂的工作环境越能激发他的潜能,越是貌似无路可走,他越能突发奇想从而出奇制胜。想当初在金口乡,他不小心得罪了党委书记,连入党都不让入,女朋友弃他而去,最后他硬是靠自己的智慧杀出了一条血路,留下了自己的痕迹,赢得了老百姓的高度评价。而现在自己是泰古镇镇长了,他坚信自己不仅能在这里站稳脚跟,还能留下深深的足迹。想到这儿,魏民的情绪陡然高涨,他加快了步伐。

穿过泰古码头,在临江和雄江交界处,一座红色的亭子映入眼帘,魏民看过县志,知道这就是泰古镇闻名的望江亭了。魏民迅速登上望江亭,只见望江亭倚江而立,有参天樟树掩映,由此极目临江,江水犹如一条蜿蜒的银色缎带,从远方冉冉飘来。伫立望江亭,春风拂面,只觉心旷神怡,豪情满怀,魏民甚至有作诗的冲动。

夜幕低垂,魏民贪婪地呼吸着新鲜空气,不肯离去。这时亭子外传来女人的声音:"李娇,我们去望江亭坐坐吧?"

"想不到你现在还有这种雅兴。"李娇说。

"我才不像你一样婆婆妈妈,我就喜欢到这里坐坐,在这里听风观水,就好像回到了中学时代。"还是前面那个女人的声音。

魏民顺着声音望去,隐约看见两个二十五六的少妇朝望江亭走过来。她们着装时髦,一个头上卷着大波浪,穿着山羊皮上装,直筒裤;另一个梳着齐耳短发,上着格子圆领外套,下着米黄色休闲裤。魏民见有人来,不便久留,正准备返回镇政府,不料刚一起身,那个卷着大波浪的少妇望着魏民吃惊地问道:"你就是魏民?新来的镇长?"

姜钦峰

　　姜钦峰,中国作家协会会员,南昌市作家协会副主席,南昌市散文学会副会长,南昌县作家协会主席。《读者》签约作家,曾在《读者》《羊城晚报》等开设专栏,获南昌市第二届滕王阁文学奖(政府奖)、江西省公安厅首届金盾文学奖。大量作品编入中小学语文试卷,部分拍成电视散文在央视十套播出。已出版散文集七部,长篇小说一部。

看不见的嫌疑人(长篇小说节选)

楔　子

　　深灰色思域在黑夜中穿行。

　　江枫独自驾车,驶入沿江快速道。再过几分钟,穿过东风大桥,就进入东风市的闹市区。车灯照亮前方,公路两侧是葱茏茂密的绿色植物,树枝开始小幅摆动起来。外面起风了,看样子要变天了。江枫打开了收音机:

　　中央气象台12月23日22时继续发布台风红色预警:今年第22号台风"海马"的中心,24日早晨5点钟将位于广东省惠东县南偏东方向大约230公里的南海东北部海面上,中心附近最大风力14级。

　　预计,"海马"将以每小时25公里左右的速度向北偏西方向移动,强度变化不大,并于24日下午在广东汕尾到深圳一带沿海登陆。登陆后,"海马"将转向偏北方向移动,强度快速减弱为热带低压。

　　中央气象台同时发布暴雨黄色预警:预计,24日8时至25日8时,广东中东部、福建西北部和中南部、台湾东南部、江西西部和中南部、安徽中部偏南、江苏中南部、上海、浙江东部沿海等地有大雨。部分地区有暴雨或大暴雨,广东东部沿海局地有特大暴雨,并伴有短时强降水。

　　听到台风消息,江枫颇有点儿隔岸观火的感觉。东风市处在内陆中部省份,与台风中心相隔千里,台风长途跋涉到此,已成强弩之末。"海马"将给东风市送来一场久违的大雨,正好驱散连日笼罩在头顶的雾霾。天空这么脏,是该洗洗了,他想。

手机在振动,江枫抬脚松油减慢车速,右手稍稍离开方向盘,在触控屏上把收音机调至蓝牙模式。他迅速地看了一眼,来电显示是刑警大队长万志强。

"万大。"

"嫌疑人身份查清了吗,怎么半天没消息?"

"查清了。我在路上,半个小时就到分局。"

"那就好。路上别赶,慢点儿开车。"

挂断电话,思域上了东风大桥。江枫再次打开收音机,主持人已播完气象预报,正在连线驻深圳记者:

最新消息:强台风"海马"正面袭击深圳的可能性较大,国家防总已召开防御"海马"异地视频会商会议。随着台风的临近和登陆,深圳市政府决定启动防台风和防汛一级应急响应,自24日零时起全市范围内实施停工停市停课,深圳始发的部分长途列车停运。各种应急救灾物资已准备到位,公安、消防、急救等相关部门正严阵以待,确保人民群众的生命财产安全……

山雨欲来风满楼。深圳全市总动员,如临大敌,全城戒备。

千里之外的东风市,夜色宁静。江枫忽然想起,明天就是平安夜,估计要在雨中度过了。

1. 平安夜

"我爱我们的倒霉工作,也爱这千疮百孔的世界!"

林小砚手持麦克风大声朗诵,另外两个女生立刻鼓掌欢呼。

12月24日,平安夜,大歌星KTV包厢内一派欢腾。

今晚林小砚请客,丁妍和乐乐是她的大学同学。林小砚采写的报道评上了全省十大法治新闻,被两个死党敲了竹杠。昨天就约好,除非天灾人祸,否则不准请假。

三个人,订了一个中包,说好不醉不归。

丁妍拿起红酒瓶,给乐乐倒满,再往林小砚的杯子里倒。林小砚眼疾手快,先把杯子抢到手里。丁妍拎着酒瓶,绕过茶几,走到林小砚身边。"今天你做东,不喝酒怎么行?"

"饶了我吧,等下我还要开车呢。"林小砚笑着求饶。

"你是东风市名记,堂堂的首席大记者。你不找警察的麻烦,他们谢恩都来不及,哪个吃了豹子胆敢查你呀?"说到"名记"两个字时,丁妍故意加重了音量。

戴黑框眼镜的乐乐上来解围:"算了,别逼她,现在酒驾查得紧,可别让咱们的林大记者在班房里度过一个难忘的平安夜。"

"呸,呸,呸!"丁妍狠狠地剜了她一眼,"瞧你那张烂嘴,就不会说点儿吉利的。"乐乐被她一顿抢白,脸色尴尬,不知如何反驳。

"都别争了,酒是一定不能喝的。"林小砚给自己的杯子倒满矿泉水,举杯道,"姐妹们,祝我们的友谊地久天长。干杯!"三个酒杯碰在一起,发出清脆的响声。

房间里暖气开得很大,三个人都脱掉了外套。

音乐前奏响起,是 SHE 的《不想长大》,丁妍赶紧拿起麦克风,一脸陶醉地唱起来。丁妍留着干练的短发,除了腰围比毕业前粗了点,演唱风格丝毫未变,无论什么歌从她嘴里出来,都是同一个调调。唱到一半,林小砚已忍无可忍,双手捂住耳朵,表情夸张地大声抗议:"救命啊!切歌,切歌!"

"我偏要唱。"丁妍笑骂道,目光又转向电视屏幕,"我不想我不想不想长大……"

一曲终了,丁妍拿着麦克风说:"下面有请今晚的主角,东风名记,iPad 小姐,为大家演唱,掌声鼓励!"说完,丁妍率先鼓起掌来。

这个丁妍,报复来得真快,林小砚暗想。

快到二十五岁的林小砚,有一双会说话的大眼睛,皮肤白皙,五官匀称,一米六五的身高恰到好处。可惜人无完人,胸太平。"iPad"是班上男生偷偷给她起的英文名,着实让她自卑了好一阵。她悄悄试过各种丰胸秘方,肉倒是长了,却没长在胸部,把她惊出一身冷汗,终于死心。

既然不能让胸变大,那就让心灵变得更强大。人不能老跟自己过不去,要学会接纳不完美的自己,干下几碗心灵鸡汤,果然是满满的正能量。世界是平的,胸不平何以平天下?

林小砚唱了两首林忆莲的歌,声若天籁,婉转动人。她在大学就是实力唱将,简直能与原唱媲美。

麦克风大部分时间都在丁妍手中。乐乐不爱唱歌,缩在沙发里聊微信,眼睛专注地盯着手机屏幕,运指如飞。林小砚从乐乐手里抢过手机,硬把麦克风塞给她,乐乐追上去就打。

"你就放过乐乐吧,说不定人家又钓到大帅哥了。"丁妍笑道。

"老房子着了火——没救了。"林小砚摇头叹息。

三个女人一台戏,果然说得没错。林小砚靠在沙发上,心里既兴奋又惆怅。很久没敢这么放肆了,三人都是大学同寝室的死党,互相见面,完全不用装。白天上班,大家都装得一本正经,此刻原形毕露,真有说不出的畅快。

林小砚拿出手机看了下时间。"姐妹们,不早了,散了吧。"

"急什么,我还没唱过瘾呢。"丁妍双手紧握麦克风,生怕被人抢走似的。

"明天我要去参加案件发布会,得早点儿赶过去,遇上堵车就麻烦了。"林小砚笑着解释。

"发什么大案了?"乐乐立即凑过来问。三人当中,乐乐最热爱八卦,听说有案子,马上来了精神。林小砚常想,乐乐不当记者真是浪费人才。

"听说是一个杀人案。"林小砚轻描淡写道。

"啊,好恐怖!"乐乐满脸兴奋。

丁妍也被吸引过来。"小砚,今天是怎么啦?从没见你工作这么积极过。"

"血口喷人。"林小砚不客气地回敬。

"赶着去见江枫吧?"瞎子都看得出来,丁妍不怀好意。

"你的想象真丰富。"林小砚低头把手机塞进包里。

"看着我的眼睛。"丁妍不依不饶,笑得意味深长,"老实交代,明天那个案子是不是江枫办的?"

"多管闲事。"林小砚推了丁妍一掌。

"你不否认,就是承认了。"丁妍笑得更加放肆了。"说起来,我们今天能在这里唱歌,也得感谢人家。你得奖的这篇报道,主办刑警就是江枫,我没记错吧?他是你的命中贵人啊。"丁妍从没见过江枫,只是从林小砚嘴里听过这个名字,却说得活灵活现。

"人家是大侦探,哪瞧得上我这个小记者。"

"宁可错杀,绝不放过!"丁妍继续烧火。

"去!看热闹的不嫌事大。"林小砚披上了外套。

乐乐站了起来,指尖顶了顶黑框眼镜。"得,我懂了,咱就算有天大的事,也不能耽误人家去见男神。"

丁妍恋恋不舍地放下麦克风,抓起了沙发上的外套。

穿过狭长的过道,走到大厅,才发现外面下起了瓢泼大雨。刚才三个人在包厢里疯得起劲,对外面的情况浑然不知。林小砚要先送他们回家,乐乐坚决不同意:"你又不顺路,下这么大的雨,我们打车回去很快就到了。"林小砚看了看天气,便不再坚持。

丁妍脸色微红,步伐已有些凌乱,脑子还算清醒,扶着林小砚的肩膀说:"慢点儿开,下雨路滑,路上别赶哈。"

"放心,我又没喝酒。"林小砚心里升起一股暖流。

"走啦,拜拜。"林小砚向丁妍和乐乐挥手告别,双手把黑色手袋举过头顶,一头扎进了雨中,向自己的车跑去。寒风刺骨,雨打在脸上,像针扎一样。

车内冷得像冰窖,暖气风速开到最大,吹出来的却是冷风。汽车驶出大门,路面积水反光,能见度很低,林小砚不敢开得太快。几分钟后,温度慢慢升上来,僵硬的手脚开始苏醒。林小砚感到一阵惬意,打开了音乐,是邓紫棋的《泡沫》。

好久没这么疯过了,林小砚意犹未尽,跟着节奏哼唱起来。唱到高潮部分,又调高了音量,脚下的油门随之加大。

汽车驶出市中心,在一个十字路口左转,进入迎宾大道。路面刚铺完柏油,各种道路设施还没装完,宽阔的马路上清冷寂静,车辆稀少,几乎看不到行人。前面右转弯上坡,林小砚深踩油门,准备一鼓作气冲上去。角度转得偏大了点儿,车轮越过了中心线。

突然,一个模糊的物体出现在视线内,仿佛从地底下冒出来的怪兽,张牙舞爪向自己猛扑过来。林小砚睁大了惊恐的双眼,本能地抬脚踩刹车,但是距离太近,为时已晚。

砰的一声巨响,仿佛平地炸雷,火星四射,瞬间把黑夜撕成碎片。

浓重的火药味钻入鼻腔,她觉得似曾相识,仿佛除夕夜从刚燃放过烟花的街道上路过。林小砚张开了嘴,却没来得及喊出声,眼前一黑,头一歪,便失去了知觉。

2. 车祸

雨仍在沙沙地下,丝毫没有停下的迹象。

夜幕打开,又重新合拢,路面很快就恢复了宁静。一具女尸侧卧在马路边,鲜红的血从尸体下方汩汩地流出来,被雨水冲刷到路基下面,然后消失不见。

一辆深灰色本田思域向案发地点驶去。

"晕,又是车祸!"王三牛坐在副驾驶座,勉强伸开双臂,打了个长长的哈欠,嘴巴张开,半天才合拢。"真搞不懂这帮孙子,难不成都闭着眼睛开车的?半夜都不消停,还让不让人睡觉?"冬天的被窝让人无限留恋,半夜被叫起来确实很不爽,难怪王三牛会恼火。

江枫扶着方向盘笑道:"你小子有没有公德心,还想着睡觉,现场可有人一睡不起了。"他笑起来嘴角略歪,眼睛依然紧盯前方。

江枫是东风市南湖公安分局刑警。王三牛是他的跟班小弟,入警不到半年,十足的菜鸟。案发当晚,正好是江枫这组值班,他们接到电话便立即赶往现场。

十多分钟后,就看到前方出现亮光。

几辆警车停在马路边,车顶上的警灯闪烁,穿透浓浓的夜幕,格外醒目,似乎在提醒过往的司机,这里刚刚发生过非同寻常的一幕。

接到事故报警后,交警首先到达现场,确认是死亡事故之后,再通知技术员和刑警到场。中心现场已经封锁,只留下一条车道,供来往的车辆通行。两名穿着反光背心的交警站在马路中心线上,指挥来往的车辆小心绕行。

一辆蓝白相间的江铃全顺停在现场,车身上写着"现场勘察"四个大字。发动机并未熄火,车顶上的三盏探照灯同时打开,仿佛多了三个人造小太阳,把周围几十米照得亮如白昼。几名刑事技术员正在开展工作,测量,拍照,提取痕迹物证。大雨让原本简单的工作变得艰难许多。

江枫靠边停车,习惯性地看了一眼车上的电子钟,时间刚过零点。车门打开,寒风迎面袭来,像刀子刺进骨头。王三牛忍不住打了个哆嗦,顿时睡意全消。

二人各撑了一把黑伞,竖起衣领,微弓着身子,并肩向人群走去。

"江枫,我就知道,轮到你值班肯定要出事。"穿着雨衣的唐法医解下口罩,笑着同江枫打招呼。唐法医鼻梁上架着近视眼镜,透出一股学究气。快五十岁的人,个头不高,看上去比实际年龄显年轻。

"这可不能怪我。"江枫笑道,"早知道会发案,今晚我就睡在马路上了。"为什么在这种悲剧的场合中,老是开这些不合时宜的玩笑?江枫也曾觉得奇怪,也许是在潜意识中需要缓解焦虑情绪吧。

后来听心理专家解释,他就释然了。有人做过统计,一个警察在任职的头三年看到的人生悲剧,比普通人一辈子看到的还要多。普通人在四十岁之前,极少有机会见到尸体,而警察早已司空见惯。如果一个警察看见尸体就悲痛欲绝,道德上也许是正确的,职业水准却值得怀疑。

"什么情况?"江枫把目光移向肇事车辆。

"两车迎面相撞,一死一伤。"唐法医瘦削的脸上波澜不惊。

江枫环视四周,满地狼藉。一辆红色本田飞度趴在路边,车头的前半部分几乎没有了,靠驾驶室这边的车门已脱落,左前轮不知去向,玻璃碎片和各种零配件散落一地。黏稠的机油在地上缓慢地蜿蜒前行,像一条条黑色的怪蛇。

在飞度前方十多米远的地方,一辆银色大众宝来横在马路中央,车头撞得稀烂,引擎盖高高卷起。

江枫向路边的尸体走去。离飞度车三四米远的地方,地上躺着一具女尸,呈侧卧姿势,两手伸直,腿部弯曲,就像一个熟睡的婴儿。女尸头部血肉模糊,散乱的头发被雨水打湿,紧贴在脸上,看不清容貌,尸体周围的雨水已被染成红色。江枫推测,可能是在两车相撞的瞬间,巨大的冲击力把她从驾驶室里甩了出来,使她当场死亡。

除了战场,最惨烈的就是交通事故现场,眼前的景象并未让江枫感到惊讶。从两辆车的损伤程度来看,死者应该是飞度车上的司机。宝来的车头虽然被撞坏,但驾驶室并未发生严重变形,看样子司机不至于丧命。

"宝来司机呢?"江枫转身问身边的唐法医。

"也是个女的,命大,只受了点儿轻伤,已被交警的弟兄控制起来,送到武警医院包扎去了。"唐法医说。

江枫心里有底了。像这种交通肇事案,事实清楚,因果关系明显,只要肇事司机没有逃逸,按部就班照法律程序办就行了。但是无论多么简单的案件,一定要到现场看看,这是他多年办案形成的习惯,不到现场走走,总觉得心里不踏实。

事故地点位于迎宾大道海安化工厂门口路段。江枫对此地并不陌生,这不到二百米的路段,被称为"东风市的百慕大三角"。"Z"字形弯道,连续两个小角度急转弯,已经极为凶险,再加上一个陡坡,简直就是鬼门关。尤其是在下雨天的晚上,视线不良,极易引发交通事故。

交警部门向市政府打过好几次报告,请求把弯道拉直,陡坡削平。政府答应了拨款,组织各相关部门开过几次协调会,也派人到实地考察过,但是征地问题迟迟无法解决,只好拖着。

马路边上立着一块反光警示牌:"危险路段,请小心驾驶。此处已发生三起车祸,累计死亡四人!"

第五条人命,这块牌子又要改了,江枫看着警示牌,心中默念。

大雨滂沱,在探照灯照射下,雨线像牛绳一样粗。唐法医抹了把脸上的雨水,抬头看了看天,把一个年轻警察叫到身边:"运尸车怎么还没到?得赶紧把尸体运走,现场条件太恶劣了,等会儿雨下大了更麻烦。"

"已经在路上,估计快到了。"

"估计,估计是多久?"唐法医瞪着眼睛说,"打电话,再催!"这种鬼天气,冻得人都没办法心平气和地说话。

年轻警察不敢再争辩,拿出手机,再次拨打电话。

十多分钟后,殡仪馆的运尸车到了,在交警引导下,开到尸体旁边。车门打开,下来一名五十多岁的男子,骨瘦如柴,脸上黑如锅底。唐法医背后叫他"黑无常"。

黑无常背手站立,瞟了一眼地上的尸体:"车钱谁付?先说好了再动手,别到时候又扯皮。"

"先记分局的账,死者家属没到。"唐法医赔着笑脸说。

"你们公安局就是个老赖,上半年的账还没跟我结清。"

"放心,我们那么大的单位,少不了你一分钱。"

"那也不能老拖着啊,现在农民工的工资都不准拖欠了。"黑无常翻着白眼说。

"行,明天一上班我就去找局长反映,抓紧落实。"唐法医早已习惯了黑无常的傲慢无礼,跟这种人谈什么理想道德、社会责任屁用都没有,供求关系决定社会地位,谁叫人家是垄断行业。

"告诉你们局长,下次再拖欠运费就别叫我了。"黑无常拿出钥匙,很不情愿地打开车厢后门。唐法医指挥两个年轻警察把尸体抬上了车厢。

唐法医上了自己的警车,跟着运尸车往殡仪馆方向开去。法医解剖室设在殡仪馆内,他要对尸体做进一步检验。

"王三牛,上车。"江枫向停在路边的思域走去。交警和技术科的同事会清理现场,他必须尽快赶去医院,找到肇事司机做讯问笔录。

王三牛听到江枫喊他,急忙跑过去,突然脚下一滑,摔了个狗啃屎,爬起来才发现是踩到一块砖头。王三牛钻进车里,骂道:"这鬼地方真他娘的邪门,用脚走路都会出事故。"刚才那一跤摔得不轻,把手掌都擦破了。

江枫抽出两张纸巾给他擦手:"谁叫你走路不长眼睛,拉屎不出还赖茅坑。"

"老大,哪天跟领导提提,像这样屁大点儿的案子,以后就别让咱们上了。"

"怎么,嫌案子小,配不上你?"

"这种案子老简单了,直接给交警办不就得了,让我们刑警上,简直是大炮打苍蝇。"王三牛大言不惭。

"看不出来啊,王三牛,你小子身上毛都没长全,才破了几个案子,就敢背着手撒尿了。"江枫揶揄道,"你以为你是谁,大侦探福尔摩斯啊?"

王三牛刚来不到半年,不了解内情。南湖区的交通肇事案,原来都是由交警部门负责侦办的,但是近两三年,接连发生好几起逃逸案,均未破案。抓不到肇事司机,死者家属就反复上访,弄得局领导压力很大。后来局里研究决定,今后凡是发生致人死亡的交通事故,全部交由刑警大队主办,交警协助。

江枫系上安全带,脚尖轻点油门,汽车发出一声低吼,向武警医院疾驶而去。

"今天是圣诞节,打算跟谁过?"王三牛擦干净手,换了个轻松的话题。

"还能有谁,陪我老妈呗。"

"我觉得那个女记者对你有点儿意思,可以约一下。"王三牛嘻嘻笑道。

"哪个女记者?"江枫问。

"还有哪个,《东风都市报》的林记者。"

"林小砚?"江枫扭头看他一眼,"开什么玩笑,她不找我麻烦就谢天谢地了。"

"谁跟你开玩笑。"

"那你是怎么看出来的?"江枫忽然觉得有点儿意思。

"眼神。"王三牛认真地说。

"眼神?"

"我注意过好几次了,她看你的眼神,跟看别人不一样。"

"我怎么没看出来?"

"这方面我能当你的师傅,相信我。"王三牛信心满满。

汽车开进武警医院大门,二人下车,直奔外科急诊室。两名穿警服的交警把守在门口,江枫问:"人在哪儿?"其中一个交警认识江枫,伸手朝里面指了指:"在里面,刚包扎完伤口。"

江枫推开玻璃门,目光在室内搜索。一名扎着马尾辫的年轻女子,低头坐在蓝色塑料椅子上,双手平放在膝盖上。那名女子听见开门声,抬头向门口张望。四目相对,江枫不禁目瞪口呆,一颗心仿佛就要跳出胸膛。

3. 冤家路窄

"江警官!"

"林记者!"

林小砚和江枫几乎同时喊出对方的名字。

除了当事人之外,案发现场通常还会出现三种人:警察、记者、围观群众。江枫最不愿跟记者打交道,因为对记者说的每一句话,都有可能出现在第二天的报纸上。记者和警察就变成了攻守关系,林小砚每次出现在案发现场,总是缠着江枫不放,令他头痛不已。

二人虽然经常见面,却并无私交。媒体记者面对警察多半处于强势地位,林小砚伶牙俐齿,偶尔还会嚣张跋扈,好几次逼得江枫下不了台。江枫并不讨厌她,但必须谨慎地保持距离,最好是老死不相往来。

江枫刚才走在路上还在庆幸,林小砚今天居然没到案发现场,难得耳根清净,这可是少有的事。可做梦也没想到,竟然在这里见到林小砚,真是冤家路窄!

"江警官,你要帮帮我。"林小砚头上缠着白色绷带,脸色苍白,一副惊魂未定的样子,忽然看见江枫推门进来,仿佛落水的人看见一根圆木。

"你怎么会在这里?"江枫已经猜到是怎么回事,还是想再确认一次。

"我撞到人了。"林小砚带着哭腔。

"什么时间?"江枫问。

"11点40左右。"

"宝来车是你开的?"

"是我开的。"林小砚点点头。

"你撞死人了。"事情已经清楚了,江枫觉得没必要隐瞒。

"车子买了全保,赔多少钱都行,不够我去借。"

"现在不是赔不赔钱的问题。"

"那怎么办?"林小砚满脸惊恐,像一只待宰的羔羊。

"交通肇事致人死亡,只要负主要责任以上的,就要负刑事责任。"江枫表情严肃。

"啊!"林小砚仿佛被人敲了一棍。

"你要有心理准备,可能会坐牢。"

"那会判几年?"

"交通肇事是过失犯罪,如果没有逃逸等加重情节,最高可以判处三年有期徒刑。"话一出口,江枫就有点儿后悔,刚才取的是最高值,如果说"三年以下有期徒刑或者拘役",给人的心理冲击可能会小点儿。

林小砚果然崩溃,哇地哭出声来。"我不是故意的,也犯法吗?"

江枫说:"如果你是故意撞人,那就不是交通肇事了,而是故意杀人。"

二十七岁的江枫,已经有五年的办案经验。一米七五的身高,夹在人群中并不是特别显眼,目光却很锐利。瘦削的脸庞棱角分明,短发,麦色皮肤,仿佛刚从密林中探险归来。整个人看上去干净利落,透出年轻男子特有的朝气。

五年前,江枫从警察学院毕业,以全市第一名的成绩考入南湖分局。当年同一批招进来的新民警全部下基层,分到各个派出所。江枫拿着介绍信去派出所报到,走到半路上,却被刑警大队长万志强劫了道,带回了刑警大队。上班第一天,江枫就真切体会到了命运难料。现在,该轮到林小砚发此感慨了,他想。

江枫又问了林小砚几个问题,大致了解了事发经过。这时,他的手机响了,来电显示是唐法医的名字。江枫走到门外接电话:

"喂。"

"江枫,你在哪儿?"电话里传来唐法医低沉的声音。

"我在医院,刚见到嫌疑人。"

"能到殡仪馆来一趟吗?"

"现在?"江枫把手机交到右手,腾出左手看表,时针刚跨过凌晨两点。

"越快越好,最好是马上过来。"

"什么事,这么急?"江枫皱了下眉头。

"尸体好像有点儿不对劲。"

4. 无人驾驶

天上仿佛被人捅了个大窟窿,雨越下越大。

王三牛留在医院给嫌疑人做笔录,江枫独自驾车向殡仪馆驶去。黄豆大的雨点狠狠敲打着车身,叮当作响,像密集的鼓点。刮水器调到了最高档,前后雾灯和双闪全部打开,路面能见度依旧很低。

江枫双眼紧盯前方,全神贯注开车,越往前走就越荒凉,沿途几乎见不到灯光。终于,他看到一丝微弱的亮光,殡仪馆的大门逐渐清晰起来。平常只要半小时的路程,足足开了一个小时。

穿过大门,一条笔直的水泥主路往里延伸,马路两边是成排的柏树。影影绰绰的树影在狂风中摇摆,稀稀拉拉的路灯有气无力地亮着,仿佛随时会被大雨浇灭。夜半三更,狂风暴雨,让这座空旷寂静的大院越发显得阴气森森。

以前办案常来这里,江枫轻车熟路,连续拐了几个弯,直接把车子开到了法医解剖室门口。江枫打开车门,冒着大雨,几个箭步冲了上去。

开门的是唐法医,他身上穿着淡绿色手术服,尖瘦的脸被口罩遮得严严实实,只露出两个黑眼珠。室内亮如白昼,江枫活动几下手脚,感觉又回到了人间。

这个法医解剖室,是分局花了七十万元新建的,半年前才投入使用。整个法医解剖室建筑面积约八十平方米,分为解剖室、监控室、家属观察室、卫生间四个功能区。作为核心功能区,解剖室内干净整洁,空气清新,如果不是门口挂着"法医解剖室"的牌子,很容易让人误认为是医院的手术室。

这要归功于那张先进的解剖床,它带有喷淋系统和风帘吸气功能,能自动冲洗血污,然后从床底下集中排走,同时驱除尸体异味。解剖床顶部除了安装有十二孔无影灯,还有数码摄像头,可以全程拍摄解剖过程。

唐法医从墙角取下一条干毛巾,递给江枫:"赶快擦把脸吧。"

"谢谢!"江枫接过毛巾,刚要往脸上擦,手抬到半空中突然停下,擦了擦手就放下了。进过这间房的死人可能比活人还多,天知道这条毛巾有没有给死人用过,江枫冷不丁想到。

"雨下得太大,刚才我还在担心你来不了。"唐法医并未注意到江枫手上的动作。

"你的命令,天上下枪也要来。"江枫笑道。

"交通事故时间查清了吗?"唐法医突然问。

"已经问清了,据肇事司机交代,事故发生在11点40分左右。"

"你过来。"唐法医走到解剖床前,打开无影灯,然后揭开白布,一具裸体女尸赫然映入眼帘。死者身高一米六左右,体形微胖,长发,头部由于碰撞变形,血肉模糊,已经难以辨认。

唐法医说:"死者头部受损严重,这是在事故中发生剧烈碰撞所致,与其他交通事故导致的重度颅脑损伤死亡特征相符。"

江枫点了点头,没说话,知道他的话头才开始。

"但是有一点很奇怪。"唐法医像是自言自语。

"哪里?"

"你看,尸体已经全身僵硬。"

"这么快!"江枫顿时感到事态严重。正常情况下,人死之后,尸体会在两到三个小时后开始部分僵硬,八到十二个小时后尸僵才会发展至全身。

"你再看这里。"唐法医把尸体侧翻,指着女尸臀部一块暗紫红色斑痕说,"尸斑已发展到扩散期,这个过程最快也要八到十个小时。"

"你想说明什么?"江枫问。

"通过尸僵和尸斑情况来看,我推断死者的死亡时间是在昨天,也就是 24 日下午 3 点至 6 点之间。"

"什么?"江枫怀疑自己听错了,觉得有必要再确认一次。

"我的意思是说,她是昨天下午死的。"唐法医指着女尸说。

"交通事故是在晚上 11 点 40 左右发生的,你到了现场的。"江枫提醒道。

"所以我才催你赶紧过来,看是不是把案发时间搞错了。"唐法医不紧不慢地说,似乎早料到江枫会有此反应。

"不可能。"江枫斩钉截铁地说,"就算调查有误差,也不会差得这么离谱吧?"

"尸体不会骗人。"唐法医看着江枫的眼睛说,"人心隔肚皮,活人我拿不准。我干了三十年法医,死人从没看走过眼。"

江枫不再说话。唐法医性格沉稳,拿不准的事从不轻易开口。这是人命关天的大事,涉及关键证据,更不可能信口开河。江枫快速做了个心算题,如果唐法医的推测正确,死者至少在交通事故发生前六小时就已经死了。

在这短短的几个小时之内,接连发生了太多匪夷所思的事情,他想吹吹风,让混乱的思路理出点儿头绪。江枫走到窗前,推开一条缝,抱起胳膊凝视窗外。

窗外是无边无际的黑暗,像一个巨大黑洞,仿佛要吞噬一切。狂风怒吼,一阵紧似一阵,一声比一声凄厉,仿佛一个冤魂正在向他哭诉。

江枫越想越觉得没道理,情不自禁地摇头,不可能,绝不可能!尽管这些年他破案无数,见多识广,此刻也不由得毛骨悚然,后背发凉。

死人怎么会开车?

陈宝良

陈宝良，江西省作家协会会员，南昌县作协副主席。从事小说、报告文学、故事、诗歌、微视频剧本及新闻等多种体裁作品写作，发表作品逾百万字。作品多次获得全国、省、市征文奖项。其报告文学《攀登辉煌》获2006年中国世纪大采风第六届征文金奖，报告文学《墨山礼赞》获2002年中国作协《人民文学》杂志社征文优秀作品奖，报告文学《升级·提速·崛起》刊载于《中国报告文学》2014年第4期。

鸳鸯玉壶

"美丽花园"八幢公寓楼鸳鸯玉壶失窃案，惊动了广秀市公安局，局领导限期七天破案。

"这对鸳鸯玉壶在香港参加'2000年华夏珍贵玉器世纪展出'。因为参展的展品价值都在百万元以上，展前主办机构组织专家进行了价格评估，所以，鸳鸯玉壶价值百万毋庸置疑。我们已请香港警方从香港华夏玉器专卖行获取了确切证据。"

灵秀区公安分局刑侦大队长陈雄伟一边介绍案情，一边从公文包里取出一张传真："这是香港警方的电传原件，邓良诚的购价是118万元。"

市局派来主持鸳鸯玉壶失窃专案的刑侦大队副大队长赵青明接过传真件阅看后，还给了陈雄伟。

"这对鸳鸯玉壶是展后第二天，被广秀华夏文化用品公司邓良诚经理从香港购回，当作他创业发展的吉祥物收藏的。"

"案件发生后，由李大好副大队长亲自负责专案，具体情况由李队作汇报。"陈雄伟说完往椅背上一靠，侧目转向李大好。

"案发现场没有发现任何有价值的线索。公寓房间内只有邓良诚夫妇、邓良诚夫妇的独生子邓俊和小保姆何俏丽的指纹、脚印，未见第五者的任何痕迹。门窗完好，可以排除外盗，因而内部作案的可能性很大，主要疑点是小保姆何俏丽。因为,她是案发之前和鸳鸯玉壶唯一接触过的人。"

李大好掏出一包烟敲出一支点上。"案发那天邓良诚夫妇去武汉市场考察'疯狂英语专卖店'已经三天了,家里只有小保姆何俏丽和邓良诚的独生子邓俊。清早起来,何俏丽像往常一样拖地、抹灰、擦拭家具器皿。用她的话说,'那两只鸳鸯壶子也擦了',而后做豆浆、削水果、拿糕点、送邓俊上学,顺便出门去农贸市场买菜。不到一个小时,她就回了公寓,再未外出。直到下午邓良诚回来发现玉壶被盗报案,他家未有外人拜访做客。"李大好弹了弹烟灰,继续说,"案情就这么简单,并不复杂,可线索尽无,说不出的蹊跷。"

"邓良诚的老婆没有回来?小保姆有多大?和雇主什么关系?有没有什么朋友来往?"赵青明插问。

"邓良诚的老婆是武汉人,乘机会去了趟娘家,隔日听见被盗才回来。何俏丽是邓良诚老婆的侄女,初中刚毕业,投奔邓良诚处来打工。因为她才十五岁,太小,邓良诚就辞了原来的保姆,先让她帮自己做两年家务,照看好上小学五年级的儿子。等她年满十六周岁,不算童工时,再安排她进自己的公司做事。她到邓良诚家已快一年了,乡下的孩子未见过大世面,在这里没有什么朋友,和公寓楼的邻居少有来往,更不要说主人不在家。"

赵青明想了想问:"她经常去农贸市场,是否在保姆中有相好的小姐妹?"

"没有,我们重点做了调查。"李大好肯定地回答。

"这样吧,我先熟悉一下案卷,察看一下所有资料,回头我们再商量看下一步怎么办。没有调查就没有发言权嘛。"

"先去餐厅吃饭,快9点了。人是铁,饭是钢,这会儿肚子都叽里咕噜闹意见了。"陈雄伟收拾起公文包,和李大好等局班子成员一起陪同赵青明走出会议室去往餐厅。

时钟嘀嗒嘀嗒奔11点了。陈雄伟、李大好两人来到局招待所,敲开了赵青明的房门。陈雄伟吸了吸鼻子,说:"你也抽起了烟?"

赵青明从省厅下到市局不久,在为数不多的交道中,陈李二人还未见赵青明吸过烟。

"没有。"赵青明回答,"平时我很少抽烟,挠头时才吸几支。"

"你呀,年轻扛得住。我们就不行了,加班加点全靠烟提神。开起夜车来没个一包、两包怕是顶不下来哟!"李大好说。

"故作姿态发什么感叹哟？要抽烟我给。"说着陈雄伟拿出包红盒子香烟，给赵、李一人扔去一支，"尝尝，江西南昌的新产品，不再叫'极品金圣'，叫'吉品金圣'了。前两天，南昌警方一个同行来队里办事，给了我两包，味道挺醇的。"

李大好听他这么说，拿起烟在鼻子底下嗅了嗅，点燃就抽。赵青明看了烟杆上的品牌标记，将烟放在了桌子上的烟盒旁。

"玉壶失窃案真的好让人费解。就凭我们手头的材料，那是老虎咬刺猬——无处下口啊。然而玉壶失窃的事实摆在这里，不容否定。我看是不是我们在哪个环节上出了疏漏？人过留名，雁过留声，总不可能天衣无缝吧！"

"是啊，盗窃者总不可能有特异功能，可以穿墙入室作案。"陈雄伟接过话头说，"不管如何巧妙，蛛丝马迹该是有的。"

"分析是这个理，可破案呢？从何入手？我们这是眼障未除不透光。"李大好心里不知怎的竟然生出一丝丝欣慰。毕竟他费了三天多心血，赵青明现在也感到棘手，这就使他的心态有了种微妙的平衡。尽管这微妙的平衡带有些灰色的基调，却也是人与生俱来的自尊本性。论资格，李大好是个老刑侦。打二十岁当公安，从侦察员一步一个脚印干到大队副，三十多年来破的小案、大案、要案、重案、陈年、积案多少起了，连他自己也说不清。然而这次鸳鸯玉壶案的确让人犯难，总觉得自己不得要领，取胜乏术。专案组的其他同志也和他一样，熬红双眼，费了精力，却没有效率。当然，他多少有点儿不服这个省厅下来的年轻人，虽说三十出头，戴着眼镜也挺书生气的，但也就如此这般，论实践经验怕是嫌嫩了些吧。

赵青明并不知道李大好此刻心里话泛着小心眼。他照着自己的思路做出了果断决定："通知现场侦查原班人马，明天上午到公寓楼现场重新侦查。"

邓良诚家的房门虚掩着。李大好轻轻一推，门就开了。赵青明顿时一激灵：难道……不会吧，哪能那么巧？于是，他随李大好进了邓家，一进门即看见了畏畏缩缩站在厅堂一边、一脸苦相的小保姆何俏丽。她一张仍然质朴的瘦脸，一副明显单薄的身架，仍是一个山里妹子的轮廓。这么个孩子敢动那么昂贵的玉壶？除非她拿去当作不值钱的东西卖了，再就是不小心打碎了怕姑姑责骂，偷偷扔掉了。赵青明揣摩了一会儿，盯着何俏丽问："你是不是把玉壶拿出去卖了点儿钱？"

"没有，没有。就是让我去卖我也不知去哪儿卖。"

"那么是不是不小心打碎了,扔了?"

"没有,没有。呜……"何俏丽睁着一双惊恐的眸子望着赵青明胆怯地哭了。

"你哭什么,委屈你了?这也没有,那也没有,玉壶又不会长翅膀自己飞了。你倒是说呀,小姑奶奶!"邓良诚揪心动气,又万般无奈,声调都成了哭腔。

赵青明似乎从那稚嫩的声音里得到了一种肯定的东西。他转过脸对邓良诚说:"邓经理,莫逼她了。你再想想还有谁有你家的钥匙。"

"没有,就我们四人一人一把,是吧?"

邓良诚的老婆见问,忙点了点头。

这么说就有可能了!进门时的那个激灵重新在赵青明的脑海里显现。

"李队,我们出去走走。"

出去走走?什么意思?李大好望着赵青明,有些丈二和尚摸不着头脑。赵青明冲他肯定地点了点头,转身往外走。顺楼梯而下,他俩来到四楼,按门铃两遍,屋内没有反应。返身上到六楼,门铃响了一遍,房门咔嚓一声开了。

"来了。"随着一个女人的声音,门后露出一张年轻艳丽的脸。

"你们……你们有什么事?"那女人一愣,问道。

"公安局的,调查。"赵青明早有准备,向她亮了亮工作证,和李大好一前一后进了屋。

"你叫什么名字?"

"万桃花。"

"老家哪里?听口音不是本地人呐。"

"江北春丘。"

"大白天的,怎么闷在家里不出去?"赵青明一边问话一边举目四顾地转悠。李大好就像个忠实的观众,在一旁看二人转。

"我没做事。一天到晚在家里头,哪儿也不去。"

"哦,那从早到晚能闷得住?"

"习惯了。早上出门买菜,吃早茶,回来择菜洗菜,10点钟上健身房跑步机锻炼到11点,而后弄午饭。中午午休到2点多,洗漱一下再从3点锻炼到4点。再而休息看电视,搞一下晚饭,一天就过去了。"万桃花像似很久无人和她说话,絮絮叨叨,倒是把她的作息时间一口气全说出来了。

"哟,你的生活倒是挺有规律的。"赵青明这会儿转悠到一张大彩照面前站住了。那上面与万桃花头靠头的是一个中年男人。

"这是你先生?"

"嗯。"

"在哪里呀?"

"彩云山庄。"

"经营高尔夫?"

"嗯。"

"经理吧?"

"董事长。"

"哦。"赵青明踱到健身房门口,一台崭新的健身跑步机映入他的眼帘。他略有所思地望了一会儿,便走了进去。机卡上,一摞长长的打印卡叠放着。他伸手拿起浏览。7月11日10时:跑步,1小时0分8秒;7月11日15时:跑步,1小时0分11秒;7月12日10时:跑步,1小时0分6秒;7月12日15时:跑步……

机上最后记录的时间是7月21日15时。赵青明抬起手腕瞄了下手表,9点40了,万桃花又要上机锻炼了。他抬腿要向外走,略顿了一下后,便又改变了主意,抬腿上机,饶有兴趣地跑了十几步。等他一下机,自动打印系统便吱吱地打印了一张记录卡。

"7月22日9时40分:跑步,0时0分6秒",赵青明撕下看了看,信手放进了口袋。

"叮咚、叮咚",门铃忽然响了,万桃花迅速起身上前开门。她推开细缝问:"干什么啊?"

"来上班。"

"你神经病,到这儿上什么班。走!走!"万桃花尖声喝叫,不容分说砰的一声关上门。转过身来,万桃花不耐烦地挂着张脸骂了一声"神经病!"

赵青明闻声走出健身房想看个究竟,但来人已经走了。李大好仍然旁若无人地坐在沙发上抽烟,脸上虽是茫然,却也显露出多年历练出来的镇静。

"怎么回事?"赵青明微皱眉头打量了万桃花一眼,然后毅然转身返回健身房,打开窗户探身向下看。不一会儿,一个年轻女子从公寓楼门口骑自行车快速地离去。望着逐渐远去的背景,赵青明深思了片刻,似是若有所悟,骤然松开了紧皱的眉头。

赵青明走出来对钉坐在一旁的李大好说："我们走吧。"

下到五楼，李大好朝着在屋内的邹进、郭兴威两人一摆手："收队。"

午饭后的刑侦大队会议室，十多名刑警队员围坐在桌旁。陈雄伟锐眼扫视了大家一遍，说："上一次收队，即是下一次出队的开始。同志们，玉壶案限破日期已近，大家必须高度集中精力，争取尽快破案。下面由青明队长布置行动任务。"

"根据两天来的侦查分析，下一步的行动这样安排。"赵青明抬头示意廖飞，"把照片发给大家。"

"这是谁？"刑警们拿着照片交头接耳，面面相觑。

"这个女的叫万桃花，住在鸳鸯玉壶失主的楼上，相隔一层。照片是刚刚从辖区派出所暂住人口证上拓下来的，比本人长相稍稍偏瘦。从现在开始，这个目标由廖飞、于敏两人跟踪监控；另一个目标也是一位女性，二十岁左右，长相不明，身材敦实，穿牛仔裤，每天早上9点左右、下午2点半左右会出现在公寓楼。从现在开始，这个目标由邹进、郭兴威跟踪监控。其他同志分为两组，每组6人，协助开展两个目标的大范围监控，负责对新出现的目标进行应急接应。注意，只许跟住，不许跟惊，更不许跟丢。大家明白了吗？"

"明白了！"刑警们齐刷刷回答。

"好。我和赵大队长、李大队长负责指挥，有情况及时报告。开始行动！"陈雄伟一声令下，刑警们分头离去。

大院里立刻响起一阵轰轰的马达声。

"李队、李队，目标出现。"

下午3点来钟，在公寓楼外监控的邹进兴奋地电话报告。李大好心神也为之一振。

"让她进公寓，出来再跟上。沉着应战，别慌。"

"嘀嘀嘀……"过了近10分钟，两部电话机几乎同时响起。陈、李二位大队长迅速接听。

"请讲。"

"请讲。"

"目标离开公寓楼。"

"目标走出公寓楼。"

"跟上。"

"跟上。"

万桃花和穿牛仔裤的女子一前一后从公寓出来后,两人就分了手。穿牛仔裤的女子上了自行车,几脚劲踏,一溜烟走了。邹进、郭兴威驱动"北斗星"悄然尾随跟踪。那边,万桃花急步,走到公路旁候车。廖飞、于敏迎着她把"松花江"停在了她面前。

"你这车能载客?"

"这你就小儿科了。没'的士'标志、照样载客的多着呢!"廖飞扬扬自得地说。

万桃花也没有坚持,弯腰上了车。于敏在副驾驶位置上偏过脸说:"你真贼胆大,抓住了让你白跑!"

廖飞起初不解,旋即释然。"姐们,广秀城有多少人这么玩,交警抓得过来?我还没触过被抓的霉头,净赚。即使抓住了也不过一罚了事,明儿我还不是外甥打灯笼——照舅(旧)。赚多罚少,不难过。"

"你够精明,有能耐,好让我们长见识。"万桃花也不甘冷落,显能地插嘴附和。

说话间,车子到了一个十字路口,廖飞问"去哪儿?"

万桃花:"去万花歌舞厅。"

"哟,你们都是去歌舞厅的?那真巧了。可就是苦了我们这些开'的士'的,没这份消闲找乐的福气,养家糊口,赚钱要紧。"

廖飞于谈笑风生中,给于敏贴近跟踪万桃花创造了一个绝佳的台阶。

穿牛仔裤的女子出公寓骑自行车不到一里路,邹进、郭兴威即遵照赵青明的命令,把她请上"北斗星",拉到了队部。

"请坐。"赵青明直起身招呼。

一落座,女子就焦急不解地发问:"你们这是怎么回事?"

赵青明笑了笑说:"没什么要紧事,其实就是请您来解一个谜,一个到公寓楼上班的谜。"

"这事儿你们怎么知道?"

"我们上午就在那里。只是你被人拒之门外而无缘见面而已。"快一天了,赵青明这时才掏出了一支烟点燃。

"请问你姓名是?"

"丁小霞。"

"丁姑娘,请你把去万桃花家上班的事谈谈好吗?"

"万桃花?"丁小霞一愣,随即领悟,"噢,就是我的老板。我在她家上班都两个星期了,可她的名字并未告诉过我。我只管她叫万老板。"

接下来,丁小霞娓娓说出了她自己也难以理解的一次人生奇遇。

"我刚毕业走出校门,回家后不久的一天,我陪妈妈去市场买菜时,在市场边的电杆上看见一张奇怪的招聘启事:寻健康、体力好的年轻女性,做阶段性钟点工,能做者待遇从优。

"我想,与其在家等待分配闲着,不如去做钟点工,提前体验一下打工的滋味。于是,我按启事上的电话号码,给万老板打了电话,表示愿意应聘。

"那天,我穿着T恤衫、牛仔短裤登门应聘。万老板以冷冰冰的眼神、傲慢的表情,上下打量着我问:'你没结婚吧?怎想做钟点工?'

"我说:'没有。我刚大学毕业,在家等分配,反正没事,就来你家应聘做段时间。'

"她问我喜欢体育吗,我告诉她我学的是体育;她又问我有没有恋爱对象,我说现在没有,怕参加工作后天各一方承受感情的折磨,就懒得谈。

"当时我有些纳闷,这恋爱也影响她招聘的工作? 她听了我的回答后,喃喃地说:'没有就好,我喜欢安静,更不想生人上我家来。'然后,她把我带进了健身房,指着一台崭新的跑步机对我说:'喏,你的工作就是每天上午10点、下午3点上机跑一个小时,不要多,也不要少。上面的自动打印卡会打印记录。报酬嘛……我一天给你50元,怎么样?'

"当时我心里十分诧异,就问她这就是上班做的工作? 我说:'你让我到你家锻炼,还付工资?'

"她斜觑了我一眼说:'不错,我讨厌跑步,乏味没劲,折磨人呢。你替我跑,凭打印卡一星期付你一次工资。记住,这里的情况不许对外人讲,家里人也不许。进出公寓也不许与人交谈,听懂了吗?'

"当时她那颐指气使的神态,令我差点儿就想走。但是我想了想,还是忍了。毕竟人的一生是个漫长的过程,在今后的工作、生活中,难免会遇上类似的委屈与屈辱。如何面对？不可能全部逃避。就算是经受考验、历练修行的开端吧。人生无坦途，不平造化人呐。就这样，我开始了我的平生第一份工作。真是天下之大，无奇不有。不过，她为什么要这样做，我到现在也不明白。"

"丁姑娘，你去万桃花家上班的时候，她是否始终在家待着呢？"赵青明进一步问。

"不是的。每天下午，我进她家门上班，她都出门去办事。我跑完一个小时，帮她关上门自己回家就行。天天如此。除了星期天支付我报酬时，她才会和我说几句话，其他时间她懒得理我，我也懒得理她。反正做一天算一天的。"

"那么你刚才去找她干什么？"

"要我的工资啊！我不干了，炒她的鱿鱼。上午她那样对我，好像没有雇请关系似的，莫名其妙！现在说起来，原来是你们在里面。有什么事你们找她，我不知道。但她不应该把气撒到我身上呀！跟她理论，我觉得没必要，她也不配。所以我炒她鱿鱼，要回我的自尊。"

赵青明感到丁小霞真不愧是个当代大学生，具有现代年轻人的尊严和气节，不由得在心里肃然起敬。

于敏和万桃花在万花歌舞厅下车后，径直进了歌舞厅。虽然不是晚上，舞厅内仍是舞者满场。学舞者歪歪扭扭，好不腼腆；舞棍子潇洒自如，自我陶醉；小情人揉腰搭肩，倾情依偎；猎艳者满场乱转，寻找对象。体态臃肿的万家财是万桃花的老主顾，但他干的却是舞者之外的勾当。

"嘿，你可来了！我足足在这儿等了十分钟。"

"我与我的雇工发生了一点儿小摩擦，所以来晚了。"万桃花放下坤包，拖过椅子，在8号台两人约会的老地点挨着坐了下来。"今天邪门了，公安寻上我家来了，盘问了我半天，那个替我跑步的女孩又敲门来上班，真是添乱，幸好让我抢先堵住骂走了。看来公安对我起了疑心，你得赶快给我钱，三十六计走为上，假身份证、假名字的，他们上哪去找我？"

万家财抬眼望了望四周，见无异样。"别怕，公安拿不出证据没办法的。只要你咬紧口，神仙难下手。"万家财起身拍了拍万桃花的背，说："走，去包厢，有话去那儿说。"

于敏进舞厅后远远地监视着万桃花。她选择了靠近出口的5号台，面对万家财，侧望万桃花，便于监控和向外机动。万桃花与万家财接上头后，她给外面的廖飞打了个电话,把外围刑警相应集中在舞厅周围,好做接应。现在目标起身不是走向出口,而是走向包厢,她便直接向队部报告。赵青明叮嘱她目标去哪儿盯到哪儿,只盯不抓,不要轻动。于是她挪到直对包厢走道的16号台,以静待动。

万家财把万桃花领进包厢后,挥手让服务员退出。以往进了包厢,两人免不了云雨一番,今天两人全无了那方面的兴致。万桃花直奔主题,冲万家财要钱。"万老板,你今天无论如何要给我50万元,我无论如何得走。公安太厉害了,楼下丢了宝贝,他们却上了楼,这不明摆着我危险了?"

"你疯了,这个时候我能把宝贝带出去?那可是送肉上砧。去不了香港,叫我拿什么给你。"

"你别糊弄我了。干你们这行的哪天拿不出百把万元。你现在居然说拿不出,你到底想干什么?利用我,还是找时间收拾我灭口,把宝贝独吞?你别忘了,我把宝贝交给你时,我可是拿了你的身份证复印作交换条件的。"万桃花轻言细语,可脸上一脸阴冷的笑,"我若自首求个轻判,你可要在牢里苦度余年了。"

"别,别。"万家财没辙了。这个在舞厅专找二奶唆使她们窃取文物古董的老掮客也被逼得无路可退了。"这样吧,你给我个台阶下,20万,怎样?"

"美得你!45万。"

"没那么多现款,30万。"

"40万,少一个子儿,免谈。"

"好,一言为定。"万家财起身离座,说,"去帝豪大厦301室。"

"行,我们分头走。"

万桃花、万家财两人出了歌舞厅,各拦一辆的士奔帝豪大厦而去。紧随其后出来的于敏立即向隐蔽在附近的侦察员发出了信号。

15分钟后,于敏等刑警跟踪体态臃肿的万家财进了帝豪大厦。

18分钟后,廖飞等刑警跟踪满脸喜色的万桃花进了帝豪大厦。

廖飞、于敏两拨刑警很快在帝豪大厦会合。先到一步的于敏跟踪万桃花,目睹她上了三楼进了301房后,返回告知了廖飞。经请示赵青明,得到抓捕行动的命令后,廖飞迅速找到3楼服务员出示工作证,让她协助打开301房房门。

伴随着咔嗒一声门锁响,廖飞、于敏一帮刑警猛地撞将进去。"不许动!不许动!"一支支黑洞洞的枪口直指房间内一对正在进行钱物交易的狗男女。不待目标做出任何反抗,亮铮铮的手铐就紧紧铐住了两双罪恶的手。

两只精致的密码箱被打开了,露出了满满一箱人民币和一对玲珑剔透的玉壶。

鸳鸯玉壶失窃案顺利地在限期内破案,刑侦大队人人欢欣鼓舞。大家齐聚队部会议室,围着密码箱里的鸳鸯玉壶评头论足,先睹为快。

一阵嘈杂的喧嚣过后,大家静静地坐了下来,目光一齐聚焦于赵青明身上。陈雄伟当然洞悉大家的心理。他清了清了嗓子,说:"从大家的眼神里,我读出了大家此刻所想知道的内容。赵大队长怎么料事如神,把这个几乎没有任何线索的大案轻易给破了?我想我不能喧宾夺主,还是请赵大队长给大家抖落抖落谜底吧。"陈雄伟说完,对赵青明做了个"请"的手势。

"其实,开始我也是觉得这个案子蹊跷得很,没有任何可利用的线索,没有开展侦察的切入口。所以我决定和李队重新侦察现场,看看能不能获得点儿有用的线索。"

赵青明伸手拿起面前桌面上的一支"吉品金圣",这是陈雄伟刚才慰问给他的。

在淡淡飘散的烟雾中,赵青明一环扣一环地揭开了破案的谜底。

"今天上午,我和李队、小邹、小郭去失主家重新侦察时,李队一推门门就开了。门是虚掩着的,并没有完全关上。而现在的防盗门有不少是由里向外关的,稍微粗心大意就很可能形成假关。像失主的门,我就注意到李队是向里推的,也就是说存在假关的可能。所以当时心里就打了一个激灵:是不是有人乘虚而入作下这个大案?但我认为不会这么巧,也就放弃了。"

"在失主家里,当我看到小保姆还是个孩子时,我就认为有两种可能:一是她不知玉壶价值,因为失主就把它放置在厅堂的壁橱中,她起个小念头拿去换个小钱也不是没有可能,她可是个来自山区的孩子啊,平时见过货郎,收瓶呀、罐呀的不会是稀罕事;二是她每天要擦拭灰尘,不小心打碎了,又怕姑父姑姑责骂,偷偷扔掉了也不是不可能的。毕竟年纪不大,涉世不深。但当我看到她欲辩无词、窘迫得胆怯哭泣时,我就否定了这两种可能。加上失主家钥匙都在,案发时主人夫妇均不在家,门是假关的推测也就重新成了可能的重点。谁能乘虚而入作案?"

赵青明吸了一口烟,继续说:"由此我想起了一次有趣的出差经历。一次,我和省刑侦处的小孙在天州县办事,夜里回招待所,刚走到我们的房间门口,小孙就喊叫起来,原来我们的房间已开了一条缝。小孙冲了进去,一看里面坐着两个女孩。那两个女孩看见一个陌生男人冲进了她们的房间,也喊叫了起来,结果惊动了服务员。你们猜怎么着?原来是我们少爬了一层楼,引出了这么一场误会。于是我按这个推测,招呼李队到上下楼层看看,看能不能获取点儿意外线索。这样我们就在六楼遇到万桃花。首先她是西北人,来自江北春丘,且整天不出门,没有任何工作,就早上出门买菜例外。对于我们的询问,她问一答十,一天的作息内容说得清清楚楚,时间的衔接滴水不漏。什么时间起床,什么时间买菜,什么时间上健身机跑步,什么时间午休,什么时间看电视,一口气全说了出来。我们只是到她家走走,她也并非嫌疑犯,有必要吗?这很可能证明一个问题,即是做贼心虚、意避嫌疑。其次她家有张她和一个中年男人的合影,从年龄上看她可以做他女儿,联系起她没有任何工作看,她分明是个二奶。要说万桃花本人长相,大家也看到了,还真有点儿面若桃花的艳丽。如此年轻竟甘为人之二奶,当时我还真对她有几分恻隐之心。我想,其实她们有她们的无奈。沦落风尘,虽说不要脸面,想想也是一种人生态度。谁知道吃这碗风尘饭的靓女有多少?打工妹、下岗女,甚至女大学生。商品社会,人何尝不是一种商品,笑在男人肩,哭在男人怀,或许并非她们所愿。从这个角度看,这既是二奶的无奈,更是社会的一种无奈。"

赵青明略顿了顿,从口袋掏出一张纸头说:"扯远了,不说它了。下面我来说说这张纸头。"说着他把它放在了桌上。

李大好手快,一下抓了过去。"这能看出什么来?"转手传给小郭。而后小郭、小廖、小于传看了一遍,谁也未看出什么端倪。

"这是引起我注意的又一个疑点。我在那台健身跑步机上试跑了12步,耗时6秒,也就相当于1分钟120步,正好是军人训练跑步时的步速。由此推算,1小时7200步,按军人的步幅每步80厘米,折合5760米,也就是11里多路。我当时就想,以万桃花杨贵妃式的身材,未必能一天两小时跑下来。正好这时丁小霞来敲门上班,上什么班呢?在我透过窗户看见她敦实的背影时,我明白了她才是每天跑两小时的真身。这事看上去有些荒唐,仔细想想也就释然。有了丁小霞这个替身,万桃花不就有了10点到12点、3点到6点的外出活动空间?如果在外就餐,就更多了。我们把这些联系起来看,不就得到了这样一个过程:早上万桃花出外买菜归来,或是有目的性地直接推开失主家门,侥幸盗窃得手,或是无意间用钥匙去开门而发现门并未关上,入室盗窃得手。因为防盗门是开发商统一购买的同一品种,几乎没有什么区别,恰好万桃花又错走了一层楼。接下来她利用替身替她跑步,她自己抽身外出,找门路销赃,或是有人事先订货,当然不一定是玉壶,但肯定是文物古董一类的东西。现在案子破了,我们又有了新的收获,那就是二奶多半是歌舞厅坐台小姐出身,她们混迹歌舞厅,多半也从这条渠道销赃。其他社会圈子熟人少。"

"精彩,精彩!"陈雄伟带头鼓起掌来,会议室立即响起一片热烈的掌声。真是青出于蓝而胜于蓝!李大好发自内心地鼓了十几下掌,心里没了不服气,取而代之的是由衷的佩服。邹进、廖飞等一帮年轻刑警更是钦佩不已,如同听了一出天方夜谭,顿觉茅塞顿开,过瘾极了。

赵青明等掌声过去,起身拿起一只鸳鸯玉壶,风趣地说:"我们无力购买这种珍贵宝贝,今天得借此良机,好好一饱眼福。"说着他举起玉壶,对着灯光看。"真是好壶,真正的和田玉啊!"李大好雅兴兀起,凑上前问:"从哪儿看呐?""咦,你对着灯光,可见玉壶有朦胧的透光。白天看就更清楚。不透光就是蓝田玉或者其他什么玉的。"

"哦,宝贝,我可要饱一饱眼福。"李大好拿起另一只,对着灯光玩味起来,"和田玉、蓝田玉……"

热　冻

　　犟伯是个一根筋犟到头认死理的人。凡是不入他法眼的事,他总喜欢找干部提个意见,仿佛不提就憋得难受,活不了了,就像是吸了鸦片烟——上了瘾。到底他找干部提过多少次意见,连他自己也说不出个大概。反正上面有个新精神下来,他觉得干部没做到位,没准儿第二天就往村里跑。村里人平日对干部有什么意见和说道,他觉得有道理就会代表群众跑去村里找干部提意见。次数多了,村里人就送他个绰号,叫"犟代表"。他呢,也不管这个绰号是赞是讽,挺乐意别人这样称呼他。对于自己总向干部提意见、辩事理的事儿,他也总在村里人面前津津乐道。

　　犟代表爱提意见的喜好,并没有让他得到过额外的好处,反而让他吃过好几次亏,家里的大门让人浇过粪尿,圈里的猪崽让人放过血。远的就不说,就说最近的这次吧。去年,他提村委会副主任云生家的意见,就挨了打。云生家盖房子批了二层却要盖三层。村邻们就特意在犟代表面前议论放风,他也真就拎腿儿跑去村里找支书志刚提意见:"云生村主任做屋批了二层怎么能做三层?难怪古话说'只许州官放火,不许百姓点灯'。你去村里人中间听听,意见大着呢!"犟代表怕在村里提了意见觉得还不牢靠,担心志刚会官官相护,又跑到乡里上访,反映云生家违规建房的情况。经他这么一折腾,云生家的三楼终是没有建成。当天傍晚,云生的儿子小飞上门找茬儿,把犟代表推得重重摔了一跤,连左胳膊也才摔得骨折了。小飞虽是出了口气,却也没捞到好果子吃,不仅赔了犟代表医疗费、营养费,还被拘到局子里关了七天。就连当老子的云生,也不得不登门给犟代表赔礼,尽管好不情愿。

　　事后,村里有人话中有话地问犟代表以后还提意见不,他拗拗地回答:"提!怎么不提!会跑跑雨不过,会说说理不过。领导是讲王法的。我是受了点儿皮肉之苦,云生爷儿俩呢,那是赔了夫人又折兵,脸面尽失。"那些天,他就那样吊着只上了夹板石膏的手臂在村里晃荡,听村邻们的好话恭维,好不自豪了一阵子。为了这事,家里人、村里人都好言相劝,让他到此为止,别去管闲事。村里的事、大家的事是你操心的事?你又不是干部,咸吃萝卜淡操心,操多了未必有好报!还是安心过自己的日子才是。可他拗性不改不听劝,说:"干部教育咱是让咱不走错路,咱给干部提意见是让干部不犯错误。都是正事哩。"

可谁也没想到，犟伯这样的人也会有焉巴的一天。那天上半晌，在村里做厨子的老根伯到包塘养鱼的志勇家网箱里拎走了两条大青鱼，说是供电、土地部门来了人。志勇是村支书志刚的弟弟，村里来了上级干部，拿鱼常在他家。志勇隔壁的强强很快就把信息告诉了犟代表。可这回犟代表听了跟没听一样，白天照旧和几个老伙计坐在祠堂里闲聊喝茶，晚上窝在家里和家人泡彩电。一脸深刻的沟壑竟无半缕激流，根本就不去村里提他的意见。让他气得发誓不管他死活的老伴儿在一旁看在眼里喜在心里，嗔怪他说："早这样多好！哪还会让人打断手、丢脸面。"对犟婶的絮絮叨叨，他懒得辩解，只是一个劲儿地说："莫吵莫吵，看电视。"

新闻一传开，村里顿然热闹起来。"到底不是当官的提名选出来的人大代表，没名没分的不敢得罪干部了。""嘴上说得硬没有用，怕是这回让人打服了。""犟代表老了，一条那个顶不起被窝了。"人们七嘴八舌，向灯的向火的说什么的都有，气得刚对他好些的犟婶又怨开了。"早就劝你莫去管闲事，莫去提棺材意见，你不听。现在屋里又不缺什么，日子好过了，没人家干部能行？干部做什么关你什么事？干部吃点儿又有什么大不了的呢！现在好了，老了老了丢人现眼。"

村民们的议论，老伴儿的埋怨，犟代表都坦然以对，不言不语，一概神经兮兮地一笑了之，愣是没上气，只是隔三岔五踱去村口会会老根伯，闲聊些什么。

犟代表在人们眼里不再是那个敢找干部茬子、敢提干部意见的犟代表，还原成了和大家一样自扫门前雪、安分过日子的犟伯。

就这样，犟伯安静地消停了半年多。这天午饭时分，犟伯上门找到好久懒得搭理他的强强，说："强子，我请你那帮小年轻跟我去村里，给县委书记提意见。敢去不？"强强先是不相信自己耳朵似的望着犟伯，继而发问："去村里？给县委书记提意见？"犟伯很肯定地浅笑着点了点头。强强顿时来了劲儿，道："真的？""真的，小子，你以为我真认怂了？我跟你说，提意见要找大干部才管用。人家电视上说，中央定了新规矩，省里的一把手也发了话，不许大吃大喝呢。过去意见提了也白提，管电的、管土地的到村里来，人家不是一样到志勇家拎青鱼去招待？现在我不相信提不进。老根告诉我，县委书记到村里来蹲点，要待半个月。说是来调查吃喝的，又下了规矩要给他吃半个月的'热冻'，还有'路路通'什么的。刚才，老根就在憨生屋里拎走了半塑料袋土鸡蛋。哼，'热冻'，这个书记是调查吃喝的还是搞吃喝的？顶着风头还要吃洋菜。这我得给他提提意见。"

强强本来准备去鱼塘投料的，这会儿把工作服一扒，立马出门去拉上一帮小青年,簇拥着犟伯来到村委会。正在和村干部议事的一位中年汉子见到犟伯带着一群人到来,便起身迎问:"老同志,有事儿吗?"

"嗯。你、你……你是县委书记?"

"我是。你老别紧张。有什么事儿,坐下来慢慢说。好吗?"

听到中年人肯定的回答,望着他谦和的面容,犟伯一时语塞了。预感告诉他,这一次来提意见找错了对象,头一回见到这么大的官,一下就忐忑了。他顿时后悔不该来。可又一想,自己还有退路吗?来时可是在强子面前夸下了海口的,开弓没有回头箭。"书记下了规矩要吃半个月的'热冻'?"这可是老根亲口告诉他的。伴君厨子敢虚言?莫非县里的书记更会装!犟伯稍一犹豫,志刚开口说话了。"甄书记,他叫犟代表,总喜欢代表群众给我们提意见,一贯对我们干部工作很是关心。""噢,那得谢谢您。欢迎您老继续监督、帮助我们工作。今天,您老来了是有话要说呵!现在请您敞开来说。您说,我们听。"

犟伯不再犹豫,直言拜上:"书记,干部吃喝成风群众意见大着呢。管电的、管土地的、管水利的,县里的、乡里的,到了村里都是吃喝的。过去我提过多少意见都没有用,现在应该有用啵?电视上说中央下了规定,省里、市里都在抓。你这回到村里来,也是来抓吃喝的,怎又也下了规定要吃'热冻'什么的洋菜呢?怪不得群众议论县上的干部跳洋舞、洗洋澡……"

"哈哈哈……"未及犟伯把话说完,一屋子干部就都哄堂大笑起来。志刚按着肚子笑得上气不接下气地说:"你以为、以为'热冻'是什么好菜?就是、就是蒸散蛋。你屋里没吃过?不可能吧!还会群众意见大着吗?"

大家又是一阵哄笑。

志刚接着说:"老叔台,你若想开洋荤的话,那你就留下来等和甄书记一起吃餐'热冻'。呵,还有'路路通',就是藕片。"

"不、不,不不!我走!"犟伯忙不迭地推辞,那模样尴尬极了,老脸火辣辣地发烫。要是有条地缝,他会不管三七二十一往下钻进去的。

强子他们一帮小年轻哄笑着和犟伯回到村子里,把那些个精彩镜头不无得意地反复地向村邻们述说。就这样强子他们还觉得不过瘾,又特意拥护着犟伯来到他家,当面向犟婶添油加醋地演绎了一番,把犟婶臊得笑弯了腰。犟婶没好气地怨嗔犟伯:"老棺材,'热冻'是什么都没弄清楚,就跑去提人家意见。我说你呀就是十足的'热冻'。冻得出了奇。"

很快,犟伯又有了个新绰号:热冻。

风雨屋檐下

阵风挟着雨珠,撵着公路上的汽车屁股追。路面上,雨水聚成一层薄薄的水帘。密匝匝的雨珠一挨路面,便潜入水帘,在风的作用下,一抖一挫地向前蹿。雨真大,公路成了宽宽的水沟。风真凉,透过毛线衣侵入肌肤,散发阵阵寒意。门檐下避雨的我们,本能地抱紧双臂,夹紧胳肢窝。

大爷、小男孩、姑娘和两个小伙儿。两个小伙儿中一个是我。我们这一群聚在这小商店的门檐下,各占一席地,默默望远天。幸好人不多,空间勉强还凑合。时间才7点多,这会儿小商店门儿紧闭,屋檐便是路人避雨的一个好地方。

檐外雨簌簌,不见小。我们无奈挨着。尽管各有各的事儿,各发各的急,但丝毫没有办法。谁能有避雨功呢!同是风雨陌路人。

"丁零零⋯⋯"一声铃响,门檐前的雨帘中多了个男青年。他把单车向墙根一靠,一头扎进我们中间。单车龙头上挂着只用塑料包装带编的篮子。看样子是赶早上集市去买菜的。

他一钻入屋檐下,便躬颈甩了一下耷拉在额前的头发,水珠四溅。"这鬼天气,刚才还好好的,变得这么快。衣服差点儿都要淋透了。"

"春季孩儿脸,一天变三变。嗯,我说这可不能全怨天呐,现在的小年轻都和你一样,出门不带伞,怕累赘,等挨了雨淋就怨天尤人咯。是不是呀?"大爷以长辈的口吻笑着接过了话茬儿说。

我觉得这大爷挺有意思,便揶揄他:"您不也是同样没带伞,让雨淋得钻屋檐!"大爷呵呵两声,醒悟到说走了嘴,也禁不住和我们一起笑了。

风有点儿转向了。雨粒儿时不时斜飘入我们避雨的领地。气温下降,凉气明显重了。我挨个儿巡视我们这一群。后来的男青年位置最次,一侧身子对着风向,半边身子给飘洒进来的雨打得精湿。我往里挪了挪脚位,想给他挤出点儿地方。这一挪,我才发现我们这一群人中的最小的成员冷得嘴唇有点儿发紫。

"好冷!"我说。他点了点头。我脱下身上的上衣,披到他身上,并把他拉到我身边,用我的体温给他取暖。老者用赞许的目光望了望我,对小男孩说:"靠紧叔叔,会暖和些。"

开门一射,关门一夜。农谚流传至今定有其道理。这会儿雨小了,失去了刚才那飞矢般的气势,但是仍在淅淅沥沥地飘洒。我身边的小男孩突然把披着的衣服递还给我说:"叔叔,谢谢您!我要走了,再等就要迟到了。"

"孩子,再等一会儿。现在走是会湿衣服的。"

"不,爷爷。我要赶去学校上课。再等怕雨又下大了。"

我抬起手看了看手表,7点50。无论如何他是赶不上了。

"小老弟,我和你同路呢!"后来的男青年走出门檐,扶起靠墙的单车。显然他看见了我瞧表。他把小学生抱上车架,撩腿骑上走了。

他俩走了,渐渐远去了。留在我眼眸中的是一团愈来愈模糊的身影。

我们这一群解体了。老者向我打了个招呼,抬腿走入雨中。小伙子拎着手提包快步赶了上去。他伸出另一只手帮扶老者并行而去。姑娘望了望天,稍一迟疑,终下决心,双手按着吊在前腰的挎包,一路婀娜小跑,也走了。

雨忽地又大了。门檐上的水粒滴答滴答争先恐后地往下坠落。滴答、滴答……这熟悉的节奏从来没有这般让我心动。我把上衣连头带肩一罩,跨出门檐,钻进雨帘,走向店门前树下的单车。

傅国良

傅国良,1969年1月生,南昌市作家协会会员,南昌县作家协会副秘书长,现在南昌县公安局交通管理大队莲塘中队工作,在编人民警察。诗歌、散文、小说在中央宣传部《党建》、辽宁省党刊《共产党员》《读后感》等多报纸杂志发表。小说《风水树》荣获2015年冯梦龙杯新三言全国短篇小说优秀奖,诗歌《安义咏古》荣获2015年安义金花谷雨诗会优秀奖。

风水树

一

吴村村口有一棵很大的枫树,几个人也合抱不过。吴富贵的爷爷吴勤新中国成立前就住在那棵大树旁,树下是他家的菜园子。那会儿,吴富贵还没出世呢。穷,是那个时代的主旋律。一次发大水,他们家歉收了,天天吃的是红薯。一天,一个要饭的要到他家,他爷爷就把碗里的两个红薯给了一个到那要饭的。那要饭的不住地感谢,然后对他爷爷说:"这棵枫树是风水树,村里要出富贵的,当应在你家。"他爷爷觉得那是要饭的出于感激的美言,只是一笑了之。可是,那要饭的却一本正经地对他爷爷说:"富贵是富贵,可是,也有波折,多磨难,到二代吃亏大。要有忍耐心啊!"那要饭的离开时,再三叮嘱:"记住我的话呀!"这时,他爷爷才感到那要饭的是说真的。其实,这棵枫树早就引人注意了,他爷爷不止一次听到有人说村里要出人物的传言,但听到要出在自家,这还是第一次。

从此吴勤就记住了那个要饭的话。吴村十年九涝,那几亩薄田实在养不活一家人,他就把那几亩薄田留给弟弟,自己带着妻子和年幼的儿子吴愿到外面去闯荡。那个世道是很乱的,他去了上海外滩,在一家大户做长工。那阵子闹革命,一群土匪也借机抢劫。那大户得到消息,赶紧把自己家的长工武装起来,发枪给他们,做好自卫的准备。

吴勤对老板说:"东家,你们守前门,我一个人守后门,把那门小钢炮给我就行。"那老板听后很高兴,说吴勤对自家很忠诚。果然,一天夜晚,一群土匪手持火把,从后门进攻,吴勤等到土匪都集中在后门口时,对准那里开了一炮,当场就打死了十多个土匪,其他土匪吓得一起逃跑了。老板一面派人报告警察局,一面大大奖赏吴勤,说他很有智慧,并提拔他做管家,工资待遇一下就上了一个大档次,并且,还送了一些企业股份给吴勤。

  日本人打上海前,那老板把企业变卖,一家去了海外,吴勤按股份得了一些财产就返回家乡。当一个大竹排停靠在吴村西边的河埠时,全村的人都去观看。吴勤算是衣锦还乡了:一家人穿的全是绸缎。吴村人羡慕、妒忌、嫉恨,什么样的都有。他雇吴老六帮抬箱子,共抬了十个大箱子,都不是很重,里面装的大都是衣服之类的东西。吴勤等到夜晚,村里人全散了,就把竹排上的灶台拆去,露出了里面两个沾满泥土的箱子。他先背起一个上岸,另一个交代家人守着。尽管他身材高大,但沉重的箱子,还是把他的腰压得弯弯的。其时,吴老六正躲在吴勤的菜园子里,看得真切,知道里面全是白的和黄的。他想,自己要是得到那极少的一部分,那也就发达了呀。

  回乡后做的一件重要事,就是建房子。吴勤花了近一年的时间做了一栋有两个天井的房子,高高的马头墙,黄梁青瓦,很是气派。房子落成时,吴勤宰了两头猪,请全村人喝酒。全村的人除了恭贺外,也有几个人借酒装疯,说那棵风水树,应到了吴勤家,而那棵树是全村的,现在吴勤发达了,应该把财产分出来,家家有份才是。酒醉心明,道出了大家的心理。但是吴勤听后是很不高兴的。

  第二年,又发大水。这次,全村颗粒无收。村里人连附近一带的野菜都要吃光了,有的家庭准备逃荒去。一向高傲的族长,一天夜晚来到吴勤家,求他帮忙,救一救乡亲们,因为大家都知道,只有他有实力了。吴勤沉思了很久,终于答应了。族长满意地走了,临走时说:"无论今后有什么为难的,我们村都不能忘记你的恩!"送走族长,妻子不同意那样做,他就说:"想想我们的东家,那是很慷慨的。何况,本村的乡亲,是一个祖宗传下来的,当是一家人呀!怎能见死不救呢?"第二天,吴老六就被吴勤叫到家里,抬一个箱子到竹排上。吴勤和族长、吴老六三个人乘竹排到集市上,买了满满三竹排粮食回到村里。当吴勤从箱子里拿出白花花的"袁大头"付购买的粮食款时,吴老六的眼睛都看呆了。粮食进了村,每家都分到了几百斤。全村对吴勤感激得好似再生的父母。

  灾情过后,有人在河里捕到了一条几十斤重的大青鱼,那是舍不得吃的,首先想到的是要送给吴勤；有哪家婚嫁了，上座的位置不是娘舅的，非吴勤不可。就这样，吴勤风光了好几年，然而，新中国成立后，就不再了，因为按照家产，他被划成了地主。这一下，村民都不敢和他来往。而另外一个人——吴老六，却风光起来。当了村主任的吴老六，要做的第一件事就是收缴吴勤家的财产，他们家的人佩戴的金银首饰全被没收了，田产被没收了，那栋有两个天井的华丽的房子也被没收了，变成了村委会办公楼。吴勤家的人只被允许在那栋房子旁边搭一个草棚居住。吴勤家的生活一下从天上落到地上。

但即使是这样，还是无法脱身。一天，吴老六把吴勤叫到村委会办公楼——他曾经的家里，逼他把另一箱金银上交。吴勤说："你是知道的，那一年闹灾荒，我把那箱现洋全拿出来了，帮乡亲们渡过了灾。"吴老六说："打住！骗别人还可以，骗我，没门！那年，你荣耀回家，我从竹排上帮你扛了十个木箱，全是好衣服之类的东西，而钱财，怕我们知道，你就自己夜晚一个人扛回家了。那天，我躲在你家的菜园里看得很清楚，两大箱呢！"吴勤说："没有，你一定是看错了！"吴老六一听，开始发狂了："不老实！好，让你看看我的厉害！"说完，就叫人把吴勤按得跪在地上，然后用柳条不停揪打，直打得吴勤鼻青脸肿，仍然没有问得那箱金银的下落。但是，他依然不甘心，心想，能藏到哪里去呢？应该就在那栋房子里。于是，吴老六派人在那个有天井的房子里挖地三尺，但没找到。不久，村委会得到乡里的通报，说有的地主，会把金银埋在菜园里。很快吴勤的菜园子又被刨了个底产天，但是连金银的影子也没看到。这样，全村人被累得够呛，大家都不相信，都说，我有这份力气，不如用在自家田里。吴老六却始终不死心，只有他相信吴勤还有金银没有交出来。

吴勤被儿子吴愿背回家时，吴村人其实全看到了，却没有一个敢说什么，只有族长心里不平静。几天后的夜晚，族长到吴老六家，以族长的威望向吴老六施压，叫他善待吴勤，结果，双方差点儿打起来。第二天，族长跑到乡里告发吴老六贪污了从吴勤家没收的金银首饰中的两个金戒指。乡里马上派人来调查，吴老六被撤了村主任的职。这时，吴老六才知道，族里有双眼睛一直在盯着他。

新上任的村主任似乎从吴老六那里总结了经验，所以斗地主还得斗，只要上面风一来，吴勤就被戴高帽子游行，但是，没有再殴打他了。因为新任的村主任绝不相信，人都被逼成了那样还会藏有金银。

在那个时代，儿子吴愿无论走到哪里，都被别人叫作地主崽子，被人看成下三等。最风光的是贫下中农,而且谁家最穷,谁家就最硬。到了快三十岁时,吴愿也没讨到老婆,因为挨了地主的成分,没有一个女孩子愿意嫁给他。二十世纪六十年代初期,吴愿已是大龄青年了,还是孑然一身。一回,族长的外甥女来到他家做客,在路上迎面碰到了吴愿,这时的吴愿大概是少年时代营养好,长得一表人才,那女孩子并不漂亮,却对吴愿一见钟情。经过族长的撮合,他们成家了。

"文革"时,吴富贵出生了。吴勤给孙子起名富贵,村里人大笑:"他家还能富贵吗?"的确,孙子的出生,并没有给这家人带来欢乐。很快,造反派就开始造反了。吴老六成了造反派的头头,他带头拆庙宇,批斗地主、反革命、"牛鬼蛇神"。族长被打成了"牛鬼蛇神"。吴老六借着运动,把村口那棵枫树砍掉,然后卖掉。族长见了,愤怒不已,不顾自己"牛鬼蛇神"的身份,指着他说:"你早晚要遭到报应的!"吴老六指挥一群造反派把族长打得遍体鳞伤,没过多久,族长就去世了。

然而,吴老六也没风光几年就被打倒,还被关进了监狱,六年后出来时,他的六个儿子都已成年。

不久,改革开放了,政府宣布,地主、富农的成分基本消灭,地主的帽子摘掉了,吴富贵家落实政策,告别了那栋草棚,重回那个有两个天井的房子。这一下,命运似乎又从地上升到了天上。吴勤感到都接受不了。他带着一家人搬进老宅时,马上把大门关紧。看到崭新的房子在岁月的磨难中已经变得陈旧不堪时,那种欢和恨的心情交织在一起,他感觉心跳特别快,突然,就不会说话了,眼睛却始终直盯着北边的那堵墙。儿子吴愿想把他送医院,但是,他摆摆手,不同意,接着用手指着那堵墙,久久不肯放下。孙子吴富贵找了一把锄头,将那墙劈开,看到了里面许多的金条和金砖。至此,吴勤才闭了眼睛。

吴勤出殡的那天,全村的人除吴老六没去外,都去了。年轻人从大人那里听过吴勤曾经救济过自己家的故事,对这个善心的地主,是很尊敬的。

几年后,吴老六的六个儿子,却有两个儿子突发疾病死了。村里人都说,族长的话在应验。吴老六害怕见寺庙,害怕见大树,终于不堪一击,有一天,他惨叫一声,永远地走了。

二

吴富贵家住进了老宅,全家都很低调。改革开放的十多年,思想、观念发生了大变化,吴村这个名不见经传的小村庄也不例外。山林被人承包了,河塘被人承包了。而能承包到的都是村里拳头多脚骨多的家庭。有一年,吴富贵的父亲吴愿想承包村后的那条河,竞标时却险些遭到吴老六的儿子吴霸的殴打。吴霸每年年底竞标时都事先把一万元钱往村委会的桌上一放,接着就扬言谁要敢超过这个数,那是与他过不去,得划算划算。他的另外三个兄弟一个个瞪着眼如狼似虎般站在边上。这样的竞标,还有谁敢去与他家竞争?大家都知道,那条河每年的春季,成群的鱼洄游到这里产卵,多的时候,可捕到上万斤鱼。霸道竞标引起了许多村民的不满不服,一回,出鱼的时候,他家安装在河里的渔网半夜时分被人用刀割破了,网里的鱼全跑了,把他们兄弟气得嗷嗷叫。他们把渔网修补好后,重新装在河里,没过几天,又被人割破了。这年他们家亏了,于是就对外扬言,明年不承包了,还说,谁家承包了,也要遭到被他人陷害的滋味,其实心里压根儿就不想抛弃。而吴愿信以为真,第二年竞标时,就准备出一万一千元把那条河承包过来。那吴霸见了,扬起拳头就要打,吴富贵赶紧把老爹拖走。他们刚走出村委会,背后就传来了一句话:"咸鱼也想翻身?"是吴霸的兄弟说的。

吴富贵把父亲拉回家,责怪父亲:"你去凑那个热闹干吗?咱们又不缺那几块钱!"吴愿说:"他们家这样捕鱼,河里的鱼早晚要绝种。我承包过来,其实,我也不想安装渔网,就是想让河里的鱼能够生存下去。"吴富贵摇摇头:"那有什么办法,全村人都怕他,我们哪能斗过他?以后不要再去惹事了!"他父亲听后就没再说什么了。

过了几年,一天,县里的一辆宣传车开进了村里,说是县里建了工业园,谁家有海外或港澳台关系的,可以到工业园去投资建厂,几年免税。大家一窝蜂去看了热闹后又很快摇着头散去。吴富贵等大家全散了,就去问情况。工作人员问他,他海外有什么关系。吴富贵说:"什么关系也没有。那没有海外关系的可以投资吗?"工作人员说:"当然可以!但是,注册资金要上百万元,谁家有那么多钱呢?"吴富贵说:"给我一张表。"工作人员吃惊地看着他,还以为是开玩笑。

第二天,乡长和县里的招商的领导都来了,确实,谁也不会相信。而吴霸听说后则说:"我这几年捕鱼也没上十位数,他家却有上百万,他家又没干过什么赚钱的事。说句实话,那赚钱的事也轮不到他家。这真得感谢我父亲,把那棵风水树砍倒了。风水轮流转,现在该轮到我家了。"然而,乡长和县里的招商的领导都信了,并且带吴富贵去工业园看地方。有人告诉吴霸,说乡长看了吴富贵家的一张存折,上面有好几百万呢。乡长很高兴,说这一下可以完成县里的任务了。那吴霸听后很是惊讶。

吴富贵在工业园很快就看中了一块地,因为这块地上长有一棵很大的桑树。那天陪他一起来的还有族长的儿子毛毛,他们是亲戚。毛毛说:"就选这块地,这棵树我看会给你招来财运的。当年,你爷爷发财,那就是靠我们村那棵大枫树应了你家呀!"吴富贵同意了,同时他感到很奇怪,为什么这里会有一棵大树呢?有人告诉他,这里曾是人家的菜园子,而其他的地方,是农田。

不到一年,一个食品厂房就建起了。厂里有三十多个工人,其中一半是被征了土地的农民工,另一半是以前国有企业的下岗的技术工人。他还在人才市场聘请了一个高级管理人员做经理,那人叫钱华,曾是一家国有企业的管理人员,企业倒闭后,一直渴求再就业。剪彩的那天,一个副县长来了。副县长说:"感谢吴富贵对县里的支持,感谢他对县里建设做出的贡献……"副县长的讲话,说得吴富贵都有点儿不好意思了。

吴富贵对厂内的那棵大桑树情有独钟,专门给那棵树砌了护栏,严禁他人去伤害这棵树。到了夏天,那是一大片的树荫。他常常坐在树下和钱华商量生产和销售。几年下来,吴富贵的厂子获取了不少利润。他还真以为这是一棵招财树,所以更加小心呵护。当然,他认为这也有钱华的功劳。钱华对采购和销售业务非常精通。工厂赚了钱,又扩大规模,新招了七十多个工人,这一下就有一百多号人了。

吴富贵对这棵树的喜爱有时到了如痴的地步。他常常绕树不停,眼睛直直地盯着这棵大树,从上看到下,又从下看到上。一次,一个工人下午下班的时候,爬上护栏,摘了一些桑叶。第二天,吴富贵发现桑树的叶子少了,立即追查,发现原来是那个工人的小孩养了几条蚕。他那时勃然大怒,要开除那个工人,把那个工人吓得够呛。钱华赶紧求情。他告诉吴总,桑树和其他树不一样,即使把所有的叶子摘掉,不久又会生出新叶。那几天,吴富贵很不高兴,直到过了好几天,果然见那棵桑树发出新叶,心情才好起来。从此,没有一个员工再敢去触碰这棵树。

这棵桑树确实惹人喜爱,不仅高大,而且树形也好看。不久吴富贵买了小车,正好停在那棵桑树下。大片的树荫,给他的爱车遮风挡阳,他不用另外建车库了。而工人也喜欢它,同样,是因为树荫。他们把自行车、电动车放在桑树的另一面。

一次,吴总收到了一个交易会的邀请,就带了另一个管理人员驱车去参加,留下钱华在工厂处理事务。一天下午突下暴风雨,一个闪电过后,大家听到了一声巨响,纷纷从窗口向外看,只见那棵大桑树的一个枝丫被雷电打断,掉到了地上。雨停后,钱华赶过去看,大吃一惊,原来这棵桑树里面早就空了,许多蛀虫都可看见。那被雷电劈下来的树枝还把一个员工的电动车的车灯砸坏了。他立即意识到这棵树每时每刻都存在危险,万一要是砸到人,后果不堪设想。于是,他立即通知员工把这棵树锯倒。

一天后,吴富贵回来了。他这次去没有洽谈成一笔业务,心情本来就不高兴,突然,又看到他心爱的那棵桑树被锯倒,一问,是钱华下令锯掉的,便勃然大怒,把钱华叫到办公室,几乎用咆哮的声音说:"给我滚!"钱华想解释几句,但是,看到吴总如此大的火气,知道已经无济于事了,便默默地退出,捡了自己的铺盖离开了工厂。

吴富贵愤怒地说:"怪不得这次一笔业务也没有谈成,原来是我那棵风水树被他给砍了!真是大胆!"

接下来似乎是很灵验,工厂果然一天不如一天,一月不如一月。大批的产品卖不出,眼看就要变质,无论怎样去推销,总是不能像以前那样"跑火"。最后,吴富贵也没有办法了,只好减产,辞去一部分工人。而这一部分工人,就有一些是征地的失地农民。他们就集体到县里去上访,要求县里解决他们的工作问题。县里的压力一下大起来了。

当然,任何企业总不可能始终保持辉煌。县里派人做了一些调查后,知道是企业遇到了困难,对吴富贵说了一些鼓励的话。

而就在吴富贵的工厂举步维艰之时,他突然接到一笔外地的订单,吴富贵那是喜出望外。没过多久,又一笔订单来了。当下第一笔订单的那个孙经理到他工厂提货时,孙经理对吴富贵说:"吴总,我想见见你们的钱华经理。"吴富贵大感意外,就编了一个谎言:"哦,他到外面采购去了。下次吧!"那孙经理说:"这么不巧!好吧,下次。"然后,拉了一车货就走了。不久,另一个主顾周经理来提货时也说了同样的话,吴富贵用同样的话打发了,同时感到十分奇怪。

工厂走出了困境,订单越来越多。到了年底,吴富贵为了答谢那些主顾,专门举行了一个招待会,这样当然是为了加深感情,扩大业务。吴富贵一桌桌敬酒,酒过几巡,那些经理一致要求要见一见钱华经理。吴富贵只好说实话:"他在半年前就被我辞退了。"大家一听,非常奇怪。孙经理说:"这不出了鬼?昨天他还在向我推销你们厂的产品。"周经理问:"为什么辞退他?"吴富贵说:"他把我厂里的一棵发财树锯倒了。"这时,王经理对吴富贵说:"你厂的产品并不是质量最优秀的,充其量,只在中上,可是我们买你的产品,全是因为你们的钱经理。"吴富贵大为不解:"为他?"大家同时回答:"是的。他经常做我们的工作,告诉我们,你这个工厂下岗工人和失地农民最多。帮你们销售,就是对社会奉献爱。"孙经理说:"看来,你那个钱华经理被你打发走了,非但没有怨恨你,反而这半年无偿为你销售,真是一个了不起的人!"

这场宴席很快不欢而散。吴富贵原来预计会拿到满满的订单,结果一张也没有。他认识到自己犯下的错误,宴席一结束,马上派人去请钱华回厂,遭到了钱华的拒绝。他突然又知道自己犯了错,于是先叫财务给钱华把半年的工资打过去,然后自己亲自开车,还模仿古人带了一根荆条,上门给钱华道歉。

两天后,吴富贵在工厂大摆宴席,招待全厂的职工。酒过三巡,吴富贵举起酒杯说:"这两天我想了很多。哪有什么风水树?哪有什么发财树?当年,我的爷爷是因为他对一个要饭的施舍了善心,受到那个要饭的诱导,走出了乡村,靠忠诚和智慧,荣归了乡里。如果他当年不走出去,坐在家里,难道那棵风水树还会长出金子不成?近段时间我们厂发生的事,让我明白,我的勤劳工人,我的尽心尽责的管理人员才是我的风水树。我要永远善待你们!"

万德志

万德志，男，1985年出生，江西南昌人，供职于某期刊社，系南昌县作家协会会员。发表过若干小说作品，中短篇作品散见于文学期刊，长篇小说见于网络。

与恶魔的对话

第一次对话

"我在哪儿，喂！有没有人？救救我，太黑了，我什么都看不见……"

"你好，陈美凤女士。"

"谁？快过来吧，求你了，打开门窗吧，如果这里有门窗的话。或者开灯、点燃打火机、划亮一根火柴吧，求求你了，我很害怕，什么也看不见，无尽的黑暗几乎使我窒息。对了，你怎么知道我姓名？你认识我？"

"我当然认识你，我还知道你今年快六十岁了，甚至连你的生辰八字都知道。我还知道你家住哪儿，你的家人有哪些，等等等等，我全都了如指掌。"

"难道你是坏人，绑架了我吗？但即便是这样，你能不能把这里弄亮？太暗了，我什么也看不见。"

"关于光线的问题，我也感到很头痛，但是恕我无能为力，因为在这儿，是不允许有光的。"

"如果是这样的话，你打电话给我儿子，让他来赎我。但是，也许这会令你失望，我家很穷，我丈夫很早就去世了，如今我儿子虽然结婚生子，然而生活却十分拮据，如果你要狮子大开口的话，恐怕是无法达成你的愿望的。"

"哦不，不是这样的。女士，你放心好了，我是不会向你的家人索要赎金的，因为从某种角度来说我像绑匪，但实际上我又不是绑匪。嗯，这么说也许你还不是很明白，我想说的是，金钱不是我的目的，我的目的是要绝对地囚禁你，是的，没错，把你囚禁在这儿。"

"为……为什么，把我关在这儿对你有何好处？难道你是一个疯子吗？"

"疯子？我算是疯子吗？嗯,让我想想,也许还不准确,其实我不是人,或者说我是不存在的。关于我从何处而来,我也不知道,通常,人们给我们套上一个称呼,那就是'恶魔'或者'妖怪'……你还不明白吗？没关系,起初这有些不可思议,但习惯了就会好的,因为我们将成为熟人。"

"天呐,你真是一个疯子,这个地方在哪儿？我求你了,放我出去。"

"这是一个与你之前所在的世界毫不相干的世界,我们存在于你的身体里面。"

"我不明白。"

"你还记得你是怎么来到这儿的吗？"

"让我想想……我脑袋很痛,当时……我在菜市场买菜,那是我家附近的菜市场。大清早的,我买了一点儿肉。当我拿出随身携带的小秤过秤后才发现老板少了我一两肉,我很生气,就这么一丁点儿肉你还少我的秤,你说我能不生气吗？这肉是给我念小学的孙儿炖肉饼汤的。于是我们就吵了起来,我很激动,吵得满头大汗,我把他的祖宗十八代都骂了,他怕了我这老太婆的嘴巴,便不再理我,又给我补上了一小块肉,我再一称,算是够分量了。我又去买了点儿蔬菜,然而这年头物价太高了,连蔬菜也贵,我便又讨了一些他们挑剩下的菜叶,便急匆匆地离开了菜市场。因为很晚了,我要赶去镇上的陈太太家上工。这两年来我一直在她家做保姆,我不早点儿去做完事的话,会来不及去学校接我的孙儿的。"

"接着呢？"

"让我想想,我想起来了。我在去陈太太家的路上迷路了,我忘记了怎么去她家了,那本是很熟悉的一条路,然后我就不记得了,直到出现在这里。是你绑架了我吗？放过我吧,我很害怕,你能不能让这儿亮一点儿？我讨厌黑暗。"

"我理解你的感受,你讨厌黑暗与我讨厌光明是一回事儿,但问题是,这儿我最大,在这里,一切都由我说了算。我看你一时半会儿还不能明白我说的话,这样吧,你先适应适应这个新环境,再会。"

第二次对话

"女士,近来可好？"

"是谁唤醒我的？等等,这声音很熟悉,天呐,你总算又回来了。你说让我在这儿适应,然后就撇下我一个人叫天天不应,叫地地不灵,现在,你又突然出现在我的面前。不,我还是看不见你,我不知道你在哪儿,我面对的只是一片无尽的黑暗。你囚禁了我多少日子了？我觉得时间过去了很久，但又像是一个梦那样快。"

"为了不让你焦虑，让我来告诉你吧。你在这儿大概过了一个月了，换算一下应该是七百多个小时。"

"这么长的时间，你好狠的心呐。你为何不可怜可怜我，放我出去？我为什么到现在还没有饿死？我记得这么长的时间我没吃过一口饭，也滴水未进。"

"实际上你每天都在吃东西，只不过吃得差了点儿，但仍足够维持你的生存。我看是时候坦诚相待了，你，陈美凤女士，在一个多月前患了阿兹海默症。"

"阿兹海默症？"

"也许说'老年痴呆症'会使你更明白我的话，没错，就是人们常说的'老年痴呆症'。但是人们不知道，阿兹海默症的元凶是我这样居住在人们体内的恶魔，是我把你的灵魂囚禁了起来，让你成了一个失去灵魂的人，在这里与我对话的是真正的陈美凤女士，而在另一个世界，你曾经所熟悉的那个世界，还有一个有血有肉的陈美凤，但是很遗憾，她的灵魂已经不存在了。"

"我不明白你在说什么，总之请你放我出去好吗？你分明是把我囚禁起来了，还说一堆鬼话来糊弄我。"

"你真想出去吗？如果是这样的话，我可以放你出去。"

"真的吗？谢天谢地，菩萨会保佑你长寿的。"

"谁说不是呢，幸而你撞着我心情好。但是，嗯，你未必会喜欢外面的生活，因为相比而言在这里会令你更好受。"

"不，求你了，放我出去吧，我在这里生不如死。"

"那好吧。"

第三次对话

"瞧你哭得多伤心，这样可不好。"

"为什么，为什么你又把我抓了回来？为什么我不能控制我自己？我只能看见，听到，但是我不能控制我的身体。你对我做了些什么？"

"我想我已经和你说得很明白了，你患了阿兹海默症，也就是说你的灵魂已经被我囚禁了起来，我可能会偶尔放你出去一下，当然，这要取决于我的心情。当我放你出去后，你只能看和听，并拥有思维，但你的身体已经不受你的控制了，也就是说你的身体和你的灵魂已经不能融为一体了。这么说你能明白吗？"

"我不能,我求你了,放我出去好吗,从我的身体里离开。你知道我这辈子吃了多少苦吗?我丈夫去世得早,那些年我一连干好几份事才把女儿和儿子拉扯大。现在我退休了,刚指望着过几年的好日子,你不能这样对我,我求求你了,给你磕头也行。"

"啧,这可令人为难啊,刚才你出去的那段经历如何?你真想去外面?"

"不,太可怕了,当我去到外面,重见天日,我满怀喜悦。然而我马上闻到一股奇臭无比的味道,这味道来自于我的身体;之后我发现全身瘙痒无比,好像有千万只虱子在我的身上爬一样;接着我感受到了剧烈的疼痛感,那真是揪心啊!我不明白我是怎么了,我想伸手摸一摸自己脸,然而没有办法,我无法控制我的手,同时也无法控制我的腿,更为恐怖的是,我的身体居然朝着一个垃圾桶走去,我一头钻了进去。现在是夏天,那垃圾桶里又臭又脏,我快要吐了,但是更让我崩溃的还在后头。我的双手居然在里面的一堆垃圾中翻找着食物,它们拿起一个西瓜,啊,那是半个西瓜,里面的果肉差不多被别人吃光了,我居然把它拿了出来,用手挖着里面的肉塞进了嘴巴。天呐,一股酸臭味,太可怕了。"

"与之相比,是不是这儿更令人舒坦?这里起码没有疼痛的感觉,没有散发着恶臭的垃圾食物。你知道吗,你已经成了一位流浪的疯子,身上脏得没法儿形容。你就这么漫无目的地游荡着,人们对你避之不及。在前几天你被一条大狗追,这让你不慎跌断了腿骨。你一瘸一拐的,伤口在恶化,但你的求生本领很强,你会去捡拾一些食物,尽管那是别人扔掉的垃圾;有时候你蜷缩在角落睡觉,路过的善心人也会扔一点儿食物给你。"

"这太可怕了,我求你了,放我出去吧,我不要无法控制我的身体,我想念我的家人,儿子媳妇儿肯定为我而担心得寝食不安,还有我那可爱的小孙子,每天见到奶奶去幼儿园接他便会笑得像花儿一样灿烂。我求你了,恶魔先生,你行行好,放了我吧。"

第四次对话

"陈美凤,快醒醒,我要告诉你一个好消息,当然,在我看来这是一个顶好的消息了。喂,你听见了没有?你再不回答我可离开了啊。"

"你走吧,让我在这无尽的黑暗中沉睡下去。我讨厌你,我恨你,我诅咒你。"

"不,别这么说。你知道吗,呃,你已经回家了,回到家人的怀抱当中,这大概是三个月前的事了。你知道吗,你这一觉睡得好沉哟,这么长的时间,你应该感谢我,是我告诉了你这个喜讯。"

"真的吗?我真的回家了吗?和家人团聚了吗?"

"没错,你的家人在你走失后报了警,又去报社和电视台刊登了寻人启事。在三个月前有位知情者联系你的家人,你儿子随后弄了一辆车把你接了回去。"

"为什么不早点儿告诉我?我就说吧,我家人一定急坏了,我儿子多有孝心,我那孙儿肯定不止一次在梦里梦见和奶奶玩游戏。我求你了,放我出去好吗?"

"你真的想出去吗?但即便是这样,你也无法康复,也无法重新控制你的身体,你依然会像上次一样,只能看和听,却无法支配身体,即便这样你也要离开吗?"

"你为什么如此狠心,为什么不能从我的身体里离开?可怜可怜我这老太婆吧……好吧好吧,只要能让我再见一见光明,再见一见我的家人,我那可爱的孙儿,我愿意,我愿意仅仅只是看见他们,我太想念他们了。"

"好吧,你别哭了,就要和他们相见了,你应该感到高兴才对,不应该哭泣。但是,如果你要重回这里,如果你想回来的话,你就流下一滴泪水,我便知道了,便把你带回这里,请你记住我的话吧。"

第五次对话

"瞧瞧,我说什么来着,我们又见面了。我很不明白,是什么让你选择了回到这里,流下了那宝贵的一滴泪水呢?别来无恙,陈美凤女士,你离开这已经有半年了吧?欢迎再次回来!"

"请你离开吧,我想静一静。"

"果然还是这里更好吧?这里虽然一团漆黑,却犹如天堂般,没有痛苦,没有烦恼,你得感谢我才对。"

"如果你能令我死去的话,我会更感激你。"

"关于结束你的生命,这超出了我的掌控范围,女士,我很纳闷,是什么让你连家人都不愿再面对了,甚至想到结束生命?"

"他们不是我的家人,我已经受够了。"

"你又哭了起来,然而这一次是最伤心的。相信我,我很同情你。一个白发苍苍的老妪,每天蜷缩在一座高架桥上,那儿是最繁华的地段,每天都有数以万计的人流量,如果是在节假日的话还会更多。你就被家人抛弃在那儿,面前摆着一个碗。呃,说被抛弃是不准确的,因为你的家人并没有抛弃你,他们,尤其是专门负责照顾你的儿媳妇,她就在旁边的大楼里做保洁员,在你饿了的时候,她会来到天桥上,给你喂食一碗香喷喷的米饭,当然菜也是不错的,然后她会把你面前碗里的钱都拿走。于是那碗又变成了空碗,摆放在你的面前,她再去上班。到了晚上她会和她的丈夫,也就是你的儿子把你接回家。"

"不!不要再说了!"

"在家里,你被安置在一间小仓库里,潮湿阴暗,还有很多的老鼠和蟑螂,你就一个人傻傻地躺在床上,因为你的脚已经无法下地走路了,全身的肌肉开始萎缩。当初建议把你放到高架桥上去乞讨的是你的儿媳妇,这遭到了你儿子的反对,然而时间一长,你儿子也就默许了。更让他们感到这个抉择是正确的,还是你每天的收入,要知道,在那座天桥上有不少乞讨的人,离你最近的是一位重度烧伤患者,他已经面目全非了,整张脸都被大火烧成了一个圆形的肉球,眼睛只是两个窟窿,有时撞上变天,还会流下许多令人恶心的液体出来。这位重度烧伤患者一直都是高架桥上乞讨人员中收入最高的,然而在你到来之后,你迅速地独占鳌头,或许在全城的乞讨人员中你的收入都是最高的。你那蜷缩着的双腿,人们可以看出它们越来越瘦小,像两根细长的竹竿;你那染霜的满头银发,人们会为你年轻时的秀发而唏嘘;你那精神呆滞的表情,还有那无奈空洞的眼神,更加重了善良的人们同情你的砝码。这一切不但使你成了天桥上收入最高的人,还使你成了全家收入最高的人。

"你每天重复着这样的生活,然而你却并不打算放弃,因为即便是这样,你还是高兴和家人待在一起的。当你蜷缩在那间小仓库里,你是多么希望你孙儿能进来看望你,说一句'奶奶奶奶,我给你吃糖',你多希望这熟悉的一幕能重现,但你只是每天在企盼中送走一天的光明。你不知道你的孙儿也很想念你,他时常吵闹着要下楼去仓库看望您,但是他的妈妈会说:'不许去,那里又脏又臭,你得把作业写完。'他便很努力地写作业。但是每当他写完作业,都已经到了睡觉的时间,学校明天的精彩也令他把你给忘了,于是他洗漱完上床睡觉,安心地迎接明天的到来。

"然而你依旧在坚持,你依旧在坚持着见到孙儿的面孔。但当你听到儿媳妇无意中说孩子已经被送到好的寄宿学校去念书了,他要在半年后的学期末才能回家时,你那坚强的意志崩溃了,你选择了离开,回到这里,于是,你流下了一滴泪水,于是,我把你带回来了。"

最后一次对话

"哎,我说陈美凤,好久未见了。"

"谁在呼唤我?我好想睡觉,眼睛睁不开。"

"是我,你的恶魔朋友。我来告诉你一个不好的消息。你现在的身体情况非常糟糕,你瘦得皮包骨头,尽管这让你乞讨的收入日益增加,但是你快撑不住了;你时常蜷缩在高架桥上睡觉,毫无精神,现在连饭也不吃了,儿媳妇担心你的身体,但更担心的是今后没有你会失去一份大好的收入;由于长期的卧坐,你患上了严重的便秘,到现在已经有半个月不曾排一次便了,这是很糟糕的事情。"

"这正是我想要的,难道不是你想要的吗?我死去后,你的愿望和目的就达成了。"

"老实说,你死之后一切都会消失,这里和这里的你,包括我,都会消失,届时一切尘归尘,土归土。所以从某个角度而言,我是不希望你死去的。"

"既然如此,为何你要这样做,把我的灵魂囚禁于此。"

"这是很无奈的,因为我是恶魔,生来便是恶魔,就像鸟儿生来便有翅膀,当它成长,它就会慢慢地领悟飞行的技巧;又像鱼儿,生来就有鳃鳍,让它能在水中自在地生活。"

"哎,不说了,我很困。永别了,老伙计,我要睡觉了,睡一年,睡一个世纪,再无人打扰我……"

辛　柳

辛柳,笔名潇洒的小猪,1993 年 8 月生。南昌县作家协会会员。现供职于共青团南昌县委。网络小说《独宠仙妻》在九库文学网站签约发表,已完结,短篇小说《救赎》《陪你度过漫长岁月》《再见,亲爱的》入选《澄湖》杂志。

救　赎

"床,不要再拉着我,让我赶紧去工作吧!"痛苦万分的起床时间又到了,早上的第一束阳光就像是个定时的闹钟一样,总是能够将睡得昏天暗地的老徐唤醒——谁让他的眼皮那么薄,只要天亮了就会自然醒。

睡在臂弯的曲箫还在睡梦中,似乎是感受到了他的动作,懒懒地伸了个腰,随便找了一个舒服的姿势翻了个身继续做着自己的美梦。她长长的睫毛似乎在空气中扑闪飞扬,如婴儿般的睡颜让老徐起床的动作小心翼翼,生怕惊扰了枕边人的美梦。

老徐是个十分普通的小白领。为什么叫老徐?因为他长得比较憨厚。其实他今年才 28 岁,工作了四年,刚刚结婚了半年,生活和工作正在进入稳定阶段。他是个处女座男,对自己的生活和工作都有着极高的要求,甚至是有一些强迫症。比如,挤牙膏一定从尾部开始挤,用过的被子和碗筷一定要放在固定位置,地面一定要保持着光亮如新;在工作上,经手的文件或者方案,一定会阅读三遍,然后再归类,打印机旁边的纸盒一定要随时保持满盒状态。他最常挂在嘴边的话是"我是个有原则的人"。

圆圆的小会议桌上摆放着几串青翠欲滴的青提,充满着童真的星空咨询室是老徐工作的地方,在这里他接待、开导过许多青少年,其中大部分是失管青少年,由于这类人群中的大多数人没有经过父母的良好引导便过早走上社会这个大染坊,所以他们在心理上或多或少都会有些不同于这个年龄段其他孩子的心理障碍。

厚厚的卷宗就那样摆在他的桌子前面，似乎在默默地陈述着这个小女孩玲犯了多少错误。纸张上密密麻麻全是字，"盗窃""打架斗殴""诈骗"这些字眼在里面出现得十分频繁；而当看到她的年龄时，他又唏嘘不已，因为她只有12岁。

沉重的敲门声打破了老徐的思考，他还在思考着怎么来进行心理引导，心里有些气馁。厚重的刘海将玲的半张脸都遮住了，紧抿着的嘴唇和交叉在胸前的手让人感觉到冷意十足——这是个十分抗拒与人接触的姿势。

"玲，我有个礼物想送给你。"老徐想好好地缓和一下两个人的气氛，从包中取出了一个精致的芭比娃娃递了过去。

"你是来带我回家的吗？"玲没有抬手去接，眼睛直勾勾地盯着他，带着渴望和期盼，双手紧紧地抱着，极度缺乏安全感。

"呃！"老徐愣了一下，这个问题自己从来没有思考过，但是他来之前，民警就说过，这个女孩子已经快一个礼拜都没有说话了，就是一直在警察局里面待着，也联系不上亲人。

"我就知道。"玲的双眼黯淡了下去，然后决然地转身，往门口走去，孤零零的背影在门口被拉得老长。老徐有种不好的预感，直觉催促他应该做点儿什么事情。

"我是来接你回家的啊，刚才想问一下你有什么行李需要收拾，今天我们就离开这里。"老徐大踏步地走到她的身旁，大掌轻轻地抚摸她的头发，想让玲安定下来。

一系列手续办下来十分顺畅，很快老徐就载着玲一起离开了警察局，他做这个决定的时候脑袋里面也是一时冲动。坐在车上冷静下来的时候，他才开始好好地想接下来的事情。

"你不怕我只是想借助你出来就逃之夭夭吗？赶紧把我放下来吧，我不会偷你的。"玲看到车子已经驶离的时候，戏谑无比地看着驾驶座的老徐，虽然声音很幼稚却说出了无比老成的话。

"既然我选择了你，那我就不会轻易放手，你想跟着我生活，那就尝试在我家好好地生活一段时间。你放心，我是正直善良的人。"老徐慢条斯理地说着，再次上下打量了一下玲。看来是个比较难缠的小鬼头，回去得跟曲箫好好地说一下，相信她能善解人意，顺带照顾一下这个小孩子，以后再送她回家。

一周的相处并不那么简单，曲箫即使以大慈大悲的圣母心态来无条件接纳玲，却还是忍不住在晚上的时候跟老徐抱怨一整天的劳累，因为玲总在变着法子拒绝身边人对她的好，甚至蓄意去破坏家里的环境，努力制造乱子来让这个小家的女主人厌烦她，然后她又可以出去外面海阔凭鱼跃了。

在星期五的晚上，曲箫实在是有些忍不住了，因为刚置换的布艺沙发直接被玲用黑手掌印上了满满的脏东西，这让她折腾到半夜才将所有的污渍弄干净。作为女主人，她终于压抑不住，大声吼了一句："熊孩子！"

"谁让你们自作多情，这叫活该，我就想一个人在外面自生自灭，用不着你们假慈悲。我在社会上从小漂到大，什么人没有见过？你们就别白费力气了，我不会变好的。"玲沾沾自喜，终于将老好人的脾气惹爆了，以后自己就可以脱离他们的掌控了，虽然在这里好吃好喝供了那么久，但是从来没有被照顾的她有些彷徨无措。竖起刺来，玲觉得这样更有安全感。

老徐推门进来就正好听到玲说的话，脸抽搐了一下，果然这个孩子还是在外面漂泊了太久，感受到温暖的时候会表现出这种抗拒的状态，但是他还有更重要的事情要做。今天警察局那边打电话通知他说，找到了玲的亲生父母，不过她的父母都常年在外打工，五六年都没回过家，听到女儿的状态之后可能过两天就会过来接。

"玲，冷静下来，不管你接不接受我们对你的好意，我们都是出自真心，出自对你的保护和爱，你这么可爱，而且数字天分那么好，我和阿姨只是希望可以好好地照顾一下你，也希望你能成为更好的人。"

玲沉默了，倔强的眼睛里面泛着泪花，趁着他们不注意的时候，夺门而出。她的脑袋里面嗡嗡作响，温暖这个词语就像是橡皮糖一样，黏在了自己的脑海里。她似乎从出生就没有感受过温暖，爸妈重男轻女，对自己不闻不问，给的只是三餐温饱仅此而已。只有在弟弟曾经偷偷地给过自己麦芽糖，偷偷地将蛋黄塞给自己吃的时候，她才感受到温暖。

老徐和曲箫回过神来立马跟了出去，夜黑风高的晚上一个小女孩子在外面危险不自言说。他们两个人一人拿一个手电筒，高一声低一声地往不同的方向寻去，内心焦急万分，一个礼拜的相处已经让他们对玲产生了感情。

小巷子深处传来一声声的救命声，虽然十分微弱，但是还是被老徐捕捉到了。仔细的辨识，分明就是玲的声音，他的额头有些冒汗，重重地跺了一脚，顺手抄起路上的一根粗棍子，慢慢地来到巷子口。他发现五个高大身影正围着瑟瑟发抖的玲,卑鄙粗俗的话语不堪入耳。

他大喝一声,一边按手机,快速地拨通110,大声求助警察,说出地址,一边紧紧地握住手中的粗棍,指着那五个人说:"牛鬼蛇神,速速离去,我刚才已经打了警察的电话,人就要来了,还不赶紧跑。"

为首的大高个重重地往地上唾了一口痰:"兄弟们,先给我把这个搅事的打一顿。"说完五个人就直接冲了过来,老徐毕竟双拳难敌四手,不消一会儿就挨了他们狠狠的一顿打,跪倒在地上。直到警笛声响起,那群人才四散而去。

"徐叔叔,徐叔叔,你现在怎么样啊?"玲冲了过去,全身都战栗着,前所未有的恐惧感笼罩着她,如果不是自己说狠话惹祸,就不会出现现在这个情形了。她眼泪喷涌而出,第一次嗫嚅地重复说着"对不起、对不起、对不起……"

"乖,先扶我回去,没有什么大碍,只要你没事就好。"老徐缓缓地吐出一口气,虽然腰酸背痛,脸也感觉有些肿,但是他觉得一切都值得。他又轻轻说了一句:"我就知道,玲是个乖孩子。"

玲的身子有一瞬间僵硬,但是很快这种不适感就消失了。她小心翼翼地扶着老徐往小屋走去,橘黄色的灯光就像是指路的明灯,一直照进了玲的心里。

曲箫回来的时候看到老徐全身是伤,赶紧拿红花油出来,嘴巴里嘟囔了一下,但是看到老徐摇了摇头,就立马打趣道:"终于家里添了一只花猫。"玲也忍不住伸出双手,帮助曲箫一起涂抹药水。他们三人的身影第一次靠得这么近,在那天晚上,玲高高筑起的心墙轰然坍塌。

再见，亲爱的

  鲁浩大怎么都没有想到，自己的女朋友孙静云会主动提出分手。他们两个毕业后留在同一个城市，工作的地方隔得也不是很远，转三趟公交车，两个小时就能够见面，所以两个人在一起的时间也挺多的。可是为什么孙静云就提出分手了呢？鲁浩大内心郁闷无比，却又无可奈何。

  作为鲁浩大的死党兼大学室友的我，也和他们在同一座城市工作，直接被他拉到了烧烤一条街一家大排档来谈心说事，为他再次成为单身贵族而庆祝，因为以前他总是跟我说："小子，你单身真好，没有人管着你，一人吃饱全家不饿，羡慕死我了。"

  一坐下来，三杯酒下肚，酒劲儿就上来了，鲁浩大的脸红得就像蒸熟的虾子一样。尽管以前也看过他喝酒的样子，并不觉得奇怪，但是考虑到他今天的情绪不对，所以我这一次主动地帮他倒酒，每次都尽量给他少倒点儿，担心他喝多了又要出洋相了。

  "小样儿，你不要一直不给我倒满哈，这个时候，你可别欺负我，好兄弟就得好好地陪我醉一把。四年的感情啊，就这样喂狗去了，我心里实在是太难受了啊。孙静云她有种，够狠心，够绝情，以前绝对是眼瞎，怎么就对她好了这么多年呢？"鲁浩大粗大的嗓门在那里大喊，坐在大排挡里面喝酒的人都侧目，当听到了他说的话，又各自喝酒聊天，时不时会有几句难听的话飘过来，我也就当没有听到。

  "浩大，天涯何处无芳草，你又何必独惜一枝花呢？听兄弟一句劝，今天喝完酒，咱们就忘掉那个孙静云，以后光荣地成为单身贵族，想喝酒喝酒，想吃肉吃肉。"我刚一说完，浩大就趴在桌子上哭了起来。一个大男人在那里号啕大哭，围观的群众更多了。

  "有她在的时候，我也是一样想喝酒就喝酒，想吃肉就吃肉啊，都怪我，太没用了，给不了她想要的幸福。"

  听完他说的这句话，我也想不到用什么词儿来安慰他了。确实，我们都是刚刚毕业的人，说手上有积蓄那是假的，刚毕业出来租房吃饭什么都是开销，刚一发工资就要变成月光族，他们两个分手可能就是因为这个。

孙静云人如其名,是一个比较安静的女孩子,也是一个非常深情的萌妹子,大学四年都没有跟鲁浩大红过脸,两个人爱得甜甜蜜蜜,只要有鲁浩大的地方,就肯定能够找到她的影子,可是爱得这么如胶似漆的两个人为何会在马上就要谈婚论嫁的时候分了手呢?

其实这里面的内幕,我恐怕比鲁浩大还清楚,因为出这件事情之前,孙静云来找过我,说她有一件事情希望能够拜托我,那个时候的我还开玩笑说:"嫂子,你也不是不知道我跟鲁大浩那小子的关系,什么事情你直说,你的事情就是我的事情,我绝对办到。"

"我希望以后你能帮我好好照顾浩大,因为我过一个礼拜就要结婚了,是家里面帮我订的婚。这件事情我准备明天就跟大浩说,可是我担心他承受不了,所以到时候你得帮我多开导开导他,好吗?"孙静云说完这些话的时候,大大的眼睛里面聚满了泪水,似乎下一刻就要滴落下来。

"哇靠,这是什么情况啊?你结婚的对象不是浩大,这到底是什么情况啊?你们两个不是一直都处得挺好的吗?我都已经每个月存一百,等到时候给你们包红包了。还盼着你们早点儿结婚,我的红包能够包少点儿。"我把嘴巴里面叼的烟直接掐掉了,走近很认真地看着她的眼睛,确定一下她是不是在跟我玩愚人游戏。

"小样儿,我就是因为知道你是他最好的兄弟,才过来找你的。你知道吗,前段日子我妈妈被确诊了子宫癌初期,医生说只要经过定期的化疗,就有百分之百的把握能够治愈。但是我的家里没有那么多后续用来化疗的钱,我家里亲戚给我介绍了一门亲事,男方家里还算富裕,也见了面,说只要我嫁给他以后他们家就支持我妈的费用,我也是被逼得没有办法了。"孙静云在说这些话的时候身子都在颤抖,突然我自己也觉得自己刚才说话说得实在太重了,这样的决定不是轻易就能做出的,这个弱小的女子也承受了生命不能承受之重啊。

"那这件事情,你可以先跟浩大说啊,浩大家境也不是很差,说不定能够帮得上你,又何必这么早就放弃你们两个这么久的感情啊?"我拍了拍孙静云的肩,递了一包纸巾给她。

"没用的,浩大的妈妈在我们毕业的时候就找过我,希望我们两个分手,她觉得我家配不上他家,根本就没有考虑过要跟让浩大娶我,只是我以为两个人的生活,只要两个人一起努力就好,但是现在,我已经没有能力和勇气继续走下去,小样儿,希望你以后能够代替我好好地照顾他,让他不要再对我有念想,我走了。"孙静云走得很干脆利落,就跟她以前在我们大家的面前时一样,从来都不是一个拖泥带水的人。

　　思绪重新拉到现在,看着已经烂醉如泥的浩大,我又不能说什么,跟老板结了账,扶着他出了门,叫了辆的士,带他回家去。

　　敲了浩大家的门,他的妈妈开了门。一看到烂醉如泥的浩大,她嘴上开始嫌弃,却又以一副紧张无比的样子将他小心翼翼地扶进了房间,还十分细致地帮他脱了外套、鞋子、袜子,让他躺好睡觉。

　　轻轻地关上了门,我也没有说什么,从我认识浩大起,我就知道他有一个溺爱他的母亲,每天雷打不动早中晚三个电话,实时监控,生怕自己的宝贝独生儿子有个什么意外。她知道他跟孙静云在一起的时候,就一直反对,于是总是叫他一个人回家吃饭睡觉,星期六星期天不能随意出门,以避免他们见面。可是她不知道,这样的棒打鸳鸯,并没有好好地保护鲁浩大,只是让两人心中留下了刺在心里的痛。

　　外面的风吹得有点儿刺骨,我紧缩了一下衣服,回头看了一眼浩大的房间。房间已经熄了灯,大街上一个人都没有。我迎着风离开了,祝福他们两个都能够找到属于自己的幸福。

诗　歌

万建平

万建平,笔名滕王阁主,二十世纪六十年代出生。江西南昌县东新乡老屋村人。当过兵,种过田,进城打过工,现供职于乡政府文化站。江西省作家协会会员,南昌市作家协会理事,南昌县作家协会副主席。入选第二批"南昌诗派十六家"。有作品在《诗刊》《词刊》《星星诗刊》《江西日报》《创作评谭》《时代文学》《葡萄园》等刊物发表,并入选国内多种选本。曾获江西省作协主办的首届"林恩杯"茶诗歌大赛一等奖、第三届三等奖;省作协主办的"赣西供电杯"征文三等奖;南昌市"人民防空60周年"征文大赛(诗歌)一等奖;中国(抚州)首届"清风苑杯"廉政诗歌、散文大奖赛征文二等奖;第二届"军山湖杯"全国诗歌大赛一等奖;连续八年获得南昌市"谷雨诗会"各项等级奖。

赣江物语(组诗)

●一头水牛拦截了赣江

在这个将暮未暮的秋日黄昏
一头健壮的水牛翻过了大堤
在江边用嘴对清瘦的赣江
进行了一次短暂的拦截
从浪花极尽羞涩的表情来判断
我认为,这是一个穿越时空的
爱情故事。发生在一条普通的水牛
与一条自命不凡的大江之间
我悄悄地把赣江流经水牛的唇齿
所发出的快感呻吟,与浑圆的落日

与千里长河交媾的宏大场景叠放在一起
我发现,一头水牛的饥渴
与长河落日的悲壮,非常地相似
此中定有深意,但天地无言

●一滴水是江河的宿命

一滴水有一万种可能使一条河流成为河流
一万种可能中有一种以肯定句式挺身而出
就有神秘的力量庇佑着一条河流的成长
但是,一滴水还有一万种枯竭的可能
像潜伏在人体内的暗疾,潜伏在江河中
一万种变数掌握着一条河流的生死存亡
除了水,还有什么可以拯救江河的
灭顶之灾吗?或许,答案是可以肯定的
但要等到世界出现新的物质来把水替代
我以危言耸听的语气,说出了
一条雄性的江河滔滔不绝的隐忧
就像一粒沙说出了一片沙滩可能的坍塌
就像落日幻想自己成了世界上最后一滴水
然后与所有的可能成为江河的宿命

●我要用落日买一千里涛声

时近黄昏,秋风继续逆水而上
在赣江大堤的外围,我正在一片草滩上
趁着风势翻检儿时的记忆
江涛合着浪花的起伏高一声、低一声
放牛的小伙子在堤上围着那辆红色汽车
转了几个圈,然后径直朝江边走了过来
就像一只水鸟围绕一只抛锚的运沙船巡飞
然后又飞回岸边。他把这里当成自己的领地

却向我这个"闯入者"递过来一支卷烟
他说他养了三头水牛,每头可以赚一千元
他口齿不清,吐字含糊,在向晚的赣江边
使我对家乡的解读再次抵近秋风的凉薄
使我想用落日这枚金币,买一千里涛声
把家乡的黄昏浣洗成带露的曙光

●我想把所有都交给这条河流
我一无所有,但还是想把我的所有
交给这条河流。然后,像一颗鹅卵石
熟睡在沙滩上。阳光的被子盖在身上
不用提防秋风的薄凉。有浪波摇我入梦乡
我无所不有,但我还是想要拥有
这条大江。我命里的水位偏瘦
搁浅的江心洲,久等着潮汛起航
鲶鱼的爱情,在夕阳下渴望湿润的河床
在梦里来不及读懂沧海桑田
醒来不够时间说地老天荒
鱼在天上飞翔,千年不过一瞬
星星在水底潜泳,万年即是虚无
我已经把所有都交给了这条河流
她将用流水承载我的忧伤

●我的卑微是江河的一部分
就这样,静静地坐在傍晚的江边
过去的遗憾,未来的梦想
都无法驱赶我起身离去,也不能够
危及我心中的依恋。我知道
一颗接受过浪花洗礼的鹅卵石,其内心
多么安静;一只饱餐过落日的水鸟

其生命多么神秘；一片获得过岁月
沉淀的沙滩，其风光多么旖旎
一条经历过潮起潮落的大江
其思想多么空阔。而我，只是一粒
被赣江收留的微小的沙子，只有自己
才会对自己的存在心存敬畏；只有沙滩
才会对我的卑微表示敬意，并且
使我成为江河的一部分

熊加平

熊加平,笔名秋风向晚,江西南昌人,1971年2月生。从事过多种职业,现从商。一生追寻文学梦,尤喜欢诗歌和散文创作,作品散见于《江门文艺》《散文诗》《流年》《东坡风》《太原日报》等报纸杂志。

野菊花

旷野。山坡。金黄的簇拥
挺直身子,你用倔强的姿势,举起秋寒
所有的褶皱藏在胸口
多年前,那些被你狠心捏碎的童话
有暗伤依附。开始漂泊

和鸟声唱和,与草儿微笑
爱上蔚蓝的天空,爱上根植的泥土
忽略卑微,忽略贫瘠,忽略内心隐秘的河流
直到,暮霭涌入
深秋的露水,打湿久远的乡愁

嗓音渐哑。你踮起脚尖眺望
归乡,在内心翻腾
等待岁末。等待最后一场秋风把花朵吹干
采摘。烘焙。入药。以水煎服
可解乡思

灰色的行走

灰色。一个词语的蛰伏
往往比其他来得更为汹涌。头顶的云层
越来越低。穿行而过的人们,疲于奔命
我在等,等一座村庄浮上来。或是一缕风
捎来故乡的消息

青褐色樟叶的背面,一只蝉
紧紧地抱住遗落的时光,鸣叫
声声动人,声声愁怀。走过陌生还是陌生
走过他乡还是他乡
只有,一种执拗的坚守
让漂泊,染上了城市的风霜

不可以选择。流水线,是固定的方向
城市的坡度,转入一种倾斜的状态
一头写着诚信,另一头绑着挣扎
所谓平等,不应只是宣传画报上的一句口号
行走,依旧行走
光影旋入黑暗,心事隐藏

我需要一些灵光
从身体的骨骼出发,以一种笔直的姿势
直达我的心脏。然后盘旋,洗涤
然后,让我看到蔚蓝的天空
不存在一缕尘色……

刘安宇

刘安宇，1955 年 2 月生。高级政工师。中国电建作家协会会员，江西省电力文学协会会员，南昌县作家协会会员。一直供职于一家大型国企，2015 年退休。现居莲塘。二十世纪七十年代起，先后在《工人日报》《中国电力报》《国家电网报》《辽宁青年》《华中电力报》《中国电建文学》《百花洲》《星火》《江西日报》《江西广播电视报》《光华时报》《江西工人报》《江西电力报》《南昌日报》《南昌晚报》《澄湖》等三十余种报刊发表散文、诗歌、小品文、杂文数百篇。先后十余次获省、市级文学奖。

我一个人去了趟柘林(外四首)

我一个人去了趟柘林
我要去祭拜
丢失在那里的 16 年光阴
那是英姿勃发的年华啊
我居然　全都丢在了那里

我一个人去了趟柘林
清澈的修河十分平静
惊恐　激动　惋惜
多么复杂的情愫啊　在这一刻
翻江倒海　雪浪排空　冲撞着我的灵魂

我一个人去了趟柘林
我的故居前茅草丛生
我听见岁月一片又一片斑驳的铁锈

悄无声息地落了下来　落了下来
我的眼前落满了灰尘

我一个人去了趟柘林
这里有我最初的恋情
她是那么遥远　永远也无法企及
又是那么亲近　散发着那时的余温
一阵风吹过　亦真亦幻
我分不出魏晋

我一个人去了趟柘林
修河的水总是流入我的内心
目光所及总是修河
修河是不会干枯的　我一直坚信

山里的风

没有到过山里的人
是无法体会山里的风
它的高傲自大
它的目空一切
它的飞沙走石
它的石破天惊

山里的风
孕育了男人的彪悍
女人的耐心
就连山里的孩子
也过早深沉
没有经过山里风的人

是浮浅的
而浮浅的人
住定
一生贫庸

一封没有寄出的信

偶然发现
三十年以前
我给你写过一封信
只因自卑
未曾寄你

你的样子
重又复出
重又复出
你银铃般的笑声
温暖的表情
还是那样清晰

没有寄出
自然也就没有回音
从此
落满了灰尘

一阵风

刚才还含苞欲放的花朵
刹那间
全都笑了起来

震得树枝不停摇摆
溪水更欢畅了
流着青苔的色彩
山蜿蜒着
伸向望不到尽头的地带
许许多多的人们
从四面八方赶来
络绎不绝

一阵风
悄无声息地自天空
弥漫开来
于是
旅人们陷入一种状态
开始发呆

鸟　巢

我仰望
那些密林深处的鸟巢
一个又一个的鸟巢
像仰望
天空的太阳
这一片树林
是城市的肺
吸进去灰尘和喧嚣
吐出来　清清爽爽　畅畅亮亮

每当清晨或黄昏
鸟们　总是蹲在巢穴里

向我张望
我　　就趴在窗台上
充满羡慕的目光

它们
悬挂在一棵棵树上
像灯笼一样
整座城
因此而宁静
并且空旷

熊 亮

熊亮,1971年生,江西南昌人。江西省作家协会会员,中国散文诗作家协会会员。南昌晚报记者。1991年开始文学创作,诗歌在《星星》《散文诗世界》《诗江西》《天津诗人》《新民晚报》《名作欣赏》《江西日报》《创作评谭》等发表,入选《21世纪江西诗歌精选》《2012年南昌诗歌精选》《2013年南昌诗歌精选》《2014年中外诗歌散文精品集》《中国散文诗2013选本》《中国散文诗2014选本》《中国散文诗人》(2014年卷)、《中国散文选粹》等选本。作品入选《名作欣赏》"2014(第七届)江西作家新活力30人作品大展"。获奖若干。著有散文诗歌集《东望》、散文诗集《破茧》《清明》《梅》。

龙 灯

五千年或者比这个更古老的时光,曾经驾驭风雷的图腾,你的踪影不曾泯灭。
以我们青春年少的精气,扛起一节节古老的史话,走上长长的小巷和大街,不息的彩灯,映照鲜艳的春联。
墨汁尚未全干,墨香混合着酒香,昂首、挺胸。一条龙的队伍在春潮的大地唤雨呼风。
祝福的喝彩,喊出吉祥;威风的锣鼓,激荡蓝图。
痛饮三百杯,醉卧桥畔观烟花,泼墨写意,绘就神龙不见尾。
三百六十五个平凡的日子,从高挂盏盏灯彩开始,从高举龙头起航!

血性的鞭炮燃起莽莽原野的希冀,解禁的冰凌顺势挣脱所有的束缚,分解如许的劫波!
巨龙舞蹈,灯彩绚丽,正月正的夜空,是这等的豪情万丈游龙九州……

皮　影

有时候,锣鼓铿锵不代表喜庆,而是更加深沉的痛苦。

牵扯不断的摸爬滚打,不得停歇的唱念做打,都在这傀儡一样的皮影中献演。

哪里是戏中的场景和人物,他们从来不曾远去,分明是我们的生存写照。

只是隔着一层幕布,便忘却了俗世的苦痛。

一层幕布,一个皮影,便演绎了人间的万象。

皮影在艺人手里行走,艺人在红尘迷失,时光在天地间回流。

让锣鼓敲急些,让戏文的篇幅更长些,看,皮影戏总在上演。

谁是艺人？谁是看客？

江南塞上曲

默立的是巍峨的八一起义纪念塔,塔下挺立不屈的劲松。穿越松风,我再次肃立。
水波壮阔的江南,扁舟的桨叶载起热血的好儿郎。
洪流汇聚,向着江南的塞上,注定一场风云在南昌激荡。

远去的鼓角,在广场云端流转,在一页厚重的军史里,我聆听当年奋起的第一枪。
飞逝弹雨在史书里洞穿旧时代的天幕,江南的暗夜燃烧起劲旅烽火,撕开了一个新的天地,从此啊,南方不再柔弱,从此啊,南昌不再沉默。

滕阁的风铃依然在赣江畔作响,江上曾见千舟惊红旗,江上曾闻革命军歌亮。
一只飞鸟扶摇在蓝天,牵引我的不灭豪情。
溶入浪花的旌旗混合云彩,展示今朝的洪州颜色殊胜。

行走在南昌的街巷,街灯倒映霓虹成斑斓,古城的变迁在流动的灯彩里,奋起是英雄城的风骨。
梦中哦,一列列当代英姿飒爽军人笑谈在八一起义纪念塔下……

瓷　瓶

泥土,细软柔嫩得像微风。锋利的火,划破不见天日的土。在熊熊烈焰深处,仰望陶土尽情亲吻火的汪洋。

这承载过春草秋露的泥土,今番,要在热切的火山风口裂变。狂舞的焰,在土层孕育不朽与重生。燃烧的火,护住冷寂。

没有呼号,只有带着血性的漫天飞扬的雪,融合楚调、秦腔、汉韵。丛丛叠叠的雪,覆满苍山的峨冠,我止步于梅开的鄱湖。一树梅的繁华,借着冷月,遁入一团厚重的泥土,孤独高傲。

我看见暴雪浇不灭的梅蕊,从烈焰中获得重生。我看见残月下的瓷瓶冷艳孤傲,就如同飘荡在湖面的孤舟,冰心不老。

追花的蝶,在瓷瓶外翩跹。穿竹的风,扬起新枝老叶。贴近你,紧紧地贴近你,那清脆的钟磬之音、大稀之声,便在我的耳畔缭绕、震荡、升腾……

聂贵保

聂贵保,男,1969年11月23日出生于南昌县武阳镇茬港,1988年7月从江西理工大学南昌校区工业统计专业毕业。

春天的河

早雾雨润冰初破
树影淡淡落
远处敲击的晨钟
唤醒你和我

多少世间事
上演重复续

人去楼空水还流
山依旧　事已久
笑谈古今谁自由
随情游　痴我求

子川曰
逝者如斯向东流
且把握
屋檐水珠滴滴落

时光
　　　　时光
累积在我心头

思绪
　　　思绪
登山高我漫走

寄语风云
风云啊
珍惜你时刻在我
春天的河

夏荷的莲心

我是热烈夏日里
灿烂的一枝荷

绽放
污泥清水上的旖旎
歌唱
入出三界世的传奇

岁月
　　　　结出
一粒粒苦苦的莲心

依然
　　　　还愿
在又一个夏日的我
再做枝枝傲立的荷

秋夜之静美

山月水色清晖
星璀云璨浩瀚
壮丽优雅宇宙中
有一个蓝色的家园

你仰望
庭院里坐凳上轻数着
一颗　两颗……

我关怀
不远处驻窗前静听着
一声　两声……

秋蝉
安详了你我也
安详了这夜

如凉寒的凝露啊
柔草上晶莹着
是明早的灿烂

雪冬·围炉

塞北
天寒地冻
邀两三朋友
热酒　笑谈闲暇

江南
雨洒雪飘
邀两三朋友
品茗　手谈优雅

一轮冬阳惜沧桑
照南北
看孩子烂漫
堆闹打雪球

几许温暖勿熙攘
话东西
从当下出发
但走写春秋

追 梦

太多委婉的故事
太多青涩的惊奇
太多　太多优柔的提议

明天　明天装藏美丽的梦境
今天　今天晚睡独醒的黎明
孜孜不倦
唤起
希望的追寻

追寻　追寻
艰难地前行
成长的欢欣
闲情的品茗

笑着看
下雨了　天晴了
夜深了
有一个房间留的灯点亮了

下雨了　天晴了
夜深了
灯亮了

听音·相观

人生长路　有萧萧
因缘如芥　草了了
听音
楼上　梵音新

尘世　浮萍藻
聚散　随浪潮
问音
谁堪　知音情

洗净心
谛悟真

凡作　所为情
入世　且修行

令　相观　而善己
方　得之　真实意

张向前

张向前，男，汉族。1973年2月出生，江西省南昌县人。南昌县作协会员，语文教育硕士，中学语文高级教师，现任职于南昌县莲塘二中。业余爱好写作，在《澄湖》《江西教育》等杂志发表诗歌、散文等多篇。

诗意的故乡

原来，我一直寻找的意象就在这里
只是，心中的蒹葭与关雎被喧嚣的车马阻隔
看不到秋水长天，落霞孤鹜
听不到湿漉漉的渔舟唱晚
与沥下的钓歌

原来，你已捻一支白菊，与靖节一起
走进了那淡然悠远的意境
原来，你已借永叔精致的酒觥，斟满这江南的山山水水
让笑靥绽放成一朵三月的桃红
让歌声铺散成满地芬芳的花草

而此刻，我正从江南的雨巷走过
那飘飞的思绪轻轻地落在青石板上
排列成平平仄仄的诗行
其中一句写道：
鄱湖、赣江，我诗意的故乡！

清晨的鹂唱

我只要这微雨中的一瓣桃花
它是春天留给村落的一个吻
是村里的少女饮完一盏米酒后微醉的脸庞
引来和煦的东风,绘就这满目的万紫千红

我只要这斜风中的一犁春雨
在燕子和布谷鸟的怂恿下
把希望和富余渗进芳香的泥土
让甜美浸润了农家的三百六十五个日子

我只要这黄昏中的一支短笛
牧童驮着夕阳骑在牛背上
比笛声更悠长的炊烟
溶散于暮霭,模糊了远处的村墟
安宁静谧了乡村的夜

我只要这清晨的一声鹂唱
一群快乐的歌者
用清脆婉转的啼鸣
告诉将要起早上田的勤劳的农人
——春已君临!

以一朵花歌唱春天

终于　我们又能用梦想
来提升一座城市的高度
终于　我们又能以一朵花
来歌唱整个春天

其实,在这个万物复苏的季节
催开一朵花,有时只需一缕春风

也不管这缕风　是来自
象湖瑶湖青山湖九龙湖　还是来自
绳金塔滕王阁青云谱天香园　抑或来自
葱茏的梅岭浩浩的赣江汤汤的抚河
来自颍阴侯激越的马蹄声中　李中主悠闲的扇底　或是
王子安行云流水的笔端　朱个山虚实幻妙的墨色里
甚至红谷滩市政中心　省政府大院
甚至更远　更远　……

也不管这朵花　是
万科四季花城粉红的月季　是
聆江花园的金边瑞香　还是
井冈山大道旁香樟绿叶间那鹅黄淡雅的小蓓蕾
抑或是深藏于我们内心的那枚嫩生生的希望

——那么,还是让她尽情地开吧
让她开在八一公园晨练老者的太极剑梢
开在艾溪湖湿地垂钓青年的鱼竿浮标下
开在佑民寺进香老太虔诚的祝福声中

开在豫章路上放学孩童噼啪的脚步声里
当然还要开在摩天轮内玩客们紧张而兴奋的眉角
开在秋水广场石椅上情侣呢喃私语的唇间
开在洪客隆商场购物者幸福而满足的脸上
开在昌南昌北昌东站地铁建设者的肩头
开在高新工业园区制造车间工人的指端
开在城区环卫工人清洁的心田

——那么,就请你尽情地绽放吧
请以你的倩影勾勒出春天的轮廓
请以你的芬芳来呼应梦想的召唤
请务必开得灿烂,你也一定能开得灿烂
因为绚丽一个季节的,不只是一朵花的娇艳
春天的中国需要你这样的千朵万朵
才能如此姹紫嫣红　芳香满园

心灵的方向
——游东禅古寺有感

凡有松竹的地方　总能见到释者悠然的身影
有丘潭的处所　就该是禅意的故乡
当灵山邂逅圣水　慈花缘结善木
便有大觉悟者筑舍于此　把心性修养

于是　垂杨绿柳间　自有曲径通往幽深处
紫陌红尘外　亦能闻见禅房花木的芬芳

抖落一身浊重的尘埃
带上莲花般纯洁的向往
沐浴这一如醍醐的清雾
聆听那一如梵音的虫唱

燃一炷香　为有情众生祝福祈祷
拜一次佛　替自己的罪愆求得佛祖的原谅
不必为这迟来的朝圣怀抱歉意
清静安宁始终都是心灵的方向

只要心意足够虔诚
成佛原本就在一刹那
只要满怀慈悲　一心向善
人间处处都可以是极乐世界
圣境天堂

你就是王者
——游地藏寺有感

是谁手持锡杖　执如意珠　静虑深密
是谁安忍不动　着比丘装　妙像无华
是谁在佛祖面前发愿　定要度尽众生　自己方能成佛
是谁为救赎生母　作盂兰盆会　孝行感动天下

是你在高士林中谦卑　甘居众圣之末
是你在幽明界兼任教主　决心把地狱众生度罢
是你在青岚湖畔有求必应　赖我佛威灵取信民众
是你在庄严九华代理重任　替释尊将慈云法雨布洒

存善念者存福慧
得民心者得天下

谁能心慈悲为怀　与人为善
——谁就是王者
谁能将百姓的忧乐放在心头　解除众生的疾苦
——谁就是老大

如果你愿意
——游文昌讲寺有感

为你绘一帧肖像如何
——如果你愿意
把一江春水蓄进你忧伤的眼眸
用清秋的寂寞点染你紧锁的眉头
再于你脚下画满地落红
在你身旁画一杆孤桐
背景可否为朝雨晚风　胭脂泪流
主题是什么　他们可能猜透

替你作一次选择如何
——如果你愿意
用金戈铁马来与这世俗的权欲对话
用笔墨丹青来勾染这秀丽的南国山水　市井繁华
用一樽美酒来朦胧这行云流水的纤纤细步　盈盈笑语
用一曲清词来吟赏这无边的楼心柳月　扇底桃花
结果是什么　他们可能回答

然而　还是让你化身为魁星吧
——你一定愿意
任你伫立在这宁静的山水田园
庇佑这一方且耕且读的儒生
凝视那群参禅礼佛的释者
以忠厚长者的形象示现于乡村民间

让渔父樵夫农人蚕妇也能为诗礼濡染
让精神的泉醴在入世与出世之间左右逢源

让心灵之田在精进与慈悲的灌溉下日渐丰润
让智慧的灵光在一动一静中不断闪现
让人文昌盛的春花在这民风淳朴的岚湖大地
——一开就是千年

娄雪娥

娄雪娥,1964年1月5日生。南昌县交通运输局执法人员。南昌县作家协会会员。诗歌在《柳絮》《澄湖》等刊物及南昌市人民广播电台发表。

鄱阳湖

你的名字象征着你的性格
从古到今流淌着
流淌着歌声
历史的烽火
战争的硝烟
你唱着悲壮的歌

你的名字表达着你的执着
从远到近流淌着
流淌着歌声
流血的眼泪
汹涌的浪涛
你唱着悲壮的歌

啊！鄱阳湖
啊！鄱阳湖
你流过历史
流过家乡
流过我的心窗
你的乳汁养育着我

你的胸怀鼓舞着我

鼓舞着我

啊！鄱阳湖

我心中的湖

我心中的湖

手 机

你是一位小巧玲珑的少女
有着一副清脆响亮的歌喉
甜美的歌声
传递信息
传递希望
传递久别的心声
动人的歌声展开了美丽的翅膀
飞向高山
飞向大海
飞向世界
让各族儿女心连心、手牵手
你拥有
健康、平安、幸福、快乐……
你装满了
思念、牵挂、期望、祝福……
你点亮我们的眼睛
引导我们走进五彩缤纷的世界
有人被你迷住
有人被你陶醉
有人对你痴迷
有人对你狂恋
你有着让人忘形的魅力
你有着让人着迷的魔力
你是春天的绚烂
你是秋日的甘甜
动人的音符洒满了你甜蜜的梦乡
甜蜜的音符寄托了你美好的祝愿
愿你一如既往永远伴随着我们

爸妈的心愿

眼含着热泪
凝望着孩儿
未脱稚气的脸蛋
手捧着鲜花
目送着孩儿
惭惭远去的背影
儿啊
往后
部队是你的家
战友是你的兄弟
祖国是你的母亲
温室里长不出参天大树
风浪里磨砺出好儿郎
你是征途上的铁血男儿
应该以国家为重
四海为家
用热血和青春
去完成祖国的托付
儿啊
带上亲人的嘱托
带上爸妈的心愿
挥挥手吧

希望你生活得开心

虽然你我分手
没能留住昨日的风景
今日的我
希望你生活得开心
不要总回味昨日的故事
不要总沉迷于昨日的温情
不要总打不开昨日的心结
不要总走不出昨日的篱笆
忘了那绚丽多彩的晚霞
忘了那雨过天晴的清晨
忘了那一弘清纯的碧湖
忘了那花前月下的凝视
把头抬起来
前方
是一片花红柳绿
往后
是果实累累的秋天
今日的我
希望你生活得开心
开心

忘　了

忘了
阳光明媚的春季
忘了
残阳如血的夏季
忘了
果实累累的秋季
忘了
……

去了
一切都去了
唯有严寒的冬季
裹住战栗的躯体
愿纷纷的大雪
覆盖那凋谢的花瓣
让那些怆人的记忆
深深在冰封下憩息

萧 正

萧正,原名肖万件,1942年10月生,江西南昌县人,1962年毕业于南昌县师范学校。1956年开始写诗,1965年参加全国青年文学创作积极分子大会。已出版诗集《回归自然》《井蛙新传》《思索人生》《绿叶集》《滨湖词》,文学论著《诗词格律新编》,长篇小说《鸳鸯洲》,长篇报告文学《裁剪江湖》《栽桃植李》《再造青春》。主编"滕王阁文学丛书",创办和主编南昌县诗词刊物《江南诗荟》《江南诗叶》。系江西省作家协会会员,中华诗词学会会员,中国当代艺术协会终身名誉主席,南昌县诗词协会主席。

春 江

春江水暖我先知,撒网捞鱼不误时。
荡桨裁开十里浪,霞红水美任奔驰。

夜 归

拢岸离舟夜滚雷,披蓑足踩烂泥回。
收成本自辛勤育,美味还从浪底追。

灯 光

家在湖边荷叶村,肩扛鱼篓跳艰辛。
大门未闭为迎我,寒夜灯光是暖春。

离　家

桃花烂漫掩新楼，别岸离家风雨稠。
不在温柔乡里醉，要于浪里作遨游。

渔　妇

湖中久不闻花味，上岸忙寻栀子花。
插满鬓边装满袋，花香一路入船家。

退　休

欣然离大院，绿野有吾家。
蛙打欢迎鼓，桃开庆贺花。
开窗读庄子，下地种梨瓜。
耕读如陶令，荷锄赏晚霞。

清明雨

清明雨纺纱，打伞到农家。
小犬忙摇尾，新桃乐绽花。
闲观风弄叶，共赏雨催芽。
又是丰年景，乡情浸绿茶。

游　湖

因爱江南美，乘舟湖上游。
霞晖飘水镜，鹤影剪波绸。
雾里蝉声远，云间鸟语幽。
桃源在今世，荡桨歌自由。

水　途

水路霞光艳，鄱湖万象欢。
鱼翔烟雾里，鸟闹碧波间。
网罩鄱湖美，舟藏故里甜。
人生怀远志，乐在浪中颠。

望明月　盼团圆

月到中秋分外圆，两岸同胞望皎团。
浩浩银波舒万里，缕缕乡愁动心弦。
大陆万民望台岛，台湾男女思故园。
两岸青山臂共举，两岸江河同起舞，
两岸血脉永相连，两岸文化共千古。
地球不能切两边，太阳不能分两股，
祖国不能分两国，台湾永是中华土。
每逢清明夜沉沉，台湾海难月昏昏，
面对大陆万人跪，大男小女祭先人。
纸钱飘飞入大海，风吹浪卷动涛声。
浪花碎作千顷泪，惊涛摇动万民心。
民心涛声将天问：两岸统一在何春？
何时海上生圆月？何时月光不冷清？
何时兄弟得团圆，花海歌潮动月影？
每逢月夜北风紧，几多台胞登山顶。
登山顶呀望大陆，大海苍茫人悲哭。
母在大陆儿在台，孝心未尽鬓毛衰。
愿化鹏鸟渡大海，跪在母坟述心怀。
每逢月寒秋风吹，台湾岛上黄叶飞，
几多台胞念故土，朝心夜梦盼回归。

梦里塞北雪花美,梦里江南鳜鱼肥,
梦里鄱湖烟水阔,梦里杭州柳条飞,
梦里长城如龙舞,梦里昆仑闪银辉。
人间奋斗缘梦境,万民之梦不可轻。
抬头望月思统合,共同努力事必成。
统一方为阳关道,家和才能万事兴。
统一方合大潮流,统一才无战火忧。
武夷玉山手挽手,共谋发展大步走。
中华民族大振兴,无限风光必定有。
大陆台湾共圆月,心连国合赏中秋。

黄本香

黄本香，男，1941年10月生，江西省南昌县幽兰人，大专文化。1960年加入中国共产党，江西省文联、南昌市文联和省、市作家协会会员，江西省诗词学会会员，南昌县诗词协会名誉主席，《人民长江报》特约记者。

钓鱼歌

天高秋气爽，吾立池塘旁；
手握钓鱼竿，心把鱼儿想；
任凭风浪起，眼盯鱼漂上；
无奈时光过，忍而加坚强；
谈笑鱼上钩，水花沾衣裳；
钓尽人间愁，心宽体魄壮。

昌南明珠幽兰镇

青岚湖上碧波春，
荡漾幽兰景色新，
古寺相传留御笔，
幽泉流韵洗红尘。
大沙鱼跃玻璃镜。

空谷禅明智慧因，
改革共圆中国梦，
辉煌事业靠人民。

从政"五不忘"

不忘共产党恩

雨露阳光育稻苗,党的教导记心头。
当年湖畔农家仔,荣入县城不可娇。

入党之初立誓言,马列主义照胸田。
廉洁奉公莫伸手,全心为民责如天。

不忘乡亲之恩

我是少城种田郎,每遇困难乡亲帮。
离乡岂可心离民,父老恩情报应当。

常回故里看乡邻,访民释难喜谈心。
干群关系如鱼水,共为祖国谋振兴。

不忘师恩

母校恩师恩泽长,当年育我小树秧。
今朝长成青松树,洒汗园丁不可忘。

每逢佳节登师门,我视恩师为至尊。
心有疑难仍求教,尊师重教国运兴。

不忘家乡山水

我的家乡在幽兰,清风清水绕青山。
梦里思乡游故土,乘坐轻舟一叶帆。

清廉从政乡添彩,贪为家乡画黑斑。
甘作黄牛耕风雨,不做腐史享悠闲。

不忘滴水之恩

暮年回首看人生,常受村民滴水恩。
其恩难以涌泉报,惠及后人永绵延。

肯将恩德传后辈,为国为民须清廉。
最美最甜家乡水,创建业绩报党恩!

万俊敏

万俊敏,男,1946年生,江西南昌人。当过农民、乡村教师、大队会计、企业工人、公司负责人、建筑工程师,业余爱好文学,曾任《赣中日报》通讯员,现为南昌市诗词学会会员、南昌县作协会员。退休后致力于新古诗的学习、研究、创作,诗歌作品散见《人民代表报》《老友》《江西工人报》等各类国家、省、市公开发行报刊,著有诗集《一抹年华》。

滕王阁新咏

高阁镇江古悠悠,当数今朝更风流。
六桥凌波聚彩虹,十湖镶城泛轻舟。
南浦高铁迎客忙,西山新邑揽云修。
子安如若返途来,定赋新序颂洪州。

厦门南普陀寺

鹭岛丛林五老峰,镇山临海势盘龙。
重檐飞脊佛光照,广殿回廊神韵浓。
寿塔荷花融法性,菩提榕树入禅宗。
晨钟暮鼓香烟袅,一叶慈航仰大雄。

瑶里瀑布

飞流顿落泻成帘,翠竹云山缀柳烟。
声作春雷传峡谷,浪花雪溅舞翩跹。

地铁颂
——南昌一号地铁通车有感

千年洪城展雄风,百尺地下坦途通。
铁龙潜行疾如飞,笑语一路撒西东。

登明月山

明月群峦雄,立耸霄云中。
曲溪水断石,弯路梯登峰。
鼻沁山花香,目满竹木葱。
心怡步履轻,踩云上桂宫。

题庐山西海

水阔天高山色青,秀美西海入画新。
平湖千岛接春绿,游船一路载歌行。
鸟飞低空逐细浪,鱼游浅水穿流云。
浮桥轻摇波中日,逗乐白发童子心。

登 山

密林深掩老四坡,峤陡坎坷卧石多。
放眼眺望高低青,举步登攀远近峨。
临渊不畏朔风急,对崖何惧前路苛。
白发汗湿写当年,迎难而上我高歌。

童　心

古稀初度体不虚,春光满面孩子气。
闲游花间效蝶飞,漫步林荫学鸟啼。
稚孙出牌施计谋,吾翁偷棋耍赖皮。
童心未泯忆儿时,夕阳斜照牛倒骑。

抗洪颂
——致敬南昌县2016抗洪英雄

迎战洪峰警笛鸣,旌旗直向险段行。
劈波护堤来勇士,踏浪救难到奇兵。
堵塞管涌舍生死,加固围堰献赤诚。
任凭水患逞凶狂,军民铸就铁长城。

贺中国女排夺冠

几经磨炼又夺金,里约展姿世人尊。
一波三折挽狂澜,百转千回扭乾坤。
郎平运筹施谋略,帼女攻防拼精神。
永不服输有片天,洪荒力搏胜强林。

老　家
——加"西游老家"微信群有感

老家的泥巴,真想抓一把,
　捏成泥巴碗,摔出泥巴花。
老家的渠水,真想玩一下,
　桥上往下跳,溅起水浪花。

老家的玩伴,真想聚茶吧,
笑谈顽皮事,茶水噗出花。
老家的牵挂,寄西游老家,
白发笑缺牙,群友乐开花。

贺昌南新韵 2017 年元旦书画展

古县岁首沐初阳,元旦书画百花香。
笔走龙蛇刚秉柔,毫描景物丽流芳。
意融丹青添异彩,情投砚池焕华章。
昌南艺苑群英汇,开怀泼墨醉春光。

天香园

滕王阁东一桃源,天香地灵鸟天堂。
楼弘亭秀绕紫烟,花荣树茂响清泉。
盆景多彩千姿艳,曲径深幽百折芳。
大树临风筑巢暖,候禽闹市忘归乡。

满江红　纪念孙中山先生诞辰 150 周年

山河破碎,勇担当,匡时豪杰。扶乱世,革命先行,刀枪激越。推翻帝制催战马,创建共和尽心血。向大同,天下为公求,志如铁。　　策双联,开新页;助农工,三民列。图华夏崛起,愿未了却。遗嘱努力言犹在,神州一统声更烈。容两制,持九二共识,反分裂。

涂腊印

涂腊印,原南昌县广电网络中心主任兼书记,全省广播电视电影系统"十佳标兵",南昌市劳模。退休后是县作协会员,县书协、县钓协副秘书长。

观白龙洞

百态千姿似飞龙,天然洞府若晶宫。
乘船迈步观奇彩,美景收藏手机中。

登明月山

缆车乘至半空间,只见云烟不见山。
万种奇观浮眼底,攀登天海等清闲。

乡　思

身居水岸楼,忆乡白了头。
日思故乡水,夜梦田间游。

家乡水

幼年吾老家,茅屋傍河汉。
如今新楼美,清塘映荷花。
湖边健身场,路上豪华车。
结伴约野钓,踏歌赏清佳。
最美家乡水,清幽荡彩霞。

游日月潭

晚霞映衬日月潭,蓝天碧水在此间。
仙女称着美容镜,凡人疑是婵宫渊。

观莲池潭

台南高雄莲池潭,景色秀丽谓非凡。
龙虎腹中游人过,幻境飞出吉祥来。

闵海根

闵海根,笔名海之秋,1976年7月出生,本科学历,现供职于南昌县昌南新城居住主题公园社区,2016年12月加入南昌县作协。

古风五首

贺新年
辞别乙未迎丙申,
冬去春回万象新。
党政国策指方向,
众志成城谋复兴。
一带一路通天下,
携手发展达共赢。
幸逢民安国益壮,
唯愿神州天下平。

清 明
芳菲四月煦翠微,
遍松陵园扫墓碑。
往事常思恩情重,
独行哀鸣日暮悲。

惜 春
群芳似锦满香园,
暮雨春风百花残。
落花流水留无计,
春意阑珊何以欢。

初　夏

孟夏清和草木长,
微风吹拂稻花香。
农耕时节青壮少,
争惜寸阴翁妪忙。

荷塘月色

明月照影荷花开,
伊人赏月独徘徊。
与君相约未曾见,
佳人长夜诉思哀。

清平乐

　　别来秋半,望月愁肠断。凋敝落花心烦乱,佳酿迷贪疲倦。　　醒来酣梦难眠,夜深诗意阑珊。澄碧月光明澈,闷愁怨叹流年。

熊星全

熊星全,1956年3月生,南昌县作家协会会员,现任南昌县供销合作社工会委员会副主席。诗歌在《澄湖》杂志上刊登。

澄碧湖

浩瀚澄湖三千亩,
广场喷泉人如梭。
两岸烟柳笑迎客,
水中馋鱼窥娇娥。
秋千架上小儿戏,
草地竹林情侣多。
绵绵风情抒不尽,
莺歌燕舞唱平和。

游南昌县凤凰沟樱花谷

三月廿三天蓝蓝,
乘兴绵延上茶山。
凤凰沟游樱花谷,
樱花满坡粉灿灿。
朵朵骄似美人醉,
簇簇如霞竞妖妍。
春花开过秋花谢,
今生还有几回来?

舞动澄湖

黄昏初上澄湖桥，
撩人歌舞震云霄。
东面慢四华尔兹，
西边疯狂扭蛮腰。
南苑凉亭笛声泣，
北滨湖畔吹情箫。
最是烟柳婀娜翠，
风情万种争妖娆。

澄碧湖大厦

庄严雄伟耸湖边，
翠林绿柳起云烟。
圣洁莲花迎宾客，
奉公公仆擎青天。
千年古县筑大厦，
万民共享富变迁。
百强南昌展风貌，
圆梦中华颂福年。